Pimenta & Mel

BOLU BABALOLA

Pimenta & Mel

Tradução
Bruna Barros

2023

Título original: Honey & Spice
Copyright © 2022 Bolu Babalola.

Todos os personagens neste livro são fictícios. Qualquer semelhança com pessoas vivas ou mortas é mera coincidência.

Direitos de edição da obra em língua portuguesa no Brasil adquiridos pela Editora HR LTDA. Todos os direitos reservados. Nenhuma parte desta obra pode ser apropriada e estocada em sistema de banco de dados ou processo similar, em qualquer forma ou meio, seja eletrônico, de fotocópia, gravação etc., sem a permissão do detentor do copyright.

Direitos exclusivos de publicação em língua portuguesa cedidos pela Harlequin Enterprises II B.V./ S.À.R.L para Editora HR Ltda.

A Harlequin é um selo da HarperCollins Brasil.

Contatos: Rua da Quitanda, 86, sala 218 — Centro — 20091-005
Rio de Janeiro — RJ
Tel.: (21) 3175-1030

Diretora editorial: *Raquel Cozer*
Editora: *Julia Barreto*
Assistente editorial: *Marcela Sayuri*
Copidesque: *Gabriela Araújo*
Revisão: *Lorrane Fortunato e Natália Mori*
Ilustração de capa: *Jovilee Burton*
Adaptação de capa: *Eduardo Okuno*
Diagramação: *Abreu's System*

CIP-Brasil. Catalogação na Publicação
Sindicato Nacional dos Editores de Livros, RJ

B111p

Babalola, Bolu
Pimenta & mel / Bolu Babalola ; tradução Bruna Barros. – 1. ed. – Rio de Janeiro : Harlequin, 2023.
368 p. ; 23 cm.

Tradução de: Honey & spice
ISBN 978-65-5970-226-8

1. Romance inglês. I. Barros, Bruna. II. Título.

22-81018

CDD: 823
CDU: 82-31(410.1)

Meri Gleice Rodrigues de Souza – Bibliotecária – CRB-7/6439

Para minhas meninas, minhas pretinhas:
delicadas e brabas e doces e fortes e carinhosas e duronas e
extraordinárias — tão extraordinárias.

CAPÍTULO 1

—Você gosta assim?

Eu me revirei na cama, sentindo o lençol meio vagabundo arranhar minhas panturrilhas. Com a coroa meio torta, Biggie me encarava do outro lado do quarto retangular, pendurado na parede coberta com massa adesiva — proibida no campus — que já descascava. Uma bela demonstração do ultraje que era ser uma testemunha involuntária de tudo o que rolava no dormitório de um cara de 20 anos. Meu boy — não *meu* boy, mas Meu Boy — estava usando meu seio esquerdo como bolinha antiestresse e, tudo bem, era o meio do semestre, então todo mundo estava atolado de prazos de trabalhos, mas vai fazer uma ioga ou algo do tipo, aumente os pesos na academia, só, por favor, *não* desconte a tensão em meu peito sensível. (Era o décimo quarto dia do meu ciclo de vinte e oito dias. Aquela era a razão de eu estar ali. A ovulação às vezes toma decisões pela gente.) O bafo de vodca do Meu Boy era quente em meu pescoço, me sufocando. Acima de nós, o olhar de Biggie parecia intrigado, as sobrancelhas franzidas de preocupação. *Eu te entendo, Big Poppa.*

Aquilo não estava sendo tão divertido quanto eu esperava. Tão divertido quanto era antes. A novidade e a adrenalina tinham passado, expondo a realidade de que Meu Boy não tinha ideia do que estava fazendo. Ele se apoiava no status de gostoso do campus, confiando que aqueles olhos cor de mel, que transmitiam intensidade e interesse em você — em quem você é de verdade, linda —, fariam todo o trabalho por ele. Ele não se empenhava na atração que sentia por você porque tinha total certeza de sua atração por ele. E por que se dar ao trabalho de tentar te agradar de verdade se ele presumia que qualquer coisa que ele fizesse seria automaticamente prazerosa para você?

Meu Boy tinha feito uma pergunta, mas não estava esperando pela resposta. Ele passou a chupar meu pescoço com força, adicionando dentes, ainda usando meu peito como uma distração do artigo de três mil palavras sobre macroeconomia que tinha que entregar em cerca de nove horas.

Sério, por que tantos caras acham que força é técnica? Tipo, beleza, você me quer — isso aí deu pra sacar e, honestamente, é compreensível —, mas o que é que você vai fazer com isso? Cadê a delicadeza, querido? A compreensão óbvia de que você está manuseando uma obra-prima?! Você chegou até aqui. Valorize.

Eu me remexi embaixo dele e, por alguns segundos, o movimento o fez achar que estava fazendo algo certo. Ele grunhiu um "ah, tá gostoso, Gata?" — até perceber que eu estava me mexendo para sair de debaixo dele, me sentar, vestir o sutiã e a camiseta, abaixar a minissaia de veludo cotelê marrom e colocar a jaqueta de couro.

Não tá mesmo, *Gato*.

— Gata?

Os olhos cor de mel demonstravam a incompreensão e, coitadinho, eu até entendia.

Não era comum aquilo acontecer com ele. Aquilo não deveria acontecer com ele, de acordo com seus cálculos. (Todas as interações afetivo-sexuais universitárias partiam de cálculos, e os dele eram: Ele + Mulher = O Resultado Que Ele Quisesse, porque, porra, olha para ele, como é que ela não ia querer o que ele quisesse?) Era evidente que ele precisava de um tempo para se adaptar àquela mudança abrupta, assim como tinha precisado se adaptar ao fato de que era eu quem não queria ser vista em público com ele, quem escolhia os momentos em que ficávamos juntos, quem não queria passar a noite com ele. Saber que não era o centro do meu mundo virou o mundinho dele de cabeça para baixo. E parte da atração que ele sentia por mim vinha de tal fascinação, da exploração do desconhecido, um safári da Mulher-Que-Não-Quer-Me-Amarrar.

Tirei as tranças de debaixo da gola da jaqueta e calcei as botas.

— Odeio quando você me chama assim. Não me chama de "Gata". Já falei para você.

Fui até o espelho grudado no guarda-roupa dele. O vidro estava melado com respingos de antitranspirante e emoldurado por slogans motivacionais de academia com um tom vagamente sexual: VAI, VOCÊ AGUENTA; MODO FERA; SENTE A PRESSÃO. Encarando o espelho, puxei um lenço umedecido da bolsa de couro e limpei a boca, desinfetando-a e removendo o brilho labial orgânico e produzido localmente — mais conhecido como a saliva do Meu Boy — para substituí-lo por algo com cheirinho de fruta.

— Olha só, andei pensando... — Bati o gloss de leve nos lábios. — A gente devia dar uma afastada. Sabe? Estou ocupada com a faculdade e com o programa, e se pegar em off foi legal, mas...

— Você tá terminando, Kiki? É sério?

Desviei o olhar de meu reflexo para o dele. Descrença absoluta. Sobrancelhas franzidas, biquinho rosado entreaberto. Teria sido fofo se não fosse fruto de arrogância. Ele estava sem camisa, o corpo firme e ofegante, se recuperando, fazendo a pergunta de verdade, pondo as cartas na mesa: *Você vai dispensar isto aqui? Sério?* A questão é que, quando você reduz sua personalidade a sessões de academia seis vezes por semana, deve ser triste quando isso não serve para deixar certos joelhos meio bambos, quando o feitiço tiro e queda não funciona. Mas, depois de um tempo, aquilo simplesmente não é mais o suficiente. O corpo dele não era muito de conversar, não perguntava ao meu quais eram seus interesses, sua música preferida, qual era seu ponto mais fraco.

Encarei o reflexo dele.

— Beleza, vamos falar a real... não tinha muito o que terminar. Isso aqui não teve nem início. Só aconteceu e eu, a gente, deixou continuar acontecendo.

— E gostei que aconteceu.

Ele se levantou da cama, foi para atrás de mim e se olhou no espelho enquanto abraçava minha cintura, puxando minhas costas contra o peito para que eu sentisse o quanto ele tinha gostado. Ele encarou nosso reflexo no espelho.

— Olha como a gente fica bonito juntos. — Ele tirou o braço da minha cintura para levantar meu queixo, como se eu precisasse da ajuda dele. — As pessoas respeitam você. E me respeitam. A gente ia dominar esse lugar, pretinha. A beleza e o cérebro. O claro e o escuro.

Pretinha. Soava estranho na boca dele. Ele tinha frequentado um internato em Sussex, onde só tinha amigos brancos, e ainda estava desenvolvendo aquela parte nova de sua personalidade.

Levantei a sobrancelha.

— E quem de nós é o quê?

Ele sorriu, apertando mais minha cintura.

— Além de tudo, você é engraçada.

Bastou alguns segundos para que o olhar dele desviasse de mim, de nós, para apenas o reflexo dele. Ele mordeu o lábio inferior. Era como estar em um ménage desconfortável em que as duas outras pessoas estavam muito mais a fim uma da outra do que de você, entrosadas a ponto de acabar te deixando de lado como uma mera observadora, deslumbrada. Estou supondo.

Meu Boy ainda encarava os próprios olhos no espelho. Ele beijou meu pescoço.

— Um casalzão gostoso.

Mordi o lábio para não rir, mas, pelo jeito que ele apertou ainda mais minha cintura, acho que ele interpretou aquilo como sinal de excitação. Ah, cara. Eu sabia o suficiente sobre ele (mas só o suficiente) para perceber que estava falando sério. Tinha sido divertido, mas eu já estava de saco cheio.

Desvencilhei os braços dele de minha cintura. Naquele momento, o peso do corpo dele no meu era sufocante. Era perturbador como, apesar do calor que emanava dele, eu quase tremia dentro da jaqueta de couro. O quarto dele cheirava a maconha, um *Dior Sauvage* borrifado às pressas para disfarçar o cheiro da maconha e um odor almiscarado e inebriante que só podia ser descrito como "cheiro de homem". Aquela mistura estava me deixando meio enjoada. Peguei a bolsa, forçando os braços dele a pender nas laterais de seu corpo e me virei para encará-lo.

— Você me quer mesmo ou só quer que eu te queira?

Meu Boy soltou um muxoxo, grunhiu e passou a mão no rosto, impaciente.

— Porra, cara, na moral, tá vendo como é… lá vamos nós de novo, Kiki. Cheia de enrolação. Joga limpo comigo.

— Sempre joguei. Desde o início falei o que era isso aqui. Você estava de boa com isso. Disse que preferia assim. Você dá o seu jeito. Eu dou o meu.

Meu Boy olhou para mim quase com a mesma intensidade que estivera olhando para si mesmo no espelho momentos antes. Ele estava tentando de novo, esperando que os olhos cor de mel e a pele marrom-clara fossem o suficiente para alcançar o resultado desejado. Talvez, se eu não tivesse o escolhido justamente por saber que não tinha o menor risco de me apaixonar... Acho que poderia até ter funcionado, se eu já não tivesse mordido a carne, sentido a textura e constatado que de sexy ele não tinha nada.

— É, mas talvez... eu não tenha sacado como ia gostar de quando você me dá.

Eu sabia como Meu Boy achava que aquilo soava na cabeça dele. Ele falou baixinho, quase ronronando, os olhos entreabertos na medida certa, tudo construído para evocar a imagem dele em cima de mim, a voz quente em meu pescoço. O objetivo era me amolecer — e com certeza já tinha funcionado várias vezes para ele —, mas eu tinha uma resistência incorporada contra aquele tipo de papo-furado. Já tinha passado por aquilo antes e agora era imune. Ele saiu do modo enfeitiçador ao ouvir minha risada incrédula e abriu bem os olhos, demonstrando estar meio irritado e confuso.

Balancei a cabeça.

— Eu não te *dei*.

— Tipo, praticamente.

— Tipo, praticamente, só rolaram uns amassos.

— E a culpa é de quem?

Sorri.

— Tenho que ir.

— Você tá meio abalada, entendo, mas você é diferente das outras, Kiki. É diferente com você. Sabia que essa noite eu desmarquei com Emma da Hazelwitch Hall por sua causa?

Já perto da porta, me virei para ele e coloquei a mão no peito.

— Ah, não deveria ter se incomodado. De verdade.

Meu Boy assentiu, revirou a língua na boca e riu, sem achar graça.

— Você é bem vaca, sabia?

Abri um grande sorriso.

— Sabia, mas obrigada. Vindo de você, significa muito. Se um cara como você não me achasse uma vaca, eu estaria fazendo algo errado.

Ele riu com gosto, com um ar de alguém que não tinha entendido sequer uma palavra do que eu tinha dito, e voltou para a cama, recostado, tanquinho flexionado, a cueca boxer branca mais apertada que o normal. Era como se ele tivesse que se lembrar fisicamente de que era gostoso. Como se fosse capaz de esquecer.

— Então tá. Você vai voltar.

— Bom, se eu tiver esquecido um brinco, pode jogar fora. Nunca uso nada que preste para vir aqui.

Beleza, foi uma boa frase de efeito, e eu estava orgulhosa dela, mas o feitiço virou contra a feiticeira. Enquanto fazia o ritual de checar a bolsa duas vezes (não podia deixar nenhuma evidência da minha presença lá) depois de a porta do Meu Boy se fechar atrás de mim, percebi que tinha deixado meu brilho labial lá dentro. Merda. Na verdade, era o brilho labial de Aminah, que ela havia pedido para guardar em minha bolsa e que eu tinha esquecido de devolver um mês antes. Apesar de constar no Estatuto das Melhores Amigas que existe um prazo de prescrição relacionado à reivindicação de maquiagem, tenho certeza de que ela ficaria puta se soubesse onde eu tinha largado o gloss. Ela preferiria que eu tivesse jogado no vaso e dado descarga. Depois de mijar em cima. Eu não podia ter esquecido lá. Torci para que não fosse o caso enquanto caminhava até o elevador, distraída, pedindo a Deus que me perdoasse por minhas transgressões recentes. (Será que ajudava o fato de que Meu Boy tinha uma tatuagem que dizia *Deus É Fiel* no peito? Em letra cursiva, em cima de um verso de Tupac, *"Real eyes realize real lies"**).

Dei de cara com uma parede firme e bem quentinha, o nariz esmagado contra o algodão macio de uma camiseta cinza-chumbo.

— Merda! Foi mal...

— Tudo bem, não...

A voz era grave e suave, espessa como mel no fundo de um copo de conhaque. Olhei para cima, mas não o bastante, pois percebi que eu alcançava apenas o nariz dele: descia estreito pelo rosto e então fazia uma curva drástica, majestosa. Quer dizer, já era muita coisa para olhar, mas resolvi tentar de novo. Inclinei a cabeça um pouco mais até me deparar com quartzos pretos e brilhantes me encarando de volta.

---

* Olhos reais veem por trás de mentiras reais. [N.T.]

Ele me olhava como se me conhecesse. O que era esquisito por vários motivos, inclusive (mas não somente) porque eu conhecia toda a federação negra da Faculdade Paço do Rio Branco. Eu conhecia todas as panelinhas, subgrupos e facções e, tudo bem, era a terceira semana do segundo ano, então havia algumas pessoas novas, mas mesmo assim... Folheei meu arquivo mental de caras e não encontrei nada. Ele não fazia parte dos Príncipes Nigerianos (filhos de políticos da Nigéria), dos Falsos Maloqueiros (fazer farmácia em uma universidade britânica *old school* não é a mesma coisa que traficar, lindinho) ou dos Futuros Engomadinhos Que Leem (um grupo que poderia incluir quaisquer membros dos grupos supracitados, mas que geralmente estudava algo relacionado a finanças, visava trabalhar na cidade e queria uma namorada letrada que "se colocasse em seu lugar"; todos eram lindos, Meu Boy aqui incluso). E nem dos Meninos Bíblicos da Água ao Vinho (na balada)... Nada. Olhar para o rosto dele parecia contribuir para o vazio de minha mente, o que era bizarro, porque minha mente só ficava vazia quando eu a esvaziava de propósito. Tipo quando Meu Boy tentava falar comigo sobre *As 48 leis do poder*.

Ele piscou e limpou a garganta, apesar de sua voz ter soado muito nítida quando a ouvi da primeira vez.

— Não esquenta...

Engraçado ele dizer aquilo, porque eu estava bastante quente, suando. Minha pele pinicava com a sensação. E aquilo era intrigante. Eu não costumava suar e, quando acontecia (tipo da vez que treinei duas horas no elíptico enquanto assistia o Beychella no celular), era assim, uma formigadinha leve.

— Nunca esquento. Nem mesmo suo. Mas valeu.

Voltei a andar até o elevador, encorajando-o a fazer o mesmo em direção ao destino dele, longe de mim, quando de repente ele parou e se virou, com as sobrancelhas franzidas.

— Hum, foi mal, mas... você falou que não sua?

Olhei ao redor no corredor, em parte para demonstrar que ninguém mais poderia ter dito aquilo, mas também para checar se tinha mais alguém entrando ou saindo de algum lugar. Eu conhecia todos os paço-pretos (como chamávamos os estudantes negros de Paço Branco) que moravam no andar do Meu Boy e tinha cronometrado bem minha visita, sabendo que dois deles estavam no estudo bíblico, um estava no futebol e a outra estava no jantar de aniversário de uma amiga. Não tinha ninguém. Eu não seria vista. Olhei de novo para ele e levantei o ombro.

— Falei. Por quê?

Ele assentiu, estreitando os olhos, concentrando a luz, e levantou o cantinho da boca macia.

— Suar faz parte do processo de equilíbrio térmico comum aos seres humanos.

— E?

— Então você está dizendo que não é uma humana comum.

Sorri e inclinei a cabeça.

— Eu pareço uma humana comum para você?

Pergunta traiçoeira. Ele pisaria em falso ou daria para trás. Pisaria em falso *e* daria para trás. Era divertido enrolar as palavras nos tornozelos deles sem que percebessem e os assistir tropeçarem.

Ele respirou fundo, como se ponderasse a pergunta. Deu um passo para trás e me analisou. Parecia que o olhar dele estava acendendo um fósforo em meu corpo. Alguma coisa queimou sob minha pele. Ele focou os olhos nos meus mais uma vez.

— Não. Definitivamente não. — Ele sorriu, e minha pulsação ficou acelerada. — Só não estou acostumado a ver outros sobre-humanos por aí, então tive que confirmar. Assim me sinto menos sozinho, então agradeço.

Oh-*oh*. Fiquei bem parada. Não era para aquilo acontecer. Eu conhecia aquele jogo, na verdade, o jogo era meu, e normalmente eu sabia como despistar os que tentavam vir atrás de mim. Eu estava esperando despistá-lo. Na real, eu *queria* isso, me livrar do que quer que tivesse grudado em mim nos dois minutos de interação que tivemos, aquela energia deslizando em minha pele que me fazia fervilhar (eu sabia que tomar um latte depois das três da tarde era uma ideia ruim, sou sensível pra caramba). Porém, não apenas ele tinha ido atrás de mim, era como se ele já soubesse aonde eu estava indo. Era como se estivéssemos indo para o mesmo lugar. Ele me deu um meio-sorriso, algo que conseguia ser ao mesmo tempo pequeno e poderoso o suficiente para iluminar o rosto dele, amenizando os ângulos acentuados. A luz intensa das lâmpadas industriais do corredor não era páreo para aquele sorriso, que rastejou até o fundo da minha barriga e causou um repuxão ali.

Sustentamos o olhar um do outro por mais alguns segundos, enquanto eu tentava descobrir o que diabo estava acontecendo, quando uma porta se abriu em algum lugar ali perto. Ambos nos sobressaltamos como se tivéssemos sido interrompidos, como se houvesse algo ali a ser interrompido, e nos viramos na direção do que teria sido um incômodo, se houvesse algo ali a ser incomodado.

Zuri Isak estava na porta do 602 (eu tinha acabado de sair do 601), de cropped e calça legging, com os cachos soltos bem brilhantes. Bonitinha, casual. Intencionalmente bonitinha e casual. Zuri não deveria estar ali. Ela deveria estar no aniversário da amiga Nia no restaurante Sakura, na cidade. Eu sabia daquilo porque tinha uma contagem regressiva rolando nas redes sociais, pensada para fazer as pessoas que não foram convidadas sentirem como se estivessem de alguma forma perdendo aquele jantar em um lugar onde *sugar daddies* levam *sugar babies* para comer, mas tornado acessível via cupons de desconto. De qualquer forma, a situação era especialmente interessante porque recentemente Nia e Zuri tinham passado por uma troca de poder na panelinha, em que Nia havia usurpado o lugar de Zuri como Abelha-Rainha ao organizar uma viagem em grupo para a casa de campo do padrasto dela em Barcelona no verão, enquanto Zuri visitava a família em Michigan. Ela poderia facilmente ter reorganizado a viagem para quando Zuri estivesse de volta, mas não quisera fazer aquilo. Era uma declaração. Um golpe de Estado. E, a julgar pela camada suave de rímel, pelo brilho labial e pelo toque de blush — dei uma olhadela para meu Colega Sobre-Humano, percebendo só naquele momento que ele segurava uma garrafa de vinho rosé —, algo me dizia que a decisão de Zuri de faltar ao aniversário de Nia para ficar em casa "vendo um filminho na Netflix" também era uma declaração.

Zuri cumprimentou meu Colega Sobre-Humano, que definitivamente não estava tão sozinho quanto tinha indicado.

— Ei, você! Não ouvi você bater na porta, então vim checar…

Ele sorriu para ela. Era interessante. Objetivamente, analisando como uma cientista (boyóloga, com experiência em boylixologia), foi um sorriso diferente do que ele tinha dado para mim. O sorriso que ele deu para ela era acessível, pop, fazia sucesso na rádio. O sorriso que ele havia me dado era o *single* lançado depois de os artistas terem conquistado terreno, encontrado a própria voz, quando já podiam falar diretamente com o público-alvo. O sorriso que ele havia me dado tinha um quê de R&B.

Ele caminhou em direção à porta aberta.

— Foi mal, o elevador demorou...

Zuri assentiu, distraída, olhando para mim.

— E aí, Kiki, como é que tá?

Ela não estava desconfiada; eu não era uma ameaça, nunca fui. Eu era conhecida como A Que Não Pega Ninguém —, mas era justamente por isso que minha presença ali era intrigante. Eu não tinha uma panelinha e morava com minha melhor amiga. Eu não tinha a quem visitar. Mas eu já tinha pensado em tudo. Eu tinha um álibi: uma menina (que não era membro da federação negra) que fazia uma disciplina de comunicação política comigo e que calhava de morar no 604.

— Estava só pegando umas anotações com Ilana. — Dei umas batidinhas na bolsa. — Perdi uma aula hoje. Cólica.

Por um momento me perguntei se tinha dado muitos detalhes, mas Zuri tinha parado de ouvir na metade da frase, de qualquer forma. A mão dela já estava se enrolando em torno do braço firme de meu Colega Sobre-Humano enquanto olhava para ele, piscando com os longos cílios.

— Massa. Legal. Eu também estou... estudando uns materiais. Ansiosa para o seu próximo programa!

Ela puxou o cara para dentro do apartamento, mas não antes que ele me lançasse um olhar indecifrável. Balancei a cabeça, sorri e apertei o botão do elevador. É, algo seria estudado naquela noite.

Era um alívio, sério. Meu conhecimento de boylixologia tinha vacilado por um momento. Foi bom colocá-lo nos eixos. Quem quer que fosse, ele era igual a todos os outros. Aquilo era reconfortante.

CAPÍTULO 2

Rádio da Faculdade Paço do Rio Branco, horário das 21h30 às 23h, quinta-feira, programa *Açúcar Mascavo*

Entrei de fininho no estúdio apertado da rádio do campus, esperando que o cuidado com que abri a porta amenizasse o fato de eu estar atrasada para a reunião pré-programa com minha técnica de rádio, produtora (informalmente) e melhor amiga (formalmente), Aminah. No entanto, assim que abri a porta, ela se afastou da mesa da rádio e veio rodando na cadeira de escritório azulada até mim, os cinquenta centímetros de cabelo ondulado balançando com o movimento, uma vilã do 007 com uma bunda incrível.

Ela ergueu a sobrancelha perfeita.

— Tava onde, puta?

— Biblioteca.

— Mentirosa.

Sorri e tirei a jaqueta.

— É.

— Eu quero saber?

— Não.

Aminah estreitou os olhos.

— Mas eu sei.

— Eu sei.

Aminah balançou a cabeça com preocupação genuína, parecendo uma terapeuta de série, pressionando as unhas de gel lilás no peito. Ela não deixaria aquela passar.

— Sabe, preta, não é saudável se desvencilhar emocionalmente de propósito em relacionamentos íntimos…

Franzi o cenho para fingir que estava confusa e joguei a jaqueta no sofá desgastado de couro no canto do cômodo.

— Desculpa, esqueci, você estuda psicologia ou marketing?

Aminah balançou a cabeça enquanto se levantava da cadeira e ia para o sofá, dando um tapa na minha bunda no meio do caminho.

— Olha só, não gostei nada da atitude. Muito hostil. E, na real, peguei uma disciplina de psicologia este semestre, mas não é esse o ponto. Aprendi isso no programa de minha tia Jada Pinkett Smith…

— Falando em programas, podemos nos preparar para o nosso?

Aminah deu um sorriso a contragosto.

— Saindo pela tangente. Muito bem. Então agora você quer trabalhar? Depois de se atrasar para o briefing da equipe?

Ela pegou um pacote de chips de banana-da-terra do estoque que mantínhamos no armário no canto do cômodo e se sentou no sofá, apontando para mim feito uma avó nigeriana com a mão na cintura envolta em um *lappa* e exalando decepção.

— Sem lanchinho pra você.

Voltei para meu lugar de direito na frente da mesa, encaixei o fone no pescoço e acordei o computador.

— Não queria comer mesmo. — Outra mentira supérflua. — Além disso, nós *somos* a equipe. E tá tudo bem, eu sei o tópico que vou cobrir e você *sabe* que a única coisa que a gente faz nessas reuniões é falar merda…

Ela jogou um chip na boca.

— Cruxial pro entrovvamento da equipe.

— A gente mora junta…

— E daí?

Ri.

— Sabe de uma coisa? E daí nada. Você está certa. Desculpa… — Pausei e pigarreei, trazendo indiferença para minha voz. Quer dizer, eu estava indiferente, mas eu queria ser muito óbvia e indiferente de maneira cristalina porque minha melhor amiga tinha uma visão emocional de raio X. — Ei, rapidão… Esbarrei em um cara mais cedo e não tinha visto ele antes, o que é esquisito, porque…

Aminah tinha tirado o tablet de dentro da caríssima bolsa estruturada em cima do sofá, supostamente rolando a página do programa para o tópico de hoje. Ela abaixou imediatamente os óculos de marca de aros pretos e sorriu, fazendo exatamente o que eu esperava que ela não fizesse, transformando minha pergunta casual em algo muito maior.

— Há? Kiki Banjo intrigada com alguém? Podem me botar num conjuntinho de moletom cinza, porque o mundo obviamente está acabando.

Em uma outra vida, Aminah Bakare — que usava um conjuntinho de blazer e minissaia quadriculado e uma camisa preta de gola rulê — poderia facilmente ser a Suprema das NigeRicaças da faculdade. Os pais dela tinham um império nigeriano de petiscos chamado ChopChop (fonte de nosso estoque infinito de chips de banana-da-terra) e, até os 15 anos, Aminah tinha estudado em uma escola internacional britânica de prestígio em Lagos, onde, de maneira inexplicável, todo mundo falava com um sotaque afetado de patricinha californiana que ela evitava por uma questão de princípios. ("Por que eu ia querer soar que nem uma Kardashian? Que recolonização é essa?") Os pais dela acharam que concluir a educação básica na Inglaterra (onde ela nasceu, mas não foi criada) a ajudaria na hora de se candidatar a uma universidade, então ela foi parar em um internato particular em Sussex por alguns anos, uma experiência que tinha odiado. ("Aquele lugar estava transbordando de latifundiários e maçons, Kiki. Sabe o que é maçonaria? É um juju dos brancos. Do pior tipo. Eu era a única menina negra de lá e juro para você que meu professor de inglês olhou nos meus olhos e disse a palavra 'neguinho'. Sim, a gente estava discutindo *O apanhador no campo de centeio*, mas será que é esse o ponto?!") Ela saiu do internato para completar os exames de qualificação em uma escola estadual na fronteira leste entre Londres e Essex enquanto morava com a tia e tirou as notas máximas que os pais dela juravam que ela não conseguiria tirar se não tivesse estudado em uma escola que também tinha os netos de Margaret Thatcher como alunos. Foi um alívio para Rosewood Hall. Ela tinha tornado a existência deles muito difícil, apresentando queixas formais a respeito dos comentários sobre raça feitos pelo corpo de funcionários e pelo corpo discente, se recusando a usar uma papoula do Dia da Lembrança* e questionando por que lá se aprendia sobre o império britânico sem criticar sua brutalidade. O ponto é que, apesar de ser uma renegada da família e uma Fodona que rejeitava todas as expectativas e suposições sobre ela, no nível mais profundo — minha melhor amiga, minha irmã — Aminah Bakare era a princesa daquele conto que conseguia identificar a presença de uma ervilha debaixo de um colchão de espuma viscoelástica e, portanto, nem morta seria pega usando um conjuntinho de moletom cinza em público.

Revirei os olhos.

— OK, meio dramática. Oxê, srta. A-menos…

Aminah quase se engasgou em um chip.

— Uau…

— Olha, é só para o meu banco de dados social, para a gente saber o que está rolando aqui na universidade. Uma questão de trabalho mesmo. Como é que vou falar do que tá rolando se eu não souber o que tá rolando? Só acho estranho, porque nunca vi aquele cara antes e ele estava indo encontrar Zuri Isak…

Aminah abaixou ainda mais os óculos.

— Aham. Zuri Isak, que acontece de morar no mesmo prédio e, creio eu, no mesmo andar que…

— Quer saber? Deixa pra lá. Vamos só se preparar para o programa. A gente tem dez minutos. Pode me fazer algumas perguntas, por favor?

Aminah sorriu e voltou o olhar para a tela do tablet.

— Ok, vou fingir que deixei pra lá, mas…

Enquanto rolava a página, Aminah franziu as sobrancelhas perfeitamente desenhadas em uma expressão de curiosidade.

Copiei o gesto de imediato, porque, quando Aminah franze a testa, faço o mesmo. É coisa de instinto.

— Que foi?

— Hum… então, um lance esquisito. Todos os pedidos de conselhos desta semana são muito… específicos? "Como fazer um cara namorar com você?", "Como fazer um cara escolher você?", "Como ser uma prioridade?".

---

* Dia em que a Comunidade Britânica de Nações homenageia os membros de forças armadas e civis em tempos de guerra, desde a Primeira Guerra Mundial. [N.E.]

Rolei a cadeira para perto dela na mesma hora. Aquilo era preocupante, e não soava como as mulheres paço-pretas. Elas manjavam dos paranauê — eu fazia de tudo para garantir aquilo. Era verdade que a gente lidava principalmente com dilemas de relacionamento e que conselhos românticos eram mais frequentes, mas a gente nunca tinha recebido aquele *gênero específico* de perguntas. Nada assim tão focado.

Desde o primeiro ano, quando eu comecei o programa — R&B e soul intercalados com conselhos que se relacionavam com os temas das músicas —, as paço-pretinhas e eu tínhamos passado por muita coisa. Juntas lidamos com boys que respondiam "Ihhh alá, do nada, mané" quando ouviam um simples "Em que pé a gente tá na relação?". Eu as ajudava a lidar com homens que alongavam seus "caracas" para responder a perguntas que eram versões veladas de "Se você diz que gosta de mim, por que não age como se gostasse, seu babaca?".

Eu disse a elas que aquele "caraaaaaca" era uma ferramenta. As vogais extras serviam para que ele tivesse tempo de descobrir qual mentira contaria quando você perguntasse por que ele tinha recebido uma mensagem de "bom dia, lindo" depois de sua amiga ter o visto saindo do apê de outra mulher de manhã. Eu esmiuçava táticas de como lidar com caras que viravam e diziam "Agora tá me vigiando?" como se você tivesse perdido a sanidade, como se no dia anterior ele não tivesse falado baixinho: "Você é diferente… cê sabe disso, né, gata. Nunca conheci ninguém como você". Nós crescemos juntas, desenvolvemos nossos estudos de boylixologia com um currículo forte. Então parecia estranho que de repente elas estivessem preocupadas em serem escolhidas. Éramos nós quem escolhíamos e nunca implorávamos por nada.

Aminah tinha colocado os óculos de volta, inspecionando os comentários com um rigor científico:

— Os comentários vêm de todas as panelinhas: As Docinhos Veganos, as Minas Londrinas, as NigeRicaças, as Gatinhas Bíblicas e todas elas com o mesmo tipo de pergunta. Além disso, estão interagindo uma com a outra. De um jeito ruim. Não tem ninguém dizendo "Vai dar tudo certo, amiga". Está bem feio. Estão dizendo umas coisas tipo "Fica longe dele" e sei lá o quê.

Peguei o tablet da mão dela para ver eu mesma. Aminah estava certa. Em vez dos habituais comentários de apoio que enchiam a página, tinha brigas, ataques — "Já parou pra pensar que talvez ele não queira vc, amiga?"; "Amiga, não foi seu homem que pegaram na cama com uma daquelas branquelas que chegam no rolê fantasiadas de Kim Kardashian? Não é melhor você tirar um tempinho pra se recuperar??". Vixe.

"Amiga" era uma palavra poderosa e potente, com o poder de construir ou destruir com a mesma intensidade; era uma espada que podia ser usada tanto para proteger quanto para dilacerar. Havia um banho de sangue na seção de comentários do *Açúcar Mascavo*, muito pior do que da vez que alguém disse que "não *entendia* o hype da Beyoncé" durante um debate num rolê de Paço Preto.

A situação estava péssima.

Desde sua criação, o *Açúcar Mascavo* era a cola que mantinha os diferentes grupinhos de paço-pretas unidos. O programa era o espaço onde nos reuníamos virtualmente e nossa página era um lugar seguro onde todas deixavam de lado as diferenças para se apoiarem e trocarem likes em comentários sobre dramas com homens. Grupos que não se bicavam nos rolês de Paço do Rio Preto (outras universidades tinham Associações Afro-Caribenhas, AAC, nós mudamos o nome da nossa instituição e nos apropriamos dele) se juntavam na seção de comentários para xingar um pilantra que tivesse respondido um "eu te amo" não planejado com um "se cuida, coração". O caso era sério.

Devolvi o tablet a minha melhor amiga.

— Isso é por causa de um cara específico. Tem uma fonte unindo tudo isso aqui…

Aminah assentiu.

— Sim, mas isso nunca aconteceu antes. Quer dizer, já rolou de ter gente brigando por homem, mas não desse jeito. E não acho que a população masculina de Paço Preto tenha mudado tanto nesse último ano e… por que você tá com essa cara?

Era óbvio. Tinha que ser. Meu Colega Sobre-Humano de mais cedo não era como os outros caras. Não, ele era liso, natural naquilo. Ou pelo menos era muito habilidoso em aparentar sinceridade. Ele era atencioso, olhava no olho. Eu já tinha uma imunidade desenvolvida e mesmo assim ele quase me enganara. Quando ele olhou para mim, eu senti na pele — e, se ele quase tinha me enganado, aquilo significava que ele com certeza tinha enganado algumas das outras mulheres.

Assenti para Aminah.

— Acho que sei quem é. Tem como você descobrir se rolou de muitas meninas começarem a seguir alguém específico recentemente?

Aminah sorriu.

— Será que tenho todos os produtos da Fenty Beauty? Não vamos fazer perguntas bestas. Estudo marketing digital. E sou muito boa no que faço. Sou uma maga das redes sociais, minha filha. — Ela disse tudo aquilo enquanto rolava a página e tocava a tela como uma maestrina conduzindo uma orquestra, usando os dedinhos de unhas recém-feitas para subjugar a tecnologia com muita facilidade. Ela parou de forma brusca e encostou o tablet no peito com uma expressão travessa no rosto. — Kiks, o cara que encontrou mais cedo era alto, misterioso e lindo? Parecia que tinha saído de uma comédia romântica dos anos noventa? Parecia o resultado de um experimento de células-tronco entre Kofi Siriboe e Morris Chestnut?

Eu teria rido se a descrição não fosse tão assustadoramente perfeita.

— Você achou ele?

Aminah virou o tablet. A tela mostrava o zoom em uma página do ProntoPic e lá estava meu Colega Sobre-Humano me encarando de uma praia, sem camisa, usando um short rosa com desenhos de palmeiras e segurando um copo vermelho. O peito dele parecia uma cordilheira cheia de montanhas. Nunca fui fã de esportes radicais, mas escalada de repente pareceu algo legal de experimentar.

O sorriso de Aminah ficou maior.

— Acho que encontramos o motivo de as meninas estarem perdendo a cabeça. O nome dele é Malakai Korede. Foi transferido em setembro da Universidade Northchester. Então podemos presumir que ele é inteligente. Inteligente o suficiente para fazer você se perguntar quem é ele…

Estreitei os olhos e peguei o tablet da mão dela, rolando pelas fotos dele. Havia poucas selfies, então dava para ver que ele não era muito vaidoso. Ele era confiante, usava looks despojados e, *quando* tirava selfies, eram bem pensadas. Não eram nem o tipo de closes destacando as narinas que faziam uma menina se apressar para dizer "Ele é mais bonito pessoalmente" nem as fotos ridículas no espelho, com os olhos semicerrados, um meio biquinho e um verso de *trap* na legenda falando de dinheiro, mulher e de um estilo que o cara provavelmente nem tinha. Não, as fotos de meu Colega Sobre-Humano — quer dizer, *de Malakai* — eram interessantes. Tinha uma foto dele na frente da Mona Lisa com a legenda: *Perguntei o que ela ia fazer essa noite e ela só me lançou um olhar de lado. Levei toco de uma pessoa de 516 anos, quem diria. #diganãoaoetarismo.*

Um sorriso que não aprovei escapuliu de mim. Irritante. Aff. Beleza, então de alguma forma ele fazia parte dos 0,001% da população masculina que era mais ou menos engraçadinha. Dava para ver como aquilo poderia abalar nossas meninas. Eu tinha certeza de que a maioria dos caras da universidade achava que sátira era só um jeito de descrever um look.

Desci um pouco mais e me deparei com a foto de uma menininha muito angelical com uma nuvenzinha crespa de cada lado de seu rostinho em formato de coração, com a legenda: *Ela manda em mim. #momentotitioesobrinha #PrincesaAliyah.*

Então ele era bom com crianças, tinha um lado fofo. A coisa mais perigosa era que obviamente não era de fachada: não tinha como ele fingir a adoração com que olhava para aquela anjinha. Com aquela demonstração descarada de fofura genuína, ele estava falando diretamente com um monte de mulheres jovens cujas mães disseram que elas tinham que se formar com um diploma em uma das mãos e um futuro Obama na outra. O caso Malakai Korede ficava cada vez mais sólido. Ele era um partidão — um maná vindo do paraíso no corpinho de um cara de Brixton (pelas localizações marcadas). E nós, as mulheres da Faculdade Paço do Rio Branco, estávamos em um deserto romântico. Quem éramos nós para questionar a bênção de Deus, um oásis para matar nossa sede? Os comentários nas fotos dele ("reizinho demais!") eram de membros da mesma panelinha. A foto mais recente contava com emojis de coração de Nia. E ele também era desejável o suficiente para ser usado como peão na política interna das panelinhas. Sim, era pior do que eu pensava. Ele era evoluído. Não era um pegador fajuto, fofo mas estúpido. Ele tinha uma personalidade, pontas e arestas e características específicas e, além disso, tinha uma aparência tão amplamente palatável que o tornava atraente para todos os subgrupos de mulheres de Paço Preto que gostavam de homens.

Era início de outubro, mas o escopo do alcance dele na população feminina da AAC já era surpreendentemente amplo — mais do que uma típica dor de cabeça alta, misteriosa e linda esperaria conseguir em seis meses. Tinha alguma coisa nele, um tempero diferente. Nossas meninas não eram bobas, mas eram atentas. Óbvio que Malakai era carne nova, mas, se elas não o considerassem palatável, teriam o cuspido rapidinho. Mas o tal cara seguia invicto nas redes sociais, tinha conseguido escapar do meu radar, livre de alguma forma, apesar de ter algum tipo de conexão com alguém de cada panelinha feminina paço-preta. Nem um outro cara do campus teria conseguido se safar daquele jeito. De alguma forma, ele estava virando nossas meninas umas contra as outras. E, como um vírus, ele tinha que ser erradicado.

Devolvi o tablet para Aminah.

— Vou resolver isso. Ele está mexendo com nossas meninas. E, além do mais, elas são nosso público-alvo. A gente é um espaço que promove a paz e a verdade e, se ele está causando discórdia entre elas, isso é um problema para mim.

Aminah riu e jogou um chip de banana-da-terra em mim, o que só foi irritante porque não consegui pegá-lo com a boca. Um desperdício.

— Aham. Com certeza você quer que ele cause discórdia no *seu* alvo…

Rodei a cadeira de volta para a mesa.

— Ok, estou vendo que você não tá levando isso a sério. E o que você falou nem fez sentido…

Aminah deu de ombros.

— Eu achei poético.

— A gente pode começar o programa?

Sorri para o microfone e ajustei o fone nas orelhas. Deslizei um botão na mesa de mixagem e mudei para um neo soul instrumental suave, com o volume bem baixinho.

— Boa noite, família, esse aí foi D'Angelo e vocês já sabem como é, hora de curtir com a Kiks. Chegando com tudo e trazendo um som delícia e suave para vocês aproveitarem a nostalgia gostosa nesta noite de quinta, #TBT, como sempre, porque me importo muito com vocês. Quero que tenham tudo do melhor. Falando nisso, esta noite quero falar de um tema específico com vocês, amigas. Caras, podem ficar por aqui se quiserem, mas se você se assusta fácil com uma mulher que sabe do seu poder, por favor, *to the left, to the left*, como cantaria Beyoncé . Tô avisando pro seu bem. Se ao ouvir o que tenho a dizer você começar a bater no peito com força até entortar, amigo, a culpa vai ser só sua.

Sorri e olhei para Aminah que, também sorrindo, levantou o polegar para mim como incentivo. Voltei para o microfone.

— Agora que todos os avisos de saúde e segurança foram dados, acho que já posso dizer a vocês que quero falar do conceito introduzido pela música-tema de hoje, "Playa Playa", de nosso santo padroeiro D'Angelo. Isso aí. Hoje vamos falar d'*O Pegador*. Gostaram de como eu disse? Como se estivesse falando de um monstro ou alguma merda do tipo?

— Kiki… — advertiu Aminah, assumindo o cargo de produtora e pessoa que tinha que garantir que eu seguisse as diretrizes de transmissão da universidade para não correr o risco de tirarem nosso programa do ar.

Sorri.

— Foi mal. O que vou dizer agora é um ASP. Anúncio de Serviço Público. Um aviso. É crucial para nosso bem-estar, amigas. Pois vejam só, muita gente pensa em "pegador" como um termo que só existe no masculino. É um cara bom de lábia, com uma língua esperta… em vários sentidos. Não se acanhem, vocês sabem do que estou falando. Esse é um espaço seguro, meninas. Soltem suas feras. Somos de carne e osso e temos nossas necessidades, né?

Aminah riu e estalou os dedos lá no alto como se estivesse em um recital de poesia.

— Vai, amiga. *Habla* mesmo.

Deixei a voz soar em uma cadência típica de poesia falada, baixa e aveludada:

— Um cara com tanto mel que te deixa lambuzada. Vira sua cabeça e acaba com seu juízo… e aí quando você vê, já está totalmente rendida.

Aminah fez um som de aprovação como se estivesse na igreja e virei para vê-la de olhos fechados, com a mão no peito, balançando a cabeça como se recebesse a palavra.

Abafei a risada, revirei os olhos e voltei para o microfone, agora com a voz sombria, minha própria versão de âncora de telejornal:

— Mas me permitam fazer uma pergunta, minhas amigas. Para o pegador, qualquer uma está ao seu alcance? Nós somos consoles que servem para ajudar um carinha a se tornar um homem adulto? Estamos aqui para eles apertarem nossos botões e nos manusearem como quiserem para progredirem no jogo?

Aminah fez um som mais alto e levantou as mãos em louvor.

Cheguei mais perto do microfone, mesmo que ninguém pudesse me ver, porque sabia que o efeito seria sentido, que a pontuação flutuaria pelas ondas no ar.

— Vocês não estão cansadas de ver homens tratando seus corações desse jeito? Tô perguntando isso porque tem um novo pegador na cidade. E não vou mentir, ele até que é bonitinho, sim. Um pitéu. Ou, melhor, uma *bebida quente*. Mas vocês sabem que café demais faz mal, né? Te deixa acordada a noite toda, faz mal para o coração, dá sede e, às vezes, se você for sensível demais, dá aquela dor de barriga. Essa analogia foi meio ruim, mas deu pra sacar.

"De um jeito meio parecido, tem uma presença alta, gostosa e misteriosa na faculdade que está deixando nossas meninas desequilibradas. Causando tremedeira, estresse, desidratação e irritação. Cuidado com o Pilantra do Paço, amigas. Tá esfriando, é época de conchinha e sentimentos são contagiosos, eu sei, mas bora reforçar o sistema imunológico, tomar suas doses (eu, por exemplo, gosto de uísque), escutar Megan Thee Stallion duas vezes por dia e ingerir antialérgicos se for picada pela pulga dos cachorros. Sabem de uma, meninas? É hora de mudar o sentido do termo *pegador*. Chega de se deixar ficar ao alcance deles, o romance não é um jogo que se joga sozinho. Vamos retomar nosso poder.

"Pilantras têm esse nome porque eles roubam o nosso tempo. Roubam nossa energia. De propósito. Nos vendem sonhos e depois pegam eles de volta, para que a gente corra atrás deles como se um dia tivessem sido realidade. Eles se comunicam mal, mandam mensagem de bom dia toda manhã, mas nos largam com um visualizado e não respondido quando a gente pergunta onde eles estão e nos fazem tirar conclusões precipitadas. E, vou dizer, esse tipo de exercício não faz bem para o coração. Nos roubam de nós mesmas. Pilantras são ladrões. O que foi que o reizinho D'Angelo disse em sua parábola hit, "Playa Playa"? Eles roubam seu brilho, rainhas. O tempo e a energia que roubam da gente poderiam ser usados para a gente perceber nosso poder. Eles nos impedem de ver que somos lindas de corpo e alma, fazem a gente se perguntar por que não somos suficientes. Diz aí se não é uma sacanagem? Pois cá pra mim, acho que precisamos ser mais sacanas ainda.

"Amigas, não quero sugerir nada radical. Só estou dizendo para tomarmos o controle. Sempre vai ser um jogo, um pega-pega, mas faça questão de jogar tão bem quanto ele. No melhor dos cenários, até de pegar mais para você do que ele. Pode chamar de retribuição cármica. Façam ele se virar nos trinta, mas nunca deixe o cara descobrir qual é a sua. Até a próxima. Sigam doces, meninas. Com amor, sempre, Kiki."

CAPÍTULO 3

—Senhorita Banjo! Você chegou cedo.

Sorri ao entrar no escritório da professora Miller. Ela limpou algumas migalhas de brownie dos dedos. De alguma forma, o gesto pareceu elegante, combinando com os dreads amarrados em um lenço ocre, os brincos de bronze enormes em formato de lua e o brilho marrom arroxeado dos lábios dela. Eu me sentei na cadeira diante da mesa e joguei a bolsa no chão.

— É por isso que sou sua aluna preferida.

— Não é apropriado ter preferidos.

— Então você admite que sou sua preferida.

Entreguei a ela o café *flat white* que tinha comprado com meu *latte* no Beanz, o café do campus.

Minha mais sagrada figura de autoridade feminina, sem contar Beyoncé e minha mãe, ajustou os óculos de tartaruga no rosto perfeitamente inexpressivo.

— Tecnicamente não tenho permissão para aceitar nada de estudantes. Não posso beber isso de forma alguma. — Ela fez um gesto para mim com um dedo, adornado com uma brilhosa unha cor de vinho e um robusto e primorosamente entalhado anel de prata, me instruindo a colocar o café na mesa. — Incrível como acabei de encontrar um *flat white* aleatório na minha mesa. Não posso desperdiçar. — Ela pegou o café, deu um gole e sorriu. — Obrigada.

Dei de ombros.

— Pelo quê?

Levantei o copo de café e bati no dela, fazendo um brinde aos limites bem respeitados entre orientadora e orientanda.

A prof.ª Miller e eu não acabamos trabalhando juntas por acaso. Eu estudava política, mídia e cultura e ela dava uma disciplina de mídia intertextual e cultura. Ela também calhava de ser a única entre os dois docentes negros da instituição que orientavam estudantes da graduação. O outro professor negro era um cara que uma vez, no Mês da História Negra, discursou para os caras de Paço Preto sobre como a melhor forma de evitar problema era não aparentar ser um problema (não usar calça larga, não parecer "negro"). Repensando a declaração anterior: a prof.ª Serena Miller era a única docente negra da minha universidade.

Concluí que ela tinha que ser minha orientadora já no primeiro ano, em meu terceiro seminário. Durante uma discussão na sala sobre o poder cultural das redes sociais associadas à arte, em que eu tinha citado *Lemonade* como exemplo, um carinha com roupa de marca chamado Percy, que eu já tinha visto descrever a aula como "serviço comunitário" — nas palavras dele, "esses lances de diversidade pegam bem no currículo" —, me interrompeu para me informar de que o álbum visual era um exemplo de "besteirol elaborado que apela para políticas identitárias e não contribui em nada para a sociedade como um todo". Abri a boca para dizer que ele era um racista babaca, bitolado e ignorante, mas pensei melhor e, em vez disso, pratiquei alguns exercícios de respiração que aprendi com minha guru de estilo de vida preferida do YouTube, Coco, *do Vida Tranquila com a CoCo.*

— Você não acha que — *respire fundo… inspire… expire…* — está falando de uma perspectiva bastante limitada? — *Sério, Kiki, respire fundo… expire…* — Como um homem branco, sua cultura é o padrão — *será que estou falando muito devagar?* — e é possível que esse seja o motivo pelo qual você — *é um babaca do caralho* — acha que qualquer desvio do padrão implica algo inferior. Porque você acha que "diferente" *é* "inferior".

A turma inteira ficou em silêncio e Percy ficou rosa que nem um porquinho. O rosto da prof.ª Miller estava completamente inexpressivo. Ela era uma monarca imparcial e estoica, com os brincos de penduricalhos contribuindo para a imagem de imponência, comprimindo os lábios cor de bronze de um jeito que quase escondia a leve curva que faziam. A curva transmitia algo como orgulho ou divertimento, ou ambos.

Ela pigarreou e prosseguiu:

— Creio que o que a srta. Banjo está sugerindo é que a sua fala está alinhada com o que diriam críticos incapazes de pensar além dos limites de uma rigidez racial autoimposta. E esta rigidez racial com frequência leva à intolerância e a opiniões preconceituosas. Tomemos cuidado com isso. — A prof.ª Miller fez uma pausa antes de continuar, nos dando tempo o bastante para digerir que ela, de fato, tinha usado o linguajar acadêmico para chamar Percy de racista babaca, protegida de um processo pela própria inteligência e experiência. — No entanto, isso acaba por abrir uma discussão — afirmou ela, caminhando em torno da sala, tamborilando na palma da mão com a caneta. — O que nós achamos? As redes sociais aproximaram a sociedade atual de uma sociedade pós-racial? Uma sociedade interracial? Ou estamos passando por uma segregação ainda maior? — questionou ela, abrindo as perguntas para a turma, mas não antes de lançar a mim, a única mulher negra no local além dela, um sorrisinho resoluto.

Apesar de termos uma Associação Afro-Caribenha por meio de Paço Preto, a Faculdade Paço do Rio Branco ainda era uma universidade de artes liberais no sul pastoral da Inglaterra e, portanto, éramos uma minoria encarregada de validar o uso do termo "diverso" no panfleto da universidade. Tínhamos nosso próprio mundo quando estávamos juntos em uma festa na casa de algum estudante, com as luzes apagadas, cotovelos roçando e quadris se esfregando em meio a corredores apertados. Mas, na realidade, estávamos espalhados pela universidade, pelas disciplinas, pelos semestres, nos sentindo rebeldes porque, em vez de nos dedicarmos a conseguir logo um diploma profissional (direito, economia, qualquer coisa que te bote num terninho trabalhando das oito às cinco para fazer valer os sacrifícios de seus pais imigrantes), jogávamos na grade umas disciplinas diferentonas que nossos pais consideravam frívolas.

A gente se achava muito descolado com nossos cursos interdisciplinares, nossos diplomas de economia e história da arte que faziam nossos pais e mães africanas se perguntarem onde tinham errado, mas o preço a se pagar por aquela rebeldia na educação superior era sermos ainda mais relegados ao lugar de minoria em um espaço onde já éramos muito marginalizados. Então, quando a prof.ª Miller olhou para mim naquele dia, eu soube que ela estava me dizendo que tínhamos que ficar juntas, soube que eu precisava escrever uma carta pedindo para trocar a pessoa designada como minha orientadora, que tinha me dito que era um alívio poder me chamar de Kiki em vez do meu nome inteiro, Kikiola. Por causa daquele tipo de racismo cordial que já é garantido — sua amiga branca tentando juntar você com o único cara negro que ela conhece —, eu não precisei pedir muito antes que meu desejo fosse concedido. A prof.ª Miller se tornou minha orientadora e parte do meu kit de sobrevivência universitário.

— Bom… — A prof.ª Miller se reclinou na cadeira. — Você é objetivamente uma dos meus alunos e alunas com melhor desempenho…

— Pode falar no singular…

A prof.ª Miller deu um sorrisinho modesto.

— Na verdade, você tem tido concorrência ultimamente.

Impossível.

— Muito engraçado, prof.ª Miller.

O rosto da prof.ª Miller não demonstrava nenhum indício de que ela estivesse brincando. Ajeitei a postura. Eu pegava uma versão um pouco mais avançada da disciplina dela porque era a única em que eu: a) estava sendo ensinada por alguém que me enxergava; e b) podia falar sobre a substituição da atriz que fazia a tia Viv em *Um maluco no pedaço* e relacionar isto a políticas de desejabilidade racial. Era ali que eu brilhava, ali que minha mente podia relaxar e ao mesmo tempo ser desafiada bem. Era ali que eu sempre conseguia tirar as melhores notas em todas as atividades. A revelação da prof.ª Miller foi um banho de água fria.

Ao ver minha cara, ela ampliou o sorriso e continuou:

— É sobre isso que queria conversar com você. Como bem sabe, o Instituto Brooks de Mídia e Arte da Universidade de Nova York é nosso parceiro, e todo ano todos os professores podem nomear um estudante do segundo ano para se qualificar para o estágio de verão de sua escolha. É ótimo para o currículo, vai ajudar na sua busca por empregos que exigem qualificação e é uma chance de experimentar algo novo, expandir seus horizontes. O programa de mídia pop deles é perfeito para você. Os membros do programa são pagos e têm a oportunidade de trabalhar em vários departamentos de uma determinada instituição de mídia que inclua áudio, mídias digitais, televisão e mídia impressa. Muita gente do programa acabou indo trabalhar nas instituições que acompanharam nesse processo. Já ouviu falar de Temilola Lawal?

Engoli em seco.

— Hum, a jornalista de cultura que acabou de se tornar a pessoa mais jovem a ganhar um Pulitzer na categoria de escrita especial?

A prof.ª Miller assentiu.

— Ela participou do programa. Acho que você seria uma ótima candidata.

— Peraí, prof.ª Miller, tá falando sério?

Aquilo era demais — o que eu queria fazer, exatamente o que eu tinha estado esperando havia muito tempo —, e encheu meu peito até que a alegria transbordasse da minha boca. No verão antes de começar a universidade, eu havia perdido um estágio de mídia competitiva em Londres por razões que eu gostaria de classificar como "pessoais". Naquela ocasião, muitos sentimentos afetaram minha habilidade de pensar direito, meu estado mental estava muito bagunçado e meu coração muito desprotegido. Daquela vez eu estava centrada. Sensata, controlada. Em outras palavras, daquela vez eu não ia fazer merda.

Os olhos da prof.ª Miller brilhavam.

— Tô falando sério. Tem umas brincadeiras que são bem sem graça, né? Vou mandar os formulários por e-mail. O prazo é janeiro. E, bom, sei que você vai se sair bem na parte escrita da seleção. É sobre o poder da mídia e sua conexão pessoal com ela. Mas também vai precisar de um projeto extracurricular midiático excepcional…

— Ah, de boa…

— E sei que você tem o *Açúcar Mascavo* — continuou a prof.ª Miller, com uma sobrancelha bem erguida —, o que é ótimo, mas a tarefa consiste em… — Ela clicou no laptop com a unha lustrosa e ajeitou os óculos. — "Construir, criar ou expandir. A pessoa candidata terá que buscar e alcançar um crescimento tangível em uma plataforma ou projeto de mídia por meio da diversificação do formato ou criação do zero." Tem a ver com expandir o que você já tem e registrar o processo. Um plano de projeto…

— O *Açúcar Mascavo* já é uma das plataformas de mídias mais populares do campus…

— Sua base é louvável. Decente. Leal. Vi as estatísticas. Mas ainda há espaço para crescimento. É um programa ótimo, mas há muitas maneiras de aprimorá-lo, se você quiser. Pode valer a pena fazer uma pesquisa para descobrir por que as pessoas que não escutam o *Açúcar Mascavo* não estão escutando.

Assenti e me endireitei na cadeira.

— Saquei. Quer dizer, com certeza, vou fazer o que puder para aumentar a audiência, mas certamente não é meu trabalho *caçar* ouvintes, né? Ou eles estão comigo, ou não estão. Não posso fazer revirar toda para ser algo que não sou...

A prof.ª Miller sorriu, o brilho suave de uma espada. O sorriso me informou de que ela estava prestes a me dizer umas verdades, me criticar ou ambos.

— *Kikiola.* — A força do meu nome completo confirmou que eu estava certa. — Trabalhar com mídia tem a ver com ser fiel a sua voz, é óbvio, mas também tem a ver com interagir com as pessoas com quem está se comunicando. Não tem a ver com falar *em* uma plataforma, tem a ver com falar *para* as pessoas, *com* elas. O que as pessoas querem? Como isso pode se alinhar com o que está tentando alcançar? Você está estimulando conversas ou apenas disponibilizando respostas didáticas? Talvez você tenha pontos fracos. Na verdade, eu sei que tem, principalmente em relação a se abrir para outras pessoas.

De maneira geral, eu não me importava com a prof.ª Miller fazendo valer o título de "orientadora", mas daquela vez estava sendo terrível. Será que ela não podia só fazer uma pergunta sem graça sobre como estou "lidando" com a universidade e jogar uns panfletos sobre alcoolismo estudantil em cima de mim, como uma orientadora normal?

— Prof.ª Miller, eu sempre faço atividades em grupo nas matérias de seminário!

Ela levantou a sobrancelha.

— Kiki, quando você está em um grupo, não dá espaço para as ideias das outras pessoas.

— Mas na nossa apresentação sobre mídia de massa Harry disse que livros deveriam ter a habilidade de ser injetados e ingeridos com um soro. Foi preocupante. Além disso, a gente precisa falar do sistema de aconselhamento dessa instituição...

— Ele estava pensando fora da caixa. Por que não questionamos meios tradicionais de informação? Valia a pena discutir, mesmo que você tenha concluído que a ideia se aproximava muito de eugenia e doutrinação. — Os lábios dela estavam curvados em um leve sorriso sarcástico. — Uma outra questão é que você faz o trabalho todo e divide entre as pessoas do grupo...

— Eu n...

— Conheço sua voz e dificilmente acreditaria que uma citação de Patricia Hill Collins tenha sido ideia de Percy. Kiki, eu quero mesmo poder indicar você para esse programa. Você é a candidata perfeita. Mas também quero ver você explorando seu potencial de transformação para fazer parte dele, e isso significa se desafiar a ir mais longe. O *Açúcar Mascavo* pode crescer, e acho que para isso você precisa descobrir como trabalhar com as necessidades de sua comunidade.

Meus ombros penderam para baixo e me recostei na cadeira. Aquela não era uma estipulação, era uma pegadinha. Algo tipo, beleza, você vai ganhar ingressos gratuitos para um show de Drake, mas antes você tem que passar três horas escutando uns branquelos chatos fazendo rap no seu ouvido em uma festa qualquer. Minha fórmula funcionava. As pessoas escreviam para mim e eu respondia às perguntas — de que outra forma eu poderia trabalhar com minha comunidade?

Suspirei.

— Prof.ª Miller, espero não soar arrogante, mas sei o que estou fazendo com o *Açúcar Mascavo*. Sou boa nisso. Será que não posso arranjar uma outra forma de aumentar a audiência?

A prof.ª Miller deu um sorrisinho sutil.

— Kiki, não é arrogância saber no que é boa. É arrogância pensar que não precisa crescer. Descubra o que mais pode fazer pelas pessoas. Sei que vai encontrar uma maneira criativa de fazer isso. Em toda matéria de seminário você acha uma nova forma de chamar Percy da mesma coisa usando palavras diferentes.

Ela deu um gole no café, cutucando a bochecha com a língua.

Tentei equilibrar a alegria por ela acreditar em mim com o fato de que ela estava basicamente me pedindo para fazer o impossível. O *Açúcar Mascavo* era meu espaço. Sim, eu o compartilhava com outras pessoas, mas estava segura por trás dele. Solicitar a opinião de outras pessoas significava que havia uma probabilidade maior de ele sair do meu controle, ficar bagunçado. Significava que eu podia acabar fazendo merda. Eu não tinha o costume de fazer merda.

O sorriso da prof.ª Miller se ampliou.

— Mas que linda expressão sofrida você tem aí. Veja bem, tem algo divertido que pode ajudar. A pessoa da minha outra disciplina de seminário… — *Ah, sim, minha nêmesis.* —… está trabalhando em um novo filme, que também estou orientando. Quando veio me perguntar se eu achava que o filme era uma boa ideia, confirmei que era. Só está faltando alguma coisa, e acho que falar com você pode ajudar. Da mesma maneira, acho que uma conversa entre vocês poderia te ajudar a encontrar novas ideias para alcançar o seu público. É uma pessoa gentil, amigável…

— Prof.ª Miller, você está dizendo que eu não so…

— Você é uma graça, Kikiola, mas na mídia se faz uso de consultoria o tempo todo, e essa consultoria viria de alguém brilhante e perspicaz. E que acabou de chegar, então você também poderia ajudar no processo de adaptação ao ambiente novo. Não é alguém como seus outros colegas da disciplina de seminário, é alguém… com uma frequência parecida com a sua. Vocês vão trabalhar bem em conjunto…

— Ah, então uma pessoa negra?

A prof.ª Miller me ignorou, possivelmente porque responder àquela pergunta a colocaria em risco de ser suspensa.

— Vou lhe enviar alguns trabalhos para que você mesma possa averiguar. Acredito que você vai achar o material interessante.

Esfreguei o nariz, que já estava pinicando por causa de minha nêmesis acadêmica invisível. Será que ela ficava bem de decote lateral? Provavelmente. Era um pouco trágico, mas a faculdade era meu lugar, minha habilidade acadêmica era minha âncora, e naquele momento, aparentemente, eu precisava de ajuda para alcançar meus objetivos.

Os olhos cor de mel da prof.ª Miller se encheram de ternura enquanto ela me analisava.

— Quero que você vá para esse programa em Nova York, Kikiola, e quero muito que tenha as melhores condições de chegar lá. Dê uma chance.

Eu não sabia se a prof.ª Miller gostava de mim ou se me odiava em segredo. Para que me esforçar para me associar a outras pessoas se eu estava indo bem sozinha? Mas a culpa era minha por escolher uma universidade de artes liberais na Inglaterra. Quem faz esse tipo de coisa? Não é nem a norma e agora, por não ter escolhido estudar bioquímica ou direito como uma boa filha nigeriana, eu tinha que sofrer e passar por uma espécie de experiência de aprendizado abstrata e holística com alguém que eu nem conhecia?! Por favor, prefiro ser processada por racismo reverso. Talvez a culpa fosse dos meus pais. Ao serem compreensivos e relativamente liberais, eles me deram a liberdade de escolher um curso que eu gostaria de fazer em vez de um curso que os deixaria tranquilos. Que insensível da parte deles valorizar minha felicidade. Ser advogada nem teria sido tão ruim. Tudo bem que minha alma teria se tornado uma mera carcaça calcificada, mas eu arrasaria em uma saia lápis formal. Minha bunda é linda.

— Você tem três meses, é bastante tempo. Estou ansiosa para ver o que vai pensar para o *Açúcar Mascavo*. — A prof.ª Miller silenciou quaisquer perguntas que eu ainda tivesse a fazer colocando o copo de café na mesa de maneira categórica. — Por hoje é só. Aproveite a festa esta noite. E obrigada por não trazer um *flat white* para mim.

— Ah, não foi um prazer.

Ela levantou o copo vazio em uma saudação.

CAPÍTULO 4

Uma música de *afrobeat* estava tocando: batidas em compassos diferentes e melodias que se enrolavam na cintura e no quadril, convidando-os a saírem para brincar. Eu queria sair para brincar ou, pelo menos, não pensar em Nova York ou na irritação que naquele momento barrava meu caminho até lá. A voz rouca, grave e sexy de um homem da África Ocidental pedindo que a pretinha não o matasse com aquele pacotão (o pacotão, no caso, é a bunda dela) pulsava nas caixas de som e se misturava ao ar fresco daquela noite de outono. Aminah e eu, duas das pretinhas em questão, andávamos pelo ambiente, balançando os quadris e batendo os saltos no asfalto a caminho do bar universitário rústico, todo acabado por fora, mas uma ótima boate de rap por dentro. Pelo menos para a gente. Nós, os paço-pretos, vivíamos daquelas imitações da vida luxuosa.

Aminah e eu entramos de braços dados na festa, passando pela amostra de multidão que se beijava, ria e fumava na porta dos fundos daquele pequeno anexo atrás da União Estudantil. A multidão se abriu para que passássemos. Nós duas não éramos populares ou impopulares, nós só *éramos*. Apesar de experiências anteriores terem me deixado receosa de fazer amizades, Aminah e eu formávamos uma unidade natural.

Nossos quartos tinham sido alocados no mesmo corredor no primeiro ano e nos conhecemos quatro dias depois de nos mudarmos. Estávamos jogando o lixo fora na mesma hora em uma manhã, as duas de pijama — short esportivo e regatas — e com os cabelos enrolados em lenços de cetim. Acenamos com a cabeça uma para a outra e sorrimos de modo educado e silencioso, reconhecendo a irmandade intrínseca de nossos pijamas improvisados e da feminilidade negra, quando um bêbado desgarrado de toga com cara de Chad — ou, possivelmente, Brad — passou por nós liberando um bafão de álcool. Como se prevendo o que fosse acontecer, trocamos um olhar.

Ele sorriu para nós e gritou:

— Ei, Destiny's Child! Balança esse rabetão! Mostra o gingado que já tô pronto!

Como se tivéssemos ensaiado, nós duas largamos os sacos de lixo e começamos a xingá-lo em uma doce e ordenada harmonia. ChadBrad foi se afastando, assustado, em pânico, mas o álcool tinha reduzido a velocidade dos movimentos dele, que cambaleava como um rato envenenado, dando tempo para que Aminah desse um passo à frente e puxasse a barra da toga dele, ignorando os gritos que ele dava, deixando-o nu exceto por uma cueca boxer. Foi então que percebi que estava apaixonada. Ela sorriu e na mesma hora indiquei que ela jogasse a toga para mim. Ela jogou, confiando em meus instintos, provavelmente encorajada pela sinfonia cativante de gritos de "Tá achando que é quem, seu babaca do caralho?" que havíamos entoado mais cedo. Peguei o pano fedido com o polegar e o indicador e o joguei em uma das lixeiras do lado de fora do prédio. Corremos de volta pelas portas de vidro, tropeçando, rindo, nos segurando uma na outra para conseguir estabilidade. Naquele dia, ela disse:

— Agora você vai ter que ser minha amiga à força. Não tenho energia para sair de casa e fazer mais nenhuma amizade, então bora ver como vai ser entre a gente?

Então nos tornamos amigas à força e fiquei grata — não sabia se teria coragem de ser amiga dela se não fosse por aquela declaração. Eu tinha chegado bem machucada à universidade.

Nos dias atuais, estávamos fora das panelinhas e do complexo industrial de Paço Preto. Éramos um centro por si só, com o *Açúcar Mascavo* nos dando imunidade e impedindo que nos envolvêssemos demais. Agíamos como intermediárias, embaixadoras e juízas imparciais quando éramos convocadas. Aquilo nos garantia certo respeito, ainda que não necessariamente afeto. Para mim, funcionava: eu não precisava me envolver demais. Não precisava de um grupo. Não queria me meter em amizades que eram apenas tentativas de fugir da solidão. Eu tinha Aminah e o *Açúcar Mascavo*, e aquela era minha comunidade. Queria pegar meu diploma, garantir meu futuro e ir embora.

Mas aquilo não significava que eu não podia me divertir no meio-tempo.

O bar estava enfumaçado e escuro e cheio de odores diferentes: perfume Hugo Boss, sprays corporais de fruta, o cheiro de apliques capilares brasileiros torrados pela chapinha e a mistura floral artificial de um monte de produtos de cabelo. Pomada, spray, gel e mousse capilares, todos usados para modelar com perfeição. Lâmpadas âmbar e amarelas alumiavam a escuridão e faziam as luzes do crepúsculo e do pôr do sol se acomodarem em peles marrons muito bem hidratadas, conferindo a elas um brilho delicado e forte. A música parecia fazer as paredes do velho bar universitário pulsarem, como se já não vibrassem com a energia de uma centena de jovens amontoados em cada cantinho escondido, tontos de vodca barata, destilados escuros e arrogância — o tipo de arrogância que se adquire automaticamente quando se é jovem e bonito. Caras com o cabelinho na régua. Mulheres em vestidos que exibiam bem as curvas. Todos confiantes de que encontrariam alguém para os curtir tanto quanto estavam curtindo a si mesmos.

Aquele era nosso reino, aonde íamos para relaxar, escapar e baixar a guarda toda sexta-feira, depois de uma semana de nossos colegas de quarto, Ellie e Harry, perguntando de onde a gente era *de verdade*. Aquela não era a festa principal da união estudantil, em que tínhamos que manter a postura tensa e as sobrancelhas pré-levantadas por causa de certas pessoas que, acostumadas a ter acesso ao mundo inteiro, não conseguiam entender o cerceamento de uma ilhota que fosse, e falavam *"nigga"* como se o *"-a"* não fosse azedar e virar um *"-er"* em suas bocas quando estivessem cantando um rap de Kanye.* Se entrássemos em uma briga, *nós* quem seríamos expulsos, como se nós que tivéssemos começado — como se aquela briga específica não tivesse começado havia muito, muito tempo e como se não fosse um fato histórico, irrevogável e comprovado de que não fomos nós quem demos o primeiro golpe.

---

* *Nigga*, usado principalmente entre falantes de inglês de ascendência africana, é um termo de tratamento informal e amigável, também comum em raps. Porém, *nigga*, por ser derivação da palavra *nigger* (um termo que historicamente foi usado de forma pejorativa e racista), pode ser considerado extremamente ofensivo quando usado por pessoas não negras. [N.E.]

Nope. Nada disso.

Aquele era *nosso* espaço.

Sexta-Feira Muito Loka.

Quando eu cheguei à faculdade, os únicos eventos que tínhamos eram festas lotadas na casa de um estudante da pós que era velho demais para estar dando rolê (etc.) com calouros, algumas assembleias em que pessoas discutiam o que tinha acontecido na última festa na casa de alguém e um "show de talentos" do Mês da História Negra que consistia basicamente na gente tendo que sentar e aguentar um bando de homem fazendo rap medíocre e recitando poesia ruim. Éramos a única associação no campus que não tinha um espaço demarcado. Sem território nem apoio. A Associação do Rugby ia para o bar nas tardes de quarta, os Jovens Conservadores tinham as festas do chá da tarde nas quintas e os Cavaleiros do Paço tinham as noites de gin e coca(-cola) nas terças.

Um tempo antes, Aminah tinha me arrastado para um encontro da Sociedade de Paço Preto. ("Vamos tentar ser sociáveis. Só uma vez. Ver o que acontece. Kofi disse que vai ter pizza hoje. Se você ficar toda empolada, juro que te levo embora de cavalinho.") Fiquei sentada no fundo do auditório com as pernas encostadas no assento à minha frente escutando o presidente da Associação Afro-Caribenha, Zack Kingsford — metade inglês, metade nigeriano e babaca e gostoso por inteiro —, pedir doações para alugar um espaço na cidade para dar uma festa (cinquenta libras cada, muito mais do que seria necessário), quando uma voz gritou:

— Pra que fazer essa porra toda se a gente pode só lançar um rolê noturno?

Pensei que outra pessoa tinha tido o mesmo pensamento no mesmo segundo que eu até perceber que todo mundo no auditório estava olhando para mim e que a voz tinha soado parecida demais com a minha. Eu não comparecia àqueles eventos. Eu mal falava com pessoas fora dos limites do *Açúcar Mascavo*, então acho que ficaram chocadas de me ouvir. Até eu fiquei.

Zack me encarou e levantou a sobrancelha com risquinho, curioso. Ele era presidente, atual Monarca dos Másculos, e a posição de qualquer pessoa em Paço Preto supostamente era definida por se você queria ser comida por ele, amada por ele ou ser amiga dele. Eu não queria nem uma das alternativas e aquilo o confundia. Ele olhou para mim de seu pódio.

— Kiki Banjo. Estou vendo que você deu um tempo de atacar homens no seu programinha para vir se juntar a nós. Quer descer do pedestal rapidinho? Vir aqui defender seu ponto de vista?

Sorri.

— Tô de boa. Mas pode vir aqui em cima se quiser.

Uma risadinha tomou a multidão e senti Aminah se ajeitar na cadeira ao meu lado, sussurrando:

— Lá vem a bagaceira.

Ainda estávamos no segundo semestre, mas já tínhamos nos casado espiritualmente e Aminah sabia que, uma vez que eu já tinha me exposto, nem ferrando eu recuaria. E eu não tinha dúvidas de que ela estava saboreando o desconforto de Zack.

Ele estava no segundo mandato — tecnicamente a despeito do estatuto das associações universitárias, mas quem ficava de olho? Zachary Kingsford estava acostumado a dar ordens, mas nunca as recebia. Achava que o nome dele lhe dava jurisdição sobre todas as coisas. E, tecnicamente, dava mesmo. Estudante mediano de administração e de ciências do esporte, Zack tinha o lugar garantido em uma das principais universidades do Reino Unido por ser uma bênção para o departamento esportivo da universidade, uma estrela nas ligas universitárias de rugby — por isso e pelo fato de o pai ser um benfeitor muito rico. Zack não era inteligente, mas tinha lábia; era impulsionado pelo nepotismo. Era o político perfeito.

Ele deu um sorriso forçado em minha direção, os olhos brilhando de irritação. Devia estar doendo. Ele preferia ter conversas com garotas que davam risadinhas e diziam que ele era "meio parecido com Drake". A comparação era tão empolgante que ele tinha mudado o nome de usuário do ProntoPic dele para CognacDaddy (Papai do Conhaque), inspirado pelo ChampagnePapi (Pai do Champanhe), usuário de Drake.

— Sem problemas. — A veia pulsando na têmpora dele contava outra história. — Não vejo problema nenhum na mulher por cima. Até prefiro assim.

O que me ofendia era o quanto ele era previsível.

Revirei os olhos e as risadinhas aumentaram. Era aquela a razão de eu não gostar de me envolver em politicagem universitária. Era um tédio desnecessário. Mas assenti com a cabeça lentamente.

— Que bonitinho. Já está ensaiando para quando for acusado de assédio sexual no emprego engomadinho de praxe que o papai arranjou para você?

As bochechas marrons de Zack coraram profundamente. Um burburinho baixo e retumbante percorreu a sala e Aminah, orgulhosa, deu uma bajulada:

— É ela, a Banjo Bélica.

Quando o barulho diminuiu, consegui falar antes dele, ainda recostada na cadeira, com a bota engatada no assento desocupado à frente.

— Só tô dizendo que não faz sentido gastar dinheiro se a gente deveria ter nosso espaço de graça. Minha ideia é que todo mês a gente faça nosso rolê aqui, nas noites de sexta. Obviamente, seria aberto para todo mundo, mas seria feito por nós, para nós. Do nosso jeito. Com nossa música. Sem seguranças dizendo que a gente não está com a roupa certa. Ou que têm pessoas demais num grupo só. Tratam a gente como visitantes aqui. Como se só estivéssemos preenchendo uma cota. Como se estivessem nos fazendo um favor. Vamos fazer nossa própria casa aqui dentro.

O povo ficou eufórico. Zack também, mas de uma maneira totalmente diferente. Mesmo que ele estivesse a vários metros de distância de mim, dava para ver que ele estava abalado. Alguma coisa a respeito do desconforto dele me deixou animada. Zack não estava acostumado a agir feito presidente. Sua plataforma nunca foi sustentada por nada além do fato de ele ser gostoso. Durante sua segunda eleição — a que eu cheguei a acompanhar —, ele levou um monte de calouros para uma festa de R&B (a única da cidade) e comprou bebida para todo mundo, o que o ajudou a ter uma vitória esmagadora. Em outro contexto, aquilo poderia ter causado uma intervenção da ONU, mas ali, na instância de política universitária, aquilo virou uma história de vitória legítima, de generosidade, amor verdadeiro pel'O Povo. Zack estava ali em nome da própria imagem, não para executar ações reais.

Dava para ver Zack fazendo cálculos mentais. Rejeitar minha ideia publicamente seria ruim para a imagem dele. Ele engoliu em seco e assentiu.

— Pode crer. Você trouxe algumas questões válidas.

Ah. Eu não sabia que seria tão fácil.

— Todos a favor de Kiki Banjo se encarregar desse projeto… — gritou Zack do outro lado da sala.

Congelei.

— Peraí, quê? Não, não. Não, não, não.

Zack deu um sorriso enorme para mim. Otário. Ele era mais esperto do que eu pensava. Ele estava se livrando, esperando que trazer a atenção de volta para mim o livrasse de ter que tocar o projeto.

—... digam *booooraaaaaaa*. — Sua voz soou grave e profunda e subiu no final da frase como aquilo fosse um freestyle de rap coletivo e não um encontro improvisado no gabinete dele.

Comecei a entrar em pânico.

— Esse é seu trabalho. Isso nem conta como uma votação de verdade! Cadê a integridade democrática?!

Minha voz foi abafada pelo som esmagador de um auditório inteiro — cerca de 150 colegas — gritando "booooraaaaaaa". Xinguei baixinho.

Zack, o ladino, sorriu e piscou para mim, abrindo os braços enquanto fazia uma reverência sarcástica.

— Agora é contigo, rainha.

E, por ser nigeriana, viciada em dar tudo de mim e orgulhosa pra caralho, aceitei. E, sem querer me gabar, entreguei tudo: Sexta-Feira Muito Loka se tornou a noite mais famosa do campus.

A festa estava fervendo, mas, apesar da barulheira, ouviu-se em alto e bom som o berro: "Ei, Tia e Tamera!". Apenas uma pessoa chamava a gente daquele jeito — por Aminah e eu sermos tão inseparáveis quanto as gêmeas, embora não tivéssemos a sitcom que merecíamos. Certeza, alguns segundos depois, nosso parça Kofi nos encontrou. Kofi era estudante de administração durante o dia e DJ da Sexta-Feira Muito Loka à noite. Ele começava o set tocando sucessos das antigas e fechava com músicas mais novas, muitas vezes incluindo algumas composições autorais, frutos de seu bico como produtor musical no próprio quarto.

Ele se abaixou para me beijar nas bochechas e depois beijou a mão de Aminah. A vocação em tempo integral de Kofi era babar pela minha melhor amiga. Ela revirou os olhos e balançou a cabeça, entrando na personagem, engolindo o sorriso, dando um gostinho de si para ele, mas nunca o suficiente para se comprometer. O relacionamento deles era um esquema de vai e volta, gato e rato, e em nenhum momento dava para saber quem era o gato e quem era o rato. Kofi era um príncipe ganense gatinho e querido do sul de Londres e Aminah era uma princesa nigeriana do oeste. Era um conto de fadas da diáspora panafricana em ponto de bala, digno dos livros de história, um tratado de paz para as contínuas Batalhas do Arroz Jollof, para conflito entre primos da África Ocidental que assolava casamentos e festas de aniversário ("Basmati ou branco? Ouvi dizer que vocês colocam noz-moscada no de vocês; é sobremesa por acaso?"). Mas Aminah era uma princesa iorubá de primeira e, como tal, adepta de nosso próprio tipo de feminismo: um homem tinha que conquistar a atenção de uma mulher para que a valorizasse quando a recebesse.

Dei uma olhada na festa, reajustando a corrente da bolsa no ombro.

— Dá o papo de hoje, Kof.

Kofi deu um sorriso fácil, olhando diretamente para Aminah.

— A conversa só começa quando vocês chegam.

Aminah inclinou a cabeça, as madeixas onduladas descendo um pouco mais abaixo do ombro. Ela deu um passo à frente, segurando o queixo dele com suavidade.

— Então sentiu saudade de ouvir minha voz?

Kofi sorriu.

— De ouvir sua voz, de ver seu rosto…

Ele abaixou o olhar para os lábios dela. Aminah revirou os olhos, afastando o rosto de Kofi enquanto ele ria. Pigarreei. Eu amava os dois, mas a tensão sexual estava entalando minha garganta. Tensão sexual alheia deixa um gostinho meio azedo na boca.

Kofi olhou para mim com um sorriso mais afável, menos apaixonado.

— Não, pô, é sério. Tava esperando vocês. Não posso começar meu set sem minhas meninas…

Arqueei a sobrancelha e sorri.

— O que você não pode é começar o set sem me perguntar se pode tocar mais de uma música autoral de Blaq Kofi hoje, né?

O acordo era que a Sexta-Feira Muito Loka seria uma colaboração entre o *Açúcar Mascavo* e a Associação de Paço Preto. Eu era encarregada de organizar a música e os eventos e Paço Preto era responsável pela logística.

Kofi sorriu.

— Preta. É essa. Tô falando sério. Você vai gostar. Já te deixei na mão alguma vez?

Apertei a bochecha dele.

— Teve a vez que você tentou me arranjar com um cara da economia, aquele seu primo que veio com um papo de "mulheres como você"…

Kofi ergueu as mãos, cedendo.

— Aí foi vacilo. Vincent tem um Audi e sempre dá rolê em Dubai e você é meio sofisticada, aí eu pensei…

Sorri.

— Kofi, tô brincando, você sabe que eu amo o que você faz. — E eu amava mesmo: a música de Kofi tinha uma pegada mais espacial e eletrônica e ao mesmo tempo tinha um quê de *soul*, um quê de euforia. — Mas, se a gente colocar para tocar agora, não vai ter a atenção que merece. Estão todos chapados e, se tocar qualquer coisa que não seja a nova do Burna Boy, vai todo mundo ficar puto. Tem que ser no clima certo. Deixa que eu toco a sua no meu programa na semana que vem, apresento pro pessoal. Aí você toca na próxima Sexta-Feira Muito Loka…

— Caraca. — Kofi me deu um sorriso bobo, juntou as mãos e se curvou diante de mim. Ele se virou para Aminah. — Sua amiga é uma gênia.

Aminah sorriu.

— Óbvio. Só ando com gente assim.

Kofi se aproximou de Aminah e ela deu um sorriso malicioso quando ele disse:

— Isso é um elogio?

— É um desafio.

E, como se aceitando o desafio, na mesma hora Kofi ofereceu o braço a ela com gentileza:

— Vem, rainha. Te pago uma bebida antes do meu set. Posso te contar onde quero estar daqui a cinco anos, você me diz onde quer estar, e vejo onde me encaixo nessa história.

Sorri quando Aminah me lançou um olhar ardiloso enquanto Kofi a levava para o bar, com o braço enrolado no dele. Aquela foi minha deixa para retomar meu posto como Chefa-Reguladora-da-Vibe da Sexta-Feira Muito Loka.

CAPÍTULO 5

—Viu como ela passou agora? Putaça.

Quando estava prestes a me posicionar em meu cantinho de costume, onde podia observar sem participar, duas meninas de Paço Preto — Gatinhas Bíblicas — passaram por mim, conversando com entusiasmo.

— Eu vi. Deus é mais. É isso que acontece quando não se resolve o espírito da relação antes de tudo. Muito triste. Coitada. — Houve uma pausa respeitável antes que se revelasse a verdadeira sede de fofoca. — Vamos lá ver.

Parei no meio do caminho. Apesar de ter o hábito de deixar aquele tipo de coisa se dissipar naturalmente — um pouco de tensão ajudava a encorpar as paixões e a animação do ambiente —, aquilo exigia um equilíbrio delicado, e um gesto inofensivo (ou um não tão inofensivo assim) podia contaminar a vibe geral e fazer a noite chegar ao fim de maneira abrupta.

Assim que me mexi para seguir as garota em direção à possível fonte de barraco — uma discussão com uma falsiane, uma briga de ficantes? —, o cheiro forte de perfume de celebridade de reality show, spray de cabelo e ódio destilado atingiu minhas narinas, seguido de perto por uma voz enjoativa de tão doce:

— Ah, meu bem, você deve estar perdida. Esse lugar é nosso.

Eu me virei para a esquerda e encontrei exatamente o que esperava: Simi Coker no modo terror. Ela estava na frente de uma estudante que eu sabia ser caloura e que, junto com três amigos, tinha cometido o erro de ocupar um dos sofás surrados de couro marrom que mal passava por um canto alemão. Considerando que ali não era um bar sofisticado e sim um pé-sujo universitário, tecnicamente não era possível reservar um lugar, mas aquilo era irrelevante para Simi, que achava que era dona do lugar por ser ex-presidenta da Associação Afro-Caribenha, autoproclamada a Mais Braba do Campus. (Estava na bio do ProntoPic dela: *"ex-presidenta da Associação Afro-caribenha de Paço Branco e autoproclamada Mais Braba do Campus, Gostosa & Genial"*, para que ninguém se confundisse.) E porque ela sempre se sentava ali, toda semana, dando golinhos em um drinque de rum com abacaxi na companhia de sua equipe de segurança pessoal (quatro garotas especialmente selecionadas que podiam revezar o papel de "melhor amiga").

A caloura piscou e pulou do sofá de imediato, puxando o vestido justíssimo de veludo brilhante para baixo, e fez um gesto para que seu grupinho fizesse o mesmo. Elas recolheram os respectivos copos descartáveis e penduraram as bolsas nos ombros.

— Putz, foi mal, Simi. Não percebi… — respondeu a moça, com deferência.

Apesar de só estar na universidade havia um mês e meio, ela já tinha consciência da autoridade no campus que Simi estabelecera a duras penas.

Depois de provar o poder e gostar muito do sabor, Simi tinha transferido o legado do gabinete político para as redes sociais e concentrado seu engajamento no *Ponto do Café*, um fórum lançado por ela que mantinha toda a federação negra de Paço atualizada a respeito dos próximos eventos e festas que estavam por vir. Além disso — e segue aqui uma informação crucial — funcionava como uma máquina (de café) que servia as fofocas bem quentinhas, revelando quem estava Enrolado com quem (geralmente acompanhada de uma foto borrada tirada no Nando's como prova) e quem estava traindo quem (geralmente acompanhada de uma foto borrada tirada no Nando's como prova). Simi Coker conseguia garantir o sucesso ou a ruína de qualquer pessoa. E, por eu ser associal, era natural que ela me odiasse. Eu representava tudo que ela detestava. Eu oferecia limpeza romântica, enquanto o negócio dela era bagaceira romântica, e minha plataforma tinha tanto alcance quanto a dela. Ambas as nossas vozes eram dotadas de grande influência e ela me via como a única ameaça ao próprio domínio.

Simi sorriu, batendo os cílios brilhantes antes de lançar uma olhadela maldosa para sua gangue.

— Tudo certo, amadas. Não tinha como saberem… — A voz dela era uma mistura de açúcar com wasabi.

Aquela situação não era da minha conta e eu não estava a fim de enfrentar Simi. Eu estava no meio de uma missão — Constatação de Confusão — e, ainda assim, sem nem perceber, bufei.

Simi se virou minimamente para mim, a *lace* ondulada até a bunda acompanhando o movimento, uma oscilação elegante. Simi, obviamente, era bonita. Do tipo que sempre escutara que era bonita: pele macia marrom-clara, uma doçura que não parecia chegar a sua personalidade.

— Kiki. — Ela esticou os dedos em minha direção, uma bolsinha da Gucci pendurada na curva de dentro do braço, a energia de Afropaty Antipática atingindo o nível máximo. — Posso ajudar? Algum motivo para você estar aqui se metendo na minha vida em vez cuidar da sua, chefe fake?

Suspirei e sorri.

— Engraçado ouvir isso logo de você, que tem um site dedicado a cuidar da vida dos outros. Não foi você que terminou três relacionamentos alheios semana passada?

Simi revirou os olhos.

— Só defendo a verdade. É meu papel como uma liderança da nossa comunidade.

— Aham. Obrigada por tudo, Rede Veneno. Mas, como liderança da comunidade, que tal parar de dar uma de *agbaya* pra cima das calouras?

O sorriso de Simi congelou nos lábios enquanto ela traduzia a palavra iorubá para valentona na mente. Ela estreitou os olhos e me lançou um sorriso que era lindo por sua letalidade.

— Eu? *Agbaya*? Mais gentil do que eu não há. Você me vê falando que suas tranças e seu piercing no nariz parecem uma tentativa ultrapassada de bancar a pose de Preta Descoladex? Não. Já falei que você deveria aproveitar um pouco a vida e botar uns apliques? Não. Eu te chamo de Jogada Incerta? Não!

Sorri para mim mesma. *Você me vê usando perguntas como uma forma de ataque passivo-agressivo?! Sim!*

Ajustei a voz para imitar a falsa doçura dela.

— Muito obrigada por se conter, Simi. Senti daqui. Brigadão mesmo. E, pra você ver, *eu* também não disse que seu vestido justo de oncinha e esse sapato aí te deixam com cara de uma dondoca de 45 anos que mora em Lekki e é casada com um petroleiro que tira a aliança do dedo toda sexta à noite… A gente tá em sintonia!

A cara de Simi congelou como se ela tivesse feito plástica, que nem a dona de casa nigeriana fictícia do reality show. Quando ela fez menção de responder, interrompi:

— Simi, a Sexta-Feira Muito Loka visa ser um espaço aberto. Elas são calouras. Você lembra como é. Quer dizer, sei que já faz muito tempo para você, mas…

— Não exagera. — Simi estreitou os olhos adornados de cílios postiços. — Cheguei um ano antes de você…

— É difícil. O mínimo que a gente pode fazer é assegurar que elas possam frequentar o espaço sem chegar ninguém para tocar o terror por causa de um sofá esfarrapado.

Olhei para a Caloura-Chefe, congelada no lugar com os olhos arregalados — imóvel, avaliando se já era seguro se mexer ou não.

— Gostei do seu vestido.

A Caloura-Chefe deu um sorrisinho tímido, porém satisfeito, e deu uma puxadinha no vestido, inibida.

— V-valeu. Hum… gosto muito do seu programa, inclusive. O episódio "Fuja de Trote", com dicas de relacionamento para calouras e dos tipos de cara para a gente evitar salvou minha vida. Foi ele que me impediu de mandar duas mensagens seguidas para um cara que me chamou do nome errado quando a gente estava se pegando.

Falei qualquer coisa sobre estar feliz de ter ajudado, porque, apesar de estar confortável atrás de um microfone, estar em destaque me fazia me sentir esquisita, algo de que eu costumava esquecer sempre que a situação passava. Inconveniente. Pigarreei e me virei para Simi, que estava parada com o rosto inexpressivo, mas dava para ver as engrenagens girando na cabeça dela. Por sorte, minha vida social era discreta o suficiente para que lhe faltasse munição. Eu estava segura. Mas, mesmo sabendo daquilo, senti um calafrio que quase me impressionou.

Alguns segundos depois, ela assentiu devagar e se virou para o grupinho.

— Vamos embora. Uma galera da pós-graduação me chamou para uma festa na casa de um deles hoje à noite. Talvez seja algo mais no nosso nível.

Uma vez livre, me desviei da pequena marola que Simi tinha causado e me dirigi a um tsunami. O barraco estava se armando. A alguns metros de distância, em meio a uma multidão. Um sorriso escapou de mim e levantei as sobrancelhas quando cheguei perto. Eu sabia que tinha farejado uma treta das grandes.

Malakai Korede. Ou melhor, Shanti Jackson, nossa própria blogueirinha de beleza. Com uma jaqueta curta lilás de pele falsa escorregando dos ombros e jogando o cabelo ombré esvoaçante para o lado de maneira dramática, ela estava parada na frente de Malakai Korede, batendo palmas a centímetros da cara dele enquanto falava umas verdades:

— Malakai, explica agora que porra é essa que tá acontecendo. Por acaso tem "otária" escrito na minha testa? É por isso que acha que pode vir com esse papinho de merda pra cima de mim e vou cair?! Me! Fala! Agora!

Cada palavra era pontuada com uma palma e, mesmo assim, Malakai, diferente de qualquer cara naquela posição, não parecia abalado. Ele não retrucou, não questionou a sanidade dela. Ele a observava com calma, encostado na parede, os olhos atentos de verdade, como se ele estivesse *mesmo* prestando a atenção. Malakai era um pegador experiente, o chefão que você encontra depois de derrotar todos os outros no jogo. Sabia imitar um Cara Legal tão bem que, para olhos inexperientes, poderia até parecer um de verdade. Era uma imitação de primeira, e o mais absurdo era que o personagem caía bem nele.

Ele usava uma camiseta branca justa que exibia clavículas fortes apoiadas em ombros atleticamente largos, deltoides torneados que desciam para os braços que quase deixavam a minha relação cintura-quadril no chinelo, protuberantes mesmo sob a jaqueta jeans que cobria a camisa. Uma corrente de ouro com uma espessura equilibrada entre delicada e grossa por dentro da camisa brilhava na pele escura. Ele era um namorado universitário muito bem elaborado. Artesanal. Malakai Korede era que nem a bolsinha da Dior que tia Wura tinha comprado para mim em suas "viagens" (um mercado turco) no ano anterior. Se olhasse de perto, veria que estava escrito Dirr, mas a qualidade era tão boa que a falsidade era quase indetectável.

Shanti, líder das Minas Londrinas, com unhas de acrílico longas e pavio curto, cabelo peruano e atitude sul-londrina de primeira, olhou Malakai de cima a baixo e estalou as garras brilhantes pertinho da cara dele.

— Que nada, Malakai. Não sei se você esqueceu quem sou eu, mas deixa que eu me apresento de novo… Eu! Não! Sou! Feita! De! Trouxa!

Não pude evitar um sorriso. Ele estava encurralado. Talvez meu aviso de serviço público tenha funcionado e nossas meninas estavam reconhecendo a ameaça que Malakai apresentava.

Encarando-a com calma, ele disse algo que pareceu um "entendo isso".

Ela pausou por um momento, desestabilizada pela placidez dele, mas logo começou de novo:

— Então, se você *entende isso*, como é que você pode me dizer que tenho características da mulher com quem você se vê junto e, dois minutos depois, vejo seu pulso nos stories do ProntoPic de Chioma? Como é que eu e ela temos as mesmas características? Ela se veste que nem uma imitação de Erykah Badu. Ela é uma Erykah Bacu!

Levantei as sobrancelhas. Pessoas da multidão faziam piadinhas e soltavam gargalhadas. Eu já tinha feito aquela piada no meu programa uma vez, mas não em um contexto daqueles. Quando a multidão se remexeu, vi que Chioma "Chi-Chi" Kene estava em pé perto de Shanti, emputecida e brilhosa com seus dreads falsos loiro-escuros e um piercing no septo. Chi-Chi era a chefa das Gatinhas do Incenso e do Leite Vegetal, que eu chamava carinhosamente de Docinhos Veganos. Elas organizavam a batalha de poesia da universidade, acreditavam que "vibes" eram estados de espírito e, com muito otimismo, levavam "asinhas" de couve-flor para churrascos de verão. Aquela era uma prova do grande escopo de atração de Malakai, que conseguiu conquistar duas mulheres completamente diferentes. Principalmente porque a maioria dos caras com a aparência como a dele diziam coisas como: "É, Chi--Chi é gostosa pra caralho, mas sei lá… essas veganas, cara. Se não dá pra levar no Nando's, onde é que vou levar ela? Muito estresse". Fiquei impressionada a contragosto.

Eu sabia que Malakai era diferente da maioria dos caras da universidade, mas aquilo complicava ainda mais as coisas. O cara tinha muito alcance. Ele se movimentava com tanto estilo e talento que tinha de alguma forma feito Chi-Chi — uma das meninas mais tranquilas e zen do campus — ficar tão rendida por ele que naquele momento a mulher estava revirando os olhos e metendo a mão pesada, cheia de anéis e pulseiras, na frente da cara de Shanti.

— Ô, vagabunda, esse aplique tá afetando seu cérebro? Tá falando com quem? Volta pra internet, vai! Vai vender suas dietas de chá pra cagar.

Eita, porra. Chioma podia até ser vegana, mas ela gostava de ver sangue.

— Barracooooo! — cantarolou minha melhor amiga por cima de alguma música nova de Skepta; um sinal de que Kofi tinha assumido a cabine.

Aminah me entregou um drinque e se acomodou ao meu lado, se encostando na parede com o dela na mão. Presumi que ambos fossem cortesia de Kofi. Dei um gole na minha Coca Diet com uísque e passei os olhos pela silhueta de Malakai Korede. O rosto dele parecia um lago noturno, nem uma ondulação apesar da tempestade que ele tinha causado. Dei outro gole no drinque.

— É, e o motivo tá bem ali...

Aminah soltou uma risada, balançou a cabeça devagar e sorriu.

— Que demônio!

Ela mordeu o lábio e o avaliou enquanto as mulheres envolvidas na situação gesticulavam na frente dele. Ele estava assentindo de quando em quando, mas falando muito pouco. Aminah soltou um som baixo de satisfação.

— Hum. Um baita de um demônio...

Por um segundo, ele voltou o olhar para mim, como se soubesse onde eu estava. Havia um brilho acentuado nos olhos dele. Ele levantou o copo até os lábios. Não fosse a situação, eu teria jurado que o vi acenar com o copo em minha direção. Quando afastou a bebida dos lábios, vi que estavam erguidos em um ângulo perigoso, um sorrisinho que eu sabia que era destinado a mim. O ar travou em algum lugar da minha garganta e, antes que eu conseguisse destravá-lo, ele tinha desviado o olhar de mim e se voltado novamente para as mulheres furiosas logo a sua frente.

Meu coração nunca tinha sido compelido a entrar em esportes competitivos por homem nenhum e, mesmo assim, ali estava o dito-cujo, agindo como um atleta olímpico, batendo como se seu nome fosse Serena Williams. Eu tinha trabalhado muito para ser imune a Pilantras; já tinha tomado todas as doses, mas Malakai Korede era de uma cepa nova e evoluída, do tipo que podia derreter a escala padrão de Detectores de Pilantra com o calor de um olhar. O alerta em meu programa tinha sido a coisa certa a se fazer. Eu não era especial. Ele *não* me conhecia, e ainda assim estava me olhando como se conhecesse. Ele nem estava fazendo nada demais, não estava usando nenhum subterfúgio como o olhar semicerrado que Meu Boy usava. Aquele era só o olhar normal dele. O perigo era ainda maior do que eu tinha presumido.

Pigarreei.

— Num geral, demônios são bonitos, MiMi. Por isso que são demônios. Parecem anjos. Mas você precisa lembrar que eles foram expulsos do paraíso por um motivo.

Aminah sorriu. Para meu alívio, ela não tinha percebido a troca silenciosa entre nós.

— Tá bom, Sonho de Falsa…

Meu queixo caiu.

— Como é?

Minha melhor amiga deu um gole no drinque e sorriu com malícia.

— Ah, você achou que era a única com os trocadilhos? De todo jeito, ele é meio alto demais para mim. Magro demais. Prefiro homem mais encorpado. Mais do meu tamanho.

Aminah tinha um metro e sessenta. Kofi tinha por volta de um metro e setenta e era bem musculoso.

Assenti.

— Aham. E ganense? Com covinha? Obcecado por você? Seu tipo é esse?

Aminah me lançou um olhar vago e em seguida voltou a atenção para a cena que se desenrolava em nossa frente, nitidamente me ignorando. O barulho das pulseiras de Chi-Chi adicionava percussão ao resmungo norte-londrino de Skepta ao fundo, misturando-se com a batida *grime* da música dele, enquanto ela acenava com a mão no ritmo das palavras que dizia. Shanti balançou a cabeça, sorrindo de modo sarcástico com os braços cruzados sobre o busto amplo, potencializado pelo decote em V do vestido justinho amarelo brilhante que usava.

Aminah fez uma careta.

— Caramba. Essas são duas das mulheres mais bonitas do campus. Nunca vi uma coisa dessa. Você vai intervir antes que comece a voar argola dourada e fibra Kanekalon pra todo lado? Antes que todo mundo comece a escorregar em manteiga de cacau? Tá parecendo que as Docinhos Veganos e as Minas Londrinas vão cair na porrada.

De cada lado de Chioma e Shanti estavam espalhadas integrantes de seus respectivos grupinhos, piercings de concha e calça pantacourt *versus* apliques e vestidos justinhos. Em algum outro momento, fora dali, aqueles dois grupos podiam vir a se juntar, confluir, mas naquele momento as identidades eram distintas. Precisavam ser, para não se perderem. Naquele momento estavam apenas observando, medindo umas às outras, talvez rindo ou revirando os olhos para adicionar força às farpas trocadas, mas dava para sentir a possibilidade de uma explosão.

Virei a cabeça para o lado.

— Não sei ainda. Meio que quero ver o que vai rolar.

— Malakai, não entendo. Não entendo mesmo — disse Chi-Chi. — Primeiro você me levou no Root…

Eu estava certa. O boy era habilidoso. O Root era o único restaurante vegano vagamente chique da cidade. Lá usavam guardanapos de pano.

—… A gente *teve uma conexão*, senti mesmo que talvez a gente se conhecesse de outras vidas, te falei isso, e agora descubro que você estava levando essa daí pra necrotérios de galinhas…

Aminah se engasgou com o drinque.

— Ela tá falando do Nando's?

Eu não tive a chance de responder porque Shanti chegou bem perto da cara de Chioma.

— Gata, é melhor rezar pros seus ancestrais *agora*, fala pra suas amigas bruxas queimarem um incenso ou sei lá que porra que vocês fazem, porque vou te contar, você vai precisar de ajuda…

Chioma riu.

— Ah, que fofo. *Omo*, escuta aqui. Posso até ser vegana, mas eu sei acabar com uma ou duas vacas. Não confunda…

A multidão em torno delas entrou em erupção. Dei uma olhada ao redor e pude ver que a audiência desse episódio de *Amor e Grime, Edição Paço Branco* tinha aumentado. O efeito dominó estava se estendendo e o ambiente começava a azedar. Malakai mal tinha dito uma palavra, como se não fosse ele o responsável por aquele caos. Meu sangue estava fervendo, mas eu não tinha tempo para concentrar minha fúria na direção dele. Uma briga de verdade estava prestes a irromper em meu território e eu era a única pessoa politicamente neutra o suficiente para impedi-la.

Aminah virou a cabeça para mim, com os grandes olhos delineados muito arregalados.

— Agora?

Assenti.

— Agora.

Dei um passo à frente na mesma hora que Malakai finalmente tomou vergonha para falar. Ele se afastou da parede em que estava encostado, colocou a mão nos braços de cada uma das mulheres e falou com elas em um nível de decibéis tão baixo que eu não consegui escutar. Parei, dei um passo para trás e observei as duas garotas relaxarem de imediato, as respirações desacelerando enquanto Malakai falava com elas com uma expressão afável e casual, como se um minuto antes todo o ecossistema da festa não tivesse sido colocado em risco. As expressões bélicas desapareceram do rosto das duas mulheres enquanto elas o ouviam, as carrancas desmanchando enquanto assentiam de má vontade, lançando olhares cautelosos de respeito uma para a outra. Em dado momento, as expressões tensas e mesquinhas relaxaram o suficiente para demonstrar sorrisos e reviradas de olhos brincalhonas, e os três tiveram uma conversa ostensivamente amigável por mais alguns momentos antes de Shanti e Chioma se abraçarem, sorrirem para Malakai e depois migrarem para seus respectivos grupinhos, voltando a fazer parte do corpo principal da festa.

Meu queixo quase caiu no chão. Aquilo nunca tinha acontecido. Não em nosso ecossistema. Malakai deveria ter sido comido vivo por sacanear duas mulheres. Eu não fazia ideia de como ele tinha conseguido resolver aquela situação com requinte.

— Hum. — Aminah aumentou o tom da voz por cima de uma música nova de Wizkid. — O que foi que acabei de ver? Ele acalmou Brandy e Monica? Tirou aquele rabetão da reta?

— Nossa, Aminah…

Aminah deu uma risada descarada.

— O que é? Tá bem ali, Kiki. Tenho olhos. Ele tem um *bundão*. O que é bonito é pra se apreciar. Ame o gostoso, odeie o pecador…

— Esse ditado nem existe.

— Existe sim. Como uma pessoa de família mista, cristã e muçulmana, tenho autoridade para dizer isso. Tá lá no Alcorão e na Bíblia.

Dei de ombros.

— Beleza, mas tenho certeza que isso foi uma blasfêmia dupla.

Aminah sorriu.

— Sem querer ofender, mas você é de origem monorreligiosa e, portanto, menos culta do que eu. De qualquer forma, como é que ele fez aquilo?

Fiquei parada bebendo o drinque enquanto observava Malakai se distrair com um de seus parceiros indo cumprimentá-lo: tapas nas mãos e nas costas, uma palma deslizada sobre a outra e um estalo de dedos no final. Um aperto de mão universal entre caras sorridentes, cheios de dentes brancos brilhantes sob as luzes violeta e rosa. Logo chegou outro cara para se juntar a ele. Ele acenou com a cabeça, brincando, sem perder nenhum passo da dança exclusiva de Interações Sociais Entre Caras Legais. Não dava para ninguém ensinar, não era o tipo de coisa que se aprendia. Era algo que vivia dentro da pessoa e que se manifestava. Ele tinha estado ali havia apenas um mês e de alguma forma era o alfa de um grupo de caras. Era uma declaração de poder: ele estava confortável ali e estava jogando comigo.

Malakai era malandro, com movimentos tão malemolentes que, quando olhou em minha direção novamente, o fez de maneira tão casual que levei um tempo para perceber que era *estranho* que ele estivesse olhando para mim daquele jeito — a luz dos olhos dele brilhando nas íris muito escuras, os lábios curvados perigosamente. Era a continuação de uma conversa.

Ele murmurou um "oi" silencioso que se enrolou como um gancho na base da minha barriga e provocou uma sensação intensa que subiu até meu peito. Contra minha vontade, um sorriso nasceu no canto da minha boca. Aquilo era um pouco preocupante. Eu estava *sorrindo de volta*? Por que eu estava sorrindo? E como parar?

Afastei o olhar dele e a sensação em minha barriga diminuiu para um mero formigamento quente. Torci para que a interrupção forçasse meu sorriso a se dissolver. Quando olhei de novo, ele ainda estava olhando para mim. O sorriso dele irradiava algo bonito, letal, um brilho tão branco quanto a luz que provavelmente se vê na hora da morte. Nada mais apropriado, porque eu tinha certeza de que morreria. Eu não conseguia acreditar que ele me pegou olhando para ele duas vezes, como se eu estivesse *interessada* ou algo igualmente terrível. Senti o rosto ficar quente. Mas então ele olhou de volta para os amigos e voltou a conversar com eles, como se a troca silenciosa entre nós tivesse acontecido em um vácuo suspenso que existia fora da realidade. Naquele momento ele estava de volta à própria realidade, na qual lindas mulheres corriam atrás dele e ele oferecia um sorriso fácil e educado a elas, não um sorriso como o que ele tinha me dado. Não era aquele sorriso R&B.

— Com licença, senhora, mas você acabou de trepar com os olhos.

A voz da minha melhor amiga me puxou de volta. O som pareceu voltar — rap, risadas, piadas, gritos e torcida para uma batalha de dança que acontecia no canto, tudo se misturava com as batidas do meu coração nos ouvidos.

Pigarreei e troquei o peso dos pés na bota de salto grosso.

— Há?

Os lábios brilhantes e cor de ameixa de Aminah estavam separados em animação.

— E nossa, gatilho. Vocês dois, com seus olhos de sedutivite. Escorrendo luxúria.

— Em primeiro lugar, que nojo. Em segundo lugar, não sei do que você está falando. Eu só estava olhando na direção dele e ele estava olhando na minha. Você acabou de presenciar o funcionamento normal dos olhos. Biologia básica.

Os cílios longos, escuros e cheios de rímel de Aminah se estreitaram em pinças quando ela me lançou um olhar incrédulo.

— Ah, desculpa aí. *Biologia*. É por causa da biologia também que você está corando agora? Sei que está escuro e que você é uma pretalícia, mas sei quando você está corando. É um dos meus superpoderes. Acontece tão raramente. A última vez foi quando a gente assistiu ao novo filme de ação de Michael B. Jordan e ele estava correndo com os peitões de fora... Dava para sentir o calor, tipo, *emanando* de você. Suei de um jeito que meu *baby hair* até desmanchou. Então me diz, Kiks, quer que Malakai ajude seu *baby hair* a desmanchar?

Engoli a risada que ameaçava escapar.

— Vou te dar um tempo para refletir.

Aminah bufou de desgosto, o que acabou servindo também como alerta sobre quem estava se aproximando de mim. Apertei os dentes em um sorriso quando Zack parou em minha frente. Ele direcionou um olhar castanho inebriante para mim, com o lábio inferior escondido pelos dentes de um jeito que teria sido sexy se eu não soubesse que aquela postura toda vinha de um desejo constante de ser sexy, uma equação pré--calculada, testada e aprovada. Ele usava uma camisa azul-clara com um homenzinho jogando polo bordado nela, o cheiro da colônia pungente dele flutuando no ar.

Zack deu um passo para trás, permitindo que os olhos analisassem minha silhueta de cima a baixo algumas vezes em movimentos lentos. Ele queria que eu soubesse o que ele estava fazendo, mordendo o lábio daquele jeito, observando como meu corpo se derramava no look da noite — cropped preto tomara que caia e saia midi preta —, minha bunda um pouco mais empinada que o normal por causa do salto da bota. Com calma, observei a performance sedenta dele. Enfim, ele focou os olhos de novo nos meus, balançou a cabeça devagar e completou com a cereja do bolo:

— Quer dizer que você só veio hoje na intenção de me matar.

— A esperança é a última que morre — murmurou Aminah com a voz mais seca que farinha de mandioca e lançou um olhar pouco impressionado para Zack, um cara que ela não conseguia suportar desde a época em que estudavam no mesmo internato.

Zack riu, enrolou a língua na boca e assentiu devagar.

— Aminah, tudo bem com você? Nem te vi aí. Não consigo enxergar energia ruim.

Revirei os olhos até o teto. Aminah, com um braço sob os seios, o cotovelo apoiado no braço e unhas azuis afiadas em volta do drinque, inclinou a cabeça.

— Isso não faz sentido, babaca. Também não consegue farejar energia ruim? É por isso que não sente o cheiro do próprio perfume? Qual a fragrância, Eau de Escroto?

Zack murchou, o sorriso endureceu. O charme dele não funcionava com a gente e aquilo sempre o desconcertava. Era como se ele esquecesse daquilo toda vez, e toda vez passava de novo pelo reconhecimento de que, para nós, ele não era um amolecedor-de-joelho e molhador-de-calcinha automático. Sorri quando Aminah se virou para mim e me beijou na bochecha, sussurrando:

— Você tá de boa?

Olhei para Zack.

— Eu lido com ele.

Ela assentiu, olhou bem feio para Zack e fez um som de censura enquanto passava por ele, sacudindo o cabelo no caminho para a cabine de DJ de Kofi.

Zack se aproximou de mim.

— Não quis me dizer oi? Sei que a gente brigou, mas pensei que a gente teria uma trégua por ser meu aniversário.

Eu chamava Zack Kingsford de "Meu Boy" porque eu achava que aquilo me distanciaria da realidade de que eu vinha ficando — dava vergonha de admitir até para mim mesma — com uma pessoa realmente desgastante. Não funcionou. Éramos todos de carne e osso.

No canto mais distante do bar, perto da cabine do DJ, havia três sofás de couro surrados dispostos em C em volta de uma mesa de centro preta com três velas artificiais, uma suposta área VIP. Todo mês eu tentava desencorajar a criação daquela área e abri-la para todo mundo e todo mês o espaço era colonizado pelo mesmo grupinho antes que qualquer outra pessoa tivesse chance de se sentar lá — os parças de Zack, vestidos com imitações mais fuleiras das roupas dele. Com eles, entre eles, encostadas nas paredes, sentadas nos braços dos sofás lotados, no colo da galera de Zack estavam as lindas mulheres que tinham feito a faixa clandestina pendurada na parede acima deles. Escritas em grafitti estilo hip-hop dos anos noventa, as palavras "Feliz Aniversário, Rei Zack", com uma coroa inclinada em cima do "A" do nome dele.

Sorri.

— Não fazia ideia que era seu aniversário e não foi uma briga, Zack. Além disso, você sabe que não é isso que devemos fazer com nosso direito de acesso, né? Esse é um espaço de convivência comunitária. Nada de VIP.

Zack deu um sorriso dissimulado, assentiu e esfregou o queixo.

— Você é VIP pra mim, parceira. Falando nisso... — Ele se aproximou. — Você deixou uma coisa no meu quarto no nosso último... encontro.

Ele enfiou a mão no bolso e puxou um cilindro liso: o brilho labial de marca de Aminah. Olhei ao redor para ter certeza de que ninguém estava olhando e peguei o brilho, enfiando-o na bolsa depressa. Não tinha motivo para ele fazer aquilo em público. Exceto para ser babaca.

— Você é um babaca. — Mantive o sorriso doce, consciente do fato de que estávamos rodeados.

— Você está em negação — rebateu ele.

Cerrei os dentes. Aquilo era muito mais drama do que eu esperava ter com que lidar por causa daquele lance. Aquele era o ponto de Não Namorar Zack. Não me sentir obrigada a dedicar tempo a ele. Sim, ele tinha um corpo que era só pele e músculo e feito para o pecado, mas não era muito bom de papo. E aquilo funcionava para mim — não tinha como eu ser surpreendida de repente com uma personalidade, senso de humor ou inteligência —, mas também significava que eu achava a língua dele tediosa quando não estava dentro da minha boca.

Meu lance com Zack tinha começado logo depois do incidente infame na assembleia um ano antes, quando as reuniões tarde da noite com ele em uma salinha de estudo abarrotada para discutir a logística da Sexta-Feira Muito Loka terminaram com minha bunda pressionada na mesa. Ele era chato porque, como todo cara acostumado a conseguir o que queria sem fazer nenhum esforço, gostava de que eu não gostasse dele. E *eu* gostava de não gostar dele. Era a situação perfeita. Ele era atraente e cumpria o que eu precisava que ele cumprisse — e ninguém precisava saber.

Romance era perda de tempo, uma forma de manipulação utilizada por rapazes que não lavavam os lençóis com frequência. Era óbvio que existia, mas eu não conhecia ninguém que eu achasse que vivenciava o romance do jeito adequado, com *respeito* pelo objeto da própria afeição em vez de uma sede de reivindicar. Era uma questão de posse em vez de uma questão de conquistar afeto. Com Zack, era algo clínico, descomplicado. Não tinha risco de acabar tendo sentimentos. Eu tinha com quem dar uns amassos sem ter que me comprometer com nada mais longo que um filme da Netflix. Mas naquele ano Zack tinha se virado contra mim; minha falta de atenção de sempre agora representava uma afronta que ele precisava corrigir.

Meus olhos passearam para além do ombro de Zack, focando Malakai novamente, e de alguma forma, por coincidência, vontade divina ou por causa daquela energia que faiscava entre nós, aconteceu de ser exatamente no momento em que ele olhou para mim. Pigarreei e me forcei a olhar de volta para Zack, cujo braço de alguma forma tinha se movido acima da minha cabeça e cuja palma da mão se apoiava na parede, me encurralando.

Olhei para o Meu Boy.

— Sério. O que você quer, Zack?

Ele me deu um sorriso lento.

— Ainda está com raiva de mim? Não recebo nenhum "feliz aniversário", nenhum cartão…

Ninguém olharia duas vezes para o que estava acontecendo naquele momento. Zack era conhecido por flertar com todo mundo e nós trabalhávamos juntos. Era um disfarce perfeito.

— Feliz aniversário. — Suspirei. — Zack, não estou com raiva de você. Tivemos um lance legal. Foi o que foi. E agora acabou.

Zack arqueou a sobrancelha enquanto me analisava, a voz virando um murmúrio:

— Tá dizendo que não vai sentir saudade?

Ele era sexy, mas a sensualidade dele já tinha perdido a validade para mim, igual um chiclete mastigado por tempo demais.

— Você tem muita companhia, querido — respondi, olhando na direção dos sofás. O fã-clube dele já estava me lançando olhares malignos por trás de pesados cílios postiços. Sorri para Zack. — Você vai ficar bem.

Ele riu, porque minhas palavras tinham escorregado da pele dele, fazendo cócegas enquanto caíam.

— Elas não são você.

Ri da tentativa dele de ser romântico.

— Beleza. Digamos que eu aceite. Você gostaria que eu ficasse com você em público? Que eu estivesse no seu feed do ProntoPic? Que eu fosse sua namorada?

Eu sabia que estar em um relacionamento público comigo não era o que ele queria. Eu não era doce o suficiente, flexível o suficiente, não tinha o tipo certo de popularidade. No entanto, eu era transgressora o suficiente para ser um casinho interessante.

— Por que você tá pensando em *rótulos*, Kiki? — Zack balançou a cabeça. — A gente é mais que isso. Só sei que quero *você*. Você é gata, linda…

— Essas duas palavras significam a mesma coisa, Zack.

— Sexy, gostosa…

— Obrigada por me ver como eu sou, cara. Sério. — Coloquei a palma da mão no peito. — Sou uma mulher com camadas.

Zack sorriu e trocou o peso dos pés. Ele estava bêbado.

— Posso te ajudar a conseguir ainda mais camadas…

Grunhi.

— Sério, Zack? Você acabou de deixar minha vagina mais seca. Tipo um sílica-gel pra buceta. Tá me entendendo?

Os olhos de Zack brilharam e ele se aproximou, abaixando o tom.

— Tô ligado que você gosta dessas paradas. Esse negócio de BDSM. Me esculacha pra me deixar excitado. Eu curto…

Ele *não* estava entendendo. Descrente, olhei para ele por alguns segundos antes de rir e balançar a cabeça.

— Beleza, não sei o que é que você usou, mas vou precisar que você se afaste. Não tenho tempo para isso. Vai beber uma água. Você está babando demais nesse momento e não é atraente.

Dei um tapinha no peito dele com as costas da mão, mas ele não se mexeu. Meus pelos imediatamente se eriçaram.

— Kiki, é o seguinte. Você me faz uma pessoa melhor. Eu te faço uma pessoa melhor. Quer dizer… — Ele gesticulou, indicando o bar, os risos, a dança, a alegria. — Olha pra isso. Você fez isso. Eu te fiz fazer isso.

Zack estendeu a mão e passou as costas do dedo na minha mandíbula. Estreitei os olhos.

— Vou te morder.

Ele sorriu. Que nojo. Ele gostou de ouvir aquilo. Mantive a respiração estável. Estava ficando enjoada por causa dele. Nosso lance já era meio rançoso quando terminei, mas agora fedia: estava se tornando algo sinistro.

Virei o drinque já quente e me afastei da parede em que Zack tinha me encurralado para me desvencilhar dele quando ele segurou meu braço, apertando minha pele com força. Parei, revirei os olhos e esfreguei o ossinho entre eles. Hoje não.

Zack estava com o lábio inferior entre os dentes e me encarava com olhos dilatados e cheios de um brilho que eu nem precisava saber o que era para saber o que era.

— Você quer morrer hoje?!

Zack abriu um sorriso enorme que fez o uísque e a Coca-Cola se revirarem em minha barriga. Ele me puxou em direção ao próprio corpo e me choquei nele de modo brusco.

— Me mata devagar.

Inclinei o queixo e nivelei o olhar com o dele, tentando acalmar meu pulso acelerado e inflamado pela raiva, não pelo medo. Se Zack queria ser um predador, então eu seria uma força maior, o fruto do amor de Xangô e Oxum, trovão, relâmpago, inundação.

— Se você soltar meu braço agora, vou te fazer o favor de fingir que você perdeu a porra da sua cabeça por causa das drogas. Do contrário…

— *Me* fazer um favor? — Os cantos da boca de Zack se ergueram em um rosnado sarcástico. — Coração, fui *eu* que escolhi você. Você nem é meu tipo. Geralmente fico com mulheres que… — ele me olhou de cima a baixo —… estão mais no meu nível. Isso aqui foi caridade.

Balancei a cabeça.

— Ah, entendi.

Ali estava.

O sorriso de escárnio de Zack derreteu um pouco quando ele percebeu a expressão no meu rosto. Meu sorriso estava aberto, desatinado.

— Kiki, olha só, falei da boca pra fora, me descul…

Balancei a cabeça e soltei o braço do aperto dele ainda sorrindo, como se ele tivesse contado a piada mais engraçada do mundo — o que era quase verdade, considerando que ele era um palhaço do caralho. Os amigos de Malakai estavam rindo de alguma coisa, despreocupados, inconscientes. Malakai não estava. Ele estava olhando para mim com as sobrancelhas franzidas, os olhos brilhando sob a fraca luz violeta do ambiente. Eu podia jurar que eles estavam me dizendo alguma coisa. Que eles estavam dizendo o que eu estava pensando.

Zack entendeu meu silêncio como amolecimento e tentou colocar a mão na minha cintura. Meu estômago se revirou e soltei as travas das minhas armas internas. Coloquei o copo vazio em uma mesa próxima, olhei para ele e sorri.

— É, se desculpa mesmo.

CAPÍTULO 6

Recuperei a força nas pernas e caminhei em direção a Malakai, desviando com habilidade dos corpos enroscados uns nos outros. Kofi estava tocando uma música com um sample de "Say Yes" de Floetry. Estávamos na seção de música lenta da noite, então havia costas pressionadas na frente de outros corpos, rostos enfiados em pescoços e braços enrolados em cinturas enquanto quadris balançavam ao som da música sensual, facilitando meu caminho em meio à multidão que em outro momento estaria apinhada.

Malakai se afastou da parede na mesma hora. Meu coração martelava em minha caixa torácica com todo o peso que tinha, um protesto contra o que eu estava prestes a fazer, mas naquele momento já não tinha como voltar atrás. Ele olhava para mim com uma curiosidade calma. Então se afastou um pouco dos amigos e foi para um canto que estava um pouco escuro, mas ainda visível para os olhos que estivessem procurando de propósito. Fez um gesto com a cabeça indicando que eu fizesse o mesmo. Eu me aproximei dele, ignorando os olhos interessados de seus amigos e as piadinhas gentis que vinham deles: "Caramba, é você mesmo, Chefe Malakai? Uma Kiki Banjo inteira, né não? Pagou quanto de dote?".

Malakai mostrou o dedo do meio para eles enquanto me encarava com um brilho nos olhos, os lábios cheios ligeiramente curvados, uma expressão intrigada. Ele só podia estar brincando. Como é que olhos tão escuros eram ao mesmo tempo tão brilhantes? Eu não me ligava muito em horóscopo, mas os olhos dele pareciam mesmo estrelas, e de repente eu quis ser astróloga, aprender a lê-los enquanto piscavam para mim.

— O que você precisa que eu faça? — A voz dele era baixa, grave.

Um arrepio percorreu meu corpo, mas não tive tempo de analisá-lo. Fiquei na ponta dos pés, envolvi a mão na nuca de Malakai e disse com um suspiro em seu ouvido:

— Me beija.

Ele tinha o cheiro bom, uma fragrância escura e amadeirada misturada com o cheiro limpo e doce de qualquer que fosse o hidratante corporal dele. Inspirei fundo para me distrair enquanto ele passava dois longos segundos em silêncio. Nossos corpos não estavam se tocando, mas eu estava perto o suficiente para sentir a surpresa dele. A adrenalina daquele meu ato de guerra estava começando a se solidificar e a desacelerar o suficiente para que o constrangimento se infiltrasse em mim. Eu queria humilhar Zack no idioma que ele entendia, retorcendo o machismo tóxico dele e o enfiando goela abaixo, mas naquele momento era *eu* quem estava me engasgando.

Soltei a nuca de Malakai e comecei a recuar, aceitando a derrota e preparando meu discurso de "porra foi mal esquece tudo que falei" quando ele colocou as mãos na minha cintura e me fez parar. Uma onda de calor percorreu meu corpo. Ele colocou as pontas dos dedos na parte de cima da minha saia, logo abaixo de onde começava a faixa de pele exposta pelo meu cropped. Era uma pressão confortável, educada, respeitosa, e ainda assim a boca do meu estômago se acendeu, de um jeito nada educado, desrespeitoso. Minha pele coçava, querendo que ele movesse as mãos um pouquinho para cima. No que eu tinha me metido? Eu precisava estar sempre no domínio da situação, mas o jeito como minha pele parecia estar sentindo algo que nunca tinha sentido estava fora do meu controle. Ele mal tinha me tocado.

Malakai levantou a cabeça para olhar diretamente para mim. Eu ainda estava na ponta dos pés e, se ele não estivesse me segurando, eu tinha certeza de que a intensidade daquele olhar teria sido suficiente para me desequilibrar. Meu coração não batia mais como tambores de guerra; era um batuque de carnaval. Havia poucos segundos, meu corpo estivera pronto para entrar em combate, mas naquele momento, de modo estranho, minha vontade era de dançar.

Malakai assentiu e ergueu o canto daquela boca intensa e deliciosa.

— Tá bom.

Só vi um flash dos olhos de Malakai aumentando em potência e o crescente daquele sorriso inclinado antes que meu lábio inferior se aninhasse entre os dele e eu pressionasse de um jeito lento e suave, fazendo com que ele abrisse a boca e me recebesse em um calor escuro e irresistível. Os lábios dele se movimentavam em uma conversa profunda com os meus, preenchendo as cadências, como respostas instantâneas às minhas perguntas. Senti um arrepio tão forte que quase perdi o equilíbrio. Pressionei o corpo ainda mais no dele e Malakai interpretou aquilo como permissão para me envolver com uma languidez provocante.

Ele era bom. E não apenas bom de maneira geral, mas bom o suficiente para me acompanhar. Ele estava me sondando, assumindo a liderança com suavidade quando eu lhe cedia poder. Dava para sentir que ele estava se divertindo com aquilo, aprofundando o beijo antes de suavizá-lo, fazendo ferver e depois amornando o calor crescente em minha barriga. Eu sentia um novo tipo de adrenalina correndo dentro de mim. Ele estava me desafiando. Aquilo era um duelo. Então tá.

Recuei um pouco e girei a língua, e pela vibração baixa que senti na boca, eu soube que tinha conseguido o efeito que queria. Ele se afastou e olhou para mim um pouco atordoado, com uma expressão impressionada no rosto.

Hum. Arrasou, Kiks. Eu: 1, Malakai: *Ah*.

Seus olhos brilharam e ele encostou a boca na minha de novo, transformando meu sorriso presunçoso em um gemidinho. Porra. De repente me ocorreu que aquele era provavelmente meu primeiro beijo honesto. As nossas motivações eram nítidas. Estávamos envolvidos no mesmo nível pelo mesmo objetivo: sentir e ser sentido. E o motivo original podia até ser irritar Zack, uma decisão mútua de destruir, um acordo de guerra (afinal, Zack e Malakai eram inimigos naturais), mas a cada movimento e roçar gentil de lábios eu podia dizer que o beijo tinha se transformado em algo diferente. Ainda era uma afirmação de poder, mas um poder compartilhado, cedido e reivindicado no mesmo fôlego, uma batalha amigável de arrepios e um teste de força de vontade. Meu coração batia em um ritmo frenético e sincopado e meus *djembês* internos me faziam pensar que nossos ancestrais estavam sendo invocados para aprovar seja lá que porra estivesse acontecendo ali.

Percebi que Malakai estava começando a perder o controle do raciocínio pela intensidade crescente de sua respiração e, verdade seja dita, eu também. Aquele não era o beijo que eu tinha planejado; eu estava me divertindo e meu corpo estava se envolvendo muito mais do que eu pretendia. Não precisava olhar para trás para saber que Zack estava nos observando, e óbvio, aquilo significava que outras pessoas também podiam estar nos observando, mas naquele momento eu não estava nem aí. Me sentia poderosa.

Além do mais, dar uns amassos na Sexta-Feira Muito Loka não era grande coisa. Eu podia garantir que pelo menos outros oito casais estavam se agarrando em vários cantos do recinto — é uma verdade universalmente conhecida que festas noturnas universitárias estão entre os lugares com maior concentração de gente com fogo no rabo. Mas, mesmo sem o manto de invisibilidade que a falta de vergonha geral proporcionava, eu me sentia bem com o fato de que, embora aquele cara fosse controlado, eu tinha o necessário para o fazer perder o controle. Deslizei o braço ao redor do pescoço dele, descansando o polegar em sua mandíbula, e aprofundei o beijo, deslizando gentilmente a ponta da língua para dentro da boca dele. Senti a pressão das mãos de Malakai em minha cintura aumentar de modo automático, de um jeito que eu sabia que ele não teve como evitar, então me afastei. Na hora certa. Antes que o beijo nos levasse para outro lugar.

Malakai abriu um sorriso lento.

— Caralho…

Fui surpreendida pelo meu sorriso em resposta. Mordi o lábio para contê-lo.

Foi então que ouvi. Assobios baixos e gritinhos ao redor, me puxando para fora do vácuo criado quando nos aproximamos e nossos lábios se tocaram. Fechei os olhos quando entendi. Era inevitável que um público se reunisse para ver Kiki Banjo dando uns amassos com o novo Cara Delícia logo depois de ele ter um confronto com duas outras rainhas, evitando por pouco uma guerra civil. Eu nunca me envolvia com política interna. Sempre tentava resolver as coisas do lado de fora, mas agora tinha ido parar no meio de um sanduíche bastante picante.

Quando tinha me aproximado de Malakai, eu não havia pensado a fundo sobre as consequências colaterais, eu só queria emputecer Zack, e Malakai tinha se apresentado como a arma perfeita. Eu não imaginei que seria *daquele jeito* — um mundo inteiro criado dentro de um beijo, que haja luz. E foi tão... bom. Para minha satisfação, Malakai parecia tão surpreso quanto eu com a presença de outras pessoas. Os olhos dele dançaram ao redor e acima de minha cabeça como se a multidão ao redor tivesse aparecido em um passe de mágica. Mas, quando se voltou em minha direção, o olhar era confiante e tranquilo enquanto sustentava o meu.

— Ignora eles.

— Não me diga o que devo fazer. — Foi automático, saiu da minha boca feito um projétil e Malakai sorriu como se a bala tivesse acabado de incendiá-lo em vez de perfurar sua pele.

— Não foi você que me mandou te beijar?

— Estava implícito que era uma pergunta. E você aceitou. Com entusiasmo.

Com os olhos brilhando ainda mais com a luz de um sorriso contido, Malakai fez uma pausa antes de pigarrear.

— Confia em mim. Se você se virar agora, vai morder a isca. Vai mostrar que está prestando atenção, que o beijo teve um objetivo e que você está checando se o objetivo foi cumprido. Vai estragar seu disfarce. E Zack vai entender isso como uma vitória. É isso que você quer? — A voz dele estava calma e calorosa e o tom conspiratório me dizia que ele estava dizendo aquilo para meu bem.

Ele estava do meu lado. Gostando ou não, éramos colegas de time. Eu não tinha ideia de por que ele tinha decidido se unir a mim, mas estava certo. Eu não podia me virar. Para que aquilo funcionasse, eu tinha que fingir que não me importava com ninguém assistindo, tinha que agir como se estivesse fazendo aquilo só porque deu vontade. Além do mais, se eu ficasse parada, se ficássemos conversando, as pessoas ficariam entediadas e a agitação diminuiria. Uma demonstração de poder.

— Beleza. Vamos continuar conversando.

A aula de improvisação que eu tinha feito no primeiro ano da faculdade (fora a prof.ª Miller quem tinha sugerido que eu fizesse para melhorar a maneira de me expressar; obviamente, tinha sido um inferno.

A sala cheirava a chulé e todo mundo insistia em ficar massageando uns aos outros sem motivo nenhum, como se a gente estivesse em uma seita sexual sancionada pela universidade) aparentemente teve seu mérito, porque falei como se aquilo fosse ser um sacrifício. Dei uma afastada e segurei os antebraços dele, fortes e firmes e salpicados de pelinhos finos que se dobraram sob meu toque. Aquilo estava me desestabilizando. Já convivi com caras gostosos, já *lidei* com caras gostosos, mas aquele cara era mais do que um punhado de simetria facial e um sorriso tão brilhante que eu sentia que podia ver meu futuro nele. Meu pulso ainda lutava para voltar à velocidade normal.

Malakai assentiu.

— A gente pode continuar conversando, sim. Ou a gente pode ir beber.

Gargalhei.

— Tá falando sério?

O sorriso de Malakai era travesso.

— A gente está numa festa. Você está aqui, eu estou aqui, tem boa música tocando e seu homem parece que quer quebrar uma garrafa na minha cabeça. Não custa nada a gente se divertir.

Óbvio. Uma jogada tática. Malakai provavelmente queria o lugar de Zack como Alfa e eu era uma ferramenta para ele tanto quanto ele era uma ferramenta para mim. Eu não estava em perigo. Lembrar daquilo me acalmou e esfriou minha cabeça.

— Ele não é meu homem.

O olhar de Malakai ficou menos brincalhão.

— Sim, sim, desculpa. Você não parecia estar curtindo o que estava rolando. Eu ia intervir quando ele... — Ele tensionou a mandíbula. — Eu estava esperando você me dar algum sinal. Você parecia estar no controle da situação.

Então aquela era a razão de ele estar pronto quando eu fui na direção dele. Ele estivera observando. Checando se eu estava bem. Pensar naquilo provocou uma sensação quente e intensa em meu corpo. Eu a forcei a se dissipar. Então ele era *objetivamente* decente. Se aquilo fosse o suficiente para me prender, então o nível de exigência para homens heterossexuais estava abaixo do chão.

— Eu estava mesmo. — Fiz uma pausa. — Mas obrigada. Por prestar atenção. E por estar, sei lá, a postos.

Afinal, de que outra forma eu poderia dizer? "Obrigada por me deixar beijar você para afastar um babaca! Obrigada por sacar o que estava acontecendo"?

Malakai mal assentiu. Estava com os olhos focados em mim, como se estivesse me analisando. De repente me ocorreu que ele ainda estava checando se eu estava bem. Minha pele formigou. Aquele não era dever dele. Nada daquilo era dever dele. O que é que eu estava fazendo?! Pigarreei e soltei seus braços. Minhas mãos quase doeram quando o ar do bar bateu nelas, frio em comparação com o calor da pele daquele homem.

— Olha só, isso ajudou, mas Zack é... enfim, ele é um neandertal, e provavelmente vai ficar mais puto com você do que comigo, então...

O sorriso de Malakai era suave, mas a voz tinha um tom de desafio.

— Então?

Parei. Por que a imprudência dele era tão atraente? Eu estava sendo afetada por clichês heterossexuais hipermasculinos igual uma donzela de pele de porcelana em um romance água com açúcar.

— *Então* que não quero causar problemas para você.

Malakai deu um sorriso aberto.

— Nós dois sabemos que isso não é verdade. — Ele sorria de um jeito que fazia algo dentro de mim se apertar de uma maneira que eu não aprovava. — Além do mais, os problemas sempre vêm atrás de mim de qualquer jeito.

Ele não podia estar falando sério. Ergui as sobrancelhas, ignorando sua insinuação.

— Ah, tipo quando Chioma e Shanti estavam com o dedo na sua cara? Esse tipo de problema?

— Um mal-entendido. Já foi resolvido.

— Aham.

O sorriso dele ficou maior.

— Você não gosta de mim.

— Eu te beijei.

De maneira irônica, a risada que Malakai deu soava feito um problema coberto de chocolate. Dava vontade de morder.

Sorri com relutância e levantei o ombro, aceitando a afirmação de forma silenciosa. O beijo não significava nada. Afinal, eu tinha de fato permitido que Zack enfiasse a língua em minha boca. Tentei de novo.

— Beleza. Não conheço você.

Malakai assentiu de modo casual.

— Pois então, pensei a mesma coisa. Mas por algum motivo você age como se me conhecesse. *Kiara.*

A expressão dele seguiu séria e resisti ao sorriso que queria se formar em meus lábios. O erro proposital do meu nome foi executado de maneira casual e habilidosa. Porra, o cara *era* engraçado. Mais perigoso do que eu suspeitava. Ajustei a ficha dele no meu banco de dados de "Boy Lixo" para "Boy Lixo Engraçadinho".

— Vem observando minhas ações, Micah?

— Acho que a gente tá observando um ao outro. E é Michael, no caso.

O tom plácido de Malakai criou a superfície perfeita para a minha risada deslizar em cima. Ele não titubeava; pegava minha isca entre os dentes e a jogava de volta para mim com facilidade. Se aquele era um jogo, que divertido jogar com alguém que conseguia me desafiar.

Eu me aproximei dele.

— Beleza. Estou sentindo que você tem algo para botar para fora. Estou errada?

Os olhos de Malakai ainda dançavam. Ele não parecia irritado, mas também não parecia satisfeito. Seu olhar brilhava como se ele estivesse prestes a entrar em um duelo. Meu pulso disparou lembrando da última vez que duelamos um com o outro.

— O Pilantra do Paço.

Eu estava meio orgulhosa do título. Parecia vindo de um dos romances medievais que eu adorava. *O Cafajeste da Cantuária. O Libertino de Londres. A Viscondessa Violenta. O Pilantra do Paço.*

— Ah, você é fã do meu programa? Muito obrigada.

A expressão facial de Malakai nem vacilou.

— Sou sim, na real. Escuto toda semana.

Ah.

Minha tentativa de pirraça fracassou. Tentando ignorar o fato de que ouvir aquilo fez meu pulso acelerar, engoli o pedacinho de informação que ele me deu, mas o gosto bom em minha boca tornou impossível descartar que gostei de saber que ele me escutava. O programa era minha principal fonte de confiança, mas também de timidez. Ele tocou nos dois sentimentos ao mesmo tempo.

Pigarreei.

— Obrigada.

Malakai deu de ombros, com naturalidade.

— Não falei isso para te bajular. O programa é bom. Energia boa, música boa. E gosto do que você fala. Tipo, gosto muito do que você fala. Até semana passada... Sabe o que aconteceu semana passada?

Levantei o ombro e estreitei os olhos com leve curiosidade.

— Não. O que aconteceu?

Malakai sorriu devagar e balançou a cabeça.

— Você descreveu um babaca que sacaneia as mulheres e eu estava tipo, *rá*, quem é esse cara? Otário. Mas, de repente, meu celular começou a apitar. Mensagens de mulheres me xingando, dizendo que iam recuperar o tempo delas. Me chamando de Pilantra, dizendo que não presto. E aí veio esta noite. Duas mulheres lindas com quem saí de repente se voltaram contra mim como se eu tivesse casado com as duas e depois abandonado nossos doze filhos.

Eu me apoiei na parede na frente dele e cruzei os braços, encarando-o com curiosidade.

— Ao mesmo tempo? Tipo um lance poligâmico? Nigéria da velha guarda?

— Não, um lance tipo um empresário internacional com uma família em Londres e outra em Houston. Nigéria da nova guarda.

— Que tipo de negócio te levou a Houston? Você vende Bíblias?

— Se eu fosse vendedor de Bíblias, isso tornaria a história das duas famílias ainda mais descarada.

Nós dois sorrimos. Depois paramos, ambos aparentemente desconcertados por nossas palavras terem entrado em sintonia do mesmo jeito que nossos corpos quando nos beijamos. Então a primeira vez que nos encontramos não tinha sido só um caso isolado.

Malakai pigarreou. A voz dele soou formal:

— Enfim. Passei a semana fazendo controle de danos. Você pode imaginar como tem sido extremamente estressante.

— Extremamente estressante? — Ri, então parei quando percebi que ele não estava sorrindo. Ele estava falando sério. — Peraí, você tá... você tá de sacanagem, né? Está chateado porque dei um fim no seu *harém*?

Malakai balançou a cabeça.

— Não, estou chateado porque você é uma hipócrita...

Levantei a sobrancelha.

— Como é que é?

— Kiki, nós somos iguais. Do mesmo jeito que suponho que seu lance com Zack era casual...

— Peraí...

— Então você não estava saindo do apartamento dele na noite em que a gente se conheceu?

Engoli em seco, sentindo a pele formigar com a exposição.

Malakai balançou a cabeça.

— Olha só, relaxa. Não contei pra ninguém. Não é da minha conta e, na real, tô pouco me fodendo. Meu ponto é que, da mesma forma que você tinha um lance casual com ele, eu tinha um lance casual com aquelas mulheres. Ou, ao menos, é parecido. Porque eu gostava mesmo delas e dá para ver que você não suporta Zack. Não me entenda mal, é seu direito e você pode fazer o que quiser, mas não gosto de ser julgado por fazer a mesma coisa que você. Todas as mulheres com quem converso sabem o que tá rolando desde o início. Sou transparente. É por isso que consegui resolver a merda que deu hoje com Chioma e Shanti. É por isso que eu e Zuri estamos de boa. Não menti. Nunca menti. São mulheres maravilhosas que eu queria conhecer. Não prometi nenhum compromisso. Eu disse a elas que entendia o que elas estavam sentindo, mas que achava que esse era um jeito saudável de fazer as coisas. Tinha comunicação rolando. Você se intrometeu em algo que nem sabe como funciona.

Meu queixo caiu. Ele estava me acusando de... *slut-shaming*? Eu, a feminista que tinha palavras de Audre Lorde e bell hooks gravadas no coração? Que sabia o prelúdio inteiro de "Flawless"! Eu nunca ficava sem palavras e daquela vez não foi diferente, mas definitivamente demorei um pouco para recuperá-las. Quando as encontrei, saíram como balas. Com os olhos estreitados e furiosos, me aproximei de Malakai:

— Ah, tinha *comunicação* rolando? É por isso que todo mundo sabia de quem eu estava falando na rádio, porque todas as mulheres sabiam onde estavam metidas? Por favor. Olha aqui, só porque você conseguiu dizer alguma enrolação que resolveu aquela bagaceira entre Chioma e Shanti não significa que você é inocente e não significa que vou acreditar. Você nitidamente fez algo que deu a entender àquelas mulheres que elas significavam mais para você, algo que as fez questionar seu comportamento passado. E, para *sua* informação, o que fiz com Zack não foi a mesma coisa. Homens fazem o que você está fazendo desde o início dos tempos. Comendo qualquer filé que encontra no pedaço. Pois adivinhe? O açougue *fechou.* — Talvez aquela última parte tenha sido um exagero. Continuei falando, na esperança de diminuir o dano que aquela frase brega causou à seriedade do meu argumento. — Estou apenas equilibrando os dois lados do jogo. É diferente, Malakai, e não preciso perder mais tempo tentando explicar isso para você.

— *Açougue*?

Ah, mas que caralho.

— Vamos focar no que importa?

Ele curvou os lábios de um jeito irritantemente convidativo.

— Estou focado.

— Você tá de palhaçada.

— Não, não. Foi inteligente. Literário.

Ele estava de palhaçada. Zack não tinha capacidade de me afetar de verdade, mas aquele cara parecia saber exatamente o que fazer. Quase me fazia querer ficar tanto quanto me fazia querer ir embora. O que significava que eu tinha que ir embora.

— Quer saber? Acho que terminamos aqui. Acho que Zack entendeu a mensagem. As pessoas já devem ter perdido o interesse. A noite já foi longa demais e não tenho energia para continuar essa conversa. Obrigada pelo beijo emergencial, mas acho que já vou…

Fiz menção de ir embora. Malakai deu um passo para me deixar passar, mas os olhos dele brilharam.

— Desculpa.

— Quê?

Estaquei no lugar. Homens que se pareciam com ele, agiam como ele e, *tá bom*, que beijavam como ele não se desculpavam. Nem os homens que não tinham aquelas qualidades se desculpavam. A música estava mesmo tão alta? Eu precisava mesmo dar um jeito no sistema de som porque ele tinha se tornado um perigo para a saúde, me fazendo ouvir coisas que não...

— Sério, desculpa. Você está certa, eu entendi. Eu não devia ter comparado as duas situações considerando que nem te conheço direito. Mas é o seguinte... — Ele esfregou a nuca. — Quero conhecer. Venho querendo. Desde a primeira vez que nos vimos.

Perdi o fôlego, mas me forcei a respirar para que a expressão em meu rosto permanecesse a mesma. Tranquilo. Eu não estivera pronta para aquilo, mas estava tudo bem. Ele fazia aquilo o tempo todo. Evoluído. Pegador.

— Na primeira vez que nos vimos você estava indo para o quarto de Zuri Isak...

— Na primeira vez que nos vimos você estava saindo do quarto de Zack Kingsford.

Touché. Eu não sabia se a sensatez dele era ótima ou péssima. Gostoso e sensato. Ele também era meio escroto, do mesmo jeito que eu era meio escrota. Devagarinho, comecei a me tocar de que talvez ele não fosse o Pilantra do Paço. O Pilantra do Paço não teria ajudado uma garota que o chamava de Pilantra do Paço a se vingar de outro cara (um cara muito mais adequado ao título). Ele não teria percebido o desconforto dela. Era óbvio que ele podia ter um plano próprio para me envergonhar, mas havia formas mais fáceis. Ele poderia ter me deixado agonizar, revertido a situação e usado a oportunidade para me constranger. Mas não fez aquilo.

Malakai pigarreou em meio ao silêncio entre nós.

— Quer saber? Você provavelmente quer espaço. Eu vou embora. E sim, aquele beijo foi... aquele beijo foi alguma coisa, mas também não foi nada. Eu queria ajudar. Eu querer conhecer você não tem nada a ver com isso. Você não me deve porra nenhuma.

Ou ele era um ator muito talentoso ou estava dizendo a verdade.

— Sei que não.

Malakai interpretou aquilo como uma dispensa. Ele curvou a cabeça profundamente e colocou a mão no peito como se estivesse pedindo licença da minha corte e me deu um pequeno sorriso.

— Foi uma honra te ajudar a fazer um babaca se contorcer de raiva, Colega Sobre-Humana.

Ele piscou e se afastou de mim, pronto para ir. Meu estômago se revirou e impulsionou minha mão a segurar o pulso dele.

Ele olhou para minha mão e senti meu próprio olhar focando ali também, porque eu não conseguia acreditar que tinha acabado de fazer aquilo. Meu corpo estava se rebelando aquela noite, agindo sem a permissão da minha mente. Quando olhei para cima, os olhos dele brilharam, focados nos meus, fazendo uma pergunta. Concordei com a cabeça. Eu já estava ali. Podia muito bem seguir em frente. Soltei o pulso dele e desisti de fingir que não estava curiosa.

— Sei que não te devo porra nenhuma. É por isso que é você quem vai pagar uma bebida para mim, e não o contrário.

Malakai ampliou o sorriso. Só aquilo já contava como duas doses de um licor escuro por si só.

— Sim, senhora.

Ele era uma má ideia. O melhor tipo de ideia.

CAPÍTULO 7

Observei Malakai caminhar de maneira elegante em meio à multidão alvoroçada com uma Coca-Cola com rum em uma das mãos e o que parecia ser uísque puro na outra. Eu tinha passado um ano na universidade sem nenhum drama, ficando na minha e na de Aminah, confortável indo do estúdio para a aula e da aula para a Sexta-Feira Muito Loka. Naquele momento eu estava sentada no Cantinho dos Contatinhos, esperando um cara pegar uma bebida para mim. Um cara com uma bela bunda. Mordi a bochecha. Havia sido eu a emitir um alerta sobre aquele cara e naquele momento ali estava olhando para ele que nem uma caloura apaixonada. Mas era só uma investigação. Eu estava analisando a ameaça que ele representava para as mulheres de Paço Preto. Cumprindo meu dever.

Malakai me passou a bebida enquanto se acomodava ao meu lado no sofá surrado de couro marrom, nossos joelhos a apenas alguns centímetros de distância. O volume da música estava baixo o suficiente para conversar, mas ali, no canto da festa, era ainda mais baixo. O Cantinho dos Contatinhos tinha tal nome porque era onde os casais em potencial que estavam na Sexta-Feira Muito Loka em um encontro iam para ficar de boa. A luz era mais fraca ali e havia mesas de centro com velas falsas, uma atmosfera adulta e sexy improvisada. Era o único lugar da festa onde era possível se sentar e conversar com certa privacidade; era uma opção prática, mas mesmo assim me provocou um revirar de olhos quando Malakai sugeriu.

Peguei a bebida e passei os olhos por ele.

— Você é perigoso.

— Perigoso como?

Malakai afastou o copo de bebida forte e escura dos lábios e algo forte e escuro nos olhos dele me informou que ele sabia exatamente o que eu queria dizer.

— Perigoso porque, agora mesmo, sem nem olhar, sei que devem ter pelo menos seis mulheres nessa festa que querem me esganar por sequer estar respirando o mesmo ar que você, quem dirá estar sentada no Cantinho dos Contatinhos do seu lado.

Malakai balançou a cabeça.

— É porque sou novo. Carne nova. Não é real. Vai passar em algumas semanas. Se alguém aqui está em perigo, sou eu.

— Do que você está falando?

Malakai deu uma risada incrédula que se dissipou em um sorriso quando percebeu que minha expressão não mudou.

— Caramba, você tá falando sério.

Ele balançou a cabeça, mordeu o lábio e esfregou a mandíbula de um jeito que era irritantemente atraente e exemplificava o perigo mencionado acima. Então chegou perto de mim.

— Te garanto, metade dos homens nesse lugar está se perguntando como consegui a atenção de Kiki Banjo.

Revirei os olhos e aproveitei para afastar do peito a palpitação que vinha com a proximidade dele.

— Eles não falam comigo. Têm medo de mim.

— Esses dois fatos não são mutuamente excludentes. Eles não querem fazer o esforço que seria necessário para conquistar você, porque sabem que você vê por trás de qualquer papo-furado, então agem como se fosse algo impossível, como se você fosse metida. Os caras preferem agir como se tivesse algo de errado com você do que se tornar alguém digno de você, porque para isso teriam que lidar com as próprias questões. E se tem uma coisa que homem odeia é lidar com as próprias questões. Então te deixam em paz. E você? Ah, você prefere assim. Sem bagunça. — Ele disse aquilo tudo de maneira casual, o tom equilibrado e prático.

Não dava para contestar nada do que ele falou e aquilo me irritou.

— Como sabe disso?

— Do mesmo jeito que você sabe tudo que fala na rádio. Assistimos de fora. Sabemos como o jogo funciona. Não te conheço direito, mas conheço o suficiente para saber disso.

Eu me virei totalmente para ele, dobrando a perna e apoiando o braço no encosto do sofá. Nossos joelhos bateram um no outro. Nenhum de nós se mexeu.

— Tá bom, Malakai Místico. Vamos jogar um jogo, ver até onde vão suas habilidades. Topa?

— Manda aí.

— Zack e eu não combinamos. Obviamente. Na real, se eu me concentrar demais na personalidade dele, sinto repulsa. Dados esses fatos, por que eu estava ficando com ele?

Malakai ergueu a sobrancelha.

— Era para ser um desafio?

Ampliei o sorriso.

— Você é meio escroto, né?

— Sim. Mas não sou um Pilantra.

Revirei os olhos e engoli o sorriso.

— Responde à pergunta.

Malakai riu e assentiu.

— Beleza. Você ficou com ele *porque* sentia nojo dele. Meu palpite é que você não estava procurando um relacionamento e achou que poderia ficar com alguém com quem não tivesse nada em comum. Sem distrações. Sem risco de complicações.

Congelei.

Como se estivesse lendo minha mente, como se conseguisse detectar meu desconforto, Malakai balançou a cabeça.

— Não é que você seja fácil de ler. Como eu disse, reparei em você. Peraí, isso soou… — Ele vacilou. — A questão é que sei o que procurar quando olho para você.

Inclinei a cabeça e um sorriso escapou de mim. Ele fez uma pausa novamente. Encostou os nós dos dedos na ponta do nariz enquanto me encarava.

— Porra, tô parecendo um tarado. Vou tentar de novo. — A insegurança apareceu na voz dele, denunciando uma suavidade surpreendente que me fez sorrir.

— Ei. Não fuja de si mesmo. Mas agradeço se, da próxima vez que você quiser uma mecha do meu cabelo, você pedir em vez de arrancar. Doeu quando você fez isso no meio do nosso beijo.

Malakai viu meu sorriso malicioso e inclinou a cabeça como se tivesse recebido uma revelação.

— Ah, uau. *Você* é uma escrota.

Assenti e dei um gole no drinque.

— Ah, você percebeu. Tantos caras me julgam pela aparência e esquecem de prestar atenção na babaca que sou.

Malakai colocou a palma da mão no peito largo.

— Eu não. Eu vejo você. Quem é de verdade. Rosto de anjo, coração de demônio.

— Obrigada por me entender.

Pontuamos o diálogo curvando a cabeça de maneira solene antes de ambos cairmos na risada. Percebi que tinha me aproximado dele no sofá, então meu joelho dobrado estava quase em cima do dele. Eu estava fisicamente alcoolizada, mas também sentia que minha alma tinha tomado umas três doses. E me sentia mais leve, mais confortável em minha própria pele e, apesar de estar em uma missão para descobrir o que me atraía nele só para poder cortar o que quer que fosse pela raiz, a sensação era viciante e deliciosa, a raiz impossível de encontrar. Dava vontade de saborear.

Pigarreei.

— Considerando que você é onisciente, provavelmente sabe que esta será nossa última conversa.

Malakai sorriu.

— Entendo.

Ele não parava de me surpreender. A ausência de um ego ferido só alimentou a curiosidade relutante em mim.

— Sério?

Ele deu de ombros como se o que estivesse prestes a dizer fosse a coisa mais factual e lógica do mundo.

— Você tem medo que eu não seja quem você acha que eu sou. Tem medo de acabar gostando de mim.

— *Ah.* Acho que você não deve estar com fome, né?

— Jantei direitinho com os meus doze filhos, então não. Por quê?

Assenti.

— Ah, sim. Imaginei. Não deve mesmo sobrar muito espaço com você carregando esse rei na barriga.

Os olhos de Malakai brilharam enquanto tomava um gole da bebida, em seguida ele balançou a cabeça.

— Você é letal.

— E, ainda assim, aqui está você. Respirando. Apesar do meu esforço.

— Não leva pro lado pessoal. Como já conversamos, sou sobre-humano. Que nem você. — Tentei conter o sorriso ao ouvir a referência ao nosso primeiro encontro, mas um pouco dele devia ter vazado porque, com os olhos brilhando, ele começou a gesticular como se estivesse explicando uma verdade importante. — Sim, como você obviamente já sabe, antigamente éramos conhecidos como deuses... o que era ridículo, claro. Mas agora somos conhecidos como realmente somos: seres humanos estupidamente bonitos com poderes especiais.

Abafei a risada com a bebida, criando ondulações no líquido agridoce. Abaixei o copo.

— Uhum. E quais são os seus, mesmo?

— Muitos, incluindo a imunidade às muitas tentativas de Kiki Banjo de me matar.

Ri pelo nariz.

— Quão sobre-humano você pode ser se precisa construir um sistema de defesa contra mim?

Malakai correu os olhos por mim lentamente enquanto se inclinava para trás, me avaliando. Ele abaixou o tom de voz.

— Ah, sou bem sobre-humano, uma mistura do Pantera Negra com Xangô. Mas é que seu nível de letalidade é único. Aí preciso me ajustar ao seu poder.

Estreitei os olhos. Tentei permanecer contida, reprimida, mas de alguma forma ele estava me puxando para fora de mim mesma.

— Bem, por favor, vamos manter esse lance de sobre-humanidade entre a gente, tá? As pessoas meio que perdem a cabeça quando descobrem, tratam a gente de um jeito diferente...

Malakai assentiu com compreensão.

— E acaba virando outra coisa, do nada querem que você forme um coletivo intergaláctico de combate ao crime...

Estendi o braço e abri a mão em um gesto de concordância.

— *Pois é!* Não é? E quem tem tempo para isso? Estou aqui só tentando conseguir meu diploma. Tentando dominar a arte de passar sombra no olho. E é óbvio que consigo arrancar o coração de um Pilantra com os olhos, mas isso não representa tudo que eu sou. E mesmo conseguindo, quase nunca faço isso, porque é uma merda para limpar depois. Odeio sangue.

O sorriso de Malakai apareceu, iluminando seu rosto. Estava acostumada com as bordas irregulares da minha personalidade arranhando as pessoas, mas Malakai parecia se encaixar nelas, entrar em meu ritmo.

Os olhos dele brilharam.

— Absurdo. Tô dizendo. Olha isso.

— O quê?

— *Isso.* — Ele gesticulou indicando meu rosto, minha pessoa e o ar ao meu redor, totalmente perplexo. — É isso que quero dizer com você ser letal. Já viu esse seu maldito sorriso? Você consegue mandar em qualquer homem com isso aí. Você é cem por cento vilã.

O olhar de Malakai se aguçou, o brilho agora concentrado, enquanto analisava meu rosto. Algo despertou dentro de mim, como se houvesse um ponto de atrito entre nós e não tivéssemos percebido até chegarmos perto o suficiente para colidir. Eu estava tonta, apesar de ter bebido só meio copo de Jack Daniel's aguado com Coca-Cola e estava… me divertindo? Com um cara? Com *Malakai Korede*?

Eu estava disfarçada, mas completamente exposta. Minha missão era *investigar* a questão do Boy Lixo, mas de repente percebi o risco que tinha assumido. Eu tinha superestimado minhas defesas. Meu coração estava fazendo um buraco em minhas barreiras emocionais. Se aquilo não fosse suficiente para derrubá-las, então o calor dos olhos de Malakai seria o bastante para dissolvê-las. Nós nos aproximamos um do outro ao mesmo tempo, impulsionados pela mesma energia que tinha se manifestado entre nós no primeiro beijo… Quanto tempo antes? Uma hora? Meia hora? Cinco minutos? Eu não sabia: o álcool — ou talvez aquela coisa potente entre a gente — tinha desacelerado o tempo.

Ele me olhava de um jeito tão intenso que afetava minhas estruturas, perturbava minha paz. E eu respondia na mesma moeda. Assim que Malakai se aproximou, avistei a silhueta da minha melhor amiga pela visão periférica. Ela invadiu a área, passando por cima dos emaranhados de casais aconchegados nos sofás até nos alcançar.

— Oi, e aí? Sou Aminah, a melhor amiga.

Ela lançou um olhar divertido e satisfeito para Malakai quando nos afastamos. Pigarreei. Malakai assentiu e estendeu a mão.

— Oi, eu sou…

Aminah olhou da mão para o rosto dele e riu.

— Eu sei quem você é. — Ela olhou para mim com um sorrisinho no rosto. — Bonitinho. Apertando a mão. Educado. Não parece um Pilantra.

Malakai se virou para mim, erguendo as sobrancelhas, como se Aminah tivesse comprovado as palavras dele. Revirei os olhos e encarei minha melhor amiga de modo incisivo.

— Aminah. O que tá rolando?

— Ah, sim.

Ela se acomodou entre nós no sofá, empurrando os quadris no assento e forçando a separação entre Malakai e eu.

— Desculpa por isso. Mas vocês estarem sentados tão perto um do outro é parte do motivo de eu estar aqui…

Franzi a testa.

— Minah, do que você tá falando?

— Tô chegando lá! Calma! Posso tomar um gole disso, por favor? — Ela pegou meu copo e tomou um grande gole antes de devolvê-lo para mim. — Obrigada. Então, falando como sua melhor amiga, eu estou amando… isso aqui. — Ela gesticulou indicando Malakai e eu. — Arrasa, menina. E aquele beijo? Tudo. Na hora quase subi em Kofi…

— Certeza que ele ia curtir muito — opinou Malakai, rindo.

Eu e Aminah inclinamos a cabeça no mesmo grau. Aminah ergueu a sobrancelha.

— Perdão? Você é bonitinho, mas não o suficiente para que eu não te dê um tapão.

Malakai levantou a mão, com olhos arregalados.

— Foi mal, não quis desrespeitar. É só que Kofi é meu parça. A gente cresceu junto. Não foi sarcasmo.

— Ah. — Aminah relaxou visivelmente e depois sorriu ao perceber que aquela revelação significava que Kofi tinha conversado com Malakai sobre ela. — De boa… Enfim, não estou aqui apenas como melhor amiga, mas na função de produtora e agente. — Ela se virou para mim com a expressão mais séria que seus olhos com duas fileiras de cílios postiços permitiam. — E, como sua agente, estou muito preocupada. Ouvi muita coisa nessa festa. E a conta do *Açúcar Mascavo* perdeu cinquenta seguidoras desde que rolou aquele beijo. As rainhas do Paço Preto não estão nada felizes.

Meu sangue gelou.

— Como assim? Por quê?

Aminah respirou fundo, tirou o celular do sutiã e deslizou o polegar na tela algumas vezes até que a conta do ProntoPic do *Ponto do Café* apareceu. *Simi*. Prendi a respiração.

Malakai e eu olhamos para a tela, e lá estava uma imagem granulada e escura dos meus braços ao redor do pescoço dele, as mãos dele em minha cintura. Não dava para ver nossos rostos, mas a legenda inspirada — "Parece que o Açúcar Mascavo gosta de adoçar o Café Preto" — evidenciava meu envolvimento. Debaixo da foto havia dezenas de comentários: emojis de cobra, aparentemente indicando que eu era uma cobra dissimulada.

Mesmo quando não estava em um lugar, Simi estava presente. Ela tinha olhos em todos os lugares, calouras desesperadas para lhe agradar e universitárias do segundo ano que achavam que, quanto mais perto estivessem dela, menos chance tinham de ser picadas. Ela tinha um exército de espiãs e era óbvio que teria colocado alguém para me vigiar, esperando que eu fizesse besteira. Fui estúpida por não considerar aquilo. Ela via a popularidade do meu programa como uma ameaça ao poder que tinha, mesmo que eu nitidamente não tivesse interesse naquele poder. Eu só queria conseguir a bolsa de estudos e tocar umas músicas boas. A vigilância de Simi nunca fora um problema antes, porque nada do que eu fazia dava munição às subordinadas dela. Mas daquela vez eu tinha enfrentado Simi, e ainda por cima dado a ela algo para usar contra mim: Malakai.

— Porra.

Aminah assentiu de maneira sombria e colocou o celular de volta no sutiã com a mesma seriedade que uma advogada teria ao fechar uma maleta.

— Porra mesmo. Kiks, a gente está com um problema de imagem. Não fica legal na história quando a conselheira romântica do campus, a mesma que disse que as meninas deviam recuperar o tempo delas e jogar melhor que os pegadores, não apenas fica com um dos pegadores mais cobiçados do campus, como também vai se enroscar no Cantinho dos Contatinhos com ele. Tá me entendendo? Isso afeta sua credibilidade. O que afeta nosso programa. Sabe que, se nosso número de ouvintes ficar abaixo do número mínimo por certo período de tempo, perdemos o programa, né? Simi é uma cobra e sei que você é um alvo dela, mas ela tem influência. Ela tem conexões em quase todos os grupos de mulheres do campus. Elas vão se mobilizar e nos boicotar e vamos perder ouvintes. E eu preciso de um projeto extracurricular de mídia para o meu estágio. Se eu não conseguir, vou ter que ir para a Nigéria trabalhar para o meu pai no verão enquanto ele tenta me arranjar com o filho do melhor amigo dele, que usa anel de mafioso fajuto no mindinho, chapéu fedora e calça curta demais. Kikiola, *não dá pra mim...*

E aquilo me custaria Nova York. Eu não tinha ideia de como faria o programa crescer, mas não teria nenhuma chance se não tivesse um programa para começo de conversa. Além do mais, a ideia de perder o *Açúcar Mascavo* me assustava. Ele era o alicerce da minha experiência universitária. Eu precisava dele para me manter firme. Coloquei a bebida na mesa de centro, engoli meu pânico crescente e esfreguei as mãos nos braços da minha melhor amiga.

— Respira, Minah. Contagem regressiva a partir de dez...

— Contagem normal ou contagem da Beyoncé?

— Da Beyoncé.

Aminah fechou os olhos e assentiu, exalando o ar pelos lábios comprimidos, recitando a letra da música "Countdown" da Beyoncé.

Malakai se inclinou para a frente e olhou para mim por cima da figura meditativa da minha melhor amiga.

— Desculpa... eu estou por fora de alguma coisa? Isso parece meio ridículo. Isso é um problema real? A gente só se beijou. Ninguém tem nada com isso. Quem vai acreditar na teoria estúpida de que o alerta na rádio foi só uma estratégia para me pegar? Quer dizer, entendo. Sou um puta partido, mas...?

Aminah abriu os olhos e encarou Malakai como se ele fosse um arranhão em saltos novinhos em folha, o pânico deixando-a furiosa:

— Desculpa, isso é uma *piada* para você?

Malakai piscou.

— Não, eu só… só parece uma reação exagerada.

Aminah fechou a cara.

— Ah, sim, porque é óbvio que nós, mulheres hipersensíveis e emocionais, estaríamos *exagerando*. Não é como se nós compreendêssemos os mecanismos internos do ecossistema social da nossa faculdade porque estamos aqui há um ano e somos engrenagens essenciais para o seu funcionamento…

Malakai arregalou os olhos.

— Peraí, eu não quis dizer…

Aminah ergueu a mão.

— É *óbvio* que isso importa, Novato. São as mulheres quem mandam aqui. Simi é uma vaca, mas ela é uma vaca influente. Ela é ex-presidenta da AAC. Ela é tipo a anti-Kiki e as pessoas escutam ela quase tanto quanto nos escutam. Mesmo que não acreditem nela, a suspeita já é suficiente. Há reputações em jogo, e reputação é que nem ouro aqui. Só *pense*. Kiki não fica com ninguém e, uma semana depois de emitir um alerta dizendo para todas se afastarem de você, de repente tá rebolando a língua na sua boca?

Respirei fundo e engoli a saliva. Eu estava tão abalada que nem consegui questionar o uso de "rebolando a língua" da minha melhor amiga. Ela estava certa. A situação era ruim. Eu tinha sido irresponsável. Nem conhecia Malakai direito e ainda não tinha recebido uma explicação plausível de como ele tinha feito duas das mulheres mais fodonas da universidade ficarem rendidas por ele ao mesmo tempo. Ainda por cima, me sentar com ele — porra, *beijar* ele — só serviu para endossar suas ações. Eu me recostei e passei os olhos no ambiente. Percebi que havia gente lançando olhares gélidos e desconfiados em minha direção de vários pontos do local. A realidade me atingiu, apagando o que restava da luz e do calor oriundos do meu tempo com Malakai. Fiquei gelada.

— Você tem razão. Ficou parecendo que tentei isolar o cara de propósito por gostar dele. O que está muito, muito, *muito* distante da verdade.

Malakai franziu a testa.

— Beleza, a gente já entendeu. Pra que tantos *muitos*…

— Só beijei ele para me livrar de Zack… — O pânico subiu pela minha garganta enquanto eu abanava o rosto para combater o calor repentino e inexplicável que me acometeu. — Só achei que ele fosse a melhor opção! Achei que ele era galinha e presumi que ele ia topar.

Malakai arqueou a sobrancelha.

— Como é que é?

Revirei os olhos. Eu não tinha tempo para sentimentos. Eu não me importava com ser amada, mas me importava se as mulheres de Paço Preto perdessem o respeito por mim por acharem que eu as traíra. E me importava muito com meu programa.

— Ah, por favor. Não é sexismo se for dirigido a um homem. Mulheres merecem liberdade sexual e caras como você não. Não dá para confiar a liberdade nas suas mãos. Vocês fazem mal uso dela.

Malakai enrolou a língua na boca, seus olhos brilhando com irritação.

— Ah. Então a gente voltou para você agindo como se me conhecesse. Legal. Senti saudade desses momentos. Bons tempos.

Dei uma risada sem humor e me empertiguei no sofá.

— Ah. Ah, entendi. Então você pode presumir qualquer porra sobre mim, mas eu não posso sobre você? É o mesmo papinho arrogante que provavelmente levou você a namorar várias garotas ao mesmo tempo e não esperar nenhum investimento emocional. Não aja como se não soubesse o que está fazendo. Isso é pura manipulação.

Malakai deu um sorriso torto e seco.

— Pode me lembrar por que a gente se beijou? Foi amor à primeira vista ou foi para irritar Zack? E, olha só, isso eu até entendo, mas o que não entendo é você agindo como se fôssemos tão diferentes. E você ter me beijado prova isso. Todo mundo viu que você é exatamente o que você critica. Que nem eu disse antes. Você é uma hipócrita, Kiki.

Congelei.

— OK, uau.

Aminah arregalou os olhos enquanto alternava o olhar entre Malakai e eu, batendo o cabelo em meu rosto enquanto o fazia. Algo passou pelo rosto tenso de Malakai e ele comprimiu os lábios. Parecia ter sido uma pequena dose de arrependimento. Ele pigarreou.

— Olha… vamos nos acalmar. Eu não queria…

Levantei a mão. Eu tinha parado de flutuar um tempo antes, mas naquele momento tinha acabado de cair de bunda no chão. Como pude ser tão estúpida?

— Ah, eu tô calma. Quem não tá calma? Não venha com esse negócio de... encantador de mulheres pra cima de mim. Não vai funcionar. E não tenta voltar atrás só porque você acabou de expor quem é de verdade. Agora faz sentido. Você não concordou em me beijar para me ajudar. Por que diabo um cara como você faria isso?

O sorriso de Malakai naquele momento era uma curva cínica.

— Um cara como eu?

Eu o ignorei.

— Você fez isso pra cagar na minha cabeça pelo que falei no programa. Você queria me apontar. Me expor. Você me sacaneou.

Malakai se recostou. Ele assentiu devagar e mudou de comportamento com um dar de ombros.

— E se eu tiver sacaneado?

Uma fúria quente transformou as palavras na minha boca em cinzas. Um silêncio pesado preencheu o espaço entre nós. Balancei a cabeça em descrença. Foi quase um alívio saber que tudo fora só uma estratégia de sedução para me fazer parecer boba. A parte de mim que queria acreditar que o que tinha acabado de acontecer entre nós não podia ser falso só serviu para me convencer que tinha que ser. Aquilo era exatamente o que caras como Malakai faziam. Quando você caía na armadilha, eles diziam que você devia ter olhado por onde estava andando.

Aminah pigarreou.

— Uau. Isso foi sexy.

— O quê? — questionamos Malakai e eu ao mesmo tempo, ambos incrédulos.

Nossos olhos se encontraram quase tão rapidamente quanto os afastamos.

Aminah balançou a cabeça de forma desleixada.

— Não me entenda mal, estou putaça. Quero xingar Malakai. — Ela lhe lançou um olhar irritado. — Mas isso aí foi interessante. Sensual. Melhor do que o reality show que eu mais gosto, *Romance & R&B*.

Malakai olhou para ela.

— O que é que tá acontecendo agora?

Peguei a bolsa.

— Estou indo.

Aminah colocou a mão em meu braço, me ajudando a me firmar.

— Sério. Eu veria esse lance. Ou escutaria.

Balancei a cabeça, sarcástica.

— Sim. Beleza. Vamos fazer um programa de rádio onde deixo Malakai esmiuçar todas as maneiras que ser um Boy Lixo pode ajudar as mulheres.

Aminah quase se engasgou e arregalou os olhos.

— Kiki Banjo, você é uma superestrela linda e talentosa. É por isso que agencio você! Abrindo as linhas de comunicação entre mulheres e homens. Porra, sou uma gênia. Tecnicamente foi você quem teve a ideia, mas com certeza fui eu quem te levei a ela. Uau, mesmo quando nem tento, arraso. Por que estou estudando marketing e administração quando poderia estar ensinando?

Aminah suspendeu as mãos no ar, gesticulando e demonstrando os enquadramentos invisíveis de seu futuro como uma espécie de mediadora de relações públicas. Balancei a cabeça e puxei as mãos de Aminah para baixo, esperando assim também cortar a empolgação dela com a ideia.

— Ok. Calma aí, A-mínima. De jeito nenhum eu faria isso. Podemos ir? Prefiro ouvir Camila Cabello cantando versões acústicas de músicas de Beyoncé em loop do que ficar perto dele por mais um segundo que seja.

— Ok, sei que as emoções tão afloradas, mas, pelo amor. Não coloca um mal assim no Universo. Nossas palavras têm poder. Somos nigerianas. A gente sabe bem disso.

Eu me recuperei. A raiva tinha me levado longe demais.

— Você tá certa, desculpa. Não estava pensando direito. Só estou com a cabeça fora do lugar porque as meninas acham que enrolei elas para ficar com um Morris Chestnunca dos anos noventa.

Malakai ajeitou a postura.

— Você me acha parecido com Morris Chestnut?

Lancei um olhar fulminante a ele.

— O tamanho exagerado da sua cabeça fez suas orelhas encolherem? Eu disse Chest*nunca*.

Quando Malakai ergueu o ombro direito e deu um meio-sorriso, meu sangue ferveu.

— Você usou o cara como referência. É óbvio que está pensando em mim como alguém próximo de um galã dos anos noventa. Gostei.

Revirei os olhos.

— Otário.

Malakai nem piscou.

— Demônia.

Meu sorriso falseava inocência.

— Mas e meu rosto de anjo?

— Eu não especifiquei se era um anjo caído ou não.

Estreitei os olhos e puxei uma Aminah cada vez mais tonta comigo, abalada pelo fato de que eu estava abalada. Já bastava daquilo ali.

— Uma ótima vida pra você, babaca.

Malakai deu um sorriso brilhante e se reclinou, tomando um gole do drinque.

— Será ótima. Contanto que nunca tenhamos que fazer isso — ele gesticulou para o espaço entre nós — de novo.

Parei. *Inspire. Profundamente. Assim. E expi...* De repente eu estava pegando o copo com os restos aguados da minha bebida. Eu pretendia virá-lo — esperava que mesmo naquele estado enfraquecido o rum afogasse minha irritação —, mas, quando levantei o copo, vi minha mão se inclinar para longe de mim, na direção de Malakai Korede, de modo que o drinque aguado frio se derramasse no colo dele. Ele deu um pulo, os olhos chocados se transformando em lâminas.

Aminah arfou. Eu também. Um pouquinho. Então, concluí que a melhor coisa a fazer era reforçar minhas ações. Ao ver o rosto chocado de Malakai, dei um sorriso doce.

— Não se preocupe. Não faremos.

Saí do Cantinho dos Contatinhos com minha melhor amiga flutuando em êxtase atrás de mim, enquanto confirmava que qualquer leve sentimento caloroso que eu pudesse ter sentido por Malakai era simplesmente o resultado de ter olhado diretamente nos olhos encantados do Boy Lixo Supremo.

CAPÍTULO 8

Programa *Açúcar Mascavo*: Arquivos

Gatas,

Acredito no poder de "sair do script". Tão me entendendo? Quando um cara fode sua cabeça de um jeito que libera o poder de mil deusas. Geralmente acontece depois de um simples: "Beleza, faz do seu jeito, então". Ou de um "Massa". Esse é o meu preferido. Quando eles parecem sair do script, o truque é você agir como se nem soubesse que tinha um para começo de conversa.

Pelos meus cálculos, existem dois jeitos de sair do script. Existe a abordagem de "matar com jeitinho". A tempestade silenciosa. Dá um passo pra trás. Corta o contato. Visualiza e não responde. Deixa as duas marquinhas azuis esfriando na brisa. Dê a eles o tempo que acham que precisam para respirar para que percebam que… na real? Eles não conseguem respirar sem você. Agora o cara vai parar pra pensar. Você deixou o cara estressado. Você fez ele se perguntar: "Por que ela não se importa? Por que ela está aceitando minha sacanagem tão bem?". Gatas, eles ficam abalados. O poder é revertido para você. Você não vai ser uma vítima e seu silêncio vai forçar esses caras a encarar a forma que foderam sua cabeça e a pedir desculpa. Ou então eles vão usar isso como uma desculpa pra vazar. De qualquer forma, você vai ficar de boa, livre, com o mando da bola. De qualquer forma, você vai saber o que significa para ele.

Já o segundo modo é sair do script de forma ativa. É um modo ainda mais poderoso e deve ser reservado apenas para ocasiões especiais, tratado com muito cuidado. Você tem que estar segura de si para usar esse modo do jeito *certo. Podemos ver esse modo na canção "Bust Your Windows", de Jazmine Sullivan. No clipe de "Hold Up", da Queen Bey. Ok, nossa produtora Minah Money está dizendo que, aparentemente, eu não posso defender a destruição de propriedade privada na rádio por qualquer motivo que seja. Por que ela está me olhando desse jeito??! Enfim. Deu pra sacar a ideia.*

Às vezes, esses homens saem tanto do script que nos fazem agir de modo caótico. Conseguem nos atingir. Pode ser poderoso se entregar a essa sensação. Abraçar nossas emoções. Mostrar as garras. Fazer com que eles se arrependam de ter fodido sua cabeça, mas perceba que, se decidir seguir esse caminho, você vai ter que ter um objetivo. Propósito. Tem que ser algo dosado. Se você exagerar na improvisação caótica, pode acabar sendo a única a se desculpar, ultrapassando tanto a ofensa inicial dele que acaba virando a errada da história. Então tomem cuidado com isso. Mas também, se o cara resolver ficar mesmo depois de você derramar água sanitária nos tênis Yeezys dele, você vai saber que ele gosta mesmo de você. Se for para ir embora, ele vai. De qualquer forma, você vai ter mostrado sua verdade.

Sigam suaves, meninas,
Um beijo de Açúcar Mascavo

— Bom dia, o sol já nasceu lá na fazendinha!

Resmunguei e cobri a cabeça com as cobertas. Minha melhor amiga, como era de se esperar, tomou minha reação como boas-vindas e abriu a porta do meu quarto, dando pulinhos ao entrar. Aminah sempre entrava nos lugares com um leve aroma de *Dior Oud*, seu perfume característico, então, mesmo sem ouvir a voz dela, eu sabia que ela estava lá. O aroma empesteava meu quarto, penetrava minhas roupas de cama da Ikea. A cama afundou um pouco quando ela se sentou ao meu lado e puxou as cobertas da minha cabeça.

— Ei, encrenqueira. São onze da manhã e temos um brunch marcado.

Merda.

Aminah e eu tomávamos brunch no Wisteria & Waffle uma vez por mês. Uma versão estudantil do The Ivy, um dos points londrinos de celebridades. Ficava na cidade, tinha um esquema leve-dois-pague--um para drinques e espumante das nove da manhã às três da tarde nos fins de semana e era superconvidativo para postagens nas redes sociais, daquele jeitinho bem *girlboss* — paredes florais, uma luminária de LED no formato da palavra vibes, excelente iluminação no banheiro e garçons e garçonetes exageradamente bonitos. Era tipo uma versão culinária da Hollister. A combinação de camiseta preta e calça ou saia justa que os funcionários usavam parecia ter sido desenhada para deixar a clientela com a boca seca — uma engenhosa jogada de marketing para nos fazer pedir mais drinques. E funcionava muito bem.

Havia um garçom em particular por quem Aminah e eu nos apaixonamos — um cara da pós-graduação: um gatinho alto, barbudo, com pele castanha-avermelhada. Ele tinha um Olho de Hórus tatuado no antebraço firme que piscava junto com ele quando o cara servia nossas mimosas. Ele era conhecido como AJ, mas tinha nos informado, em um tom baixo e conspiratório, que poderíamos chamá-lo de Aaron: um convite estranho, mas muito sensual, que ele com certeza tinha estendido a todas as mulheres de Paço Branco. Por causa disso, W&W também era o lugar mais certeiro para se estar em uma manhã de sábado. Sempre estava abarrotado com as respectivas panelinhas tentando se recuperar depois de uma Sexta-Feira Muito Loka. Ou seja, era o *último* lugar em que eu precisava estar depois das travessuras da noite anterior. As cenas não paravam de se repetir em minha mente, girando dentro da minha cabeça com o álcool.

Tínhamos chegado em casa às três da manhã, passando pelos olhares mortais que eram lançados em minha direção. Aminah havia insistido que tomássemos mais algumas doses em casa para "me animar", apesar de ela mesma já estar bêbada, e tínhamos destrinchado os acontecimentos da noite — ela alegre, eu arrependida. Um pouco arrependida.

Eu estava errada por ter derramado a bebida no colo de Malakai Korede? Provavelmente.

Ele tinha merecido? Quase que definitivamente.

Por outro lado, ele tinha me ajudado a irritar Zack ao me beijar como um pirata descobrindo que o verdadeiro tesouro estivera dentro de sua amada o tempo todo? Porra, sim. Era muito enervante que parte do motivo de eu ter passado a noite em claro tenha sido a lembrança daquele beijo. O arrepio que tinha percorrido meu corpo quando ele havia me abraçado. A sensação de que ele me queria. A sensação de que eu o queria. Bom, teve isso e teve eu precisando lidar com o fato de que agora todas as mulheres paço-pretas provavelmente me consideravam uma vagabunda duas caras. Minha mente estava um caos.

Menos importante e mesmo assim pertinente: eu tinha dormido de maquiagem e tinha esquecido de fazer a rotina de cuidados com a pele antes de me deitar, então também tinha que lidar com o fato de que havia grande possibilidade de minha cara estourar de acne naquele dia. Tudo aquilo significava que não existia a menor chance de eu sair do nosso apartamento naquele fim de semana.

Minha melhor amiga tentou me erguer, mas eu a afastei e me levantei sozinha. Eu sempre esquecia de que Aminah e eu tínhamos tolerâncias ao álcool muito diferentes. Ela estava contente que nem uma dondoca que acabou de descobrir que a inimiga estava sendo traída pelo marido. Perfeita, usando um vestido de cetim rosa combinando com um turbante da mesma cor, Aminah parecia mesmo uma participante de um reality show sobre elegância e luxo. Era fascinante. Eu nem sabia como ela estava *em pé* — algumas horas antes, ela tinha mandado a mensagem "pqpppppppppp o quarto tá girandooooooo" para mim no celular.

Ajeitei a camisa folgada e me afastei para que ela pudesse se aninhar ao meu lado na cama.

— Por que não fazemos um brunch em casa? Vamos economizar um pouquinho.

— Porque só tem metade de uma banana-da-terra e dois pães de forma, a gente estava planejando ir ao mercado depois do brunch. Não quer ir por quê? Acha que todo mundo vai ficar te encarando depois da cena da noite passada? Bem… vão mesmo. Aproveita.

Dei um sorriso sem humor.

— Muito obrigada por isso. Mas fala a verdade, agora que a gente está sóbria…

Aminah fez uma careta que indicava que talvez ela ainda estivesse um pouco bêbada. Também percebi minha leve tontura.

— Tá bom, agora que a gente está relativamente sóbria… o quanto eu saí do script ontem?

— Você tá falando do beijo ou da bebida?

— Ambos.

Aminah sorriu.

— Achei o beijo sexy pra caralho. Agora derramar a bebida... foi um *pouquinho* demais.

Enfiei o rosto no travesseiro enquanto me recostava na cabeceira da cama. Se Aminah estava dizendo que tinha sido "demais", eu tinha agido de maneira caótica. Senti um puxão no travesseiro. Segundos depois, Aminah conseguiu arrancá-lo das minhas mãos, me forçando a olhar para ela. Ela me deu uma travesseirada na cara.

— Oxe, Nollywood, posso terminar? Foi um pouco demais, mas foi emocionante, Kiks. Você perdeu o controle. Eu nunca tinha visto você daquele jeito. Mesmo quando você fica chateada, é, tipo, *comedido*. Dessa vez foi diferente. Eu amei. Você se soltou e deixou aquela bebida *escorrer* no colo de Korede. Foi meio icônico.

Revirei os olhos para a poesia ruim de Aminah, apesar de saber que ela estava certa sobre a questão do controle. Eu estava ficando assustada com a facilidade que Malakai tinha de me afetar. Ele era praticamente um estranho e confirmara ser um Boy Lixo quando disse que usou o beijo para provar um ponto. Então por que eu estava deixando aquele cara me afetar de um jeito que me fazia agir de maneira desequilibrada em público? Aquela não era eu. Nunca estive no centro dos dramas do campus, mas, poucos dias depois de conhecê-lo, eu tinha chamado a atenção de um jeito que não tinha como controlar. A culpa não era diretamente dele, mas tinha algo desenfreado na energia entre nós.

Aminah me cutucou.

— Viu o que estão dizendo de você nas redes sociais?

Grunhi de novo. Por sorte, eu tive discernimento o suficiente para colocar o celular no modo avião antes de me deitar. Esfreguei o nariz.

— Aminah, já entendi. Elas acham que sou uma cobra traiçoeira. Podemos discutir controle de danos na segunda-feira, por favor? Não consigo lidar com isso agora.

Minha melhor amiga tirou o celular do bolso de cetim e começou a tocar e deslizar os dedos na tela, conjurando informações de maneira hábil.

— Hum, não. Quer dizer, não me entenda mal, ontem à noite a situação era essa, mas olha pra isso.

Ela removeu minha mão da frente de meus olhos e me forçou a olhar para a tela do celular. Dei uma olhadinha e me deparei com um gif de mim derramando a bebida no colo de Malakai, a legenda acima: "Kiki pisou muito, viu. Virei fã!".

Aminah dava um sorriso largo e balançava a cabeça.

— Uhum. Olha as redes sociais do *Açúcar Mascavo*. O povo *amou*. Quando viram vocês se beijando, acharam você uma cobra. Mas quando viram você se voltar contra ele, entenderam como vingança. Aí o jogo virou bem rápido. As meninas amaram. Simi deve estar puta. O tiro saiu lindamente pela culatra. Estão dizendo que Malakai provou o próprio remédio e que você foi a pessoa perfeita para dar essa dose.

Franzi a testa, tentando compreender a informação, quando meu olhar se demorou em outra foto. Era uma foto de Malakai e eu sentados juntos, minhas pernas cruzadas, cabeça inclinada, um sorriso no rosto. Malakai estava olhando para mim atentamente, com um sorriso torto e afiado. Nossos joelhos estavam a centímetros de distância. Apesar de estar embaçada, para mim a imagem era cristalina, o sentimento era cristalino. Senti o calor em minha barriga voltar ao lembrar de como nossa conversa tinha sido leve e fácil. Forcei o calor a se esfriar. Tinha sido tudo mentira. Tudo parte do jogo dele. E a culpa era minha por ter sido enganada.

Meus olhos focaram a legenda e li em voz alta:

— "Esse jogo pode ter dois jogadores." — Levantei a sobrancelha e sorri com relutância. — Hum.

Aminah sorriu.

— Sexy, né? A tensão sexual nessa foto é uma coisa absurda. Olha como seus olhos estão brilhando…

Levantei a mão.

— Beleza. Em primeiro lugar, foi só o flash. Em segundo lugar, com amor, você é muito irritante. Em terceiro lugar…

— Banjo Bélica teve uma ideia?

— Como você sabe?

Aminah sorriu ao ver minha expressão.

— Da última vez que você fez essa cara, nós entramos na sociedade francesa só para viajar com subsídio para Paris porque você descobriu que a viagem ia ser na mesma época da turnê de Beyoncé.

E o plano tinha dado certo. Sim, nós perdemos um "jantar de formação de equipe" com colegas com uns nomes tipo Penelope Arbuthnot e Barclay Harington, mas de alguma forma superamos aquilo. Todo mundo saiu ganhando. A gente pôde ver Beyoncé e reencenar o clipe de "Apeshit" em frente ao Louvre.

— Beleza. Então...

Eu me ajeitei para encarar minha melhor amiga direito. Virei de lado na cama e me sentei com as pernas cruzadas. Ela fez o mesmo, me escutando, lixando as unhas sem nem olhar, com uma expressão interessada no rosto.

— Fiquei pensando que toda essa atenção seria uma coisa legal de se aproveitar. Lembra que falei que o programa de verão em que prof.ª Miller quer me colocar exige que eu construa ou expanda uma plataforma de mídia? Eu poderia usar essa situação para gerar mais audiência de alguma forma.

— Ah... do jeito que mencionou ontem à noite? A ideia que encorajei e você descartou?

Sorri para a expressão acusatória de Aminah.

— Não exatamente. Aquilo ali seria um debate, uma batalha dos gêneros. Mas a gente precisa de um gancho, uma história. Fiquei pensando que o blog de Simi é popular porque as pessoas amam narrativas e *amam* o amor. Ou a ideia de amor, pelo menos. Imagina como seria interessante as pessoas acharem que estou mesmo namorando Malakai? Aí o lance na Sexta-Feira Muito Loka seria tipo... uma briga. E se eu capitalizasse esse interesse em torno de novos casais? Se eu fizesse do nosso "relacionamento" o programa? Alimentando as fofocas diretamente, em vez de ter que passar por plataformas de terceiros, como o *Ponto do Café*.

Aminah congelou.

— Para. Tô ficando arrepiada.

— Né? A única complicação é que é Malakai. Não apenas a gente não se suporta...

— Mas essa é a verdade mesmo?

— Eu derramei uma bebida na virilha dele, se você não se lembra.

— Pois então, o fato de você ter derramado ali e não na cabeça dele mostra onde está a sua cabeça. Como se talvez você achasse que tinha um incêndio ali que você precisava apagar.

Encarei minha melhor amiga, perplexa.

— Você não vai pegar mais nenhuma matéria de psicologia, está proibida. De qualquer forma, não tem como ele topar algo assim… Vamos deixar pra lá. E aí, você e Kofi?

Aminah se levantou da cama na mesma hora, ajeitando o vestido em torno de si mesma.

— Sei lá. E aí eu e Kofi?

— Ah. Então ontem à noite você não estava tietando lá em cima da cabine do DJ?

— Tietando? Credo. Eu sou a musa dele. E, considerando que a música determina o ânimo da festa, eu só estava garantindo que as pessoas se divertissem, trazendo o melhor de Kofi. Foi um ato de bondade. Sou praticamente a Angelina Jolie. Uma humanitária linda de morrer.

— Tá bom.

Eu não tinha como questionar o raciocínio dela. Aminah Bakare era mesmo incrível. Minha irmã era uma senhora do marketing, uma princesa das relações públicas, uma mestra do lobismo.

Aminah levantou o ombro, sinalizando sua vitória, e correu em direção à porta.

— Você tem quarenta minutos para ficar pronta, gata. Aaron me espera e tenho uma cantada para testar nele: "Tem uma maquininha no seu bolso ou você só está feliz em me ver?".

Gargalhei.

— Poético. Acho que vou só traçar a tatuagem dele com o dedo e perguntar: "Doeu pra fazer"?

— Mal posso esperar para ser sua esposa-irmã!

Abri o laptop para ouvir música enquanto me arrumava.

— Você é a única pessoa com quem eu faria isso, gatinha.

De: S.Miller@UPB.ac.uk

Assunto: Amigo de estudo

Ou, se preferir, "Contato acadêmico".

Aqui está um link para o trabalho da pessoa de quem falei — para quem também mandei seu trabalho. Acho mesmo que as ideias de vocês se complementam.

Prof.ª Dra. M

Encarei o e-mail piscando para mim na tela do laptop. Tinha aparecido quando coloquei a playlist *Soul de Sábado* para tocar, bem na hora que Jill Scott me convidou para uma longa caminhada com ela. Então, a prof.ª Miller não tinha esquecido. Era um link do Vimeo. Um filme. Pretensioso.

Olhei para o pôster de D'Angelo na parede em busca de orientação. Era a capa do álbum *Voodoo*, corpo firme, olhos suaves. Sorriso leve, lábios que pareciam macios, olhar convidativo. Não ajudou. Só serviu para me deixar meio excitada. Aff. Fiquei irritada com o fato de que aquela pessoa desconhecida aparentemente era boa o suficiente para me ajudar. Eu não precisava de ajuda. Conseguia sozinha. Talvez eu precisasse ver o tal projeto para provar aquilo para mim mesma. Além do mais, melhor manter os inimigos acadêmicos próximos. Cliquei no link.

O título era *Cortes*, um curta de quinze minutos sobre uma barbearia negra. Foi horrível porque não era horrível. Era bom. Muito bom. Realmente bom, de um jeito que me irritava. Não era a imitaçãozinha artística e bajuladora da masculinidade tóxica que eu esperava que fosse. Mostrava cenas rápidas e perspicazes de homens fazendo barbas e bobeiras, servindo sermões e sobejos, cativando enquanto criticavam, atravessando a linha entre o sacrilégio sórdido e a santimônia, contando histórias grosseiras, frases que soavam como poesia: "Ela era que nem banana-da-terra madura, macia feito manga"; "Deus é bom o tempo todo. Ele transformou minha vida, cara, tô falando sério" e "Não sou muito religioso. Mas respeito. Minha igreja é a casa de mainha. As contas dela são meus dízimos".

A imagem era granulada e a trilha sonora, uma mistura de neo soul e *grime*. Olhos suaves, corpos firmes. Tias passando com os carrinhos e cantarolando "pastel de carne, pastel de peixe, *puff-puff*", acrescentando dimensão musical à rádio pirata tocando ao fundo. Jovens chegando para cortar o cabelo para seus primeiros encontros, os velhos os acalmando à base da navalha, fazendo o pezinho dos cabelos deles enquanto riam do tamanho de suas cabeças, contando suas próprias histórias de primeiro encontro com as respectivas patroas.

Havia venda de fitas, venda de joias, falação de merda, construção de confiança… Era bom. Talvez precisasse de um pouco de trabalho na narrativa, mas talvez não. Senti o filme. Queria conhecer aquela pessoa. De repente, fiquei envergonhada. Eu tinha sido uma otária petulante. Por que eu me sentia ameaçada por alguém sendo melhor do que eu? Eu era nerd, mas nunca pensei que seria *esse tipo* de nerd. A irritação começou a vazar para fora de mim bem na hora que os créditos rolaram pela tela do laptop. Letras brancas contra um fundo preto, estrelas no céu límpido de uma noite escura. Que nem os olhos ridículos dele.

Um filme de Malakai Korede.

Fechei o laptop. Eu precisava de quinze mimosas.

— Tô extremamente desconfortável agora, Minah. Na moral.

Estávamos sentadas em uma mesa de janela na W&W, eu com meio café da manhã inglês, Aminah com uma pilha de panquecas e frutas da estação.

Ela deu de ombros e pegou a mimosa.

— Se eu fosse você, fingiria costume. Deixa o povo olhar. Além disso, você tá gata. Como sabe que não é por isso?

Dei uma olhada em minha roupa. Estava usando uma camiseta preta masculina como vestido — estampada com um grafitti do rosto de Fela Kuti e "Expensive Shit", merdas caras, escrito embaixo em pinceladas aleatórias —, meia-calça e coturnos. Para mim estava bom. Aquela perspectiva mudava, no entanto, quando eu encontrava os olhos maquiados e curiosos das meninas que me encaravam entre delicadas garfadas de waffles e sussurros.

— Eu só sei — expliquei enquanto enfiava ovo mexido na boca.

Lancei um olhar furtivo pelo salão florido. As pessoas definitivamente estavam falando de mim e queriam que eu soubesse daquilo. Caso contrário, poderiam falar sem olhar em minha direção. Não é como se eu fosse ouvir: Ariana Grande tocava muito alto.

— Tá, você também sabe o que vai fazer como projeto para o programa da Universidade de Nova York? Alguma ideia? Pensou mais no lance com Malakai?

Tomei um gole do espumante azedo.

— Pensei, na verdade. Estranhamente, acho que tenho chance de fazer ele topar. Sabe a pessoa que prof.ª Miller disse que era minha concorrente?

— Nossa nêmesis, sim…

— As senhoritas precisam de alguma coisa? — questionou uma voz barítono gravíssima, acrescentando um acompanhamento ao tom sedoso de Ariana.

Aminah e olhamos para AJ (Aaron) de pé perto de nossa mesa, com um sorriso largo no rosto. Passei o olho no braço cor de bronze de AJ enquanto ele o levantava para colocar um dread perdido atrás da orelha (ali tinha um lápis de que ele não precisava: ele tinha um tablet). O Olho de Hórus cintilou levemente com o movimento.

Senti um chute suave na canela. Aminah levantou a sobrancelha para mim, os lábios repuxados em um sorriso cheio de significado. Ela estava me desafiando. Ela queria que eu dissesse "nada que esteja no cardápio", carregado de segundas intenções, algo saído diretamente de uma comédia romântica duvidosa. Ela tinha me desafiado a fazer aquilo dez minutos antes. Minha melhor amiga inclinou a cabeça para mim.

— Não sei. Precisamos, Kiki?

Dei de ombros.

— Não precisamos de nada, obrigada — respondi, evitando o olhar para Aminah.

— Certeza? Não quer que eu encha seu copo de água? Parece um pouco vazio…

O copo de Aminah ainda estava cheio, o meu meio vazio. Dependendo de como se olhasse para ele. Balancei a cabeça.

— Tô de boa, valeu.

Aaron assentiu e sorriu, passando os olhos por mim.

— Beleza… Bom. Precisando de qualquer coisa, só chamar.

— Pode deixar!

Aaron ampliou o sorriso para incluir nós duas, inclinou a cabeça e saiu para flertar com o grupo de NigeRicaças atrás de nós.

— Tá de brincadeira? — sibilou Aminah, assim que ele se afastou o suficiente.

— Minah, por favor. Ele faz isso com todo mundo. É parte do trabalho dele. É o que faz a gente voltar aqui para comer ovos malcozidos. Sério, esses estão super moles. Você me ouviu pedir bem cozido, né? É mais provável que ele goste de você, no caso.

Aminah balançou a cabeça lentamente.

— Por que você faz isso? Você *sabe* que é linda e ainda assim age como…

— Ah, caralho. — Soltei um grunhido. — Isso não pode estar acontecendo.

Aminah arregalou os olhos.

— Hum, que tal dar uma segurada?! Não precisa xingar. Só acho engraçado que você seja confiante o suficiente para ficar com Zack Kingsford, mas de alguma forma…

Parei de ouvir o que ela falava conforme o que avistei na janela do café chegava cada vez mais perto. Afundei no assento e peguei um guardanapo para cobrir metade do rosto.

— Minah, por favor. Olha pra janela sem olhar.

Entendendo o recado, Aminah colocou os óculos escuros enormes e se virou. Kofi e Malakai caminhavam do outro lado da Duke's Road, a principal rua comercial de Paço Branco.

— Ah…

Ela relaxou de imediato e riu quando abaixei a cabeça, analisando as opções veganas de café da manhã por baixo do guardanapo. Havia muitos abacates. Encarei o milk-shake de aveia, abacate e chá verde de £6,50 no cardápio. Aquilo era novo.

— *Ah.* — O tom de Aminah havia mudado. Seguia divertido, mas agora mais baixo, mais sinistro.

— O que foi? O que foi esse último *ah*? — sibilei.

Era a mera visão do milk-shake de aveia, abacate e chá verde fazendo meu estômago borbulhar ou era a antecipação nervosa do que minha melhor amiga estava prestes a d...

— Eles estão atravessando a rua e... é. Positivo. Kofi me viu. Eles estão vindo. Sinto muito, amiga.

Joguei o guardanapo na mesa e me ajeitei na cadeira.

— Não estou pronta para isso. Dá tempo de eu ir ao banheiro?

Aminah fez uma careta.

— Não sei. Você teria que passar pela mesa de Shanti e, apesar de saber que ela não vai vir até você, porque pareceria que ela se importa demais, se você passar, ela *vai* te puxar para falar com ela, e provavelmente vai perguntar por que você ficou com Malakai cinco segundos depois de ver ela brigando com *ele*. Então, você que sabe.

Pressionei dois dedos na têmpora e respirei fundo. Eu estava entre a cruz (porque Shanti estava prestes a me crucificar) e a espada (a arma perigosa que era Malakai). Tudo bem. Pensando melhor , fugir de Malakai Korede não era uma opção. Sim, tecnicamente eu estava errada por jogar um Coca-Cola com rum aguada no colo dele. Mas também ele era — e isto era crucial — um babaca arrogante que admitiu ter me usado para provar um ponto. Havia o fato de que também usei *ele* para provar um ponto, mas *aquele* não era o ponto. Ele estava ciente do ponto que eu estava tentando provar. Estava ciente da situação. Eu não tinha jogado com ele. Além disso, eu estava...

— Kikiola Banjo. Você é a *Açúcar Mascavo*. Você não foge de boy nenhum. Lembra de quem você é e bota sua banca. Beyoncé não lançou "Bow Down" pra isso! — comandou Aminah, apontando a unha bem--feita em minha direção e levantando a sobrancelha.

Aquele era o minidiscurso de *coach* que tínhamos quando a outra precisava de ânimo e de um tapa na cara (figurativo). O fato de Aminah estar usado aquela estratégia significava que a situação era uma emer-gência. Eu precisava me recompor com urgência.

— Sim. *Sim*. Você está cem por cento certa. Obrigada.

Peguei a taça de champanhe e virei goela abaixo para me fortalecer. Depois estendi a mão para Aminah no momento em que ela, por instin-to, passava o que tinha sobrado da mimosa dela para mim. Um pouco mais não faria mal.

Virei a taça assim que um cheiro cada vez mais familiar flutuou até meu nariz, uma doçura amanteigada de qualquer que fosse o hidratante que ele usava, temperado com uma fragrância mais pesada e almiscarada, mais sexy; um cheiro de passeios de carro noturnos pela cidade ao som de R&B. Eu odiava como aquele cheiro se aninhava na base de minha barriga, a sensação me lembrava como era ter os lábios dele nos meus. Eu odiava reconhecer a sensação. Meu corpo estava de fato muito desobediente.

Aminah inclinou a cabeça para eles.

— Oi, meninos. Estão a fim de umas mimosas?

— Na verdade, sim, mas é melhor não — ouvi Kofi dizer, enquanto eu me concentrava em uma pitada de pimenta do reino no meu último pedaço de ovo. — A gente está indo pro Parque do Príncipe jogar basquete.

Ergui os olhos, mas calculei mal: meu olhar focou Malakai, não Kofi. E ele estava olhando diretamente para mim. O deslize me deu a chance de ver que ele vestia um short preto folgado que ia até o joelho, uma camiseta branca, sobre a qual estava uma corrente fina de ouro, e um moletom cinza com zíper. Ele estava bonito. Óbvio que estava bonito. E por que ele *não* jogaria basquete, um esporte característico de Caras Gatos? Previsível. Será que ele não podia jogar golfe ou algo assim?

Malakai não parecia puto nem não puto. Mas parecia estar se divertindo um pouco. Ele ergueu o canto da boca. Eu não sabia se aquilo me deixava puta ou não puta. Parecia que fingiríamos que tudo estava normal. Legal. Dava para fazer assim. Na verdade, eu até preferia, principalmente sabendo quantas pessoas nos observavam naquele momento. Voltei a atenção para Kofi.

— Por que veio até a cidade para jogar basquete? Tem quadra na universidade.

Malakai riu e aquilo me forçou a olhar para ele novamente.

— Da última vez que tentamos jogar lá, chamamos muita atenção. Um monte de mina branca caminhando mais devagar só para olhar. Era como se nunca tivessem visto gente negra praticando esportes na vida real. — Ele estremeceu. — Já ouviu alguém te chamar de "*nego*" só com um olhar? Uma delas realmente chegou em mim quando eu estava saindo e perguntou se eu tinha entrado na universidade com uma bolsa de atleta…

Bufei de nojo de modo involuntário e os olhos de Malakai encontraram os meus em surpresa. Pigarreei.

— Isso é zoado. E o que você respondeu?

O rosto de Malakai estava sério.

— Que fui notado por missionários cientologistas quando morava em minha pequena vila no país África. Eles perceberam minha destreza quando usei as próprias mãos para salvar o acampamento deles de um leão. Tenho grandes sonhos. E sou tão abençoado por ser o primeiro de minha família a não ser pastor de javalis.

Um sorriso me escapou. Traidor.

Malakai me olhou um segundo a mais do que o necessário até Kofi responder, fazendo com que nossos olhares se afastassem um do outro.

— Sim, foi uma vibe meio zoológico. Senti como se eu estivesse jogando pro sinhô.

Os olhos de Aminah se estreitaram em ira flamejante.

— A sorte dessa galera é que eu não estava lá. Eu ia xingar de um jeito que ia desintegrar o corpo e a alma deles na mesma hora. Só ia sobrar uma pilha de coletes de grife no chão.

Kofi sorriu.

— Amo quando você explode.

Aminah se conteve e revirou os olhos.

— Tá. Olha só, eu e Kiks vamos no mercado agora. Vamos pegar um atalho pelo parque para chegar lá. Podemos ir com vocês. A gente já estava terminando…

Chutei a canela de Aminah por baixo da mesa, mas o rosto dela permaneceu impassível. Ela olhava para Kofi com tranquilidade. Era evidente que meu desconforto não importava para ela. Eu sabia que Aminah achava que a melhor maneira de lidar com a situação era encará-la de frente, mas ela estava muito errada. A melhor maneira de lidar com aquilo era fingir que nunca tinha acontecido. A melhor maneira de lidar com aquilo era Malakai e eu sairmos completamente das órbitas um do outro. Senti a barriga se apertar quando o rosto de Kofi relaxou ainda mais, o sorriso mais aberto por causa do convite.

— É? Ótimo! Quer dizer, sim, beleza. Legal. Tranquilo. Vamos nessa, linda.

Aminah balançou a cabeça, mas detectei o sorriso que ela estava tentando esconder sob a superfície.

— Você fala que nem personagem de comédia adolescente — murmurou ela, enquanto fazia contato visual com um garçom para pedir a conta.

Kofi riu.

— Seja minha protagonista.

Aminah revirou os olhos.

— Você é um palhaço…

Aminah e Kofi continuaram naquele vaivém — o que fez o silêncio constrangedor entre Malakai e eu ficar ainda mais evidente. Em algum momento, Malakai olhou para a mesa com atenção, em um estudo cuidadoso. Ele recuou um pouco, como se para conseguir visualizá-la inteiramente. Eu ainda não tinha a intenção de falar direito com ele, mas mesmo assim me peguei perguntando o que o desequilibrado estava fazendo.

Malakai se endireitou e deu de ombros, focando o olhar em mim.

— Só estou me certificando de que os copos da mesa tão completamente vazios. Sabe como é. Pela minha segurança.

Babaca.

CAPÍTULO 9

O Parque do Príncipe era o maior espaço verde de Paço Branco, socado bem no meio da cidade; tão grande que também servia como divisor entre as regiões oeste e leste. Na região oeste ficava nosso campus, além de casas de classe média amplas e muradas, cafeterias com café artesanal, cafés temáticos de gatinhos e estúdios de ioga de gente branca de dreads.

Na região oeste, havia de fato um número limitado de jovens negros que podiam entrar em uma balada, apesar de tal política não ser completamente explícita — eles tinham a decência de fingir que nos barravam porque a casa já estava "acima da lotação". Essas boates eram cheias de hip-hop e de gente branca que sabia todos os raps de cor, mas que, quando confrontada com *gente preta* de verdade, de carne e osso, que não estava confinada a uma forma consumível de entretenimento para eles, entrava em pânico.

Tinha que ter uma quantidade suficiente de *negos* (Kendrick falava assim, e, portanto, eles também podiam falar) espalhados pelo recinto para que os brancos se sentissem descolados, diversos. Homens negros o suficiente para mulheres brancas dizerem: "Todo mundo fala que danço como uma mulher negra". Mulheres negras o suficiente para caras brancos proclamarem, com um bafo pungente de Jagërbombs, que nunca beijaram uma mulher negra antes, como se você fosse sortuda, um lance meio *A princesa e o sapo*, mas naquele caso a mulher negra seguiria sendo a curiosidade "exótica" e o cara branco se sentiria metamorfoseado em algo superior, único, talvez até meio desviante da norma. Precisavam de pessoas negras o suficiente na boate para se sentirem descolados. Muita gente preta, no entanto? Aí já era ir longe demais. Muito preto junto fazia eles se sentirem brancos demais.

O lado leste era onde Aminah e eu íamos fazer a maior parte de nossas compras: pimentões, pimentas *scotch bonnet*, banana-da-terra, quiabo, arroz, pacotes baratos de miojo para suportar as noitadas brutais (um tipo de miojo tão ruim que podia ser usado para consertar cerâmica quebrada. Tinha um vídeo viral mostrando aquilo. Mesmo assim, seguimos comprando). O Leste era onde comprávamos nossos produtos de cabelo, onde as tias, carregando sacolas plásticas azuis cheias de folhas que escapuliam para fora, conversavam alto em iorubá e *twi*, *urdu* e *gujarati*. O Leste era o lugar onde Aminah e eu nos revezávamos para ir ao restaurante jamaicano fazer um pedido e receber um "tem issaí não" como resposta antes da dona Hyacinth nos servir o que ela quisesse servir. E o Leste era o lado do parque onde ficava a quadra de basquete.

Era longe — longe demais. Uma caminhada de pelo menos vinte e cinco minutos. Era uma peregrinação. Estávamos andando pelo caminho do parque em quarteto, Aminah e eu de um lado, Kofi e Malakai do outro. Contudo, em algum momento, Aminah e Kofi se adiantaram juntos, deixando Malakai e eu para trás, andando sem jeito. Tecnicamente, poderíamos apenas alcançá-los e acabar com o desconforto, mas aquilo implicaria ser empata-foda e, aparentemente, nenhum de nós era egoísta a tal ponto. Portanto, andamos em um silêncio excruciante por cinco minutos. Os únicos barulhos eram nossos sapatos esmagando as folhas de outono, crianças gritando ao fundo e o ritual bizarro de acasalamento de nossos amigos mais à frente. Imaginei que caberia a mim então deixar aquela situação suportável. O trabalho de uma mulher negra nesta sociedade realmente não tem fim.

Inalei uma rajada de ar fortificante e olhei para Malakai.

— Beleza. É. Acho que preciso pedir desculpa pelo lance da bebida. Na real, desculpa *mesmo*. Foi constrangedor. Perdi a cabeça. Foi mal.

Eu me surpreendi ao perceber que estava falando sério.

Malakai deu de ombros e me deu um sorrisinho.

— Obrigado. Mas eu meio que mereci. Fui babaca.

Gargalhei, meio surpresa.

— Sério? Não acredito.

Malakai chutou algumas folhas e esfregou a nuca em um movimento obscenamente sexy.

— Eu estava sendo um merda, sei disso. Desculpa.

Seus olhos procuraram os meus, como se ele precisasse que eu soubesse que ele estava falando sério. Desviei o olhar porque a intensidade de seus olhos me deixou desconfortável, como um laser em minha pele.

— Tá de boa.

Malakai pigarreou.

— Hum, só pra abrir o jogo? A prof.ª Miller me enviou alguns trabalhos seus. Seu texto sobre cultura pop e sociedade e aquele ensaio sobre, tipo… O que era mesmo? A essência da contribuição de Missy Elliot para o feminismo negro? Em que analisou os clipes dela? Foi muito foda. — O rosto dele se transformou em uma sombra do sorriso brincalhão que eu tinha visto na noite anterior. — Na verdade, fiquei meio puto de tão bom que era. Aí eu escutei mais do *Açúcar Mascavo* e fiquei mais puto ainda. — Ele riu. — Você estava certa. Sobre um monte de coisas. E, mesmo que eu não concordasse… Só acho que você tem uma perspectiva muito interessante. Uma voz legal. — Ele fez uma pausa como se estivesse se contendo, pigarreou. — Só achei que precisava te dizer isso. Ela me enviou no fim de semana passado, mas ela fala de você para mim, sem nunca mencionar seu nome, desde que fui transferido no início do ano. Fiquei meio com ciúme.

— Por quê, você tem um *crush* nela?

A principal função da pergunta era me distrair do fato de que Malakai ter gostado do meu trabalho tinha provocado uma explosão de prazer em mim.

Malakai riu e esfregou o queixo.

— Você não tem?

— Óbvio que sim. Ela é gata pra caramba. — Fiz contato visual com um terrier que gingava pela rua junto ao dono. — Obrigada, inclusive. Por dizer tudo isso. Sobre meu trabalho, no caso.

— Vai por mim, se eu pudesse ter escolhido não gostar, teria escolhido. — A voz dele estava completamente seca.

O som bateu em mim, criou uma faísca. Suprimi o sorriso e, olhando para ele, admiti:

— Eu vi *Cortes*.

Ele se virou para mim na mesma hora.

— É agora que vai me dizer tudo que você odiou como punição legítima pelo meu comportamento? — Ele estava brincando, mas não estava, os olhos suavizados com uma cautela suave.

— Não vou mentir, fiquei meio decepcionada. — Fiz uma pausa longa o suficiente para a curva nos lábios de Malakai desmoronar minimamente. — Decepcionada porque não odiei… É bom. Muito bom. O que foi péssimo para mim, obviamente, porque meu plano era responder a prof.ª Miller com algo do tipo: "Você não tinha dito que esse cara era inteligente?".

Malakai estava olhando para mim, o sorriso aberto agora. Ele esfregou a nuca de novo. Ele precisava parar com aquilo. Não apenas era fofo de dar raiva, mas também chamava a atenção para como os braços dele eram grossos, firmes e musculosos. Vê-los me lembrou de quando eu estava com as mãos neles; macios, firmes e quentes. Será que eu estava ovulando? Precisava verificar meu aplicativo de ciclo menstrual.

Pisquei para ele.

— Que foi?

— Não fode comigo.

Olhei para ele, tentando avaliar se Malakai realmente se importava com o que eu, basicamente uma estranha que o tinha difamado na rádio, pensava dele. A menos que o jogo dele fosse tão ultraevoluído que incluísse insegurança como tática de desarmamento no pacote, a necessidade dele de saber parecia real.

— Malakai, se eu quisesse te foder, você estaria bem fodido.

Uma senhora empurrando um carrinho de bebê de grife me lançou um olhar penetrante, como se não estivéssemos em um lugar público. Ainda estávamos no oeste da cidade, afinal. Revirei os olhos.

— Acho que você já sabe isso sobre mim. Tipo, estou quase sentindo dor física por ter que dizer isso para você. — Fingi um espirro delicado. — Ah, cara. Tá vendo? Acho que sou alérgica a ser legal com você, na real.

Malakai riu, uma risada surpreendentemente deliciosa e alta. O ar ao nosso redor estava frio, mas a força da risada dele parecia ter deixado a temperatura mais quente.

— Obrigado. De verdade. Foi o *Cortes* que me colocou no meu curso. Enviei ele com minha redação pessoal.

— O que te fez querer fazer esse filme?

— Aquela barbearia é de um homem que chamo de Tio K.

— Ah. Kortes do Super K — respondi, lembrando do nome que vi estampado na vitrine em negrito e itálico, branco contra um fundo brilhoso preto.

— Isso. Meio que cresci lá. Tio K e meu pai eram velhos amigos, desde quando vieram para a Inglaterra. Meu pai se mudou para a Nigéria para trabalhar quando eu tinha 7 anos, mas antes disso ele sempre me levava junto quando ia cortar o cabelo. Ele me levou para fazer meu primeiro corte. — Malakai deu um sorriso atrevido. — Ninguém podia comigo quando cheguei no parquinho na segunda.

— Aposto que todas as meninas queriam brincar de casinha com você.

— Sim, mas minha verdadeira vocação era o futebol. Não queria me amarrar. — O sorriso descarado de Malakai ficou maior quando revirei os olhos. — Enfim, quando ele foi embora, mainha começou a me levar lá. Quando o corte acabava, eu nunca queria ir embora. Eu amava aquele lugar. Os homens eram como tios para mim, primos, irmãos mais velhos. E a música, cara. O ritmo. As navalhas, o futebol, música *Fuji*, *motown*, *highlife*, as brincadeiras, os debates… mesmo que na maioria das vezes eu nem soubesse do que eles estavam falando. Na real, era até melhor que eu não soubesse.

A expressão de Malakai se iluminou, o brilho em seus olhos tão vibrante que pulou até mim, pegou os cantos dos meus lábios, me fez sorrir.

— Eu esperneava tanto na hora de ir embora que chegou um momento em que mainha começou a me deixar lá com uns lanches e um suquinho enquanto ia resolver as coisas. Meu primeiro emprego foi lá, oficialmente aos 16, na prática aos 14. Varrer, limpar… correr para a loja de frango para pedir comida. E não importava o que estivesse acontecendo lá fora, ou lá em casa, aquele lugar era sempre seguro, sempre acolhedor. E lá fora nem sempre era seguro. Nem sempre era acolhedor. — Concordei com a cabeça e Malakai deu de ombros. Ele não precisava dizer o que não estava dizendo. — Sempre tinha amor lá. Tipo, uma forma consistente de comunidade. Alguém ia ter uma entrevista de emprego? Corte por conta da casa. Alguém estava de rolo? Conselhos dos mais velhos.

Deixei escapar um sorriso malicioso.

— Ah, entendi. Então foi assim que se tornou um especialista em relacionamentos? Ouvindo os sábios?

Malakai deu uma risada baixa.

— Aprendi muito com eles, de forma geral. O filme… Acho que queria capturar a energia que eu sentia lá.

Um novo lado de Malakai acabara de ser revelado para mim — era mais intenso, os olhos dele se iluminavam com novas e fascinantes refrações quando falava sobre seu trabalho, seu lar. Eu gostava de olhar para aqueles novos raios de luz.

Pigarreei.

— Bom. Acho que você fez isso muito bem.

Ele me lançou um olhar de gratidão.

— Muito obrigado.

A sinceridade me fez baixar a guarda.

— Pois então… a prof.ª Miller mencionou um novo filme?

— Ah, sim. Bom. Isso vai soar completamente absurdo, mas na verdade estou pensando em entrar numa competição de filmes, The Shades of Motion.

— Uau. Não soa absurdo, não. Isso é muito legal. Esse não é um dos maiores festivais de cinema de Londres para novos artistas?

— É. Até ser finalista já abre grandes oportunidades. O *Cortes* não atende aos requisitos, então tive outra ideia. Acho que, se eu conseguisse ser finalista, isso faria o cinema ser mais do que só um hobby, sabe? Seria mais real.

Franzi a testa.

— Mais real? Você estuda isso. Você é bom nisso. E imagino que você ame isso…

— Eu amo tanto, cara. É tipo… magia para mim. Conseguir capturar a vida desse jeito. De se concentrar em só um pedacinho e ainda expandir as possibilidades. Compartilhar.

Fez-se silêncio entre nós. Eu podia sentir nós dois nos perguntando como tínhamos chegado tão longe em uma conversa tão sincera um com o outro. Era tarde demais para voltar à conversa fiada. Eu não sabia se conversa fiada cabia em nossa dinâmica, de qualquer forma. Após alguns momentos, Malakai começou a esfregar a nuca de novo.

— Ah, então… Meu pai meio que não sabe que estudo cinema. Quer dizer, tecnicamente meu curso é cinema e administração, mas ainda assim. Espero que, quando ele descobrir o que realmente me interessa, eu tenha algo para mostrar. Algo tangível, sabe? Só para evitar a longa conversa e a dor de cabeça. E talvez provar algo para mim mesmo também. — Ele deu de ombros. — Quer dizer, provavelmente nem vou ser finalista e com certeza vou competir com pessoas mais experientes...

— Qual é a sua ideia?

Ele sorriu para mim, um gesto caloroso que ferrou com meu sistema de manutenção do equilíbrio por um momento. Fiz uma nota mental para comprar suplemento de ferro.

Malakai respirou fundo, como se estivesse se fortalecendo.

— Romance na universidade. Namoro na universidade.

Ele notou minhas sobrancelhas erguidas.

— Sei como soa. Mas eu acho, objetivamente, que romance é interessante. Principalmente aqui. Está no cerne das interações sociais de Paço Preto. É parte de nosso alicerce. — Era irritante que eu não podia argumentar contra aquilo. E, evidentemente, sabendo que aquele era o caso, ele continuou: — Sinto que muito do romance é projetado ou performativo. Não é bem uma fantasia...

— Mas também não é bem real.

Ele assentiu.

— Exatamente. Também acho que seria uma maneira legal de entender as mulheres.

Bufei.

— Lá vem.

— Não, falando sério. — Malakai se virou para ficar na minha frente, meio andando para trás, de maneira tão suave como sempre. — Só quero entender relacionamentos. Tô sendo honesto, tá? — Ele colocou a mão larga no peito, abaixando um pouco a cabeça para provar sua humildade. — Não entro em relacionamentos porque não consigo estar neles. Mas quero entender o que faz as pessoas quererem entrar neles para início de conversa. O que faz as pessoas perceberem que é isso que elas querem?

Ele abriu os braços enquanto defendia seu ponto de vista, como um pregador carismático. Será que eu tinha escutado as boas novas dele, que é possível ser pegador sem ser otário?

— Quero entender essa compulsão. E sim, beleza, se eu acabar entendendo as mulheres no meio do processo, não vai ser ruim. Talvez assim eu possa aperfeiçoar o lance de relações casuais sem danos colaterais. Saber atender às necessidades emocionais e físicas delas sem acabar em…

— Duas garotas brigando por você em um rolê do campus?

Malakai sorriu para o tom inexpressivo da minha voz. Ele se reposicionou ao meu lado.

— Exato. Isso é tão ruim assim? Descobrir como aperfeiçoar relações casuais para conseguir abordar elas de maneira ética? Isso não seria tipo um bem social? A experiência de ter um namorado sem o estresse de *realmente* ter um namorado. Não preciso de presentes de aniversário, não vou ficar com ciúme, mas vamos nos divertir muito juntos, de qualquer forma.

— Então… Meu instinto diz que é papo de sociopata, mas sua voz faz parecer razoável e, por algum motivo, minha mente consegue entender tudo o que você falou de um jeito racional? O que me faz sentir que é realmente sociopatia. Acho que você seria um grande líder de seita.

— Malakai Místico. Foi assim que me chamou, né? Soa bem.

— Cara, você é tipo… o pior de todos, né?

Malakai alargou ainda mais aquele sorriso lindo do caralho, confirmando minhas suspeitas. Lá estava o sorriso beato de um líder de seita. Estremeci, não apenas por causa da assustadora ameaça social que seria a seita Boy Lixo de Malakai, mas também porque o sol estava abaixando cedo e a brisa ficava mais fria. De maneira estúpida, ludibriada pelo falso e fugaz calor do outono, eu tinha saído de casa sem casaco.

— Então, onde é que entro nessa história?

Malakai abriu o zíper do moletom e o tirou, revelando ondulações suaves e escuras de pele e tendões. Ele o estendeu para mim casualmente.

— Seu programa é focado em romance…

Balancei a cabeça para a oferta do moletom.

— Ah, não… tô de boa. Obrigada. Não estou com frio.

Malakai passou os olhos pelos meus braços.

— Kiki, você está toda arrepiada. Aceita o casaco. Não está contaminado, juro. Mesmo se você aceitar, ainda vai poder achar que sou um tormento para as mulheres que gostam de homens.

Aquilo me provocou uma breve gargalhada. Aceitei o moletom, torcendo muito que o ato não comprometesse meu feminismo.

— Obrigada. Mas você não vai sentir frio?

— Não sinto frio, do mesmo jeito que você não sua. Coisa de sobre-humano.

Disfarcei o sorrisinho enquanto vestia o moletom, ainda aquecido pelo corpo dele. Ia até meus joelhos. O cheiro leve, amadeirado, herbáceo e limpo dele era tão envolvente quanto a lã da parte de dentro.

— Meu programa fala sobre mais do que apenas romance. Tem a ver com... impedir que corações sejam partidos desnecessariamente. Evitar a bagunça que vem junto com o romance. Lidar consigo mesma. Os caras se safam de tanta coisa e a gente tem que aceitar porque supostamente precisamos desejar romance acima de tudo. E eles *sabem* disso e se aproveitam. Criam-se monstros. Estou equipando as meninas com ferramentas de proteção contra a endemia Boy Lixo...

— "A endemia Boy Lixo." — Malakai soltou um assobio baixo. — Pelo que você passou para ter se tornado especialista em coração partido?

Congelei. Ouvi as palavras antes de compreender o tom da voz dele; levou um segundo para que eu percebesse que não estava me acusando. Ele estava olhando para mim com leve curiosidade. No entanto, continuava não sendo da conta dele.

— Vamos apenas dizer que passei por um período agitado pouco antes de começar a universidade. Isso me deu um pouco de insight.

— E esse insight fez com que você me chamasse de Pilantra do Paço. — O tom dele era seco.

Ele olhava para mim de soslaio. Kofi e Aminah estavam muito à nossa frente naquele momento; caminhávamos devagar, em um ritmo mais relaxado, a brisa de outono soprando em nossos rostos. Eu conseguia apreciá-la, uma vez que estava mais quentinha.

— Me fala mais de seu filme e em que você precisa tão desesperadamente da minha ajuda?

Malakai inclinou bem a cabeça, aceitando que eu não retiraria o que tinha dito, e continuou:

— Tá. Então, quero que sejam trechos, parecido com o *Cortes*, mas com entrevistas com jovens casais. Casais religiosos que escolheram esperar, casais em boates, casais disfuncionais... mas precisa de um impulso. Algum centro narrativo amarrando tudo. No momento, o plano é tipo... uma colagem. O que é interessante, mas ainda está faltando alguma coisa. Precisa de contexto, direção, uma voz. Por enquanto não está dizendo nada. E eu estava escutando o *Açúcar Mascavo* e pensei: e se eu pegasse trechos do seu programa? Colocasse por cima do filme para meio que sobrepor essas duas ideias de romance? E a gente veria até onde ia. Aí depois pensei: e se você entrevistasse os casais? Você tem experiência e… epa, agora você está me olhando como se eu tivesse dito que "Shake It Off" da Taylor Swift é melhor que a da Mariah. — Então ele tinha escutado meu programa. — Graças a Deus você não está segurando bebida nenhuma.

Pisquei várias vezes enquanto tentava reunir pensamentos pela metade que me ajudassem a formar uma resposta inteira. Não que a ideia fosse ruim — na verdade, era ótima, em teoria —, mas eu ainda estava tentando entender o fato de que Malakai confiava em mim o suficiente para me envolver em seu filme. E que aquilo exigiria que eu falasse com pessoas na vida real. Além disso, apesar de Malakai ter uma energia confiante que permeava tudo que ele fazia, algo suave cintilava em seu rosto quando ele falava sobre o trabalho — e, infelizmente, eu achava aquilo fofo.

— Você pode dizer "não" se quiser, obviamente — continuou ele —, mas você receberia créditos como consultora de produção, consultora criativa… sei lá. E eu te ajudaria com o que quer que você precise para o seu projeto para o programa da UNY. Parabéns, inclusive. A prof.ª Miller me contou e falou algo sobre nós podermos ajudar um ao outro e… Quer saber? Agora que estou falando em voz alta, estou percebendo que é tudo absurdo, então vou só parar de falar enquanto…

— Eu topo.

Malakai parou de andar.

— Quê?

Dei de ombros.

— A ideia parece interessante. Não seu lance de Pegador Antropológico de "compreender as mulheres", porque, sinceramente, *credo*. Mas o lance de abordar os relacionamentos no campus é muito legal. Só tenho duas condições. A primeira é, se vencermos a competição…

— Difícil.

—… se vencermos, quero quarenta por cento do prêmio em dinheiro. A ideia é sua, mas você vai usar minha arte e minha voz super sexy…

— Vinte por cento…

— Vinte e cinco.

— Fechado.

Sorri.

Malakai balançou a cabeça.

— Você me passou a perna.

— Eu teria aceitado vinte… A segunda condição tem a ver com o que preciso que você faça para o meu projeto da UNY.

— Manda.

Fragmentos do meu plano se ajeitaram, se encaixando e movimentando minhas engrenagens mentais. Andei até ultrapassá-lo, então me virei para encará-lo, radiante.

— Você tem que namorar comigo.

Malakai começou a rir — até que percebeu minha expressão. Ele parou de andar, piscando para mim, o sorriso sumindo. A ideia de estarmos romanticamente envolvidos nitidamente o incomodava. Perfeito.

— Desculpa, *como é que é?*

Cheguei perto dele, ficando cada vez mais alegre uma vez que a ideia se solidificava na mente.

— Bom, seria um relacionamento de mentira. Agora, pensando melhor, eu deveria ter começado dizendo isso… mas aí não teria o mesmo impacto. Acompanha meu raciocínio — pedi enquanto ele me olhava como se chifres tivessem brotado espontaneamente em minha cabeça. — Fiquei pensando nessa ideia a tarde toda e ela simplesmente se encaixou quando você estava falando de seu filme. Eu estava pensando nas reações das pessoas àquele beijo na sexta-feira. Sim, elas agiram como se tivessem chocadas, mas, na verdade, ficaram meio excitadas. Fascinadas pela teatralidade da coisa. Como comprovado pelos comentários nas redes sociais hoje.

Tirei o celular do bolso de trás e conduzi Malakai pela mesma rota de redes sociais que Aminah tinha me conduzido apenas algumas horas antes. Malakai chegou bem perto de mim, olhando para o celular, estreitando os olhos em concentração. Cara, o cheiro dele era muito bom. Tive que me forçar a me focar.

— Viu? Depois do choque inicial, as pessoas se interessaram. Virou entretenimento. A demonstração de romance foi o suficiente para que acreditassem. O drama todo. Para minha candidatura na UNY, preciso aumentar minha plataforma, transformar ela em algo maior do que já é.

Malakai assentiu, ainda confuso, mas aparentemente, estranhamente, ainda acompanhando. Ele ergueu os olhos do meu celular. Esfregou o queixo.

— No que exatamente você está pensando?

Tentei conter minha animação, mas senti que estava fervendo dentro de mim. Deslizei o celular de volta para o bolso.

— Então, não costumo me relacionar, e você… bom, você se relaciona. Bastante. Mas não com o objetivo de ter nada a longo prazo, certo?

Malakai me lançou um olhar.

— Essa pergunta é uma pegadinha para que você possa me encarar com esses seus olhos julgadores?

— Eu não tenho… — Levantei a mão. — Julgamento suspenso.

Malakai assentiu com cautela.

— Beleza. Você tem razão. Gosto de ter a companhia de mulheres, só que dentro do entendimento mútuo de que não vai ser nada além daquilo…

Mantive o tom gentil de propósito.

— Aham. E como você faz para ter certeza que é de comum acordo? Tipo, você assina um contrato?

Malakai riu.

— Olha isso! Tá vendo? Julgamento.

— O quê?! Eu… só fiz uma pergunta!

— Você está me julgando. Dá pra ver na sua cara.

— O que minha cara está fazendo?

— Você tipo… inclina a cabeça para o lado e depois acerta a pessoa com um sorriso doce. Que nem uma faca coberta de mel.

Malakai imitou a expressão, piscando devagar e apoiando a mão espalmada sob o queixo como se existissem querubins daquele tamanho. Uma risada escapuliu de mim e eu o empurrei; ele tropeçou dramaticamente meio passo para trás, esfregou a parte onde eu o toquei como se estivesse afagando um hematoma.

— Tá bom. Desculpa. Vou começar de novo. — Pigarreei. — Você não se envolve em relacionamentos! Eu também não. Então fiquei pensando em algo que mencionei naquela noite…

— Antes de você derramar a bebida no meu…

— É, isso. Era sobre o programa de rádio, lembra? Sei que falei como se fosse piada, mas Aminah estava certa, tem potencial. Comecei a pensar em como seria interessante ter um programa que explorasse todos os altos e baixos e dramas que acontecem quando duas pessoas ficam juntas. Mostrando uma perspectiva do que os homens e mulheres pensam e querem. Vai ser ainda mais interessante por sermos duas pessoas que, historicamente, não têm relacionamentos. O público não vai saber que é falso e podemos chamar o quadro de, tipo, "Os dois lados da história". Tipo um reality show de rádio. Seria o desenvolvimento de um novo formato, então me ajudaria a cumprir os requisitos para o estágio, aumentaria a audiência e, além disso, sem querer cantar louvores a mim mesma, mas que jeito melhor de limpar sua reputação do que namorar comigo, a conselheira da angústia romântica da universidade…

— Até escutei um amém agora.

— Acho que foi mais um *ainda bem*.

Os olhos de Malakai brilharam.

— No caso, namorar comigo também limparia sua reputação.

— Certo. Se acharem que estou com você, o beijo fica justificado. É uma ótima jogada de relações públicas para nós dois. O quadro poderia ser um episódio especial no programa a cada duas semanas. As pessoas podem escrever, fazer perguntas, podemos debater e, com sorte, sua presença vai atrair o público masculino heterossexual. Além disso, a prof.ª Miller disse que quer que eu saia da zona de conforto, e o que seria melhor para isso do que trabalhar com alguém a quem me oponho fundamentalmente?

— Poxa vida. — Sorri, e Malakai balançou a cabeça. — Por que mesmo que você não se relaciona? Isso meio que não faz sentido. Você é lin… fofa. Você é inteligente e tem uma personalidade até que bem tolerável quando não está caluniando um jovem negro inocente.

Abri a boca para responder, mas tinha muito a ser dito e era tudo muito denso, muito pesado para colocar para fora, mesmo que eu quisesse. Usei a resposta mais fácil.

— Não quero me entregar a alguém que não saiba o que fazer comigo. Eu… não quero me perder.

Malakai estava me encarando como se tivesse mais um milhão de perguntas. Os pontos de interrogação eram quentes, penetrantes e chamuscavam minha pele, então desviei o olhar e olhei para Aminah e Kofi, cujas mãos se roçavam timidamente enquanto caminhavam lado a lado, brincando com a promessa do que poderia ser.

— Não me entenda mal — continuei —, acho que romance pode ser algo ótimo no contexto certo, mas raramente é o contexto certo.

Malakai assentiu.

— Sei como é. — Ele falou como se soubesse mesmo.

Estávamos nos aproximando da parte leste do parque, meu olfato funcionando como uma bússola: aromas de especiarias na brisa, curry, hambúrguer e frango frito.

— Beleza e qual seria o prazo final desse negócio? — perguntou Malakai.

— Quanto tempo você acha que vai levar para rodar o filme?

— Umas oito semanas?

— Ótimo. Então, talvez pudéssemos "terminar" na época do Afro--Baile de Inverno, em dezembro? Meu prazo do projeto é em janeiro, então funcionaria bem para mim também.

Ele estreitou os olhos, pensativo.

— E é isso que você precisa que eu faça para que concorde em trabalhar no meu filme? Não é negociável?

— Não é negociável — confirmei.

— Se a gente fizer isso, você sabe que vai ter que socializar, né? Sou um cara amigável.

— Percebi.

Ele abriu um sorriso.

— Estou falando de festas, eventos… você vai ter que relaxar com a galera para que nosso namoro seja convincente. Vai ter que sair da sua torre, Rapunzel. E não apenas pra Sexta-Feira Muito Loka. Tá pronta pra isso?

Óbvio que não.

— Óbvio que sim.

— Beleza. Joga suas tranças de mel, Rapunzel.

Revirei os olhos.

Malakai sorriu com satisfação.

— Cara, isso vai ser *divertido*.

CAPÍTULO 10

Você tem nove chamadas perdidas de GRANDE ERRO:

GRANDE ERRO: Você perdeu a cabeça na sexta. Sabia disso? (Visualizado)
GRANDE ERRO: Kiki, vc sabe que ainda gosto de vc. Deixa de ser besta.
Vc ainda pode ser minha rainha. (Visualizado)
GRANDE ERRO: Quer saber? Foda-se vc e foda-se ele. Vc nem é tudo isso
pra agir assim. (Visualizado)
GRANDE ERRO: Sei que tá com saudade disso... (Clique para salvar
imagem)

GRANDE ERRO foi bloqueado.

Estremeci e imediatamente coloquei o celular com a tela virada para baixo na mesa da biblioteca, expondo a capinha de mármore falso. Era irritante que Zack estivesse invadindo meu lugar de paz, a Biblioteca do Paço. Era um edifício tombado, o mais antigo do campus: ornamentado e gótico, com tetos dramáticos altíssimos e janelas de ateliê imponentes e escancaradas, que captavam e refratavam raios angelicais de luz. Era meu lugar favorito da faculdade, um lugar que era teatral e ao mesmo tempo prático; um lugar cheio de janelas e universos compactados em páginas.

Ler as mensagens de Zack ali quase parecia um sacrilégio. Diante de tudo o que tinha acontecido na sexta-feira, eu tinha esquecido dele. Ele parecia tão irrelevante em comparação ao que tinha se desenrolado a partir de nossa interação. Zack era uma não entidade, um não fator, e a imagem fálica embaçada que ele tinha acabado de me enviar só provava aquilo.

Respirei fundo, abri e liguei o laptop. Eu tinha trabalho a fazer. Meu… relacionamento delicado com Malakai podia ser muito bom para meu projeto. Precisávamos de um plano concreto.

Peguei o celular e mandei uma mensagem para o número que ele tinha me dado no sábado depois que concordamos em trabalhar juntos.

Kiks: E aí. Precisamos fazer uma reunião para definir a logística, os horários e os prazos. Me avise quando estiver livre.

Pronto. Breve. Educado sem ser excessivamente amigável e com pontos-finais suficientes para deixar bem evidente que para mim aquilo era só um negócio. Assim que apertei "enviar", um panfleto apareceu na frente do meu celular. Levantei o olhar para Adwoa Baker, coordenadora de eventos de Paço Preto, que o segurava com uma expressão sombria. Pisquei algumas vezes para conseguir ler.

Vidas Negras Importam ou
Todas As Vidas Importam? Qual vai ser?
Um debate entre a AAC e os Cavaleiros do Paço Branco

Peguei o panfleto da mão dela. Adwoa era minha aliada no gabinete de Paço Preto. O restante era composto por membros escolhidos a dedo da panelinha de Zack. Adwoa era uma estudante de política e jornalismo com quem eu fazia uma matéria de relações internacionais. Ela ajudava o gabinete a passar uma impressão de competência e era uma das poucas pessoas com quem eu falava além de Aminah. Não tinha nem um metro e sessenta e uma tolerância para palhaçada tão pequena quanto ela. Ostentava um blackzinho rosa-chiclete e uma constelação de piercings. Além daquilo, era minha parceira de debate nos seminários e uma agente livre em relação às panelinhas.

— Que porra é essa? — sussurrei enquanto largava o panfleto, que tinha… uma bandeira inglesa justaposta a uma bandeira panafricana, sério mesmo? Era tão desagradável estética quanto ideologicamente. — Ele está levando isso a sério? Adwoa, isso aqui nem é um debate. Além do mais, com os Cavaleiros do Paço? Ele tá usando drogas?

Adwoa puxou uma cadeira e se sentou ao meu lado, falando em voz baixa.

— Eu sei. Eu *sei*. E na moral? Ele provavelmente está usando um monte de coisa. Tentei impedir isso, mas você sabe como é com o resto do gabinete. É do jeito de Zack ou de nenhum jeito. Zack acha que seria bom ter um "diálogo aberto".

Eu a encarei, incrédula.

— Ele quer debater vidas negras com as pessoas que fizeram uma festa de *blackface* com o tema Cafetões e Prostitutas dois anos atrás? Que fazem petições para acabar com a Sexta-Feira Muito Loka porque "não somos 'inclusivos' o suficiente"?

As justificativas deles incluíam: a) o pessoal era "agressivo e hostil" e b) a festa era um ponto de vendas de drogas. Como se eles não andassem o tempo todo com quilos de pó no bolso.

— Eu sei, ele é um estúpido, mas…

Foi preciso muito esforço para não elevar o nível de minha voz de acordo com meu nível de raiva. Balancei a cabeça e me inclinei para mais perto dela.

— Ele não pode ser estúpido a esse ponto. Quer dizer, vai pegar mal, e eu sei que Zack se preocupa com a reputação dele mais do que qualquer coisa.

Adwoa assentiu.

— Sim. Total. Mas, cá entre nós, Zack está botando dinheiro nos bolsos das panelinhas. O Conselho Feminino, as Docinhos Veganos, as Minas Londrinas, as NigeRicaças, as Gatinhas Bíblicas. As Docinhos tão indo para festivais hippies, as Minas Londrinas estão dando festas, as Gatinhas Bíblicas estão fazendo viagens de campo para qualquer conferência de cristãos solteiros rolando em Londres… Então todas acham que Zack está fazendo um bom trabalho. E, externamente, ele está mesmo. As meninas estão felizes, então não fazem perguntas.

Franzi a testa.

— Você quer dizer perguntas a respeito de onde ele está tirando esse dinheiro? Sei que a família dele tem grana, mas não acho que a mesada dele seja suficiente para sustentar a vida social de todas as principais panelinhas de Paço Preto.

Adwoa deu de ombros.

— Não sei. Só sei que ele está se safando de promover um debate estúpido que só atinge a credibilidade de Paço Preto. Estou chateada por ninguém dar a mínima. Sou só a sapatão simbólica que eles aceitaram no gabinete para mostrar que são "desconstruídos", mas querem que eu fique distribuindo panfletos no campus. Óbvio que tudo isso vai para o lixo, mas não faz diferença, porque tem as redes sociais... — Adwoa então falou de maneira solene: — Kiki, você tem uma das maiores plataformas de Paço Preto. Você pode ajudar a combater isso. Se mencionasse isso em seu programa, talvez se começasse uma petição...

Balancei a cabeça, a raiva cedendo lugar ao desconforto.

— Adwoa, essa história toda é ridícula. De verdade. Mas você sabe que o *Açúcar Mascavo* não tem a ver com isso. Não falo de política. Tem que ter outro jeito de impedir isso.

Adwoa me encarou com uma expressão confusa, como se não conseguisse entender o que eu estava dizendo.

— Tem. Provavelmente. Mas você é o melhor jeito, Kiki. Você tem visibilidade. Você é a única pessoa que Zack finge ouvir. Do que você tem medo?

Falta de controle. Minha vida era completamente planejada e eu não precisava de nada que fosse deixá-la bagunçada. Eu não precisava entrar em uma briga política com um cara de quem eu estava tentando me distanciar e que tinha munição contra mim. Se as pessoas soubessem que a gente tinha ficado, aquilo acabaria com minha credibilidade, e eu tinha acabado de resolver a situação com Malakai. Eu não podia me dar ao luxo de me expor de um jeito que pudesse afetar o crescimento do programa.

— Olha, Adwoa, se você começar uma petição ou conseguir que outra pessoa comece, ficarei feliz em apoiar e ampliar o alcance dela. Mas o *Açúcar Mascavo* como espaço precisa permanecer neutro. Sinto muito.

Adwoa enrolou a língua na boca e assentiu lentamente, deslizando os panfletos para fora da mesa.

— É, eu também.

Ela estava decepcionada comigo, e aquilo doía. Aquela era a razão de eu me esforçar para ter somente uma amiga. Adwoa tinha atravessado a rede de alguma forma e naquele momento eu estava pagando o preço com a sensação horrível no estômago.

— Te vejo na aula?

Adwoa me deu um sorriso fraco e assentiu, então foi embora.

Programa *Açúcar Mascavo*: Arquivos

Oi, gente,

Kiki aqui. E sim, mais uma vez chegou o momento em que destrincho meus conselhos sobre como lidar com os caras. Não sei se sabem disso, mas tenho ph.D. em boylixologia. Sim, eu, Kiki Banjo, sou doutora neste campo específico da ciência e assumi a responsabilidade de fazer um rápido tutorial sobre um fenômeno com o qual podemos todas estar meio familiarizadas, mas cujos mecanismos implícitos talvez não conheçamos muito bem: "A conversa". É neste momento que você discute os termos do seu relacionamento.

Em primeiro lugar, a estrutura é fundamental. Quanto menos, melhor. Muitas pessoas cometem o erro de sobrecarregar com emojis, inflando a mensagem para fingir confiança. Confia e acredita em você mesma. Você não precisa fazer demais. Você é um banquete, uma refeição completa e a oferta da sua companhia é um presente, uma benção.

Em segundo lugar: seja direta. Assuma o controle da situação para que seu alvo tenha pouco espaço para manipulá-la. "Você está livre daqui a uma hora?" é diferente de "Você está livre pra conversar daqui a uma hora?" A última frase é poderosa; você se apresenta a partir de uma posição de força. A questão aqui é seu desejo. "Você está livre daqui a uma hora?" vem de um lugar de necessidade e a maioria dos caras adora jogar com isso. "Você está livre daqui a uma hora?" pode levar a um "Talvez", que pode levar a um "Como assim talvez? Você não quer conversar?", e aí ele vai dizer: "Sobre o quê?". Uma bagunça. Queremos evitar isso. Falem de forma incisiva. Não deixem esses caras fazerem vocês saírem do script, amigas.

Quando estiverem conversando, seja direta sobre o que você quer. Se o que quer é um relacionamento, seja honesta. Se for outra coisa, seja direta a respeito disso também. Você não está entrando nessa conversa para negociar, seu objetivo é colocar tudo em pratos limpos. Se ele achar seus termos irracionais, tudo bem, isso significa que ele obviamente não é a pessoa certa para você.

Finalmente, amigas, sigam em frente sabendo que vocês são as fodonas que não vão aturar merda nenhuma. Ele querendo um relacionamento com você ou não, isso segue sendo verdade.

Obrigada por passar um tempo comigo esta noite, foi um prazer.

Até a próxima, sigam suaves.

Com amor, K.

Bati o punho na porta de Aminah com vigor.

— Aminah! Acorda!! S.O.S.!!!

Aminah abriu a porta do quarto com o rosto limpo, o cabelo enrolado em um lenço de seda e os olhos arregalados enquanto enrolava o roupão fofo em volta do corpo.

–– Oi, oi! O que aconteceu? Beyoncé lançou álbum novo?!

— Não! É um S.O.S. ruim!

Enfiei o celular na cara de Aminah e sua expressão confusa se transformou em um sorriso enquanto ela analisava a tela, lendo a mensagem em voz alta:

— "Tá por aí?"

O sorriso de Aminah se ampliou. Ela se encostou no batente da porta, pegou meu celular e olhou o texto mais de perto, como se as palavras pudessem lhe revelar mais após uma inspeção mais aprofundada; os olhos da minha amiga brilhavam com malícia.

— Caramba, Malakai mandou mensagem perguntando se você tá por aí. O negócio tá quente!

Eu tinha tomado o cuidado de manter a primeira mensagem estritamente profissional e Malakai foi lá e mandou uma mensagem de "Tá por aí?"? Soou bem descarado para mim. Eu não conseguia entender por que Aminah não compreendia como a situação era bizarra. O sorriso dela estava aberto demais e ignorava o fato de que eu estava em pânico.

E o fato de o sorriso dela seguir aumentando progressivamente indicava que ela estava *curtindo* meu pânico.

Aminah riu quando peguei meu celular dela.

— Olha só, ele está tomando a iniciativa de conhecer você de um jeito normal. Não tem nada de errado. Além disso, vocês não precisam se sentir confortáveis um com o outro para fingir ser um casal por dois meses?

A lógica do argumento dela era inconveniente.

— Tá bom, sim, beleza, mas é assim que ele quer me conhecer? Não acha que isso é meio íntimo demais?

— A língua dele já esteve literalmente dentro da sua boca.

— Não obstante...

— *Não obstante?*

— Por que ele está me chamando para conversar com uma mensagem de flerte? Às onze e meia da noite? Ele não podia me convidar para tomar um café? Eu disse que ele era um Pilantra. Tipo, *tá por aí?*, quem é que fala assim?

Aminah mordeu o lábio inferior de um jeito que fez parecer que ela estava contendo uma risada.

— Oxe, alguém que quer saber se você tá por aí, óbvio. É sexy.

Resmunguei, revirei os olhos e saí debaixo das luzes fluorescentes e industriais do nosso corredor, entrando em seu quarto quente e iluminado por lâmpadas de luz amarela, convidada pelo cheiro reconfortante de óleo de coco, perfume de grife e pelo som de Drake nos alto-falantes.

— Você não está levando isso a sério — declarei.

Aminah entrou atrás de mim e me observou me sentar no edredom felpudo cor-de-rosa da cama dela, abraçando um travesseiro fúcsia fofo contra o peito.

— Acho que você está levando *muito* a sério.

Balancei a cabeça.

— Não consigo lidar com isso. Estou com dor de cabeça de estresse. E, além disso, acho que estou ficando doente. Estou suando. Minhas mãos estão suando. Acho que a parte de dentro do meu estômago está suando.

Aminah assentiu e se sentou ao meu lado, pressionando as costas da mão na minha testa.

— Tadinha. A doença começou no segundo em que ele mandou mensagem para você?

— Quê? Talvez? Não sei. Não olhei a *hora*…

— Você está nervosa, Kiks.

Levantei o rosto do travesseiro que estava apertando e olhei para ela.

— Com o quê?

Aminah se recostou na cama e cruzou as pernas.

— Com o fato de que um cara por quem você se sente atraída mandou uma mensagem. Sei que você não está acostumada com essa emoção, mas é bem comum para mortais…

— Isso não tem lógica. Eu sentia atração por Zack e nunca…

— Você se sentia fisicamente atraída por Zack, óbvio. Mas você e Malakai têm uma conexão. Vocês têm uma… vibe. E isso faz diferença.

Abri a boca para contrapor, mas Aminah balançou a cabeça.

— Não tente negar. Não pense que não vi vocês no parque tendo uma conversa toda *profunda*. Juro que ouvi você dar uma risadinha. Era como se uma força estivesse puxando vocês um pro outro. Os braços de vocês esbarravam toda hora e você estava usando o moletom dele…

— Eu estava com frio. A gente estava planejando nossos projetos. Além do mais, você esqueceu o fato de que ele admitiu que me usou?

Aminah sacudiu a mão, dispensando aquele fato como se fosse uma informaçãozinha inconsequente e não uma possível evidência que provava que aquele cara era um sociopata e mestre da mentira.

— Pelo amor, tô nem aí pro que ele diz. Esse cara gosta de você. Vi na cara dele.

— Talvez ele se sinta atraído por mim. Tenho peitos e estou viva. E ele é um cara em seus 20 anos. Atração física é diferente de gostar, Minah. Esse é o erro que muitas mulheres cometem.

Aminah levantou a palma da mão para me silenciar.

— Ele podia ter largado você a qualquer momento para consertar essa bagunça sozinha, mas não largou. Sem contar que, você também usou ele. E, além disso, não acho que Kofi seria amigo de um otário. Kofi jura para mim que Malakai não é um otário e Kofi sabe que, se ele mentisse para mim, eu cortaria o *ogede* dele.

Eu a encarei.

— Quantas vezes já te falei que se referir a um pênis como uma banana-da-terra é muito esquisito? Não gosto disso. As bananas são sagradas. Não estrague elas para mim.

Aminah sorriu e olhou de modo incisivo para meu celular.

Deixando de lado os pensamentos errôneos de Aminah, decidi que poderia dar logo um jeito naquilo. Em algum momento a gente teria que se encontrar. Digitei a resposta antes que pudesse pensar em uma forma de escapar.

Kiks: Depende de para que eu tenha que "tá aí".

Aminah olhou por cima do meu ombro e sorriu.

— Olha aí minha Banjo Bélica.

Eu estava prestes a jogar o celular para longe de mim e deixar pra lá, me preparando para ficar puta quando ele respondesse uma hora depois com uma mensagem monossilábica. Aí meu celular apitou.

Malakai: Comida.

Uma pausa.

Malakai: No meu bolso.
Kiks: Se for possível, gostaria de comer no prato.
Malakai: Ah, você é uma dessas mulheres chiques. Vou tentar dar um jeito. Mas não prometo nada.

Sorri. Aminah me encarou. Dei um jeito de desmanchar o sorriso e arregalar os olhos.

— Que foi?

Aminah balançou a cabeça com um sorrisinho e deu de ombros.

— Nada.

Meu celular apitou mais uma vez.

Malakai: Te busco em meia hora.

Meu pulso disparou. Larguei o celular na cama como se estivesse pegando fogo. Minhas mãos formigavam com uma sensação quente e líquida.

— Ele vem te buscar? Caracaaaa, deli-deliii — sibilou Aminah sob meu ombro.

Eu estava prestes a discutir, mas não podia mentir, a mensagem estava carregada de uma confiança que me fez sentir um arrepio na espinha. E em outros lugares. Ignorei a sensação e revirei os olhos para minha melhor amiga.

— Por que você está agindo como se fosse um encontro de verdade? É basicamente uma visita de campo com um parceiro de pesquisa que me dá nos nervos.

Aminah olhou para mim como se estivesse preocupada que eu estivesse perdendo minhas faculdades mentais.

— Você nem respeitava Zack o suficiente para ele te dar nos nervos.

— Aminah, só porque Malakai me deixa irritada não significa…

—… que você quer que ele te deixe *suada*?

— Não era isso que eu ia dizer.

Aminah franziu a testa.

— Estranho. Pareceu que era.

Um sorriso relutante tomou conta do meu rosto.

— Não quero mais ser sua amiga.

— Aceito a inclusão dessa solicitação e, doravante, a julgo indeferida. Então, considerando que você está usando uma camiseta velha e rasgada da turnê de 2016 de Drake e uma calça de corrida com uma mancha de pasta de dente, o que vai usar no seu encontro? Temos vinte e cinco minutos até a hora do show. Oito, tirando o tempo da maquiagem.

CAPÍTULO 11

Ele usava uma calça de moletom cinza. Calça de moletom cinza, casaco de moletom cinza, uma camiseta branca e aquela corrente de ouro. Estava encostado em um Toyota azul de três portas no estacionamento universitário olhando para o celular. A luz amarela dos postes o fez parecer um anjo todo vestido de Nike quando cheguei perto dele. Eu quis voltar na mesma hora. Parecia que um objeto pesado tinha golpeado meus joelhos por trás. Eu não tinha me preparado para aquilo. Havia lavado e hidratado o rosto, feito uma maquiagem natural — um pouco de brilho labial, um pouco de rímel e a amostra grátis de blush que Aminah passou nas maçãs do meu rosto, que prometia um "brilho de Hollywood refrescante". Tinha amarrado as tranças em um coque alto para acentuar a maquiagem e colocado minhas clássicas argolas de ouro de dez centímetros. Eu estava bonitinha, mas não preparada para *atacar*. Não como ele estava. Aminah tinha sugerido que eu usasse um *bralette* de renda preto e decotado e uma jaqueta de couro para acompanhar minha calça jeans rasgada de cintura alta. Eu havia recusado — não me prestaria ao papel de parecer o interesse romântico em um clipe de R&B dos anos noventa. No fim das contas, eu tinha cedido à sugestão do suéter magenta curtíssimo e sem sentido que pairava logo abaixo do sutiã e deixava meu piercing no umbigo à mostra. Naquele momento, me arrependi um pouco de não ter usado o *bralette*. Não por querer seduzi-lo, mas porque ele nitidamente tinha chegado à briga de faca com uma arma na mão. Duas armas: o casaco contornava bem os braços dele.

Dava para ver que eram grossos, e com curvas que se comparavam às minhas. Talvez até ficassem mais bonitos do que eu em minha calça jeans.

Pigarreei quando me aproximei do carro. Malakai levantou a cabeça com o som, quase parecendo assustado ao me ver, passeando os olhos pela minha silhueta enquanto se endireitava e colocava o celular no bolso.

— Oi.

Acenei com a cabeça.

— E aí? — respondi. Fiquei imediatamente frustrada porque tinha soado muito frágil e tímida. Então mantive a expressão impassível, adicionei sarcasmo à voz para deixá-la mais grave e continuei: — Desculpa se estou malvestida. Meu vestido de baile estava sujo.

Um sorriso brilhou nos olhos de Malakai e senti o constrangimento diminuir quando retomamos o que naquele momento percebi ser nosso ritmo.

— Sem problemas. — Malakai passou os olhos pelo meu corpo novamente. A fricção do ato era suficiente para fazer o calor correr da base de minha barriga até as bochechas. — Você está ótima. E esqueci sua pulseira de flores em casa, de qualquer forma.

Eu me arrependi de usar algo que mostrava minha cintura. E se as borboletas voassem muito perto da borda da barriga e ele conseguisse ver as marcas das asas pressionadas dentro da minha pele?

Malakai deu um sorriso enorme e se afastou da porta do carro para abri-la para mim. Ele se curvou com um floreio exagerado.

— Por favor, princesa — murmurou ele, com a ginga e a arrogância do sul de Londres, terminando com a língua pressionada na bochecha.

Eu me sentei no banco do carona.

— Eca. Não sou uma princesa.

— Sei disso. Você é tanto a Bela quanto a Fera. Só queria que você soubesse como é receber um título que não combina com você.

Ele me deu um sorrisinho torto e perigoso e fechou a porta diante de minha boca aberta e sem palavras.

Malakai dirigiu com facilidade pela nossa cidade universitária tão pitoresca que enjoava, descendo suavemente avenidas ladeadas por árvores com folhas cor de ouro, segurando o volante com uma das mãos enquanto passávamos por casas suburbanas amplas e muradas. A maneira como sua outra mão envolveu a marcha do carro chamou a atenção para o tamanho enorme dela, enfatizou os tendões. Eu definitivamente estava o analisando com interesse demais.

Malakai deu uma olhadinha rápida para mim, em seguida voltou a focar na estrada.

— Tudo bem?

Foi então que percebi que não falava nada havia uns oito minutos. Puxei as mangas do suéter para cobrir mais as mãos e cruzei os braços.

— Hum. Sim. Tudo bem. Só estou com um pouco de frio.

Malakai girou o botão de temperatura na direção das setas vermelhas; uma ação que serviu como uma lição sobre mentiras para mim, porque minha pele na verdade estava formigando de calor.

Pigarreei.

— E aí, aonde a gente vai? McDonald's?

Malakai riu e mudou a marcha enquanto manobrava com habilidade, olhando para mim mais uma vez antes de fazer um som de censura com a boca.

— Tá pensando que sou o quê?

— Quer mesmo saber?

Uma sombra passou pelo rosto de Malakai. Ele estalou a língua enquanto entrava em uma rua que eu nunca tinha visto.

— Ok, vamos segurar o julgamento. Agora a gente está namorando, lembra? É por isso que escolhi sair para comer no nosso primeiro encontro. É universal. A melhor forma de conhecer alguém é durante uma boa refeição. E escolhi esse horário, tarde, sem aviso prévio, porque eu não queria te dar tempo de pensar demais…

— Como você sabe que penso demais?

Outro olhar quando paramos em um semáforo.

— Você faz muito isso no seu programa. E funciona na maioria das vezes, mas não serve para tudo. Então, pensei em te dar uma folga disso. Uma mensagem tarde da noite não te dá tempo para pensar. Tem que decidir com o instinto. Ou você tá dentro ou não. E aqui está você. Então você tá dentro.

Deixei os olhos explorarem as curvas e os ângulos do rosto dele, mas não disse nada. Aquilo era preocupante porque eu geralmente tinha algo a dizer. Meu trabalho era ter algo a dizer. Eu precisava ter algo a dizer. Mas ele estava certo, havia certa liberdade, certa adrenalina, em decidir sair do campus durante a noite de um dia de semana. Foi a mesma adrenalina que surgiu quando eu tinha decidido beijá-lo.

A postura de Malakai se desfez e brilhou quando ele deu um pequeno meio-sorriso.

— McDonald's? Sério? — perguntou ele.

— Exceto por lá, qualquer lugar dessa cidade fecha às onze da noite. A menos que seja uma boate!

— Talvez na parte da cidade que você conhece. Além disso, eu nunca levaria uma mulher para o McDonald's. *"Big ballin', baby, when I'm courtin' you."**

Contive o sorriso que logo quis se formar.

— Você acabou de citar Jay-Z pra mim?! Não faz isso. Além disso, você não está me paquerando.

— *"Big ballin', baby, when I'm fake-courtin' you."***

Uma risada escapou de mim e levei os dedos cobertos pelo suéter até a boca para empurrá-la de volta, olhando pela janela para o borrão âmbar e verde-escuro de árvores e postes de luz que envolviam os casarões de tijolos vermelhos com portões pretos — geralmente com dois SUVs estacionados na entrada.

— Você não é engraçado.

— Tarde demais. Já ouvi você rir.

— Foi uma tosse.

— Pareceu uma risadinha.

Virei-me para ele.

— Você se enganou. Não dou risadinhas. Tinha um negócio na minha garganta. Tem pastilha no porta-luvas?

— Tenho, mas você não está entendendo. Quero ouvir você tossir de novo.

— Por quê, seu depravado?

---

* "Ostentando, gatinha, quando paquero você." [N.T.]

** "Ostentando, gatinha, quando finjo paquerar você." [N.T.]

Ele fez uma pausa enquanto fazia uma curva.

— Foi um som legal. Gostei de ouvir. — Seus olhos estavam fixos na estrada, mas seus lábios se curvaram suavemente.

Um calor subiu para minhas bochechas quando se fez silêncio novamente, mas daquela vez foi confortável. Relaxei o suficiente para perceber que eu gostava de todas as músicas que tinham tocado no carro. R&B novo misturado com R&B da velha guarda e, à medida que "The Suite Theme", de Maxwell, se transformava em "After Dark", de Drake, percebi que já esperava aquela transição. Peguei o celular de Malakai no pequeno suporte entre nós e toquei na tela. Lá estava. A playlist era *Açúcar Mascavo Apresenta: Madrugadas*. Eu geralmente as criava depois do programa para me divertir, antes de compartilhá-las em nossas contas nas redes sociais. Não sabia que alguém mais as escutava. Eu as fazia porque era divertido selecionar uma vibe e ver para onde ela me levaria. Era quando eu me sentia mais livre, quando eu permitia me mexer de acordo com meu próprio ritmo, seguindo meus instintos.

— Você não precisava colocar isso só porque está andando comigo. Sei que é assim que você age. Estuda as mulheres para saber o que elas gostam, assim pode impressioná-las depois.

Malakai arqueou a sobrancelha e me lançou um olhar divertido.

— Caramba, como você é arrogante. Baixa a bola, Banjo. Era o que eu estava ouvindo antes. A playlist é boa. É meu tipo de música. Mas, tenho que perguntar, o nome do seu programa é inspirado em você ou na música "Brown Sugar" de D'Angelo?

A pergunta me pegou desprevenida e o encarei curiosamente por um tempo antes de responder.

— Dã, no álbum de D'Angelo. Minha música preferida dele é "When We Get By". Parece um raio de sol. Para mim tem som de amor... — falei antes de perceber o que estava dizendo.

Era verdade. Mas aquilo veio de uma parte de mim que não ficava perto da superfície. De imediato me arrependi de ter me exposto, temendo o silêncio constrangedor que de modo inevitável se seguiria. Mas Malakai não vacilou.

Ele assentiu, pensativo, e esfregou o queixo.

— Boa escolha. Vou ter que trapacear. A minha é "Nothing Even Matters". Conta mesmo sendo um dueto e estando no álbum de Lauryn?

— Não, porque, se contasse, eu escolheria essa como preferida também.

— E Deus nos livre de concordar em alguma coisa.

Mastiguei o sorriso.

— Enfim… Por que você perguntou se o nome do meu programa era inspirado em mim? E se *eu* fosse Açúcar Mascavo?

— Ah, sim. Aí eu ia dizer que o apelido não combina com você.

Eu me virei para ele com tanta violência que minha bunda se ergueu no banco.

— Como é que é?

Malakai deu de ombros.

— Desculpa, mas é que, assim, açúcar é legal. Adoça. Isso é legal. Mas você não é legal. Você é mais que isso. Você é mais como… *ata rodo*. — A voz dele mergulhou na tonalidade iorubá quando ele usou nossa língua ancestral. — Uma pimenta *scotch bonnet* dá mais graça à comida, adiciona sabor, deixa as coisas mais interessantes. Mais intensas. — Eu conseguia ver o brilho dos olhos dele de onde eu estava. —… E, se for contrariada, pode fazer os olhos de alguém lacrimejarem. Tem que respeitar o poder da pimenta. Parece inofensiva do lado de fora, até mesmo fofa, que nem uma frutinha, mas consegue colocar um homem feito de joelhos. Tem que ser manuseada com cuidado, mas sabe se virar sozinha. — Malakai interrompeu o tom casual com um gritinho. — Peraí, essa é minha música!

Ele aumentou o volume da música de Anderson Paak. Dava para perceber pela mudança brusca que Malakai não tinha pensado sobre o que tinha dito. Ele só tinha dito. Como se fosse verdade. Provei as palavras dele e esperei sentir o gosto de um charme falsificado, inventado para conseguir algo de mim, mas só senti o sabor de algo encorpado, quente e suave que se espalhou pelo meu peito, tomou meu rosto.

Estávamos no Leste, em frente ao que parecia uma lanchonete *old school*, com o letreiro Coisinha Doce escrito em luzes rosa-claras e brilhantes.

Abaixei a cabeça, cedendo.

— Beleza. O lugar parece legal.

Quando desligou o motor, Malakai me encarou com aquele olhar já bem aperfeiçoado de soslaio, malicioso e sorridente.

— Se a gente for mesmo fazer isso, você vai ter que confiar em mim, Scotch.

O apelido saiu de sua língua e me atravessou como se pertencesse a mim, revestiu meus músculos, me relaxou. Eu queria fazer pouco-caso, dizer para ele não me chamar daquele jeito, mas tudo o que consegui fazer foi revirar os olhos e curvar o canto da boca.

— Calma aí, Anderson Para.

Naquele momento as asas das borboletas estavam sem dúvidas raspando as paredes de minha barriga. Eu esperava que a comida as acalmasse, que as deixasse letárgicas.

Malakai fez uma careta.

— Puts, cara. Essa foi péssima.

Estreitei os olhos.

— Sua cara é péssima.

Merda. Eu estava perdendo o jeito? O que estava acontecendo? A calça de moletom dele tinha me neutralizado?!

Malakai assentiu.

— Hum. Isso é engraçado. Porque eu lembro de você me descrevendo como "alto, gostoso e misterioso" no seu programa.

— Quem disse isso? Eu não.

— Que nem café. *Te deixa acordada a noite toda...*

— Acho que eu disse que café também dá dor de barriga.

— *Um pitéu, uma bebida quente...*

— Não estou mais com fome.

Malakai riu e a força do som derrubou mais algumas milhares de defesas.

O restaurante era agradável e vibrante. O aroma de satisfação, doce e condimentado, proveniente de fritura douradinha, aqueceu nossos rostos quando entramos. Era um casamento entre um vídeo de Missy Elliott dos anos noventa e algo saído de *Grease: Nos tempos da brilhantina*. As paredes de azulejos pretos brilhantes eram salpicadas de manchas prateadas, como se tentassem aproximar a noite estrelada lá fora. Acima de nós, havia holofotes embutidos no teto preto (pequenas lembranças dos olhos de Malakai — eu nunca tinha visto um preto tão brilhante). Cabines pretas de couro falso magenta estavam enfileirados nas paredes e uma grande TV de tela plana estava pendurada na parede mais afastada, passando um vídeo de Donell Jones. Era exagerado da melhor forma, remetendo à sensação de ver pessoas usando casacos de pele e óculos de sol em uma balada: supérfluo, deliciosamente irresistível, um arraso.

Era o lugar mais legal que eu tinha visto no meu tempo em Paço Branco e parecia estranho que Malakai o tivesse descoberto nos dois meses em que estivera ali. Pessoas da nossa idade e talvez um pouco mais velhas, sentadas nas cabines ou em banquinhos cor-de-rosa giratórios em frente a mesinhas altas com tampos de mármore preto, rindo, conversando, balançando a cabeça no ritmo da música, contidas pela própria condição como descoladas, ou se mostrando, de braços erguidos, dançando onde estavam, libertas pelo mesmo motivo. Era um espaço de glamour, bombojacos por cima de vestidos colados, joias sobrepostas a calças de corrida que terminavam em tênis estilosos. Aquele lugar tinha a elegância da corte de uma rainha.

Malakai me conduziu para dentro, mas fiquei mais atrás, querendo absorver tudo, seguindo-o. Ele entrou, calmo e confiante, com uma ginga urbana, não como se fosse o dono do lugar, mas como se ali pertencesse, confortável em sua pele. Acenou com a cabeça e sorriu para algumas das pessoas sentadas nas cabines, trocou soquinhos com alguns caras, soltou alguns *eaícomoéquetáirmão* e caminhou até o balcão de bebidas. Ele se inclinou para bater na mão do cara atrás do balcão, um homem mais velho que a gente mas ainda meio jovem, com a risca de cabelo mais descolada que eu já tinha visto na vida, usando um brinco e uma camisa rosa brilhante do Coisinha Doce.

Malakai sorriu para ele.

— *Oga, how fa?* — cumprimentou ele, deslizando para um sotaque de menino de Lagos que combinava com ele. *E aí, chefe, como é que tá?*

Era muito obsceno que a sensualidade de Malakai surgisse em camadas que iam sendo expostas conforme eu passava mais tempo com ele.

O cara mais velho deu um sorriso animado.

— *Aburo, we dey.* — *Tamo bem, irmãozinho.*

Os olhos dele vagaram para onde eu estava e seu sorriso ficou caloroso. Ele enxugou as mãos em um pano branco, jogou-o sobre o ombro e se inclinou por cima do balcão.

— E quem é essa rainha?

Malakai se aproximou de mim.

— Kiki, esse é Meji, dono deste belo estabelecimento e meu irmão mais velho adotado. No caso, adotado à força. Meji, esta é minha... amiga, Kiki.

Acenei e os olhos de Meji brilharam enquanto seu sorriso ficava maior.

— Um prazer te conhecer... amiga de Malakai. Qual o seu nome inteiro?

— Kikiola.

Meji inclinou a cabeça em uma reverência.

— Riqueza total. Riqueza completa. Riqueza *pura*. Tá certo mesmo. Você parece da realeza. O que está fazendo com esse palhaço?

Levantei um ombro e os cantos da boca ao mesmo tempo.

— Caridade. Uma rainha só é uma rainha se retribuir aos necessitados.

Meji assobiou baixo.

— Rá! Gostei dela, Malakai.

Malakai olhou para mim com um sorriso brilhante.

— Uau. É assim que a gente tá hoje? Beleza. Legal. Bom saber. Olha só — ele olhou para Meji, apontando para a bolsa preta pendurada no próprio ombro —, estou aqui para trabalhar. E comer. Estou fazendo um filme. Obviamente, propaganda gratuita pro Coisinha Doce...

Meji sorriu.

— Pode deixar. Tudo certo. As fotos que você tirou para nossa página no ProntoPic fizeram muita diferença, irmão, brigadão.

Malakai pareceu desconfortável com o elogio.

— Não, não foi nada, cara. É o mínimo que eu podia fazer.

Meji deu um tapa no braço de Malakai de brincadeira antes de se virar para mim.

— Um homem bom. Pode até ser feio, mas é gente boa.

Malakai riu.

— Vou te dar duas estrelas no Yelp.

O homem fez uma reverência, então gesticulou para uma área no canto do lugar.

— Preparei aquela cabine para você. A melhor da casa. Geralmente reservo para minha namorada e as amigas dela, mas acho que ela não vem hoje. Ela viu uma mensagem no meu ProntoPic que não gostou. Uma pessoa vai atender vocês quando estiverem prontos para pedir.

— Necessitados? — A voz de Malakai era baixa enquanto íamos para a cabine.

Deslizei para o assento macio de couro falso rosa, apoiei o cotovelo na mesa e descansei o queixo no punho.

— Vamos comer antes de começar a filmar, né? — perguntei, ignorando-o. — Tô morrendo de fome. Quanto tempo a gente tem?

Malakai me deu um sorrisinho, deslizando o cardápio para mim sem dizer nada. Ele olhou para o relógio.

— Este lugar fecha às duas da manhã, então algumas horas. É quase de manhã, então tecnicamente é hora de café da manhã. Dá uma olhada nos waffles de banana-da-terra.

— Peraí, quê? — Arregalei os olhos quando peguei o cardápio e o analisei. — Waffles de banana-da-terra com calda de hibisco e frango, com opção de frango *suya* ou frango frito estadunidense. Hambúrgueres de acará com inhame frito ou batata-doce frita... Hambúrgueres *suya* de carne.

Era uma mistura de culinária estadunidense e nigeriana. Fiquei com água na boca. Não tinha nem como fingir. Fiquei imediatamente obcecada.

— Isso é tão legal. Será que eles fazem o *yaji* do zero?

Levantei a cabeça e percebi que Malakai estava me observando. Senti as bochechas ficando quentes. Eu não precisava que ele me visse dando uma de nerd por causa de composição de tempero.

— Hum. Minha família é dona de um restaurante nigeriano.

— Eu sei. Vi no seu ProntoPic. E sim, Meji faz *yaji* do zero. Não deixa ele escutar você questionando isso.

Inclinei a cabeça.

— Então você me stalkeou na internet.

— Você não me stalkeou na internet?

Um sorriso fez cócegas no interior da minha boca e o olhar dele ficou provocando-o a sair. Não parecia valer a pena negar. Depois de um cabo de guerra silencioso, pigarreei e olhei para o cardápio para disfarçar a derrota.

— Sua sobrinha é muito fofa.

— Obrigado. Ela é mesmo. — Ouvi o sorriso em sua voz. — É filhinha do meu primo... Gostei daquela foto sua na praia.

Olhei com mais atenção para o cardápio. Eu sabia qual era a foto. Barcelona. A primeira viagem que eu e Aminah fizemos juntas. Eu estava com um ousado biquíni laranja-vermelho que arredondava e avantajava meu decote, comprado com o incentivo de Aminah. Eu tinha os braços estendidos e olhava para cima com um sorriso aberto. Estreitei os olhos para as opções de sobremesa e murmurei um "obrigada" mais afetado do que eu pretendia.

— E fiquei feliz que gostou do cardápio.

Desviei os olhos do cardápio e encarei Malakai. Apesar do sorriso torto, o brilho em seus olhos era sério.

— Gostei. Como você encontrou esse lugar?

Malakai esfregou a nuca e se recostou na cadeira. Ele hesitou por um momento antes de responder, a leveza costumeira em seu rosto se perdendo nas sombras. Ele pigarreou e se inclinou para a frente novamente, como se estivesse organizando o que precisava me dizer.

— Hum, então. Eu tinha acabado de ser transferido e estava vagando por essa parte da cidade procurando por algo que me lembrasse de casa. Já era tarde, mais ou menos essa hora. Enfim, parei aqui perto, tirei umas fotos no meio da estrada... Os restaurantes de frango e kebab parecem tão brilhantes à noite, que nem sinalizadores. Um oásis. Faróis. Eu queria capturar aquilo. De qualquer forma, talvez eu seja estúpido por resolver tirar fotos à noite na área mais policiada da cidade. — Um horror instintivo a respeito do que estava por vir fez meu sangue gelar. Ele continuou em um tom impassível, pragmático: — Eles pararam, perguntaram o que eu estava fazendo. Falei que estava só tirando fotos, disse que estudava em Paço Branco, que era estudante de cinema, tudo isso. "Sim, senhor", "Não, senhor". Não fez diferença. Eu queria cuspir na cara deles, mas fui educado. É engraçado — a linha irônica que agora era sua boca indicou que ele queria dizer o contrário —, era como se, quanto mais educado eu era, mais irritados eles ficavam. E todos os meus instintos me diziam para lutar, sabe? Mas para quê? De que teria adiantado? E não é como se não tivesse acontecido antes. Óbvio que aconteceu. Sou do sul. Mas realmente pensei que podia ter uma folga desse tipo de coisa estando aqui. Enfim, eles quiseram me revistar. Perguntei por que, e eles disseram que eu estava sendo agressivo. — Malakai soltou uma risada sombria e esfregou a mandíbula. — Era a primeira semana do semestre e eu não conhecia ninguém. Kofi teve que voltar para Londres para um lance de família naquele fim de semana. Eu estava sozinho. Sozinho de verdade. Nem sei como aconteceu, não sei se foram cinco segundos ou cinco minutos, mas algo deve ter acontecido, eu devo ter dito alguma coisa, ou talvez não ter dito nada tenha sido o bastante, mas eles me empurraram contra um carro com as mãos nas costas enquanto me revistavam. Três deles. Minha câmera caiu. A câmera que comprei depois de passar um verão inteiro guardando dinheiro. A lente rachou. Eu senti. Não conseguia pegar meu celular para filmar o que estava acontecendo.

"Enfim, Meji deve ter ouvido e saiu do restaurante. Meji é importante por aqui. Um irmão mais velho, um tio para todo mundo, todos os lojistas o conhecem. Até a polícia sabe que não deve mexer com ele. Meji fez faculdade de direito na Nigéria e é o cara mais inteligente que conheço. Então, Meji saiu e perguntou o que eles estavam fazendo. Os policiais gaguejaram. Ele perguntou de novo: 'Qual é o motivo razoável para isso?'. E eu estava tremendo, cara.

"Tentei contar para ele o que estava acontecendo, mas não conseguia falar. Ele disse: 'Um jovem tirando fotos?'. Eles gaguejaram. Ele pegou o celular, começou a falar sobre direitos, disse que o que eles estavam fazendo era ilegal. Eles me largaram. Disseram qualquer merda. Só barulho. Eles estavam enrolados. Meji ignorou os caras, me trouxe aqui e me deu comida. Ele me acalmou e me disse para respirar. E foi assim que ele se tornou meu irmão mais velho. Foi assim que encontrei esse lugar."

Eu me ajeitei no assento; a força das palavras dele pesando em mim. Meu estômago era um redemoinho de náusea, tristeza e indignação, um coquetel nojento que fez minha mão voar até a dele e apertar.

— Malakai… Eu sinto muito. Sinto muito pelo que aconteceu com você.

Mas pareceu fraco, banal, e me senti envergonhada porque as palavras tinham soado patéticas e inúteis.

Malakai olhou rapidamente para nossas mãos e me deu um sorrisinho tranquilizador.

— Obrigado. Mas está tudo bem…

Balancei a cabeça, surpresa ao sentir meus olhos arderem de leve.

— Não, não está tudo bem. É uma situação fodida.

Malakai engoliu em seco e percebi que seus olhos também estavam úmidos.

— É mesmo. É por isso que não entendo esse debate de merda que a AAC vai fazer no mês que vem. Vidas Negras Importam *versus* Todas As Vidas Importam? Quem aprovou isso? Zack é um babaca mesmo, cara. O que ele sequer ganha com isso?

Tirei a mão da de Malakai e engoli em seco.

— Não faço ideia.

Um garçom chegou para nos atender e o processo de fazer o pedido me deu tempo suficiente para tentar digerir a nova versão do Malakai se formando em minha cabeça; uma versão dele que perambulava pelas estradas à noite tentando captar a luz de um restaurante de frango porque achava bonito.

— Desculpa — disse Malakai, inclinando-se para a frente enquanto o garçom se afastava para repassar nossos pedidos —, eu não costumo falar sobre racismo institucional em primeiros encontros.

Relaxei novamente.

— Sério? Que esquisito. Achei que esse era o padrão. — Deixei os olhos vagarem até a cabine em que um cara estava fazendo uma serenata divertida para uma menina, acompanhado por Pharrell e Snoop tocando nos alto-falantes. Ela estava fingindo odiar, batendo no braço dele apenas para tocá-lo. Voltei a encará-lo com um brilho no olhar. — Então este é um primeiro encontro?

O canto da boca de Malakai subiu ligeiramente.

— Achei que este seria o lugar perfeito para uma reunião preliminar tranquila, para a gente se conhecer como parceiros do projeto. Além disso, esse lugar é um ótimo ponto para encontros. Tem mais ou menos oito casais aqui agora que seriam perfeitos para o filme.

Olhei em volta e vi que ele estava certo. O casal que eu tinha acabado de notar era um entre muitos. Alguns eram da nossa idade, alguns eram adolescentes que com certeza tinham vindo escondidos e um estava mais próximo da idade de Meji. Todos pareciam estar em estágios diferentes de romance: um casal sentado tão perto um do outro, com tanto tesão aparente, que havia a possibilidade de eles estarem violando vários códigos sanitários debaixo da mesa; outro dividindo um prato de comida; um em que a mulher estava mandando um homem ler umas mensagens para ela, com muita raiva.

Assenti para ele.

— Então você já deve ter trazido algumas mulheres aqui?

— Você é a primeira, na verdade.

Eu não pude deixar de gargalhar.

— Malakai, tenho cara de quê? Esse lugar é sexy e fica aberto até tarde. A gente está aqui para ser *verdadeiro*, lembra? Fala a verdade. Você traz elas aqui, faz a mesma interação com Meji, diz pra elas pedirem os waffles de banana-da-terra, leva elas de volta pro campus, dá uns amassos no carro e manda mensagem de "Bom dia, linda" de manhã.

Malakai me encarou com olhos totalmente desprovidos de ironia.

— Sério. Você é a primeira mulher que eu trouxe aqui. Este é meu lugar. Às vezes venho aqui com Kofi, mas também venho muito sozinho. Para trabalhar, para relaxar com Meji. Qualquer coisa. Fiz amizades aqui… Você não tem um lugar que é só seu?

Olhei para ele em uma deliberação silenciosa antes de me inclinar para a frente, apoiando o queixo no punho. A prof.ª Miller disse que eu tinha que aprender a trabalhar com os outros. Ele tinha compartilhado algo comigo, então era justo que eu compartilhasse com ele. Respirei fundo.

— Tudo bem. É extremamente nerd, mas tem um lugar na biblioteca que eu gosto. A sessão de histórias africanas. Porque nunca tem ninguém lá. — Gargalhei. — É no canto mais distante, longe de tudo. Levo um café escondido para lá e relaxo. Penso. Às vezes tem um livro envolvido, às vezes fico só ouvindo alguma playlist. Fazer isso faz com que eu tenha… espaço.

Malakai sorriu lentamente.

— Uau. Isso é *extremamente* nerd.

Revirei os olhos.

— Cala a boca. Eu sabia que não devia ter contado…

— E extremamente fofo.

Balancei a cabeça e esperei que aquilo forçasse o rubor feroz que tomava conta do meu rosto a se dissipar.

— Como é que lá se tornou seu lugar?

Crescimento, Kiki. Não dá para morrer por falar de coisas pessoais. Encarei o cardápio mais uma vez para me fortalecer antes de encarar novamente a expressão de interesse gentil de Malakai.

— Hum... Beleza. Então, teve um período em que minha família estava passando por... muita coisa, e às vezes eu tinha que cuidar da minha irmãzinha, buscar ela na escola. Eu sabia que a casa estaria vazia quando a gente chegasse e só de pensar nisso... eu não conseguia lidar, sabe? Ela tinha uns 9 anos e eu uns 16, 17. Eu levava ela na padaria na rua principal e pegava duas fatias de bolo Tottenham. Eu amo bolo Tottenham, ainda é o que como quando estou precisando me animar um pouco. Enfim, eu pegava bolo e uma xícara de chocolate quente para dividirmos, e a gente levava a comida escondida para a biblioteca local. Líamos livros uma do lado da outra. Eu fazia perguntas sobre o dela e ela fazia perguntas sobre o meu, e a gente só... escapava para esses mundos diferentes e esquecia do resto por uma hora, mais ou menos. Acho que, quando vim para a faculdade, eu fui atraída para a biblioteca porque parecia seguro. Aí encontrei aquele lugar. — Quase estremeci. Nunca tinha dito aquilo a ninguém e me senti extremamente exposta. Por que falei aquilo para ele? — Aff, isso soou muito brega.

Malakai balançou a cabeça.

— Não soou, não. Fez sentido. Quando você está tentando encontrar uma base em algum lugar, você vai para o que é familiar. Foi provavelmente por isso que acabei no Leste na minha primeira semana aqui. O lugar mais familiar para mim. Você já levou Zack para o seu canto na biblioteca?

Fui tomada pelo alívio quando ele evitou com muito tato o que eu não estava pronta para mostrar. Relaxei, franzindo as sobrancelhas em uma expressão incrédula.

— Acho que a biblioteca faria Zack entrar em combustão espontânea, que nem se Trump entrasse em uma igreja. Ele é a negação do conceito de espaço seguro. Um perigo ambulante.

Malakai começou a rir.

— Beleza. Esse é meu ponto. Sua maneira de manter os limites era tipo... pré-estabelecida na relação. Ele não podia te conhecer dessa forma porque esse não era o motivo pelo qual você estava com ele. Da mesma forma, eu não trouxe garotas aqui. Por mais que eu tenha gostado delas, estava tentando manter meus limites.

— Mas você me trouxe aqui...

— É diferente. Não tem nenhuma expectativa. Você não vai pensar de repente que isso pode virar alguma coisa. Você não me vê desse jeito.

Um lembrete oportuno. Eu *não* via Malakai desse jeito. E ele também não me via desse jeito. Não Desse Jeito + Não Desse Jeito = De Jeito Nenhum. Ainda assim, uma coisa me incomodou.

— Sabe o que não entendo? Se você gosta dessas mulheres como diz que gosta, por que colocar limites?

— Eu gosto. E tenho respeito por elas. E queria poder me divertir no processo de conhecer elas. Mas isso não deveria implicar um acordo tácito de compromisso. Sou novo aqui e quero sim conhecer pessoas e, sim, algumas dessas pessoas aconteceram de ser mulheres bonitas e inteligentes…

Ri, balançando a cabeça, minhas argolas balançando junto.

— Malakai, sério, essas mulheres não são desequilibradas. Não estão perdendo a cabeça sem motivo. Elas são legais e fortes e talvez não tenham entendido seus limites como limites. Entendo totalmente que às vezes as pessoas projetam um monte de merda em coisas que você nunca disse… Tipo Zack. Mas também sei que você provavelmente não fez nada para impedir que elas entendessem errado. E é isso que irrita, isso que causa confusão. Elas sentem que são as únicas. Um monte de mulheres se sentindo como se fossem as únicas. É por isso que rainhas como Shanti e Chioma estavam brigando por você. E não leva para o lado pessoal, mas você realmente não vale isso.

Malakai endireitou a postura, os olhos pensativos. Ele parou para bater na mão de um cara de aparência jovem que parou em nossa mesa para cumprimentá-lo, antes de se voltar para mim. Esfregou o queixo uma vez. E depois mais uma vez.

— Entendi. Então, quando Shanti começou a falar sobre o aniversário dela no ano que vem e das coisas que poderíamos fazer juntos, eu devia ter cortado o papo.

— Hum. Devia. Você podia ter guiado ela na direção certa com tato. Tipo: "É sempre legal sair com os amigos no aniversário". Quer dizer, ia ser um saco ouvir isso, mas seria honesto. Transparente.

— Mas eu estava tentando não ser otário. Não queria magoar ela…

— Certo, e o que aconteceu quando você não falou nada? Você machucou ela de qualquer forma. Olha só, informar às pessoas exatamente o que é a relação logo no início evita muito estresse. Para ambos os lados. A chance maior é de ela te odiar mais por causa da enrolação. Enrolar para falar a real não faz de você um cara legal, Kai. E acho que… talvez você seja um cara legal.

A abreviação do nome dele encaixou bem em minha língua, como se eu já estivesse acostumada com o gosto, mas quis engoli-la de volta quando ela escapou de mim. Foi muito rápido, muito hábil. Malakai manteve contato visual, os olhos brilhando com uma emoção que parecia ser respeito.

— Então você acha que sou um cara legal?

Dei de ombros. Eu não tinha percebido que pensava aquilo até dizer em voz alta.

— Eu disse *talvez*. Acho que eu não estaria aqui com você se realmente achasse que você é terrível. — Fiz uma pausa e deixei um sorriso tocar minha voz. — Quero dizer que você é tolerável, pelo menos.

Ele sorriu.

— Tá vendo, é por isso que "Scotch" combina com você. Você manda a real, nada de eufemismos doces.

Ele não tinha notado que eu dissera "Kai". Bom. Ou talvez ele tivesse ignorado por educação. Igualmente bom.

— A verdade vos libertará — respondi com facilidade.

— Então, qual era a verdade entre você e Zack? — perguntou ele de maneira muito casual e suave.

Dei de ombros.

— Nunca teve potencial nenhum ali. Nós dois sabíamos disso. Ele só achava que queria mais de mim porque eu não queria ele desse jeito, e ele não conseguia lidar com isso. Ele não compreende a rejeição se não partir dele.

— Ele é um babaca.

Enquanto eu falava, meu olhar tinha se desviado para os flocos brilhantes de quartzo falso na superfície lustrosa da mesa preta, mas voltei a focar nele de imediato quando ouvi o tom franco e brusco de sua voz.

Tracei as imitações prateadas de cristais na mesa com uma unha cor de abóbora afiada.

— E eu sabia disso. Beleza, talvez eu não soubesse a *extensão* da babaquice dele, mas… ele não tinha como me machucar. Não de verdade.

Mesmo depois daquela noite. Fiquei puta, não magoada. Nada acabou machucado nem quebrado. Não tem como eu perder um jogo se jogar pelas minhas regras.

Os olhos escuros de Malakai focaram tão intensamente em mim que senti o pulso disparar.

— O que fez você sentir que era um jogo? Ou foi um quem?

O garçom chegou com nossa comida — quentinha e com um cheiro delicioso — e esperei que ele também nos servisse um pouco de distração, mas, quando ele se afastou, Malakai ainda estava olhando para mim, com uma expressão suave de questionamento.

Engoli em seco.

— Alguns quens, alguns quês.

Malakai obviamente viu algo que o fez dizer:

— Entendi. Quens e quês sobre os quais você ainda não quer falar comigo.

Enfiei uma garfada de waffle de banana-da-terra e frango frito na boca, em parte porque estava com fome e em parte para demorar a responder. O waffle tinha sido regado com mel em vez de xarope de bordo, o frango estava infundido em uma mistura perfeita de ervas e especiarias, a casquinha era crocante, a carne suculenta. Foi uma explosão perfeita de doce e salgado, um equilíbrio sublime de pimenta e mel. Eu quis mais assim que se acomodou em minha barriga. Era satisfatório e delicioso, o suficiente, mas também despertava a gula.

Malakai sorriu até os olhos.

— Bom?

Coloquei a mão no peito, fechei os olhos e soltei um "hummm" vindo da alma.

Malakai caiu na gargalhada.

— Ótimo, porque não vou mentir, eu estava tenso.

Eu ainda não tinha respondido à pergunta. Pensei que tinha escapado quando ele começou a comer a própria comida, mas então ele parou e olhou para mim, garfo suspenso no ar.

— Scotch, quero que saiba que a gente não precisa falar de nada que você não queira. Estou de boa com o que você tiver de boa.

Senti os ossos se liquefazerem um pouco, algo quente se enrolando em meu corpo. Em um ano e meio de Paço, aquela foi provavelmente a

149

conversa pessoal mais longa que tive com alguém que não fosse Aminah, mas não senti que foi longa ou pessoal demais.

— Obrigada. Digo o mesmo. Então, quer falar sobre por que você se transferiu para cá? Se foi por causa de um quem ou de um quê?

Uma sombra passou pelo rosto de Malakai, esmaecendo um pouco seu sorriso, e ele engoliu em seco.

— É um quem e um quê complicado.

— Sobre os quais você ainda não quer falar comigo. — Minhas palavras ecoaram as dele.

O sorriso de Malakai voltou.

— Ainda não. Pelo menos não sobre todos eles. Mas posso falar sobre um dos quens. Ela é um quem bem notável.

Ela.

— Já sei que ela é muito linda.

— Ela era. É. Ela também é minha ex. Ama.

Fiquei atenta. Então naquele momento eu descobriria a história de origem Pilantra de Malakai — apesar de o termo "Pilantra" já não combinar com ele tão bem quanto eu pensava, separando-se e escorregando da imagem do novo Malakai que minha cabeça havia reconfigurado. Sobrava na caricatura que eu tinha criado de seu arquétipo de pegador, ficava apertado nas partes dele que eu não conhecera antes, como o senso de humor e o jeito como ele sabia ouvir. Malakai ouvia com o rosto inteiro, olhos atentos e boca paciente com uma propensão a se curvar nos momentos certos de um jeito de parar o coração. Ele gesticulou indicando o inhame frito que eu pensei estar espiando de modo sorrateiro durante toda a nossa conversa. E agora eu sabia que ele compartilhava comida. O que diabo eu deveria fazer com aquilo?

Peguei um chip de inhame e dei um jeito de dizer "me conta tudo" com ele entre os dentes. Ele sorriu quando abocanhei o chip com um movimento de língua.

— E aí, o que aconteceu entre você e Ama?

Malakai pensou no assunto por alguns segundos, com olhos semicerrados e contemplativos.

— Ela era meio malvada.

Eu me engasguei com um chip e tive que empurrá-lo para baixo com alguns goles frenéticos de Coca-Cola.

— É só isso? Desculpa, você terminou porque ela era malvada? Sabe quem eu sou? Além do mais, odeio quando caras chamam mulheres de malvadas.

Malakai riu e balançou a cabeça.

— Não… Olha, eu sei como isso soa. Juro que não sou um machista babaca. Que é exatamente o que um machista babaca diria, eu entendo, mas escuta só. Você é mandona e sempre manda a real e, na moral, isso é daora. Respeito isso. Você conhece sua mente. Isso não vem de um lugar ruim. Ama era má, tipo líder de torcida de filme de ensino médio, sabe? Era quase uma paródia. Tipo, daquelas que fazem um atendente *chorar*. Ruim assim. Se a gente estivesse em uma festa de aniversário e chegasse a hora de cantar "Parabéns", ela se recusava a participar. Dizia que era brega. Você tem ideia de quanto esforço é necessário para resistir a cantar "Parabéns" quando você está cercado de pessoas cantando? Você tem que tomar uma decisão consciente de manter a boca fechada. Ela tinha essa capacidade.

Mordi o lábio para não sorrir.

— Então por que você namorou com ela? Quer dizer, ela é o que é, então quando você descobriu isso e não gostou, talvez fosse responsabilidade sua parar de ficar com ela. Em algum momento não dá mais para culpar ela por isso. É com você.

Malakai curvou os cantos dos lábios.

— Você é boa.

— Fiquei sabendo.

Ele riu.

— Hum, acho que foi familiaridade. Nós crescemos juntos. Nossos pais são amigos. Eles trabalham juntos. Já estava certo que a gente namoraria e depois iria para a mesma universidade. Ela estudaria direito e eu estudaria economia. Namoramos por vários anos, e ela era tudo que eu conhecia. Eu achava que isso que era romance. Se sentir atraído por alguém e simplesmente passar por cima do fato de que às vezes você sente que aquela pessoa é uma estranha de verdade. Como se ela não soubesse mesmo quem você é. Eu achava que a distância era normal. Foi o que vi acontecer com meus pais e não tinha motivo para pensar que tinha como ser diferente.

151

A voz de Malakai tinha outra dimensão quando ele falava dos pais, levemente distante, alegre o suficiente para mostrar que estava escondendo algo pesado. Assenti.

— Mas você tem razão. — Ele franziu a testa. — Eu devia ter terminado. Eu só achava que engolir tudo fazia parte de ser um cara legal. E a gente tinha bons momentos, como meus pais tinham bons momentos. Então só segui em frente, na esperança de que a gente desse um jeito. — Algo sombrio passou pelos olhos dele. Foi apenas uma fração de segundo, mas foi tão sombrio que me deu saudade da luz dele. — Mas... aconteceu uma coisa que me fez perceber que a vida é curta. Muito curta para estar em uma universidade que eu odiava, fazendo um curso que eu odiava e com alguém que me chamou de infantil por finalmente ter coragem de dizer que talvez um dia eu quisesse fazer filmes.

Ele tossiu e senti uma acidez nos olhos e na voz dele. O término era só a superfície. Decidi deixar a parte sombria em paz por enquanto.

Suspirei e me endireitei no assento.

— Tudo bem. Você pode reclamar da sua ex-namorada mais duas vezes e depois vou ter que te interromper por solidariedade feminina, beleza?

Malakai me lançou um olhar caloroso de gratidão. Ele sabia que eu não perguntaria o que eu não perguntaria. Ele se inclinou para a frente.

— Ela odiava *Um maluco no pedaço*. Como uma pessoa consegue odiar *Um maluco no pedaço*?

Ri e senti o clima mudar.

— Ok, é tipo não gostar de banana-da-terra.

Malakai abriu os braços para dar ênfase.

— *Exato*. Lembro de uma vez em que mostrei a ela o episódio mais emocionante de todos...

— Aquele em que o pai dele desaparece de novo?

Malakai assentiu e sorriu.

— Acaba comigo toda vez. Sabe a parte que ele diz...

— "Por que ele não me quer, cara?" — falamos a frase ao mesmo tempo, como se tivéssemos ensaiado.

Malakai riu.

— É um soco no estômago toda vez. Mas ela nem piscou. Não ficou nem com os olhos marejados. Ela disse que era exagerado demais. — Ele fez uma pausa. — E não é como se ela fosse incapaz de sentir emoções, porque ela se emocionou com um lobisomem tendo um *imprinting* em o bebê metade vampiro e metade humano em *Crepúsculo*.

Bufei enquanto me servia de mais um chip de inhame frito.

— Agora sei que você está falando besteira.

Malakai arregalou os olhos e levantou as mãos.

— Beleza, então não sou um otário por ter achado isso estranho. Quando comentei como aquilo era esquisito, ela olhou para mim como se eu fosse um estúpido e disse que eu estava sendo "emocionalmente básico". A única pessoa emocionalmente básica na situação é Bella, porque quem é que escolheria um vampiro em vez de um lobisomem…

— Fato. Mas meu primeiro *crush* foi no Fera, então eu sou suspeita.

Malakai fez uma pausa e se inclinou para trás, me avaliando com uma expressão cômica no rosto. Como se eu tivesse dito algo insensato.

— No caso a Fera de *A Bela e a Fera*?

Dei de ombros.

— Sim. Ele era sexy. "E aí, do que esse focinho é capaz?" Obviamente, eu não pensava isso na época. Só agora.

Malakai parecia atordoado.

— Hmm.

Inclinei a cabeça, olhando-o de cima a baixo.

— Ah, qual é, você acha que é especial só porque sua primeira *crush* não foi em uma criatura de desenho animado que era uma mistura de lobo e urso?

Malakai colocou três chips de inhame na boca.

—Minha primeira *crush* foi em Nala, na real.

— Ok, beleza, essa é mais estranha do que a minha.

— Como assim?

— Porque leoas existem. É um animal de verdade. Uma fera antropomórfica não existe na vida real. A menos que você conte Zack. Porra, agora tudo fez sentido.

A risada estrondosa de Malakai foi grave e vibrante. Eu queria muito tirar o suéter porque estava quente, não apenas no restaurante, mas dentro do meu corpo, sob minha pele. Meu sangue parecia efervescente.

— Tenho uma piada excelente de *Crepúsculo* que Ama odiava.

— Manda aí.

Malakai deslizou para fora da cabine, ficou diante de mim e começou a se alongar, como se estivesse prestes a fazer uma complicada série de ginástica.

— Tenho que me levantar para minha performance.

Bufei novamente.

— Ah, é tão profundo assim?

Malakai assentiu de maneira solene, o rosto sério.

— Sim.

Ele pigarreou enquanto eu o olhava com uma atenção exagerada. E falou bem alto, assumindo uma seriedade shakespeariana na voz grave:

— Uau, uma pena que Bella escolheu o vampiro em vez do lobisomem, mas às vezes escolhas ruins estão no sangue.

Pisquei.

— Quê?

A voz de Malakai voltou ao normal, baixa e rouca, com um leve sotaque do sul de Londres:

— Mas você entendeu? Estão no sangue? Por causa do lance do vampiro? Eles sugam sangue…

— Sim, cara, eu entendi, mas… *quê*? Malakai, essa piada foi muito, muito ruim.

Ele esfregou o queixo enquanto deslizava para meu lado da cabine.

— Puts, sério?

Eu me ajeitei no assento para permitir que ele se sentasse, sem pensar e nem mesmo questionar a mudança de posição.

— Cara.

Malakai se inclinou mais perto, explicando como um professor faria.

— Peraí, tudo bem, então, que tal: "Se parar para pensar, é óbvio que um vampiro empalidece em comparação a um lobisomem".

O riso tinha crescido gradualmente dentro de mim e dobrei o corpo, quase despencando nas pernas dele. Eu estava tonta, embriagada de alguma coisa que eu nem sabia o que era, as borboletas naquele momento bêbadas com a alta concentração de açúcar em meu estômago. Coloquei a mão na boca.

— Ah… meu… Deus… isso foi… t-tão ruim… Você é besta pra caralho. — Minha voz terminou em um guincho por causa do esforço de segurar a risada.

Eu estava histérica demais para ficar incomodada com o fato de que meu estado poderia ser categorizado como "dando risadinhas".

Malakai também estava rindo, mas me olhava com certa descrença enquanto eu me recuperava e me levantava depois de me apoiar em suas pernas e enxugava os cantos dos olhos.

— Uau. Ok. Isso é… inesperado e humilhante. Não, para de rir, isso acabou comigo. Ela disse que não "sacou".

Dei de ombros; pequenas explosões de diversão ainda escapuliam de mim.

— Quer dizer, eu saquei, Kai. Só foi… — Bebi um pouco de Coca--Cola para abafar as risadas residuais e balancei a cabeça, piscando para ele de maneira inocente. — Talvez essa piada seja o verdadeiro motivo de ela ter terminado com você.

Malakai forçou o rosto a ficar sério.

— Beleza. Já chega. Quer saber? Retiro o que disse. Você é uma pessoa muito malvada, Kikiola Banjo.

Uma risadinha errante escapuliu de mim. Fingi estar supercomovida, colocando a mão no peito.

— Obrigada…

— Mas gosto disso em você.

Mexi na Coca com o canudo. Estávamos sentados tão perto um do outro que nossos joelhos se tocavam, me lembrando daquela vez na Sexta-Feira Muito Loka antes de Aminah nos interromper.

— Deve ser um fetiche. Sua ex-namorada era má, mas você provavel-mente só se cansou da maldade dela. Não tinha o mesmo apelo. Minha maldade é fresca, nova. Deve fascinar você. Talvez você goste mais do desafio do que da pessoa…

— Kiki, por que você está fazendo isso?

O sorriso de Malakai estava se transformando em algo mais sério.

Engoli em seco e ergui um ombro, sentindo o clima pesar na mesma hora.

— Não tô fazendo nada…

— Tá sim. Você começou a falar de maneira abstrata. Desviou a atenção de você. Teorizou o que eu disse. A mesma coisa que você faz no seu programa. Mas isso aqui não é seu programa, Kiki. Isso é apenas… um homem e uma mulher passando um tempo juntos. Por motivos estranhos, mas ainda assim. A gente está aqui junto de verdade. E estou dizendo que gosto de estar aqui com você.

Sustentei o olhar dele, tentando encontrar o brilho de falsidade em seus olhos, tentando encontrar uma pista que me levasse de volta ao seu manual. Mais uma vez, não encontrei nada. Fiquei feliz por não ter encontrado. Fiquei surpresa de querer não encontrar.

Mudei de posição, apoiando o cotovelo na mesa e curvando a mão na lateral do pescoço enquanto olhava para ele.

— Você nem me conhece...

— Estou começando a conhecer. E gosto do pouquinho que já conheci.

O braço dele estava atrás de mim, descansando na parte de trás da cabine. Ele olhava para mim de um ângulo especialmente beijável. Bastaria alguns centímetros de movimento de qualquer um de nós. Seus olhos se moveram brevemente para meus lábios e uma borboleta deu uma cambalhota dentro de mim. *Ah, não.*

Eu me endireitei e mudei a tática.

— A gente provavelmente deveria discutir a logística desse lance. Considerando que a gente está aqui.

Malakai parecia genuinamente intrigado.

— Logística?

— Hum... Tipo a parte física de fingir ser um casal e trabalhar no seu filme?

Os olhos de Malakai se abriram como se ele tivesse acabado de lembrar por que estávamos ali.

— Ah, sim. Com certeza, total. Massa. Fico de boa com o que você achar de boa. O que você acha de ficar de mãos dadas em público?

— De boa. Mas não durante intervalos muito grandes de tempo. Só o suficiente para as pessoas verem e aí solto a mão para arrumar o cabelo ou algo assim.

— Beleza. Vamos ter que dar rolê juntos em eventos públicos, então que tal a Sexta-Feira Muito Loka e sair para tomar café da manhã talvez duas vezes por semana? Festas na casa dos outros também. Tem alguns aniversários chegando e seriam momentos ótimos para conseguir entrevistas para o filme.

Mantive o gemido dentro da boca. Festas na casa dos outros eram minha versão pessoal de tortura.

— Como você é convidado para tantas festas? Você *acabou* de chegar.

— O que é que posso dizer? Sou fascinante.

Grunhi.

— Tá. Além disso, hum, nada de beijos.

Não tinha como evitar o fato de que eu me sentia fisicamente atraída por Malakai Korede. Eu me sentia atraída por ele de um jeito que me deixaria bastante preocupada se eu não soubesse que éramos fundamentalmente incompatíveis. E embora aquilo fosse verdade, quanto mais tempo passava com ele, mais eu descobria coisas que gostava nele. Tipo a forma como ele olhava para mim enquanto eu falava, como se estivesse guardando em segurança cada palavra que eu proferia. Mas era irrelevante. A regra do beijo tinha a ver com estabelecer limites profissionais.

— Concordo.

— Boa. Da próxima vez que a gente se encontrar, vamos organizar nosso cronograma. Eventos públicos, encontros, planejamento do "Os dois lados da história", esse tipo de coisa.

— Fechou.

— Talvez eu coloque tudo isso em um calendário do Google e compartilhe com você para ser mais eficiente.

Ele baixou um pouco o tom da voz.

— Kiki, você não pode falar safadeza comigo no meio de um restaurante.

— Desculpa. É que eu… fico tão empolgada.

— Nota-se. — Ele passou os olhos por mim com desgosto teatral. — Mas se controle. Temos um trabalho a fazer. — Ele gesticulou para a câmera em cima da mesa. — Tá pronta? Você escolhe quem entrevistamos primeiro.

Permiti que os olhos vagassem pela lanchonete que esvaziava gradualmente, parando no casal que vi rindo mais cedo apenas algumas cabines à nossa frente. Eles estavam sentados perto um do outro no mesmo sofá, assim como nós, conversando em voz baixa. Eles se tocavam sem se tocar, embora a vontade fosse nítida.

Apontei para eles com o queixo.

— Eles. Primeiro encontro.

— Sério? E não o casal obviamente fazendo coisas indecentes um com o outro debaixo da mesa?

Inclinamos a cabeça para olhar para o casal em questão, do outro lado do corredor. Os movimentos lentos de braço eram muito angustiantes. A boca da garota de repente se abriu. A minha também, por um motivo totalmente diferente.

— *Ah.*

Quebrei nosso silêncio curto e chocado.

Malakai pigarreou.

— Hum. Desculpa. Ela tá...?

— Acho que sim. Bom pra ela. Apenas vinte e cinco por cento das mulheres conseguem.

— Vamos desviar o olhar. Se continuarmos olhando, somos pervertidos.

Nossos olhos seguiram grudados na cena.

— Hum, *nós* somos os pervertidos?

— Vamos lá filmar...

Olhei para Malakai.

— Que porra...? Isso realmente faria de nós pervertidos, Kai. Isso é noje...

— Eu quis dizer: vamos lá filmar o casal do primeiro encontro, Scotch.

— Ah. Beleza. Legal. Sim, vamos fazer isso. Está ficando tarde.

Mas não parecia tarde. Uma hora e meia tinha se passado, e a noite parecia estar apenas começando.

[Sem_Título_Sobre_Amor.Doc]
Diretor, produtor: Malakai Korede
Consultora de Produção/Entrevistadora: Kiki Banjo
Entrevistados: Zindzi Sisulu e Xavier Barker

Kiki: Vocês são muito fofos. Vocês parecem estar bem conscientes um do outro o tempo todo. Conectados. Quando se conheceram?

Xavier: Umas três ou quatro...

Zindzi:… horas atrás.

Kiki: Vocês se conheceram hoje?

Xavier: Isso. E começamos a conversar…

Zindzi:… e é estranho porque, no segundo que vi Xavier, eu soube que queria falar com ele. E minhas amigas disseram que eu estava muito sedenta, que eu devia esperar ele vir até mim.

Xavier: Notei Zindzi assim que ela entrou. Falei pro meu parça que ia falar com ela. Mas, tipo, talvez cinco minutos depois disso, minha ex entra na festa. E ela estava com as amigas dela. E fiquei pensando… cara, isso vai dar merda. Eu não queria drama desnecessário. E não queria que parecesse que eu estava fazendo de propósito para irritar ela…

Zindzi: E aí *eu* comecei a ficar meio irritada. Porque vi que ele estava olhando pra mim e eu estava olhando pra ele…

Xavier: E minha ex estava olhando para nós dois…

Zindzi: Aí pensei tipo… foda-se. Vou lá ver se vai dar bom.

Xavier: E deu muito bom.

Zindzi: Melhor do que eu esperava. A gente se conectou. Eu disse que estava com fome e então viemos aqui. O que foi uma jogada ousada, na real, porque às vezes a vibe que você sente quando está perto de outras pessoas não é a mesma de quando você está sozinha com a pessoa… Além disso, a gente tinha literalmente acabado de se conhecer…

Xavier: Mas a vibe foi a mesma. Na verdade, até melhor… pelo menos pra mim. Porra, agora me entreguei…

Zindzi: Aham.

[Pausa]

Zindzi: Foi melhor.

Xavier: Ufa. Você quase me matou agora.

Kiki: O que teve de tão especial naquela conversa inicial que fez vocês quererem ver até onde isso vai?

Xavier: Foi só… *fácil*. Só fácil.

Zindzi: É isso. Ninguém estava forçando nada na conversa… Sabe como às vezes nessas festas você força só porque *tem* que flertar? E acaba sendo meio *cringe*? Não teve nada disso.

Kiki: O se o lance tivesse flopado?

Zindzi: Assim pelo menos eu ia saber que não deu certo. Melhor saber do que não saber, né? É uma questão de coragem. Mas… não sei, não achei que fosse flopar. Fui lá sabendo, mesmo sem saber.

Xavier: Não vou mentir, realmente achei ela muito gata. Essa foi a primeira coisa que me atraiu nela. Mas talvez tenha sido o lance de saber-sem-saber que me fez olhar pra ela duas vezes. Bora ver onde isso dá, parece bom.

Kiki: Aonde esperam que isso dê?

Zindzi: Aonde quiser dar.

Xavier: Aonde ela quiser que dê.

— Então, foi melhor que McDonald's.

Estávamos de volta ao calor do carro de Malakai, mas acho que teria me sentido quente em qualquer lugar. O ar frio e fresco do início da manhã não tinha interferido na temperatura de meu corpo — meu botão de aquecimento central interno parecia ter atingido o nível mais alto, ficado preso lá. A primeira entrevista tinha ido extremamente bem. O casal era fofo, tinha um nível apropriado de intimidade física e estava obviamente no período lua de mel do que quer que fosse aquilo. Quando saímos, eles estavam se beijando do lado de fora, encostados na parede do Coisinha Doce. O outro casal tinha sido educadamente convidado a sair.

Malakai sorriu para a estrada.

— Falei para você. Ostentando.

— Meji não cobrou pela comida.

— É a intenção que conta.

Sorri e balancei a cabeça.

— Eu me diverti.

Os olhos de Malakai ainda estavam na estrada, mas de alguma forma senti o sorriso neles.

— Fico feliz. Eu também.

— Não sei se vale de alguma coisa, mas não acho mais que você seja um Pilantra.

Eu estava me preparando para vê-lo se vangloriar de leve, para ele me pedir para repetir mais alto, mas, em vez do sorriso que eu esperava que aparecesse no rosto de Malakai, ele ficou em silêncio por alguns segundos, com uma expressão pensativa.

— Vale muito.

Desviei o olhar da estrada para o perfil dele.

Malakai olhou para mim.

— Olha, não estou dizendo que levar bronca não foi uma merda, porque foi. E fiquei chateado, obviamente. Mas acho que parte do motivo de eu ter ficado chateado foi porque fiquei abalado com a possibilidade de você estar certa. Não foi minha intenção agir daquela forma, mas deu para entender o que ficou parecendo. Talvez eu pudesse ter sido mais direto na hora de falar as coisas. Talvez... talvez, lá no fundo, eu soubesse o que ia acontecer se eu fosse mais direto. As meninas não estavam erradas em esperar mais. Mas parece que, quanto mais você investe em algo, maior é a probabilidade de machucar alguém. Eu não queria nem uma dessas coisas. Não queria me envolver emocionalmente com ninguém. Eu sou uma bagunça. Não queria arrastar outra pessoa para essa bagunça. Não queria me colocar em uma situação em que pudesse decepcionar alguém. E acabei fazendo isso de qualquer forma, então... Agora entendo que foi um plano de merda.

Franzi a testa.

— Por que você acha que seu padrão seria decepcionar?

Malakai deu um meio-sorriso sem humor.

— Algumas coisas estão no DNA.

Ele estava focado na estrada, a mandíbula tensa, a expressão pesada de quem está se esforçando para conter alguma coisa. Fiquei surpresa com minha vontade de querer ajudá-lo a carregar aquele peso. Se eu não pudesse fazer aquilo, talvez compartilhar meu próprio peso pudesse servir de companhia.

— Sabe, o motivo pelo qual eu levava minha irmã para a biblioteca depois da escola era porque meu pai estava no hospital com minha mãe. A gente visitava nos fins de semana, mas ela fez meu pai prometer que manteria essas visitas espaçadas. Ela não queria que a gente visse ela daquele jeito. Ela ficou doente pouco antes de eu começar o segundo ano do ensino médio. Agora ela está melhor, mas naquela época foi ruim. Bem ruim.

Engoli em seco e olhei para as mangas do suéter. Aquela era a razão de eu não me permitir pensar a respeito, falar a respeito, porque, no minuto em que acontecia, eu estava de volta à mesa da cozinha sentada com minha irmãzinha, minha mãe e meu pai nos dizendo que tinha tratamento, que era grave mas que ela lutaria contra aquilo, nós lutaríamos contra aquilo. Só tínhamos que ser fortes. Então fui. Dei conta de tudo para que minha irmã mais nova, Kayefi, ficasse menos assustada, para que meu pai tivesse uma coisa a menos para se preocupar, para que minha mãe não precisasse se estressar com mais nada. Eu seria forte. Eu seria a mais forte do mundo, se aquela era a única coisa que eu podia fazer.

Soltei o ar com força.

— Sabe, às vezes eu ficava tão assustada que não conseguia nem chorar. É horrível. Você sente culpa por não conseguir chorar, mas está presa nesse… *medo*. Suspensa na própria tristeza.

— Entendo o que quer dizer. — Olhei para ele em um questionamento gentil, mas Malakai balançou a cabeça. — Continua.

Pigarreei.

— Então, quando eu precisava de uma fuga, ou quando eu queria me fazer chorar, eu ouvia música. Ouvia um monte de soul e R&B que falava de mágoa e saudade e deixava fluir. Ajudava. Me levava para outros lugares, me dava espaço para olhar para dentro de mim. Me permitia sentir, num momento em que eu estava anestesiada por dentro. — Eu estava falando rápido para evitar me concentrar no quanto eu estava expondo, no que eu estava expondo, em por que eu estava expondo, considerando que Aminah era a única pessoa que sabia daquilo. Malakai ficou em silêncio o tempo todo, apenas me olhando de vez em quando, os olhos alternando entre a estrada e meu rosto. — Acho que a música é uma outra versão do "meu lugar". Eu me perco nela, me encontro nela. Acho que foi por isso que comecei o *Açúcar Mascavo*. Por querer compartilhar esse lugar.

Eu me segurei. O que tinha nele que impulsionava as palavras a saírem de minha boca? Alguma coisa na atmosfera entre nós desalojava verdades de lugares escondidos. Soltei um risinho nervoso, possivelmente desequilibrado.

— *Aff*. Dá pra aumentar a música? Tô de saco cheio da minha voz.

Malakai olhou para mim, suas feições fortes parecendo tão ternas naquele momento que me atingiram na parte mais suave do coração. A junção entre prazer e dor.

— Obrigado por confiar em mim.

Eu não tinha percebido que era o que eu tinha feito até ele dizer aquilo. Confiar. Era aquilo que eu estava fazendo? Confiando nas pessoas? Como ele me fez fazer aquilo? Eu queria me arrepender, queria que a sensação fria que eu sempre sentia me dissesse que eu tinha ido longe demais, me colocado em perigo, mas o calor que estava começando a parecer normal quando eu estava perto dele permaneceu. Eu gostava de como ele não pressionava, de como ele deixava meus sentimentos descansarem, esperava que eu falasse ou não falasse. Ele tinha um bom senso de percepção.

— Sinto muito pelo que sua família passou. Fico muito feliz que sua mãe esteja bem.

— Obrigada. Eu também. É estranho. Depois que aconteceu, é como se eu tivesse esquecido de como não reprimir as coisas. Passei tanto tempo fazendo isso que é como se eu não conseguisse voltar a como era antes. Tenho medo de não conseguir voltar. Quer dizer, está tudo bem por enquanto, mas eu queria poder dizer que sei como *não* reprimir as coisas. Quero ter essa opção. Fico apavorada se pensar muito nisso. Tipo, e se eu não souber nunca mais como não reprimir? E se eu tiver fodida emocionalmente para sempre?

Eu podia sentir Malakai pesando minhas palavras.

— Não acho que você seja fodida emocionalmente. Você só é seletiva com o que expressa. Você se protege. Isso só significa que é especial quando você escolhe compartilhar as coisas.

Ele tinha me segurado com uma só mão, rápido, simples. Meus lábios se separaram para dizer palavras que se recusavam a sair de minha boca.

Malakai, como se entendesse minha capacidade limitada para aquele tipo de conversa, deixou a pausa seguir de forma natural e retomou a fala, como se tivesse acabado de fazer uma mera observação, sem julgamentos, sem perguntas.

— A propósito, menti para você.

Os músculos de minha barriga se contraíram. O olhar de Malakai estava voltado para a frente e seu rosto permaneceu imóvel, sério. Era ridículo. Ridículo que nos conhecíamos havia, o quê, uma *semana* e meu corpo já estava se fechando, os guardas prontos para levantar as lanças em um gesto de autopreservação, como se fosse possível ele me machucar. Ele não deveria conseguir me machucar. Estranho como a pequena e rebelde luzinha da esperança só se fez notar quando estilhaçou depois de despencar no fundo do meu ser. Tudo bem. Eu mal o conhecia. Era uma relação profissional. A amizade parecera uma possibilidade e naquele momento deixava de ser. Tudo bem. Pilantra do Paço. Nada a perder.

— Sobre o quê? — Mantive o tom da voz equilibrado, sem emoção.

A pausa de Malakai pairou em meio a Frank Ocean dizendo que um tornado tinha passado pelo quarto dele.

— Quando falei que só fiquei com você para provar um ponto na Sexta-Feira Muito Loka, eu estava mentindo. Falei aquilo porque estava chateado. Você disse um monte de coisa de mim e fiquei com isso na cabeça. Fiquei pensando que eu podia muito bem *ser* a pessoa que você achava que eu era. Achei que estava fazendo alguma coisa, um blefe duplo para provar que o que você pensava de mim não importava, mas acabei sendo um otário. E um Pilantra. Não devia ter dito aquilo. Menti justamente porque, por algum motivo, eu me importo com o que você pensa de mim, em algum nível. — Ele esfregou a nuca, mas manteve os olhos fixos na estrada. — Fiquei com você naquela noite porque queria ficar com você. É isso. Essa é a verdade. Não tinha nenhum plano oculto.

Malakai costumava ser tão direto ao olhar para mim — mesmo quando eram olhadinhas discretas — que eu sabia que a maneira como ele não me olhava agora só podia significar nervosismo. Os guardas relaxaram, e uma onda surpreendente e avassaladora de tranquilidade e afeição tomou meu corpo.

— Hum, então, as pessoas te chamam de Kai? Isso costuma rolar?

Vi Malakai relaxar no assento, aliviado porque eu não o fiz se aprofundar mais naquele assunto. Ele falou o que tinha para falar. Eu ouvi. O que mais havia para ser dito?

Malakai balançou a cabeça.

— Não, na real. Você é a única pessoa que já me chamou assim.

Senti as bochechas ficando quentes. Fiquei feliz por minha última refeição ter sido perfeita, porque eu estava prestes a abandonar meu invólucro mortal de merda.

— Merda. Bom, isso é constrangedor. Vou parar.

Os olhos de Malakai permaneceram focados na estrada.

— Por quê? — Ele deu de ombros. — Não precisa parar.

Meu sorriso estava de saco cheio de ficar preso e transbordou, amplo, descarado e bagunçado, pingando por toda parte. Encharcou minhas roupas e minha pele.

CAPÍTULO 12

***Passos Pretos* com LaLa Jacobs**

E aí, colegas de Paço Preto! Bem-vindos ao Passos Pretos, *onde oferecemos o chá preto, sem açúcar. A conselheira de relacionamentos R&B de Paço Preto, Kiki Banjo, foi vista de chameguinho na Sexta-Feira Muito Loka quando colou os lábios com o mais novo pegador da cidade, o* mocha *de chocolate duplo, Malakai Korede, apenas alguns dias depois de alertar as meninas sobre ele. Obviamente, isso estava cheirando meio mal, parecia que ela queria guardar a sobremesa só para ela. Algumas de nós ficamos confusas; ouvimos os conselhos dela há um ano e, se não podemos confiar nela a respeito disso, sobre o que mais ela pode ter mentido? Será que ela é firmeza? Pois não temam, pessoal, porque fiz minhas pesquisas e tuíta-se por aí que foi um caso de timing muito ruim. Aparentemente, Malakai e Kiki brigaram depois de o programa dela ir ao ar, ele foi reclamar e ela se recusou a voltar atrás. Rolou um clima e os inimigos viraram mozões. Que fofo! E sei que algumas de nós vão ficar chateadas com isso, mas não foi planejado e acho que todas sabemos que Kiki está sempre pensando nas meninas. Eu, por exemplo, sou fã do mais novo casal da cidade. Também recebi algumas informações da base de Kiki de que uma nova série será lançada no Açúcar Mascavo, inspirada no novo romance: "Os dois lados da história". Serão quatro episódios em que os namoradinhos do campus vão compartilhar suas opiniões sobre relacionamentos. Eu, pessoalmente, estou ansiosa para acompanhar as atualizações deles nas redes sociais e tenho certeza de que não serei a única a stalkear.*

Esse foi o Passos Pretos *com Lala Jacobs. Até a próxima, pessoal.*

Tirei os fones de ouvido quando Lala desligou. Então era oficial. Alguns dias depois do Não Encontro no Coisinha Doce, eu estava esperando meu pedido no Beanz, o café do campus, quando recebi uma notificação de um novo upload do *Passos Pretos*, o "canal de notícias" rápidas para todos os "membros com melanina do corpo discente", que funcionava em uma tela verde no quarto de Lala Jacobs, estudante de comunicação e política. Embora Lala tivesse que ter certa imparcialidade no programa, ela sempre nos apoiava e mandava salves para a Sexta-Feira Muito Loka e para o *Açúcar Mascavo* por ser colega de turma de Aminah e uma das poucas pessoas de quem ela realmente gostava. Não fiquei surpresa quando soube que Aminah tinha elaborado um comunicado de imprensa e passado informações privilegiadas ao rival do *Ponto do Café*. Aminah era boa no que fazia. Foi uma jogada inteligente que espalhou a notícia e se vingou de Simi por tentar mexer com a gente. Meu celular apitou.

MINAH MONEY: E aí, o que achou?

KIKS: Você é a maior que temos.

MINAH MONEY: Ninguém acima de mim 🖊️😊😊 Nossos seguidores triplicaram! O programa dessa semana vai ser gigante! Ouvi dizer que Simi-Serpente tá espumando porque a tentativa de te arrasar saiu pela culatra. Gostou da minha aliteração?

KIKS: Pode entrar Naija Angelou.

MINAH MONEY: Obrigada, obrigada *reverência* Vc tá no seu encontro do café da tarde? Primeiro encontro como casal. Tudo. Qual o look de hoje?? Fiquei puta que tive que sair pra aula antes de ver.

KIKS: Não é um encontro! A gente não é um casal! Para!

MINAH MONEY: Tá bom, eu sei, mas vi aquela foto que alguém tirou de vcs jantando outro dia e mandou pro Ponto do Café... Vocês pareciam bem chegadinhos. Você estava rindo muito. Além disso, rolaram três #metasdecasal na seção de comentários. Certeza que Simi ficou puta, mas tinham outras quatro fotos de vcs online, então ela teve que postar, senão ia parecer recalcada. Vocês são convincentes.

KIKS: A gente se dá bem. Eu provavelmente estava rindo dele na real. Ele faz um monte de piada péssima. Respondendo sua pergunta, estou

usando um *body* preto com gola rulê, minha minissaia de botão de veludo cotelê marrom e botas na altura da panturrilha. Não é um encontro.

MINAH MONEY: Sexy. Essa blusa valoriza muito seus peitos 😜

KIKS: MIMI! Valoriza mesmo, né?

Sorri para o celular na mesma hora em que uma notificação surgiu no topo da tela.

RIANNE TUCKER (*GoodGirllRiRi*) seguiu você no ProntoPic.

Meu sorriso rapidamente congelou e despencou. Aquele nome rico-cheteou no meu peito, me arremessando para um lugar que pensei que tinha enterrado dentro de mim. Minha garganta ficou apertada enquanto eu olhava para o pequeno avatar circular da menina bonita com um biquinho brilhante.

— Kiki?

A voz de Malakai quase me fez derrubar o celular. Eu me sobressaltei e me virei para vê-lo olhando para mim com curiosidade. Meu estômago se revirou ao ver o rosto dele. Com certeza a causa era o choque entre a angústia do momento anterior e a surpresa de vê-lo. Não tinha nada a ver com como ele estava bonito de camiseta preta e jaqueta preta, uma calça jeans que o servia com perfeição e tênis Vans pretos. Ou com o perfume característico dele, limpo, amadeirado e fresco, que se misturava com o aroma fumegante dos grãos de café sendo torrados e dos doces assando. Apesar daquilo, a presença dele era uma distração bem-vinda; a sensação sombria e fria que a notificação trouxera foi afastada por ora.

— Kai! Oi!

De quem era aquela voz? Desde quando minha voz ficava tão alegre? Ela não ficava assim nem depois de eu tomar minha primeira xícara de café do dia e naquele momento, de repente, soava como se eu fosse uma princesa da Disney?

Se ele notou, não deixou transparecer, e seu "Bom dia, Scotch" surgiu tão fácil quanto seu sorriso. Meu estômago deu mais uma cambalhota. Eu precisava mandar algo amanteigado para dentro imediatamente.

— Então... — murmurei enquanto avançávamos na fila. — Você viu o *Passos Pretos* de hoje?

Malakai assentiu e sorriu.

— Vi. Ela me chamou de *mocha* de chocolate duplo. Sabe, tô curtindo bastante ser considerado uma bebida quente. Ando pensando em mudar meu usuário do ProntoPic para MalakaiMocha.

Revirei os olhos.

— Você é um bobo.

— Que jeito engraçado de dizer gênio. Só quero aproveitar ao máximo meu novo capital social. Meu número de seguidores dobrou desde a semana passada. O número de DMs também.

— Sim, as minhas também.

Era fascinante, como se meu novo status de relacionamento me tornasse mais acessível do que eu era em minha solteirice perpétua. Minha caixa de entrada estava cheia de "E aí, Kiki, como é que anda?", comentários nas minhas selfies afirmando que eu estava "bem bonita" acompanhados de vários emojis de fogo. Era como se a atração deles por mim fosse validada pela atração de outro homem por mim. Eu falaria daquilo no programa.

Eu + A Novidade Do Campus = Dobro De Influência Social E Maior Percepção De Disponibilidade.

A fila andou; era o horário de pico, escolhido de propósito para que tivéssemos o máximo de olhos em nós. Quanto mais exposição melhor e, para Paço Preto, o Encontrinho no Café era um status de relacionamento por si só.

— E aí, respondeu a alguma delas?

Malakai levantou a sobrancelha.

— Das DMs? Claro que não. Tenho uma namorada a quem sou dedicado. Caras iorubás não traem.

Olhei séria para ele. Ele riu e balançou a cabeça.

— Kiki, não respondi ninguém. Eu não colocaria o que a gente está fazendo em risco. A gente está em um relacionamento. Vou agir como agiria em um relacionamento. — Ele me observou alegremente. — Inclusive, gostei da sua gola rulê. Bem Nia Long em *Uma loucura chamada amor*. Tenho um puta *crush* em Nia Long nesse filme. Na real, tenho um puta *crush* em Nia Long de forma geral. Enfim, gostei de sua gola rulê.

Meu corpo inteiro ficou quente.

Ele chegou mais perto de mim, curvou-se, aproximou os lábios a centímetros da minha orelha e sussurrou:

— Como estou me saindo? É isso que namorados fazem, né? Elogiam? E tem umas dez outras pessoas de Paço Preto aqui agora, então a gente tem testemunhas.

Assenti enfaticamente.

— Aham. Total. Arrasou.

Ele se inclinou um pouco para trás para me avaliar, antes de aparentemente chegar a uma conclusão a respeito do meu estado emocional e colocar as mãos grandes e quentes em meus ombros.

— Não se estressa.

Seus polegares encostavam com leveza em minhas clavículas.

— Não tô estressada.

Eu estava estressada. Estressada com a explosão profundamente indesejada do passado que veio na forma de uma notificação no ProntoPic; estressada porque quando Malakai me elogiou, eu gostei daquilo — mesmo que eu devesse saber que ele estava atuando — e estressada com a necessidade de sermos convincentes enquanto casal. Fingir parecia possível na teoria, mas naquele momento eu me dava conta do nível de *performance* que seria necessário para o processo.

Nosso primeiro beijo não tinha sido uma encenação e sim muito real, real demais, tão real que, se o momento cruzasse meus pensamentos, eu tinha que cruzar as pernas. Mas, dali em diante, tudo o que eu fazia tinha que ser considerado, calculado. Naquele exato momento eu também estava estressada porque Malakai percebia quando eu estava estressada. E estressada porque seus polegares em minhas clavículas estavam despertando sentimentos eróticos demais para as dez e meia da manhã.

Ele inclinou a cabeça, abaixou o olhar, semicerrou os olhos.

— Tá sim. Seu cérebro está zumbindo, dá para ver no seu rosto. Você está fazendo aquilo de pensar demais.

— Não estou!

Malakai endireitou a postura e deu um sorriso torto e cheio de significado.

— Relaxa, Scotch. Sei que essa é nossa primeira vez em público de verdade, mas somos os únicos que sabemos o que sabemos. A gente consegue.

O "a gente" zuniu em meu cérebro como uma brisa ganhando velocidade demais quando um "próximo" nos convocou para a frente do caixa: era nossa vez. Eu me recompus e sorri para a barista.

— Eu gostaria de um *skinny latte* com uma dose de baunilha, uma dose de calda de caramelo e, tipo, uma *dosezinha* de avelã, por favor? — Eu me virei para olhar para Malakai, que já olhava para mim, erguendo o canto da boca. — Vai querer o quê?

— Eles têm Malakai Mocha no cardápio?

— Você é tão irritante…

— Kai Latte?

Ri pelo nariz.

— Beleza, ótimo. Tá vendo, agora você está relaxada.

Balancei a cabeça.

— Então, você vai querer água da torneira ou…?

— Um americano, por favor.

— Ah. Você é desses.

— Como assim desses?

— Pretensioso.

— Como é que tomar café normal é pretensioso? Estou bebendo como deveria ser bebido. Para que estragar o café? Sem frescura. O café é o que é.

— Deu para entender. Você é um cineasta profundo que não quer adulterar a pureza do café, então não o aprecia de verdade.

— Ah, só porque não como sobremesa no café da manhã? Baunilha e caramelo? Sério? Quer colocar numa casquinha? Isso não é café, isso é…

Balancei a cabeça e me virei para a barista.

— Ei, Tomi, você tem alguma coisa dura o suficiente para nocautear alguém? Tipo um bolinho de frutas ou algo assim?

Tomi — uma das Minas Londrinas — deu um sorriso cheio de significado.

— Sabe de uma? Bolinhos desmancham. Mas uma maçã talvez funcione?

— Perfeito. Eu vou querer… um croissant de amêndoas e uma maçã. Nocautear pessoas sempre me deixa com fome.

Malakai riu.

— Que fofura.

— *Sou* mesmo, né?

Malakai revirou o sorriso na boca. Os olhos dele dançavam.

— Deixa comigo.

Empurrei a mão dele enquanto colocava a minha na maquininha de cartão.

— Você paga meus waffles da próxima vez que a gente sair para comer.

Tomi soltou um gritinho.

— Cara, vocês são muito fofos, não vou mentir. Achei que você meio que tinha perdido a cabeça, Kiki. Tipo, ninguém nunca te vê com alguém e de repente você chega logo com esse? Mas dá para entender por que isso rolou. Shanti vai ter que aceitar a derrota.

Naquele momento lembrei que Tomi era uma menina fofa que também calhava de ser uma das maiores fofoqueiras do campus, um fato que lhe rendeu o apelido de Tomi Tricoteira. E embora Malakai e eu estivéssemos agindo de maneira normal, atos "normais" eram interpretados de maneiras diferentes uma vez que as pessoas pensavam que se tratava de um casal.

Dei um sorriso alegre.

— Não tem derrota nenhuma para a Shanti aceitar. Malakai e eu apenas... acontecemos. Não é uma competição. E ele *definitivamente* não é um prêmio...

— Oi? Tô bem aqui... — interrompeu Malakai.

Dei de ombros, peguei o prato com o croissant e uma maçã da cesta perto do caixa.

— Você deveria ficar lisonjeado. Isso significa que te quero porque te quero. E não porque acho que outras pessoas te querem.

Joguei a maçã para Malakai e ele a pegou com uma das mãos e deu uma mordida, com os olhos brilhando focados nos meus.

Tomi suspirou um "ai ai" e me virei para ela com um nervosismo simulado.

— Por favor, não conte para ninguém que eu disse isso.

Tomi riu.

— Para quem eu iria contar?

Aham.

Aparentemente, minha parceira acabou de flagrar Mocha e Açúcar Mascavo sendo uma meta de casal lá no Beanz. É oficial, gente. É real. Acho que shippo, sabe. #MochaComAçúcar

Li o tuíte em voz alta para Malakai com satisfação — foi postado aproximadamente oito minutos depois que Malakai e eu saímos da fila. Enquanto olhava o celular, deslizei rapidamente a notificação de Rianne Tucker para o lado. O que os olhos não veem o coração não sente.

Malakai largou o café e deu uma gargalhada.

— Porra, já?

Dei de ombros e coloquei o celular na mesa de mármore falso.

— O Complexo Industrial da Fofoca de Paço Preto age rápido, e romance é entretenimento. Acho que é antropologicamente excitante que eu, uma esquisita que não se relaciona com ninguém, e você, um cara que se relaciona horrores, agora estejamos presos em um relacionamento. É quase como se isso nos impulsionasse para o status de celebridade. As pessoas esquecem dos indivíduos envolvidos e olham só para a projeção do romance. Por isso já tem até nome para o nosso ship. — Fiz uma pausa. — Pô, essa foi boa. Vou ter que anotar.

Peguei o caderno na mochila e rabisquei algumas observações para meu texto de candidatura no projeto até que comecei a sentir o — já costumeiro — peso do olhar de Malakai em mim. Olhei para ele.

— Que foi?

Malakai deu de ombros.

— Nada. Você só é… muito crânio. Eu já sabia disso, mas é legal ver de perto.

Ele deslizou a pequena lata de sachês de açúcar distraidamente pela mesa e a luz da manhã brilhou na prata.

Estávamos sentados no canto, perto das paredes com janelas amplas que nos davam uma visão privilegiada dos alunos correndo e andando pelo espaço verde no pátio coberto de folhas. Também conseguia ver os vários membros de Paço Preto que diminuíam a velocidade para nos olhar com curiosidade enquanto passavam.

— Beleza, então… — Peguei o tablet rosê e dourado na bolsa. — Montei um cronograma. Se tiver alguma dúvida, é só me falar.

Malakai abaixou o suco amargo de grãos — que ele chamava de "café" — dos lábios.

— Ah. Você estava falando sério sobre o lance do cronograma.

Levantei a sobrancelha.

— Por que eu estaria brincando, Kai? A gente está fazendo isso com um objetivo. Temos que ser precisos. Não temos muito tempo. Oito semanas para realmente vender essa ideia do relacionamento para o programa, fazer as pessoas acreditarem em nós e conseguir material suficiente para o seu filme. Além disso, nosso primeiro episódio é nessa quinta.

Malakai reclinou a cadeira e passou a mão pelo rosto.

— Você está realmente acabando com a diversão da coisa, Scotch.

— Bom, não é para ser divertido. É trabalho. Minha vaga na UNY depende disso.

— O *Açúcar Mascavo* é trabalho, né?

— Sim. Mais ou menos. Acho que sim.

— Parece trabalho?

— Não.

Malakai se inclinou para a frente, entrelaçando os dedos em cima da mesa.

— Certo. Porque você gosta do que está fazendo.

Estreitei os olhos enquanto aplicava a Matemática-Malakai ao cálculo em minha mente.

— Então você está dizendo que isso pode ser divertido porque gosto de você? Porque, se estiver dizendo isso, vou ter que te chamar de babaca arrogante antes de mandar você se foder.

Malakai sorriu e relaxou na cadeira.

— Porque gostamos *um do outro*. Platonicamente. Estamos virando amigos.

Fiz uma careta.

— Não seja nojento.

O brilho em seus olhos mostrou a língua para mim.

— Desculpa ser o portador de más notícias, Scotch. Somos camaradas.

— Nunca mais diga essa palavra perto de mim.

— Parças.

— Vou derramar café na sua virilha.

— Hum. Interessante. — Malakai pegou meu caderno e caneta e posou com eles como se estivesse fazendo anotações. — Você faz muito esse lance de derramar bebidas nos outros. É um fetiche?

Mantive a expressão séria.

— Não vem com *kink-shaming* pra cima de mim.

— Desculpa. Além do mais, isso não é um café, é um sundae.

Mostrei o dedo do meio e Malakai colocou as mãos no peito como se estivesse emocionado com a ternura que demonstrei. Ele sorriu para mim e devolveu o caderno e a caneta.

— Pode mandar ver. Vamos discutir o cronograma, amiga.

Endireitei a postura e puxei o calendário, de volta ao jogo.

— Então, hum, temos que decidir marcos importantes e situações que temos que vivenciar como casal para vender bem a ideia. Eventos sociais, encontros…

— Bom, já tivemos nosso primeiro encontro.

— Certo, e isso já me deu mais seguidores que espero que se transformem em mais ouvintes. A gente está estabelecendo uma base. Talvez o primeiro programa deva ser a gente… falando sobre como o primeiro encontro estabelece os termos do relacionamento. Ou deveria estabelecer, pelo menos. E como isso ajuda a desfazer julgamentos prévios.

Malakai se recostou na cadeira.

— E eu aprendi a importância de ser transparente. De cara.

O que era engraçado, porque, sempre que ele olhava para mim, eu sentia que estava sendo vista.

Voltei a olhar para o tablet e percorri o cronograma.

— Vou compartilhar com você para a gente sincronizar calendários. Vamos fazer algumas coisinhas. Tem a exibição de *Pantera Negra* daqui a duas semanas, o que vai ser fofo. Também vamos para todas as Sextas-Feiras Muito Lokas juntos, uns almoços e cafés esporádicos…

— Também tem a festa de aniversário de Ty Baptiste, que vai ser um bom lugar para consolidar nosso status e entrevistar pessoas.

Ty Baptiste era membro do novo grupinho de Malakai e era um dos caras mais populares do campus do lado não otário do espectro social. Era como se ele fosse uma versão benevolente de Zack. Seu pai era ex-jogador de futebol, mas ele usava a riqueza que tinha para espalhar alegria, pagando por jantares de grupo na surdina e usando a casa de campo da família para dar uma festa no fim de semana de aniversário dele para cerca de vinte e cinco membros selecionados de Paço Preto. Aminah tinha sido convidada no ano anterior, mas havia pulado fora quando eu me recusara a ir como sua acompanhante, ignorando quando eu havia argumentado que ela fosse mesmo assim. Ela insistiu que preferia usar máscaras faciais e maratonar *Real Housewives* comigo, de qualquer forma. Eu queria ter ido por ela, mas a ideia fazia minhas mãos formigarem — como estavam formigando naquele exato momento. Ir à festa me prenderia a uma facção social e eu não tinha intenção de fazer parte de nenhuma. Quando se fazia parte de algo do tipo, a intimidade inclusa poderia facilmente se transformar em algo que devoraria você. Havia segurança do lado de fora. Mas naquele momento eu tinha que estar do lado de dentro para que meu esquema funcionasse. E não tinha como estar mais do lado de dentro do que indo à festa de Ty Baptiste.

— Ele me convidou para ficar em um dos quartos — comentou Malakai casualmente, enquanto bebia o café.

Enquanto muitas pessoas reservavam pousadas nas proximidades ou dormiam em qualquer superfície plana ou sofá disponível, apenas o círculo íntimo de Ty era autorizado a ficar em um dos seis quartos da casa de campo. Malakai era do círculo íntimo, o que significava que, como sua "namorada", eu também era. E eu tinha que fazer tudo ser verossímil para o programa, e o programa tinha que ter boa audiência para eu conseguir o estágio. Então eu tinha que ir.

Malakai deve ter notado a tensão em meu rosto, porque ele se inclinou para a frente, me incitando a encontrar seu olhar.

— Ei. Obviamente vou dormir no chão ou algo assim.

Engoli em seco.

— Não é isso. Eu só… — Inalei profundamente. Seria mais fácil se ele soubesse. — Só fico um pouco nervosa com situações sociais intensas e íntimas. Não tive experiências boas com isso no passado.

Malakai franziu as sobrancelhas com suavidade.

— Mas e a Sexta-Feira Muito Loka…

— É um evento aberto, público, e posso ficar em segundo plano, invisível. Mas nessa situação vou ter que fazer parte de um grupo. É diferente.

Ele ainda parecia confuso, mas assentiu.

— Pode ser bem intenso. Podemos achar outro evento pra…

— Não. Vou me preparar. É importante que a gente seja um casal verossímil e passar um fim de semana juntos no aniversário de um de seus amigos vai ajudar nisso.

— Certeza? Fico de boa com o que você achar de boa.

Respirei fundo e abri um sorriso alegre e corajoso.

— Certeza.

Ele me atacou com uma pequena e letal inclinação de lábios antes de olhar para o calendário no próprio celular.

— Peraí. O que é isso? — Ele ergueu as sobrancelhas enquanto lia. — RomCon... O reino de Ifekonia?

Grunhi por dentro. Eu tinha esquecido de deletar aquilo do calendário e agora Malakai estava ciente do meu interesse mais nerd. Dei de ombros, me forçando a soar indiferente.

— Ah, isso está aí por acidente. Não é nada...

O divertimento de Malakai cintilou.

— É alguma coisa, Scotch. Você colocou um monte de emoji em volta do nome. Seja lá o que for, é um negócio importante.

Daquela vez, grunhi para fora.

— Se eu contar, você tem que prometer que não vai rir. Pelo seu bem. Se você rir, vou te matar.

Malakai fez um juramento solene com a mão no coração.

Suspirei.

— Então, "RomCon" significa Convenção de Romance. É em Londres. E uma das minhas séries literárias favoritas é um romance de fantasia chamado *O reino de Ifekonia*. É de uma autora nigeriana incrível chamada Idan Fadaka. Eu lia na época da escola com minha melhor... Eu lia na época da escola. É tipo uma saga distópica afrofuturista vagamente baseada em folclore iorubá subvertido. Tem uma pegada meio *Game of Thrones*. Só que melhor. Mostra reis guerreiros que se curvam a rainhas orixás guerreiras durante a batalha, usa política mística para explicar o que está acontecendo em nossa realidade diária. — Eu me inclinei para a frente. — Por exemplo, no último livro, *O reino de Ifekonia: À procura do sol,* uns alienígenas de pele translúcida invadiram a Terra agindo como se tivessem sido enviados como guardiões da Grande Rainha Oludumara, da Terra da Luz, quando na verdade vieram da Terra da Noite, enviados pelo Lorde das Trevas Eshuko, supostamente representando o colonialismo e… — As palavras ficaram presas na garganta, e senti a pele esquentar. Malakai estava me observando atentamente. — Vou parar agora.

Ele balançou a cabeça, sorrindo.

— Não para. Gosto de ver como você fica quando gosta de alguma coisa. Seus olhos se iluminam.

Tomei um grande gole da bebida doce e quente, como se o gesto fosse dissipar o sangue que tinha se concentrado em minhas bochechas.

— Estranho você dizer isso, porque minha personagem preferida é Shangaya. Ela é uma das personagens principais. Ela é uma menina normal que trabalha na loja de ferragens do pai dela, Ogunyo, fabricando armas e consertando veículos transportadores. Com 18 anos, ela descobre que tem o poder de conjurar trovões e fogo. Os olhos dela viram bolas de fogo quando ela fica com raiva, estrelas do crepúsculo quando ela fica feliz. Ela se torna uma rainha guerreira justiceira. E monta uma pantera dente-de-sabre chamada Tutu, e isso ajuda ela a se acalmar quando está irritada…

— Saquei. *Itutu*. Frieza. Frio.

Inclinei a cabeça.

— Exatamente. — Pigarreei. — Ela tem um caso de amor com um Guardião da Luz; um enviado de Oludumara chamado Niyo. Eles não deveriam se misturar. São de duas classes diferentes e ele é de uma seita que caiu na Terra dez mil luas atrás. Enfim, eu amo as histórias, e a autora, Idan Fadaka, vai para RomCon em Londres para uma sessão de autógrafos. Eu ia com Aminah. Ela é tão fofa. Ela não gosta desse tipo de coisa, mas estava disposta a se vestir de Yoa, a inimiga-que-virou-melhor-amiga de Shangaya, que domina a água e os ventos. *Mas* o pai dela vem para a cidade no fim de semana do evento, então ela não vai mais poder ir.

Malakai se sentou mais na ponta da cadeira.

— Em primeiro lugar, isso parece muito, muito legal, em segundo lugar… e aí?

Mastiguei um pedaço de croissant.

— E aí o quê?

— E aí, por que você não pode ir?

Olhei para ele.

— Malakai. Ir numa convenção de romance já é brega o suficiente acompanhada, imagina sozinha. Olha, a gente pode deixar isso pra lá?

Não importa. Já devolvi os ingressos e provavelmente já deve ter esgotado.
— Mexi no tablet. — Tá vendo? Sumiu do calendário. Continuando!
Terminamos logo depois do AfroBaile de Inverno no final de novembro
e aí pronto. O que acha?

Malakai assentiu.

— O baile também é um ótimo lugar para conseguir material para
o meu filme.

— Ótimo!

Fechei a capinha do tablet e o coloquei na bolsa, feliz por estar deixando de lado o fato de que eu gostava de cosplay e livros românticos
de fantasia. Eu não conseguia acreditar que tinha deixado aquele evento
no calendário.

Malakai ergueu o punho em cima da mesa. Ele olhou em meus olhos
e depois para minha mão de maneira incisiva. Levantei o punho para
tocar no dele como um beijo; um selo formal para nosso tratado, uma
confirmação de nosso quadro diplomático. Éramos oficialmente uma
equipe, para o bem e para o mal, com objetivos mútuos em jogo. Selado
com um soquinho.

— Devo acompanhá-la até a aula, *mozi*? — O sorriso de Malakai era
uma provocação oblíqua.

Fingi estremecer quando nos levantamos da mesa.

— Nada de apelidos carinhosos.

Malakai me deu um olhar de soslaio.

— Então nada de Scotch?

Desacelerei enquanto apoiava a alça da bolsa no ombro. Dei de ombros e fiz a voz soar casual.

— Scotch é diferente. É de boa. — Pigarreei. — Gosto de Scotch.

Malakai abriu um sorriso e dobrou o braço para permitir que eu
enrolasse o meu no dele enquanto saíamos do café.

— Eu também.

CAPÍTULO 13

A boca de Lysha estava se mexendo. Eu tinha certeza de que estava se mexendo. Beleza, ok, estava se mexendo, mas em vez de seu patoá afiado e rápido do leste de Londres, ouvi a voz suave e acetinada de Syd do The Internet saindo, fora de sincronia com os movimentos dos lábios de Lysha. Então a boca de Lysha parou de se mover de modo abrupto e Syd continuou cantando, emitindo um som cristalino. Os olhos de Lysha se estreitaram em mim e, antes que eu tivesse tempo de reagir ao que sabia que estava por vir, minha amiga se inclinou para puxar de maneira brusca a voz de Syd de meus ouvidos e me arrancar de meu casulo de seda, me levando para o barulho cacofônico da sala comum dos veteranos. Revirei os olhos e Lysha bateu palmas ao lado de meus ouvidos.

— Ei, Kiki, tá me ouvindo? O que vai usar no sábado? No aniversário de 18 anos de Jason?

Pisquei. Meus joelhos estavam dobrados no assento abaixo de mim — minha posição meditativa habitual. Eu estava distraída antes de nossa última aula do dia. Nós tínhamos nos enfiado em nosso canto na sala comum, próximo das portas de vidro duplas e da saída de incêndio que davam para o campo. Havíamos escolhido aquele lugar porque nos dava uma excelente visão dos meninos jogando futebol na hora do almoço sem que precisássemos ir lá para fora, uma grande matinê vista de um camarote real. Os Suspeitos Habituais estavam em suas posições habituais. Lysha estava sentada no sofá à minha frente, acompanhada por Yinda, que de vez em quando estourava bolas de chiclete cor-de-rosa que combinavam com o esmalte que estava pintando nas unhas. Seu livro de biologia estava equilibrado nos joelhos, funcionando como um tapete para aparar qualquer gota de esmalte que porventura escorresse.

À minha direita, minha melhor amiga, Rianne Tucker, estava sentada no colo de Nile. O casal mais poderoso do Ensino Médio Wood Grove, rei e rainha, um decreto fundamentado pelos dois princípios da Aristocracia do Ensino Médio: ambos eram as pessoas mais bonitas da escola e ambos eram claros. Naquela época, naquele espaço, tais fatos eram intercambiáveis, sinônimos. Coroação por determinação da pele marrom-clara. Eles conseguiam receber um número de detenções suficientes para serem considerados descolados sem que aquilo significasse exclusão social. Iam bem na escola. Não eram delinquentes, mas arrumavam problemas o suficiente para que tivessem um ar destemido. É uma tarefa muito mais difícil do que parece, em uma escola com a maioria de professores brancos.

Em dado momento, no primeiro ou segundo ano, Nile deu em cima de mim (comentários nas minhas fotos do Facebook, alguns "tá bonita hoje, sabia disso, Kiks"); foi mais ou menos na mesma época que os meninos começaram a ficar intrigados com minha língua ferina, curiosos para saber se poderiam ser os escolhidos para suavizá-la, se poderiam torná-la maleável o suficiente para que se curvasse em torno das línguas deles. Mas antes que eu pudesse testar tal curiosidade, pegar, olhar e pensar *hum, talvez*, mainha ficou doente. Comecei a me voltar para dentro de mim mesma. Fugia das festas das quais eu costumava ser o coração pulsante (por um tempo meu apelido tinha sido Koffee, devido à quantidade de mesinhas de café que eram transformadas em palcos quando minha música tocava), e Ri não hesitou em assumir o manto. Rianne era meu braço direito, meu porto seguro, minha cúmplice, e fiquei muito grata por ela ocupar espaço suficiente por nós duas. Assim havia menos pressão para que eu voltasse a ser a pessoa que era antes — o que funcionava muito bem, porque eu não tinha mais ideia de quem tal pessoa era. Quando minha mãe adoeceu, esqueci de qual era o objetivo de tudo aquilo, e tudo parecia insípido, estúpido. A rebelião perdeu seu fascínio, afinal, contra o que eu sequer estava me rebelando? A situação só acelerou a epifania que a maioria das pessoas tem quando está no primeiro ano de faculdade, quando você está longe de casa e não vive mais para opor seus pais, aqueles a quem você sente que precisa resistir para se encontrar. Eu tinha um novo respeito por mainha, uma mulher de riso rápido e estridente que conseguia pechinchar até com uma estrela para conseguir um pouco de luz, a jovem de 17 anos que chegou da Nigéria sozinha e limpou banheiros para conseguir fazer um curso técnico e depois uma universidade, até se tornar uma assistente social e construir uma vida do zero, com base em trabalho, fé e esperança. Depois se apaixonou por um rapaz nigeriano recém-chegado que gostava muito de cozinhar e sonhava em abrir um restaurante nigeriano, mas que era motorista de táxi porque ninguém lhe dava emprego. Conheceram-se em um casamento, apresentados por amigos em comum. Eu queria ser como a mulher que juntou o zero, trabalho, fé e esperança com os dele e construiu uma vida. Eu queria ser igual a ela. E naquele momento talvez eu fosse perdê-la. Contra o que eu estava me rebelando? O risco adolescente não tinha gosto de nada com toda minha vida à beira do abismo.

Foi por isso que respondi a Lysha:

— Não vou usar nada na festa de sábado.

Nile riu.

— Então você vai pelada?

Rianne deu uma cotovelada na barriga dele, já eu revirei os olhos. Desde que ele havia começado a namorar Rianne, nosso relacionamento tinha se transformado em uma estranha e hesitante falsa-amizade. Eu não achava que ele era bom o suficiente para minha amiga e ele me achava metida. Ele insistia que minha mãe estar doente não tinha nada a ver com minha metidez, que eu já era daquele jeito antes (embora tal fato não o tivesse impedido de dar em cima de mim) e, portanto, aquilo o absolvia de ser um babaca insensível que chamou de metida uma menina lidando com a mãe doente.

Tentei dar a ele o meu olhar mais frio.

— Isso, Nile. Vou pelada. Babaca.

Rianne lançou a Nile um olhar severo antes de se voltar para mim.

— Kiki, você não foi para nenhuma festa esse semestre e eu entendo, mas isso não é saudável, amiga. Você precisa se soltar. Perder o controle por uma noite. Não vou poder ir porque vou estar num casamento de família. Então vai por mim. Por favor. Você até disse que sua mãe não quer que você visite esse fim de semana, por causa da última vez.

A última vez envolveu Kayefi explodindo em soluços histéricos ao ver nossa mãe cada vez mais frágil e eu tendo um ataque de pânico na segunda-feira seguinte no ônibus a caminho da escola.

— Tenho que cuidar de Kayefi…

Lysha deu de ombros.

— Olha só, minha irmã mais nova vai fazer uma festa do pijama com as amigas esse fim de semana para comemorar o aniversário dela. Sei que elas são de escolas diferentes, mas sua irmã se dá bem com a minha. Nossos pais já se conhecem, você dormia na minha casa o tempo todo. Certeza que vai ser tranquilo. Você pode se arrumar comigo. Se quiser mesmo ir nua, você pode usar borlas nos mamilos. Seu corpo, suas regras.

Rianne sorriu.

— Tá vendo! Problema resolvido, com a sugestão de alta costura de Lysha.

Ri e balancei a cabeça.

— Sei lá, gente. Me sinto culpada. Meu pai está sempre indo do restaurante pro hospital e…

Yinda soprou as unhas rosa-bebê.

— Você também tem feito isso, amiga. Trabalhando no restaurante, indo pro hospital *e* cuidando de sua irmã. Você vai se sentir culpada por ser jovem? Escuta só, você tem sido meio chata ultimamente e entendo o porquê, mas às vezes é como se a gente estivesse dando rolê com um fantasma ou algo assim. É esquisito…

Lysha se virou bruscamente para Yinda.

— Você é estúpida, Yinda?

Os olhos enormes de Yinda se arregalaram ainda mais.

— Desculpa, cara, mas você sabe do que estou falando.

Rianne revirou os olhos.

— O que Yinda está tentando dizer é que a gente sente sua falta, sentimos saudade de se divertir com você. Não tem sido a mesma coisa sem você. Né, Nile?

Rianne esticou os lábios brilhantes de maneira encorajadora para o namorado, balançando a cabeça de modo que suas argolas de prata falsas tilintaram.

Nile assentiu e me cutucou gentilmente com o cotovelo.

— É. Todo mundo sente. Quem vai dar risada da minha roupa? Cuido de você na festa. Não se preocupa.

Dei de ombros.

— Vou pensar.

CAPÍTULO 14

Rádio da Faculdade Paço do Rio Branco, horário das 21h30 às 23h, quarta-feira, programa *Açúcar Mascavo* — Episódio 2: Os dois lados da história

— Olha, só estou dizendo que facilitaria a vida de todo mundo se as pessoas só dissessem o que querem dizer, só isso! Por que uma mulher diria que está bem se não está bem? E por que a culpa é minha quando acredito no que ela disse? Como é que eu sou o vilão? Tipo, um dia desse a gente estava na aula...

Revirei os olhos e falei secamente no microfone:

— Ele está ansioso para botar essa história para fora. Aqui vamos nós.

Malakai tinha mudado para minha turma de seminário naquela semana devido a um conflito de horários com uma consulta médica, o que acabou sendo perfeito no fim das contas, porque cimentou ainda mais a ideia de nossa inseparabilidade como casal. A gente era *tão* fofo que Malakai foi para a aula em meu horário uma vez porque perdemos um almoço semanal e ele sentiu saudade. Ou pelo menos era o que o boato dizia, de acordo com Tyla Williams, com quem eu tinha esbarrado na biblioteca quando estava devolvendo alguns livros. Tyla Williams, que nunca tinha falado comigo antes. Tyla Williams, que oito meses antes eu vi me chamando de vagabunda metida que "acha que é boa demais" em um print vazado.

Mas, quando nos encontramos na biblioteca, Tyla comentou:

— Michael nunca faria isso por mim, cara. Uma vez mandei mensagem para ele pedindo que me fizesse companhia enquanto eu tirava as tranças e ele respondeu: "Pra quê? Não preciso saber o que acontece nos bastidores". O que isso significa?

No fim das contas, fomos tomar um café. Ela era legal. Descobrimos que nós duas íamos para Lagos naquele Natal. Fizemos planos para nos encontrarmos.

Malakai continuou, confortável na frente da mesa, o cotovelo apoiado enquanto ele se inclinava para mais perto do microfone. Ele assumira sua nova posição como coapresentador temporário com facilidade. Ele era charmoso, engraçado, tranquilo — basicamente, era ele mesmo. O primeiro episódio do novo quadro tinha sido uma apresentação e fora surpreendentemente divertido. Naquele momento, no nosso segundo episódio, já tínhamos encontrado um ritmo.

— Então, escutem só, Kiki levantou a mão para responder uma pergunta e respondeu *um pouquinho* errado. A professora pediu que ela avaliasse a própria resposta e ela fez uma pausa. Hesitou. A professora nem esperou Kiki se recuperar. Ela faz isso às vezes, para manter a gente alerta. De qualquer forma, a professora abriu a questão para a turma toda. Um cara lá respondeu, sendo condescendente para caramba, falou merda de um jeito que deu para ver que o objetivo dele era fazer Kiki sentir que não sabia o que estava fazendo. A piada é que, o que Kiki acertou, ele errou. Kiki levantou a mão para responder e virei para ela, tipo, "deixa comigo, amor", porque eu sabia a resposta. Então, levantei a mão, como qualquer pessoa faria naquela situação.

Revirei os olhos novamente. Ele realmente era um contador de histórias dramático.

Malakai deu de ombros para o microfone.

— Eu disse que *concordava* com o ponto dela, mas que ela errou um pouco em alguns aspectos, e destrinchei eles. Pois tenham em mente que nessa hora eu estava sentado do lado dela. Parceiro, no segundo em que as palavras saíram da minha boca, senti a temperatura cair. Tô dizendo, aquela sala de aula virou a *Antártida*. Eu tremi. Os dentes do pai começaram a bater.

Ouvi Aminah rir pelo nariz de onde ela estava sentada no sofá e bufei.

— Tudo bem. Sabe de uma? O Oscar de Maior Exagero do Mundo vai para...

— Você, Kiki. Porque o jeito que você olhou para mim... fiquei abalado até a alma. Se eu morrer de hipotermia, o que você vai dizer no meu velório? — A voz dele tinha assumido um tom de tio nigeriano que acentuava sua teatralidade.

Sorri.

— Você teve uma boa vida. Que Deus abençoe sua alma. Obrigada por deixar seu moletom cinza para mim.

— Uau. Estão vendo? Rainha do gelo.

— Seu moletom vai me aquecer.

— Beleza. Ótimo. Então, depois das aulas a gente foi almoçar e perguntei se ela estava chateada comigo. Minha gata diz que não, que tá bem, que tá ótima, pede pra eu passar o sal. Como se ela precisasse de sal, considerando que estava nitidamente hipertensa.

Segurei os fones de ouvido e gargalhei.

— Uau...

— Aí eu disse: "Olha, eu fiz algo de errado?". E o que você disse, Kiki? Ele me passou a garrafinha de Hennessey. Tomei um gole e respondi com uma risada:

— "*Você* acha que fez algo de errado?"

Malakai soltou um longo e exagerado suspiro.

— Eu falei: "Não sei, Scotch. Por isso tô te perguntando". Aí ela: "Bem, se você acha que não fez nada de errado, então você não fez nada de errado, né?".

— Minha voz não é fina assim, por que você está me fazendo soar que nem uma Minnie Mouse da quebrada?

— Acompanhem o raciocínio — orientou ele ao público, me ignorando. — Dois dias depois que isso aconteceu, a gente estava estudando junto e eu estava preso numa pergunta de uma atividade. Uma pergunta da área em que ela é especialista. Pedi ajuda para ela e querem saber o que ela disse? Querem saber o que minha querida namorada disse para mim? Ela disse — ele fez uma pausa dramática e pigarreou: — "Não, você não precisa da minha ajuda, vou *deixar com você*. Você sabe a resposta. Que nem sabia naquele dia".

Aminah gargalhou. Eu a ouvi dizer: "Minha garota!". Ela tinha levado pipoca e estava assistindo ao programa com prazer enquanto mastigava muito alto.

Malakai balançou a cabeça para mim, de maneira lenta e pesada.

— Cruel. Digam aí, como posso ser o vilão dessa história? Por favor. Minha pergunta é: por que você não me disse que estava chateada e por que estava chateada comigo? O drama foi desnecessário. Fiquei passado.

Inclinei-me para o microfone e arqueei a sobrancelha para ele.

— Já terminou, meu bem?

Malakai deu um sorrisinho.

— Não. Você também fica muito sexy quando está com raiva e isso torna tudo mais confuso.

Eu sabia que era para o programa — tinha que ser para o programa —, mas aquilo não impediu que meu estômago desse uma cambalhota.

— Meninas — comecei, ignorando intencionalmente o jeito como ele sorria para mim, me provocando. Mostrei o dedo para ele e Malakai soltou uma risada suave. — Vocês estão vendo como eles tentam nos distrair? Fiquem alertas. Não sejam pegas desprevenidas. Agora vou explicar por que quase tudo que Malakai disse foi… Minah Money, posso dizer? Oi? Ótimo. Ok, Malakai acabou de falar um monte de merda.

"Merda da boa, cagada por um tipo de boi muito obstinado, com a carne bem dura. Esse tipo de merda é usada como estrume para fertilizar a fazenda usada para cultivar a ilusão masculina. Faz ela crescer grande e forte. Li isso no *NatGeo*. É verdade. Homens, me escutem. As mulheres não querem ter que dizer como foi que você fodeu a porra toda. Elas querem te dar um tempo para que você descubra sozinho como fodeu a porra toda. Ou que você admita que fodeu a porra toda… desculpa, Minah, que você *fez besteira,* porque, sejamos honestos, na maioria das vezes, no fundo, vocês sabem.

"Somos anjos graciosos, rainhas benevolentes. Se vocês pelo menos reconhecessem o mal que fizeram, ficaríamos menos putas. Então guiamos vocês por esse caminho, ajudamos sem nem avisar, porque não *gostamos* de ficar com raiva, mas, ainda assim, vocês desviam do caminho. De propósito. Tipo, vocês preferem acreditar que a gente está sendo desequilibrada em vez de cogitar a ideia de que talvez vocês tenham feito merda. Quer dizer, vocês ouviram essa história da própria boca de Malakai. Deixei que ele contasse sem interromper…"

— Desculpa, como é? Isso foi você não interrompendo? Você estava parecendo Kanye em programa ao vivo…

—… mesmo sendo meu programa e eu tendo todo o direito, deixei vocês ouvirem da boca dele para que não houvesse dúvidas. Ele *soube* no segundo que ele me diminuiu na frente da classe que eu estava chateada. Eu sabia a resposta daquela pergunta. Eu ia conseguir responder. Eu queria uma chance de me defender. E mesmo se eu não soubesse, eu não precisava que meu namorado — a palavra tinha um gosto pesado em minha língua, não era ruim, mas fazia sua presença ser sentida — basicamente anunciasse para a classe toda que ele achava que era mais capaz do que eu. Eu não precisava que ele fizesse aquilo. Foi constrangedor. Ele queria parecer o homão…

— Não queria, não.

Malakai balançou a cabeça enfaticamente, como se o público pudesse ver.

Gargalhei novamente.

— Tá de sacanagem? Queria sim, Kai. Você amou. Você amou saber algo que eu não sabia. Vi na sua cara! Você ficou todo convencido.

Malakai coçou a nuca, então assentiu com timidez.

— Tudo bem, tudo bem. Vou aceitar. Talvez eu quisesse parecer o homão. Mas não foi para constranger você.

Eu me reclinei no assento como uma chefona do crime glamourosa.

— Então mal posso esperar para saber por quê.

— Eu queria impressionar você.

Desencostei da cadeira, esquecendo de que estávamos ao vivo, minha voz de apresentadora de rádio voltando ao normal.

— Quê?

Malakai parecia um pouco desconfortável e soltou um pequeno gemido.

— Não acredito que estou prestes a dizer isso na rádio. Kiki, todo mundo sabe que você é inteligente. Eu queria parecer inteligente na sua frente. Eu sabia que você acabaria com aquele babaca se tivesse a chance, mas queria que você visse que eu conseguia derrubar ele também.

— Ah.

Afundei na cadeira de novo.

Ouvi uma tosse aguda de Aminah, me lembrando com um sobressalto que eu ainda estava no ar e, portanto, proibida de derreter e virar uma pocinha.

— *Ah*. Bom, hum. Acho que eu poderia ter sido mais direta. Na hora de comunicar meus sentimentos, no caso. Talvez eu pudesse ter dito a você antes o que me incomodou, e aí saberia do que você acabou de falar antes. Em vez de fazer suposições…

— Verdade, mas depois do negócio lá na aula eu quis acreditar que estava tudo de boa, mesmo sabendo que não estava. Eu sabia que você estava chateada comigo, mas acho que foi mais fácil para mim acreditar que você estava sendo…

— Uma bruxa fria.

Malakai riu.

— Mais fácil para mim acreditar que você estava sendo irracional do que de fato encarar o — ele fez gestos aleatórios entre nós — caos emocional.

— Bom, acho que foi mais fácil para mim ficar com raiva do que admitir que estava magoada. Então, acho que nós dois somos ruins na parte do caos emocional.

Estabelecemos uma trégua suave com uma troca de sorrisos.

— Na verdade, o caos emocional me leva a outra coisa que eu queria dizer, se você não se importar.

Assenti, curiosa, não apenas a respeito do que ele diria, mas também a respeito daquele novo e fresco sabor de Kai que eu estava provando — mais doce, mais profundo.

— Pode falar.

Malakai se ajeitou na cadeira. A expressão naquele momento séria.

— Ah, então… não é nenhum segredo que sou conhecido no campus por… me relacionar bastante. E, apesar de não ter nada inerentemente errado com isso, fui informado — ele evitou encarar minha expressão boquiaberta — que não fui completamente genuíno durante esse processo. Quer dizer, eu achava que tinha sido… Eu queria acreditar que tinha sido. Eu não queria ter que me aprofundar no fato de que talvez eu não estivesse sendo direto, de que eu estava sendo um otário. Olha só — ele se inclinou para o microfone —, todas as mulheres com quem fiquei são incríveis e não valorizei a atenção que me deram como deveria. Não tratei nem uma delas como deveria. Eu devia ter dito de cara que não estava pronto para nada sério, mas não fiz isso porque... pega muito mal, cara, mas acho que eu gostava da atenção. E eu achava que estava sendo decente por não falar nada de maneira explícita, sabe? Então... é, desculpa. Realmente sinto muito por não valorizar vocês. Vocês não precisam aceitar, mas é importante para mim dizer isso. — Ele lançou um olhar desarmado para mim. — Ok. Era isso. Desculpa. Só queria botar isso pra fora.

O ar saiu lentamente de mim.

— Hum... tudo bem. Uau. Eu não esperava por isso.

A julgar pela expressão chocada e pelos olhos arregalados de Malakai, ele também não.

Eu me inclinei para o microfone e as palavras eventualmente chegaram à minha boca.

— Hum... bom, acho que, para encerrar esta ocasião importante, vamos tocar uma das maiores canções de R&B já feitas. Sobre... hum... um homem complicado que cometeu erros que ele quer consertar. É uma canção que fala de implorar pelo perdão da mulher em sua vida. Fiquem aí para ouvir "Confessions", de Usher.

Malakai riu pelo nariz e balançou a cabeça, imediatamente parecendo mais relaxado, os olhos mais suaves. Ri no microfone.

— Aproveitem, pessoal, e obrigada por passarem um tempo com a gente hoje. Esse foi o "Os dois lados da história", do *Açúcar Mascavo*. Espero que todo mundo tenha aprendido algo com este episódio. Eu definitivamente aprendi. Aqui é Kiki...

— E aqui é Kai...

— Até a próxima, pombinhos, sigam suaves.

CAPÍTULO 15

Meu celular estava tocando. Aquilo era estranho. Eu nem sabia que meu celular *tocava*. Quer dizer, eu entendia que aquilo fazia parte da funcionalidade do aparelho em geral e sabia que ele tocava nas tardes de domingo, quando meus pais gostavam de perguntar como eu estava — depois da igreja, antes do almoço —, mas fora de tais horários? Bizarro. A forma de comunicação de preferência de minha irmã mais nova era mandar memes via mensagem de texto.

Eu estava no quarto fazendo anotações na escrivaninha, com a luz fraca, ouvindo música. Era quinta-feira e o canto da tela do meu computador marcava dez e meia da noite. Definitivamente não eram meus pais. Meu pai trabalhava até tarde no restaurante e minha mãe ia dormir às dez em ponto, como a estrela de rock que era. Enfiei a mão sob o livro aberto sobre política externa dos Estados Unidos, puxei o celular de debaixo da avalanche de anotações e fui cumprimentada pelo nome e pela foto de Kai piscando para mim. Algo quente e efervescente borbulhou em meu peito.

Era o dia seguinte ao nosso segundo episódio juntos. Tinha sido um sucesso. Aminah estava nas nuvens. Da noite para o dia, nossos seguidores triplicaram, assim como nosso número de ouvintes. As pessoas paravam Malakai e eu no campus para nos falar o quanto tinham amado. Mesmo antes do programa, as pessoas estavam comentando emojis com olhinhos de coração em cada selfie boba que postávamos nas redes sociais, aparentemente apaixonados pelos vídeos toscos de mim que Malakai gravava e postava. (Eu pedindo café e ele me enchendo o saco; nós juntos no Coisinha

Doce tendo um debate sobre rap. De acordo com Meji, o Coisinha Doce também teve um aumento considerável na clientela desde que começamos a marcar a localização nas fotos.) Às vezes, Malakai filmava nossas conversas casuais ou nossas saídas na câmera dele, "caso precisasse" para o filme.

Malakai e eu estávamos nos vendo quase todos os dias nas três semanas desde que tínhamos começado o projeto. Sentávamos juntos na aula, tomávamos café juntos quase todas as manhãs e trocávamos mensagens de texto ao longo do dia, mas aquela era a primeira vez que Malakai realmente tinha ligado. Abaixei o volume da música, deslizei o polegar na tela e o coloquei no viva-voz.

— Kai.

A voz dele saiu sem fôlego, meio selvagem:

— Beleza, quem diabo é esse Sanasi, o cara dobrador de ondas? Ele é um agente das trevas disfarçado? Ele é bonito demais, não confio nele. Quer dizer, Niyo também é bonito. "Uma pele como o sol, se a estrela tivesse nascido nas profundezas do oceano, escura, brilhante e infinita." Vixe. Os olhos de Sanasi são descritos como adagas de gelo e isso não pode significar algo bom. Por que ele está tentando seduzir Shangaya enquanto meu parça Niyo está arriscando a vida e a salvação em uma floresta galáctica amaldiçoada, procurando uma chave para que eles possam viver o amor deles em paz? Por que Shangaya está flertando de volta com Sanasi e deixando esse cara entrar no pátio da Terra Vermelha? Sanasi é nitidamente um Pilantra.

Pisquei enquanto suas palavras tomavam forma em minha mente. Elas faziam sentido para mim por conta própria, mas não faziam sentido saindo da boca dele. Ele estava realmente citando um trecho do meu livro preferido para mim?

Cocei a testa e, sem pensar, expliquei:

— Shangaya acha que Niyo abandonou ela pela glória de se juntar às Forças Aladas e agora está com o coração partido e, quando ela está com o coração partido, Shangaya usa raiva e vingança para ajudar a se curar. E não posso dizer mais nada senão vou dar spoiler... Peraí, o que tá acontecendo?! Tudo isso acontece no segundo livro. Como você está no segundo livro d'*O reino de Ifekonia*?! Quando foi que você leu o primeiro, pra começo de conversa?!

— Tô viciado, Scotch. Boa demais essa porra. Por que não tem mais gente ligada nisso?

— Em romances de fantasia afrofuturistas? Acho que por causa do racismo institucional de praxe do mercado editorial. Mas… você está *lendo*, Malakai?

— Eu sei. Também fiquei chocado por saber ler. Sim, comecei a ler os livros para entender por que você gostava tanto deles. Agora entendo.

Segurei o celular com mais força, sentindo a respiração emperrar na garganta.

— Quê?

Minha pele estava formigando. Dobrei os joelhos embaixo do corpo na cadeira do computador.

Malakai continuou alegremente, casualmente:

— Eles são ótimos. Dez de dez. Bom demais. A história de amor entre Shangaya e Niyo… É estranho, tô investido. Tipo muito investido. Além disso, agora entendi aquela playlist que você fez chamada Shaniyo.

Eu tinha esquecido de que, uma semana antes, Malakai tinha me seguido na plataforma de streaming onde eu fazia playlists bobas com nomes tipo "Beats Pra Passar Aquele Reboco Na Cara" (Malakai tinha mandado um vídeo dele ouvindo a playlist com uma escova para *waves* na frente da bochecha como se fosse uma esponja de maquiagem, bochechas sugadas para dentro e *durag* posicionado na cabeça que nem uma peruca) e "Hip-Hop Pra Rebolar a Raba" (ele me enviou um print de uma pesquisa no Google: "como fazer quadradinho"). Eu realmente não achei que ele fosse parar na trilha sonora de meu romance de fantasia.

Grunhi.

— *Cringe*.

— Tá de brincadeira comigo, Scotch? É tão boa. Escutar sua playlist é tipo estar lá. Você é talentosa pra caralho.

A voz dele estava cheia de energia e se derramava sobre mim, relaxando cada músculo que eu nem soubera que estava tenso. Eu não tinha entendido a potência da voz de Malakai até experimentá-la isolada de seu corpo, e era assustador perceber que a energia irresistível gerada por ele fosse tão poderosa que não precisava de seu rosto impressionante para chegar até mim.

Malakai continuou, a voz animada:

— Que nada, Scotch, você não está entendendo. Quer dizer, obviamente você entende, mas isso é bom pra caralho mesmo. Aquela parte da cerimônia secreta de compromisso? Vixe! Quando Niyo dá mil potes de mel e mil potes de pimenta como dote para ela. Quando ele usa as asas caídas para carregar todos eles e colocar aos pés dela, dizendo que perdeu a capacidade de dar luas para ela, mas, mesmo se ainda tivesse a capacidade, o que era uma lua em comparação à luz do amor deles? Aquilo era tudo que ele podia dar a ela, as coisas mais puras do mundo, as coisas mais subestimadas, mas de maior valor... Nossa, foi muito absurdo. Minha cabeça girou. O cara bota o nível alto demais. Se eu tivesse a lábia de Niyo... Peraí. Vou até procurar...

Ouvi algumas páginas sendo folheadas ao fundo, o que me deu algum tempo para tentar compreender o que estava acontecendo, se aquilo realmente estava acontecendo — e então a voz dele voltou.

— "Especiaria da lua representando sua paixão voraz, de um tom de terracota brilhante o suficiente para favorecer os olhos de seu amor. Mel pela amizade, a doçura de dois espíritos entrelaçados, o conforto de conhecer um ao outro, a felicidade. Um equilibrava o outro. Shangaya chorou pela asa quebrada de Niyo, pelo que ele tinha sacrificado por ela, mas ele disse: 'Você é meu voo. Consigo ver o universo inteiro em seus olhos'." — Malakai adiantou a leitura: — Aí a cerimônia... "Shangaya mergulhou o dedo em um pote de mel e depois em um pote de pimenta e gentilmente passou nos lábios de Niyo. 'Mantenha os dois na língua, meu doce Pássaro Estrelado, e me beije para que eu possa sentir o gosto do meu para sempre'." — Malakai soltou um assobio baixo e pesado. — Caralho. Me pegou mesmo. E eu geralmente nem gosto dessas coisas.

Tudo o que eu conseguia fazer era respirar.

— Scotch? Tá aí?

Pigarreei.

— Tô, eu só... fico feliz que você goste dos livros.

— Eles são muito massa. Obrigado por me apresentar a eles. Enfim, vou deixar você voltar ao trabalho.

— Como você sabe que estou trabalhando?

— Você é nerd. Além do mais, você não foi na biblioteca hoje à tarde porque a gente foi almoçar, e você tem aquela atividade amanhã.

— Você é um stalker?

— Você sabe que sou basicamente obrigado a passar um tempo com você, certo? Quer dizer, eu provavelmente gostaria de passar tempo com você mesmo que não precisasse... para estudar por que alguém de tão alto intelecto escolhe coisas tão desagradáveis para beber de manhã.

Sorri.

— Ah, então você *está* obcecado por mim. — Recostei-me na cadeira. — Que constrangedor para você...

— Desculpa, quem pediu para quem beijar quem?

— Bom, se você for um stalker, o que você obviamente é...

— Então vamos ignorar esse fato? Tranquilo. Legal. Ok.

— Só saiba que, no verão passado, Aminah e eu fizemos duas aulas de MMA que incorporavam os movimentos de dança da Beyoncé nos golpes.

Malakai soltou uma risada incrédula.

— Como era o nome?

— "Get 'Em Bodied". O slogan era "Venha Preparada Para Matar", mas tinha um aviso dizendo que eles não sancionavam homicídios.

Malakai riu ainda mais.

— Ah, caramba. Essa é a coisa mais legal que já ouvi. Por que você parou depois de duas aulas?

— Tecnicamente era ilegal, então foi fechado. Funcionava num armazém em Peckham. De qualquer forma, meu ponto é, eu poderia acabar com você com uma cotovelada no pescoço e um movimento de "Déjà Vu". Posso deixar você de joelhos com um movimento de "Power".

A risada de Malakai estalou em meu ouvido como uma fogueira recém-acesa.

— Se eu disser que acho isso sexy, estaria quebrando as regras?

O ar ficou travado em minha garganta.

— Não tenho certeza se discutimos elogios não públicos, mas acho que é permitido.

— Sendo realista, não acho que você precisaria se esforçar tanto para me deixar de joelhos.

A maneira casual que ele disse aquilo contrastou com o tom baixo de seu timbre. O impacto fez meu pulso acelerar. No silêncio, fui me deitar na cama.

---

* Música da Beyoncé, cujo título pode ser traduzido para "Acabe Com Eles." [N.E.]

— Você está realmente tentando vir com seu papinho de menino doce pra cima de mim? Te orienta, moleque.

Ele riu.

— Não, falando sério, Scotch. Quanto mais te conheço, mais percebo o quanto existe de você para conhecer. E quero conhecer tudo.

Fiquei calada por um tempo antes de virar de bruços. Olhei para a foto salva no contato dele, uma que tirei enquanto ele fotografava um jogo de basquete no Leste. Seus olhos estavam semicerrados em concentração, mas a expressão do rosto era suave, aberta. Ele não sabia que eu tinha tirado aquela foto.

— Você já conhece mais do que muitas pessoas. — Aquele espaço de escuta suave que ele sempre deixava quando conversávamos, como se nenhuma palavra que ele dissesse fosse funcionar do jeito que deveria sem minha resposta. Engoli em seco. — Ou talvez eu só tenha deixado você conhecer mais porque precisava, para que isso tudo funcionasse.

— Sei o suficiente sobre você para saber que você não faz nada que não queira fazer.

Minha respiração desceu pela garganta.

— Verdade.

A voz de Malakai soava baixa.

— Então… isso significa que você quer que eu conheça mais?

Um rastro de lava pulsou em mim.

— Também verdade.

A pausa de Malakai foi oblíqua, delicada. Quando ele falou, a voz estava granulada com a textura de uma emoção que eu não conseguia compreender:

— Obrigado por me deixar acessar você.

Foi inesperado e fiquei grata por estar deitada porque minhas articulações de repente pareciam gelatinosas. Então a lembrança do nosso primeiro beijo me veio de maneira espontânea, as mãos dele em minha cintura, a respiração dele em meu pescoço. Como tinha sido fácil.

O silêncio se esticou entre nós e, embora eu não pudesse vê-lo, imaginei que Malakai estivesse tão imóvel quanto eu, cauteloso com o movimento, sem saber para onde ir, talvez sem nem saber onde estávamos.

— Você está na cama? — perguntei, finalmente.

A surpresa apareceu na voz de Malakai:

— Tô. E você?

— Agora sim.

— Por que quer saber, Scotch?

Apoiei o cotovelo no travesseiro para deitar a cabeça na mão, inclinando meu sorriso brincalhão e tímido.

— Ah, só pensei que poderia fazer meu trabalho e descobrir o que meu homem usa para dormir. Sabe, caso isso surja em uma conversa com alguma outra mulher.

Malakai deixou escapar um riso baixo e delicioso.

— Kikiola Banjo, estou escandalizado. Você é meio safadinha, né? Gosto disso… Você sempre pode inventar alguma coisa.

— E errar? Você, meu caro, é meio rodado. Imagine minha vergonha se eu disser que você usa cueca boxer e for corrigida por uma de suas ex--peguetes dizendo: "Na verdade, Malakai Korede dorme de pijaminha"?

— E, nessa fantasia, eu colocaria o pijaminha depois do sexo?

— Você gosta de ficar confortável.

— Argumento convincente. — Uma pausa. — Sem camisa. De boxer.

Imaginei os músculos firmes de seu peito, a pele lisa e hidratada, um plano doce para minha língua deslizar. Senti um frio na barriga. Percebi calmamente que estava babando horrores por Malakai Korede.

— Bom saber. Obrigada, boa noite.

— Peraí, quê? Não, não, não. Não é justo. Isso é uma *parceria*, lembra?

Sorri.

— Sinto calor quando durmo, então… — Deixei o tom da voz abaixar. — Priorizo um traje leve.

— Ah. Ok. Tô vendo que você quer que eu perca a cabeça hoje. Leve quanto?

A frustração deliciosa em sua voz me fez me contrair ainda mais e eu estava prestes a responder quando ele soltou um grunhido irritado e xingou baixinho, cortando a tensão e me arremessando em queda livre gelada.

— Merda. Tenho que ir, Scotch. Meu pai está me ligando e é melhor atender agora do que depois passar pelo estresse de não ter atendido.

— Ei, tudo bem. A gente se fala amanhã?

Malakai exalou profundamente.

— Sim. E guarde logo os livros. Vai assistir um pouco de Netflix. Boa noite, Scotch.

— Boa noite, Kai.

Desliguei, vibrando, sem saber bem o que havia acontecido entre nós, mas certa de que tinha curtido. Eu queria me enrolar para manter aquele calor dentro de mim, mas também queria me esticar, como se tivesse acabado de tirar uma soneca profunda e satisfatória, deixar a energia descansada fazer meu corpo se espalhar, me deixar mais alta. Eu estava sorrindo. Meu celular vibrou — uma notificação empurrou para longe o calor rosado que me enchia, aparecendo em minha tela quase que alegremente.

RIANNE TUCKER marcou você em uma foto.

Meu coração foi para a boca enquanto eu clicava, prendendo a respiração. #TBT. Uma foto de nós duas no nono ano, os cabelos penteados em coques laterais, presos por presilhas prateadas que estavam lá para controlar o que o gel não conseguia, um brilho labial barato nos biquinhos que fazíamos para a câmera, braços enrolados em volta uma da outra, segurando com força.

Estampadas na foto em letras rosas chamativas e brilhantes estavam as palavras: *Melhores amigas para sempre.*

CAPÍTULO 16

Os Suspeitos Habituais foram bem-sucedidos em seus esforços para me tirar de casa. Ou pelo menos, eles se sentiram bem-sucedidos em seus esforços para me tirar de casa. A verdade é que para mim fora uma questão de tudo ou nada e, quando decidi que daquela vez eu não seria nada, fiquei determinada a ser tudo; usando um sutiã que levantava os peitos sob a blusa de alcinha, rebolando com Lysha e Yinda e depois virando o meio de um sanduíche de rebolação enquanto Mavado nos dizia que éramos muito especiais, muito especiais, muito especiais, muito especiais. E eu me *sentia* especial, as tranças balançando, a vodca derramando. Koffee estava de volta nas mesas, o coração da festa correndo para esquecer — fazendo o máximo para esquecer — da fragilidade de tudo, principalmente da pessoa que antes usava o pingente de estrela dourada que naquele momento pendia do meu pescoço.

Eu tinha aplicado brilho labial barato, um toque de rímel e o pó da minha mãe, claro demais para mim, bem de leve no rosto. Eu tinha ido ao quarto dos meus pais para pegá-lo. A penteadeira dela estava um pouco empoeirada. Passei os dedos pelos perfumes e cremes dela. Cheirei-os, lembrando da época em que o pescoço dela não cheirava a esterilidade clínica, suor e lágrimas quentes (que caíam dos meus olhos nas cavidades das clavículas dela). O pescoço dela sempre fora elegante, o corpo macio e curvilíneo, mas sempre houvera uma parte majestosa e imponente na conexão entre peito e pescoço, um espaço elegante para um pingente de estrela dourada. Naquele momento, aquela parte de minha mãe estava magra e havia tubos saindo dela. Tentei me mexer o máximo que podia, como se cada movimento de quadril e cada balanço de cintura fosse uma oração de vitalidade, como se, quanto mais viva eu me forçasse a estar, mais viva ela estaria. Descobri que o álcool lubrificava meu corpo e facilitava tudo, suavizava minhas arestas duras e dobrava as cerdas de minha mente.

Enquanto eu fazia uma pausa, parada sem fôlego contra uma parede, com a cabeça tonta girando de maneira deliciosa, Nile apareceu e pegou minha mão.

— Vem cá. Prometi que ia cuidar de você.

Sorri, bêbada, e o segui até a cozinha, onde ele encheu meu copo. Fiquei encostada em um balcão enquanto pessoas passavam para pegar e devolver coisas para a geladeira.

— É? Cuidar de mim significa me dar mais bebida?

Nile deu de ombros enquanto me passava o copo.

— É bom ver você se divertindo, K. Descontraída assim. Por um tempo pareceu que eu tinha perdido você.

Fiquei parada, o copo pairando na boca. Uma onda de calor alcoólico e uma onda de calor hormonal se combinaram para me fazer sentir como se eu estivesse em chamas. Cambaleei e segurei com mais firmeza no balcão. O cômodo estava agradavelmente úmido.

— Irmão. Cara. Quando foi que você me teve pra poder me perder?

Nile deu uma risada lenta e sexy.

— Eu quase tive. Primeiro ano. Você tinha um *crush* pesadex em mim.

Revirei os olhos.

— *Pesadex*? Quem é que fala assim? Que viagem. Você é brega! E é exatamente por isso que aconteceu justamente o contrário.

— Só admite que você me queria.

— Seu sonho.

O sorriso de Nile diminuiu um pouco, os olhos emitindo um brilho metálico enquanto ele olhava para mim de maneira preguiçosa. Havia algumas outras pessoas na cozinha, mas estavam ocupadas, sem prestar atenção, e a música estava alta demais para se concentrar em qualquer coisa. Nile olhou ao redor rapidamente, então se aproximou de mim e sussurrou em meu ouvido:

— É? E se for meu sonho?

Abri e fechei a boca, meu coração batendo forte no peito. O calor pesado e masculino que emanava dele e o cheiro do primeiro perfume de gente grande eram novos para mim, tudo aquilo era novo para mim. Minha mãe doente havia suspendido alguns marcos importantes em minha vida e, por mais tagarela que eu fosse, minha boca ainda não tinha feito contato com a de um menino. Aquilo era errado, eu sabia. Ele era namorado de Rianne, mas tudo, tudo em meu corpo queria encostar no corpo dele, queria esquecer, me perder no calor.

— Não diz isso, Nile. Você não devia estar dizendo isso.

Eu o empurrei um pouco. Nile deu um passo para trás, mas seus olhos permaneceram fixos em mim.

— Vamos conversar. Em particular.

— Nile…

— Só conversar. Vamos lá, K. A gente conversava tanto.

Então, com Nile me segurando quando eu tropeçava, cambaleei para um quarto no andar de cima que tinha um cheiro estranho, um cheiro que eu reconheceria mais tarde como cheiro de menino. Estávamos sentados na cama e Nile parecia incapaz de me dizer o quanto ele sentia minha falta sem massagear a base das minhas costas, e era tão bom, tão bom, e parecia que ele não conseguia dizer o quanto estava triste pelo que eu estava passando sem empurrar minhas tranças para trás e sussurrar no meu pescoço, e era delicioso, tão delicioso. Lábios se movendo até chegar tão perto da minha pele que Nile estava enunciando as palavras nela. Ele me disse por meio de grunhidos baixos o quanto eu merecia me sentir bem uma vez que fosse, porque eu estava passando por tanta coisa, e quando ele disse aquilo, soou verdadeiro, soou certo, mesmo que algo parecesse errado.

Ele disse que lamentava como Rianne estava distante de mim nos últimos tempos e tentou compensar aquela distância deslizando a mão de leve para dentro da minha blusa e esfregando minha cintura, devagar e depois depressa. Ele disse, entre beijos muito quentes em meu pescoço, enquanto começava a me empurrar para me deitar na cama, corpo colado no meu, que ela tinha ciúme, porque ela sabia que ele tinha gostado de mim primeiro e não conseguia lidar com aquilo.

À menção do nome de Rianne, congelei; aquilo me puxou de volta para a realidade que existia fora da paixão do momento, me arrancou da fantasia do esquecimento.

— Não. Não, não, Nile. — Eu o empurrei. Minha mão estava acenando toda torta, reflexos enfraquecidos pela vodca barata. — Precisamos parar. Não vamos fazer isso. Não vou fazer isso. Ela é minha parceira. Minha melhor amiga.

Os olhos derretidos de Nile endureceram como uma lâmina, o sorriso endureceu, a máscara escorregou.

— Mas ela é sua amiga? Você tinha que ouvir as merdas que ela fala de você. Tipo como ela acha absurdo que um tição que nem você possa ter achado que tinha uma chance comigo.

Minha visão estava embaçada e eu não sabia dizer se era o álcool ou as lágrimas, ou se talvez àquela altura minhas lágrimas tivessem se transformado em etanol puro, queimando no caminho para fora de meus olhos porcamente delineados.

— Cala a boca. Você tá mentindo… Para de falar merda.

— Sou o único que não está mentindo pra você, gata. Você acha que Lysha e Yinda também não são assim? Falam pelas suas costas, K. Sou o único que manda a real pra você.

Eu estava na beira da cama, ofegando. Tudo o que tinha tentado esquecer veio à tona: a doença de mainha naquele momento se misturando a ser chamada de "tição", como se ter a pele escura fosse tão patológico quanto o que estava acontecendo com as células dela, mas ainda pior, uma praga, de alguma forma, um pecado. Uma doença e um pecado.

Nile se apresentava como cura e absolvição. Ele estava beijando meu pescoço novamente e virei o rosto para que ele pudesse me beijar até que eu não sentisse nada, porque eu estava sentindo demais, e não parecia um primeiro beijo, não havia fogos de artifício, nem sequer uma vela acesa, mas um torniquete apertado em torno de uma ferida para estancar o fluxo de sangue.

Não foi o suficiente. Mesmo quando ele deslizou as mãos para dentro do meu sutiã e apertou e eu deixei, esperando que ele extraísse todo o sentimento, não foi suficiente. Era errado, tão errado. Aquela experiência não era minha. Era dele. Ele não era meu, era de Rianne. Nada do que estava acontecendo me pertencia. Eu não estava no controle. Eu o empurrei, de maneira definitiva daquela vez, ainda desajeitada, mas com mais força, porque mesmo que a língua dele não tenha sorvido o sentimento, havia absorvido um pouco do álcool e me deixado sóbria.

Ele disse algo sobre eu não contar para ninguém, mas mal ouvi e corri para fora do quarto, para fora da casa, passando por Lysha e Yinda, corri durante todo o caminho de volta até chegar em casa.

Mandei uma mensagem para Rianne no dia seguinte, algo no sentido de "Desculpa, desculpa mesmo. Aconteceu uma coisa. Não sei como dizer isso. Posso te encontrar? Eu estava bêbada e confusa. Ele disse umas coisas. Eu não deveria ter feito isso. Ele falou que você disse... não tem justificativa, mas você disse? Você disse isso?".

Era tarde demais. As notícias correm rápido quando toda a comunidade está em posse de um pequeno computador retangular que cabe no bolso da calça. Nile tomou conta da narrativa bem rápido. Eu estava chateada por causa da minha mãe, então ele me levou para o andar de cima para ficar longe de tudo, disse ele. Um ato fraternal, sem nenhuma outra intenção. Eu estava bêbada, desvairada, caótica. Dei em cima dele. Fiquei chateada quando ele me rejeitou — tipo, como assim eu esperava que ele quisesse algo comigo quando ele tinha Rianne? *Risos*.

Nile tinha chegado a Rianne antes de mim, aparentemente na mesma noite. Ele sabia que eu contaria a ela. Rianne me chamou de coisas horríveis por mensagem. Senti que merecia. Raiva incandescente derramada via mensagens de texto e, em seguida, uma muralha de gelo: ela tinha me bloqueado.

A escola tinha me dado a opção de estudar em casa naquela metade do semestre por causa de minha mãe. Eu não tinha aceitado antes porque sentia que precisava da normalidade da escola. Risível. Parei de ir. Minhas notas eram boas o suficiente e estávamos na fase do semestre em que tudo era basicamente revisão para prova. Exceto para fazer as provas, eu não precisava ver ninguém. Os lados foram rapidamente escolhidos: Yinda ficou com Rianne, o que foi compreensível. Lysha também, aparentemente, mas ela me mandou mensagem algumas vezes depois de algumas semanas de silêncio.

LYSHA: Tenho que falar a real, K, essa porra foi bizarra. Sei que vc está passando por muita merda, mas isso foi bizarro pra caralho. Bizarro pra caralho mesmo. Mas não parece uma coisa que vc faria. Estou preocupada. Não era pra eu fazer isso, mas vc sabe que eu tô aqui. Né? Sei que vc não está bem. E Nile é um babaca. Não confio em nenhuma palavra que ele diz. Me liga.

Nunca liguei para ela. De que adiantava? As pessoas acreditavam no que queriam acreditar. E eu iria embora em breve, deixaria a escola e aquela bagunça para trás. Eu poderia começar de novo em outro lugar e me situar do lado de fora, nunca me envolver. Eu poderia manter as pessoas longe do meu caos e me manter longe do caos. Não tinha como ser pega no fogo cruzado estando longe do fogo.

CAPÍTULO 17

—Que se foda ela. Que porra ela quer?

— Não sei — respondi, arfando.

— Por que ela ia aparecer na sua vida depois de tanto tempo?

— Não sei.

Aminah e eu estávamos fazendo nosso Suadouro das dezenove horas — uma caminhada enérgica ao redor do pátio —, um hábito que começamos desde que percebemos que éramos muito preguiçosas para ir para a academia e odiávamos correr. Parecíamos duas tias tentando dar uma repaginada no visual depois de um divórcio, mas era eficaz. Além do mais, era legal poder usar leggings e tops bonitinhos. Fazíamos aquilo três vezes por semana e, como estávamos sempre ocupadas durante o dia, aquela era nossa hora de conversar e nos atualizar das novidades. Era agradável, naquele horário o ar já estava bem fresquinho e, por algum motivo, achávamos o anoitecer terapêutico para nossas conversas. Eu esperava que suar de alguma forma me ajudasse a liberar um pouco do estresse tenso que estivera preso em meu peito desde que Rianne havia enviado aquela solicitação de amizade. A marcação só piorou a situação. Eu *realmente* não sabia o que ela queria, mas a única coisa que eu sabia era que com certeza não era porque ela estava pronta para me perdoar. E era por isso que eu achava a atitude tão perturbadora. Era como se ela estivesse tentando me provocar. Aquilo estava me incomodando muito, como uma coceira em um lugar impossível de alcançar.

Aminah estava balançando a cabeça, furiosa:

— Pelo que você falou, essa menina é *bad vibes*, Kiki.

Engoli em seco. Eu tinha rolado pelo perfil de Rianne no ProntoPic e as poucas fotos que tinham lá eram bem no padrão de estudante universitária; fotos brilhantes e desfocadas na boate com colegas, algumas selfies — ela ainda era tão bonita —, postagens com declarações de aniversário. Mas nenhuma foto de namorado. Havia uma foto com Yinda e Lysha, no entanto, com a legenda "As melhores". Meu peito apertou. Não por sentir saudade delas, mas por ter perdido a chance de sentir.

— Não sei.

Aminah parou de andar e me puxou para trás, segurando meu braço.

— Mas *eu* sei, Kiki. E esse joguinho de merda dela não vai funcionar. Ignorar a solicitação foi a decisão certa. Não liga para ela. Você tem outras coisas mais importantes acontecendo em sua vida, como o fato de que você vai para Nova York no ano que vem. E você merece, ainda mais depois de perder aquele ano de estágio antes da faculdade.

Balancei a cabeça e comecei a andar de novo, um pouco aliviada pelo incentivo de Aminah, mas não completamente. O fato de Aminah saber tudo sobre mim era útil, mas também significava que ela podia trazer à tona coisas que eu preferia não mencionar, como o ano antes de a gente se conhecer.

— Em primeiro lugar, a gente ainda não sabe se vou conseguir ir. Em segundo lugar, eu não ter feito aquele estágio foi culpa minha.

Aminah me olhou com cuidado antes de mudar de assunto.

— Beleza. Sabe o que a gente não debateu? A confissão de Malakai na rádio sobre ter sido um otário. É um movimento perigoso de fazer se ele for voltar ao mercado de solteiros depois do experimento de vocês.

— Como assim "se"? Ele vai. Além do mais, pode muito bem ter sido só uma tática para conquistar as mulheres de Paço Preto. — As palavras eram desconfortáveis em minha boca; não se encaixavam bem no Malakai que eu estava conhecendo. Ele era genuíno. Dei de ombros. — De qualquer forma, vulnerabilidade é sexy. Muitas mulheres ainda vão ficar a fim dele.

Aminah revirou os olhos (delineados, porque, segundo ela, "não é porque a gente está malhando que a gente precisa ficar com cara de suada").

— Minha filha, você acha mesmo que ele estava pensando *nisso*? Na hora parecia que ele queria que o chão se abrisse e engolisse ele. Você fez um homem iorubá do sul de Londres engolir o orgulho. Sabe qual o tamanho desse feito? Aquilo foi verdadeiro.

Guardei o sorriso de volta e tentei suprimir o calor que tomou conta de mim. Aminah arregalou os olhos na mesma hora, com uma expressão escandalizada de satisfação.

— Sua cara… o que é isso? Nunca vi isso na vida. Você está acanhada. Você está acanhada? — Ela ergueu os braços em triunfo para o céu. — Kik-anhada Banjo, uau, isso é tudo para mim…

Olhei em volta para o pátio vazio e puxei os braços de Aminah para baixo:

— Dá pra se segurar, por favor? Malakai e eu estamos num ritmo bom agora. Eu não acreditava que fosse possível, mas a gente virou amigo. — Pensei na última ligação que tive com ele… Amigos que flertavam, talvez, mas ainda assim amigos. — É isso.

Aminah fingiu se engasgar de descrença enquanto levantava ainda mais as pernas durante a caminhada.

— Ah, beleza. Tá. É isso que… — O celular dela tocou, me salvando do que eu sabia que seria um discurso incorreto sobre como eu estava em negação. Ela suspirou, abaixou o zíper do casaco de moletom cinza e pegou o celular dentro do top roxo que estava usando. Ela ergueu as sobrancelhas enquanto lia a mensagem. — Kofi está perguntando que cor eu vou usar no AfroBaile de inverno.

Sorri enquanto mexia os braços e pernas com mais vigor.

— Ah, ele quer ir combinando. Que fofo.

A Associação de Paço Preto tinha uma reserva para o salão de baile do hotel mais chique nos arredores da cidade, conhecido por conferências de professores, seminários sobre entrosamento de equipe e pelo evento do Paço Preto em resposta ao Met Gala.

Aminah revirou os olhos, mas não conseguiu esconder o sorriso encantado.

— Tanto faz. Ele ainda nem me convidou formalmente, então espero que ele não ache que isso conta. Parece que, considerando que Malakai concordou em filmar parte da noite e o Kofi vai ser o DJ da festa, eles vão ter direito a quartos como parte do pagamento, e Kofi quer dar um para a gente. Eles disseram que a gente pode ir junto de carro. O que acha?

Dei de ombros, evitando o fato de que Malakai e eu passaríamos a noite no mesmo lugar pela segunda vez.

— Acho legal.

Aminah enfiou o celular de volta no top e fechou o zíper do moletom.

— Uau. Nunca pensei que um dia você participaria de eventos sociais comigo. Quer dizer, primeiro vou para a festa de Ty Baptiste e depois para o AfroBaile de Inverno com minha melhor amiga? Se eu soubesse que o que faltava era você entrar em um relacionamento falso... — O sorriso de Aminah era rígido.

Inclinei a cabeça.

— Ei... Minah, nunca disse para você não ir para festa de Ty, e você sabe que isso é só para o prog...

— Programa. Sim, eu sei. — O sorriso dela se iluminou, brilhando sobre qualquer pontinha de desconforto no ambiente. — Olha só, de qualquer forma, estou feliz que você esteja se divertindo com um cara. Não acho que Zack conta. Sinto que Zack era tipo um vibrador senciente. Um vibrador quase senciente. Com quem você nem transou. Então, talvez um apertador de peitos quase senciente. Um equipamento de esfregação...

— Tá bom, beleza, não vai rolar esse tipo de diversão com Kai, então...

— Ah sim, eu ia perguntar sobre isso na verdade... *Kai?*

Inspirei fundo a umidade fria do ar e deixei a brisa bater em minha pele exposta. Caminhar de modo enérgico me exauria, ao que parecia, então meu moletom estava amarrado na cintura.

— Está se sentindo revigorada pelo cheiro da natureza?

Aminah estreitou os olhos para mim enquanto fazíamos a curva que marcava nossa terceira volta pelo pátio arborizado.

— Em primeiro lugar, isso é cheiro de maconha, meu bem. Em segundo lugar, não muda de assunto. Vocês estão usando apelidinhos?

Olhei através das sombras do pátio e estreitei os olhos na penumbra âmbar escura ao ver duas figuras familiares.

— Ali são Shanti e Chioma vindo da biblioteca? Agora elas são amigas?

— Kikiola Banjo...

Suspirei. Ela tinha usado meu nome completo, o que significava que não tinha como ela deixar o assunto para lá.

— Não é bem um apelido. É mais uma piada interna? Sei lá, ele disse que eu não sou muito açúcar mascavo, que pareço mais uma pimenta *scotch bonnet*, aí acho que ele começou a me chamar de Scotch e o nome pegou…

Aminah parou na mesma hora e tropecei antes de parar e me virar para ela.

— Hum. Desculpa. Você está me dizendo que Malakai te chamou de *apimentada*?

Tirei um tempinho para recuperar o fôlego e ajeitar o cabelo. Soltei as tranças do coque, coloquei a xuxinha na boca e abaixei a cabeça para amarrá-las novamente na esperança de que aquele intervalo seria o suficiente para Aminah esquecer o assunto. Meu coque nem estava folgado, mas eu precisava de uma distração. Infelizmente, no momento em que terminei de amarrá-lo, Aminah ainda estava sorrindo para mim, de maneira presunçosa.

— Quero que um boy me chame de nome de tempero. Acha que consigo fazer Kofi começar a me chamar de "Molho Maggi"?

Comecei a me alongar.

— Ok, quer saber? Não vou mais falar disso.

— Talvez "Cardamomo"? Não, *Cardamomô*. Ha-ha. Uau, "Scotch e Cardamomô". Parece o nome de uma série de detetive da *blaxploitation* moderna.

— E aí, o que tá rolando entre você e Kofi?

Aminah sorriu com malícia.

— Vou ignorar você me ignorando porque te amo. Nada. Ainda estou fazendo ele se esforçar muito. Tipo, estou meio de boa com isso porque já sei que ele vai ser meu marido.

Parei de alongar meus quadríceps e me endireitei.

— O quê?

Aminah deu de ombros e levantou o braço acima da cabeça para alongá-lo.

— Eu só sei disso. Não consigo explicar. Nem estou apaixonada por ele ainda, mas sinto que vou ficar e que vai ser intenso. Ele é fofo, gentil, me trata que nem princesa e ama Deus. Você sabe que sou muito espiritual. Tão espiritual que sou birreligio…

— Isso não existe.

—… e você gosta dele. E você não gosta de ninguém. Eu gosto dele. A gente provavelmente vai brigar na hora de decidir qual arroz *jollof* vamos servir no casamento, porque não sei se quero ter *jollof* ganense na minha festa, mas acho que a gente vai conseguir chegar num acordo. Eu me sinto segura quando olho para ele. — Ela sorriu e trocou de braço. — A questão é que ele já me tem. Mas quero que ele me valorize, então tenho que criar a *ilusão* da conquista, entende?

Inclinei o corpo para esticar a outra perna.

— Não muito, mas confio que *você* entende. Uau, Minah, eu sabia que você gostava dele, mas não sabia que era tanto…

Aminah deu de ombros e sorriu.

— É, nem eu. Mas um dia desse a gente estava estudando juntos e ele casualmente tirou chips de banana-da-terra, da marca de meu pai, óbvio, e meu suco de morango favorito da mochila. Você tem que ir lá no Leste para comprar esse suco. Eles não vendem por aqui. É importado do Quênia. Ele nem olhou para mim enquanto estava fazendo isso, só jogou o suco para mim e depois começou a falar sobre a música nova que estava produzindo e sei lá — ela respirou fundo e abriu os braços, balançando a cabeça, com os olhos e o sorriso brilhante —, eu só quis pular nele ali mesmo na sala de estudo e ficar de conchinha com ele. Foi tipo, uau… esse cara pensa em mim mesmo quando não está pensando. E me sinto tão relaxada perto dele. Me sinto mais *eu*. A melhor versão de mim. E só me sinto assim perto de você. E, sem querer ofender, mas não tenho vontade de te encher de beijos.

— Que mentira.

Aminah inclinou a cabeça, séria.

— É mesmo. Vem cá, gostosa.

Ri e joguei os braços em volta do pescoço dela, beijando sua bochecha.

— Estou muito feliz por você — respondi, enquanto ela me empurrava de brincadeira. — Kai devia entrevistar vocês para o filme dele. — Fiz uma pausa quando notei duas figuras se aproximando de nós do outro lado do pátio, logo atrás da cabeça dela. — Peraí, são *realmente* Shanti e Chioma.

Tinha muito tempo que havia civilidade entre as facções femininas em Paço Preto, mas a presença de Malakai Korede tinha desestabilizado aquilo. Naquele momento eu estava bem no meio de tal desestabilização, depois de ter tentado ajudar a combatê-la. Chioma e Shanti não eram amigas, eram de duas panelinhas diferentes e o único motivo plausível para as duas rainhas se unirem era guerra. Merda…

— Merda!

Aminah se virou assim que elas nos alcançaram e imediatamente se colocou ao meu lado, nos fortalecendo para o ataque, apoiando o braço em meu ombro como se realmente fôssemos uma dupla de detetives da *blaxploitation*, "Scotch & Cardamomô". Ela acenou com o queixo para elas.

— Chioma, Shanti. E aí?

Shanti acenou de volta, os grandes brincos dourados tilintando com o movimento. Ela apertou o colete de pele ao redor do corpo.

— Kiki, Aminah, oi. A gente está indo jantar, na real.

— Oi. — Levantei a sobrancelha e me endireitei, e o choque de Aminah fez seu braço cair do meu ombro. — Vocês estão andando juntas?

Chioma riu, o piercing de septo prateado realçando seu sorriso já bonito.

— A gente se uniu depois de ficar pensando que você era uma vagabunda duas caras.

Senti Aminah ficar rígida ao meu lado e de modo sorrateiro estendi a mão para segurar o pulso dela e acalmá-la.

Concordei com a cabeça.

— Ah, ok. Justo. Dá para ver por que vocês pensaram isso.

Shanti estalou a língua.

— Pareceu que você estava sendo uma cobra. Que você queria isolar Malakai para ficar com ele depois de agir como se fosse uma guru das mulheres.

Chioma interveio depressa, assim que senti a língua de Aminah sendo desembainhada e a minha começando a ficar pesada:

— O que Shanti quis dizer é que, às vezes, no programa, parece que você não é uma de nós. Tipo, *nós* da comunidade feminina de Paço Preto. Tá me entendendo? É como se você fosse uma estranha que julga a gente de fora. E a gente não te colocou nesse lugar, inclusive. A gente te convida para as coisas o tempo todo, todas as meninas convidam, e você sempre recusa. Até Aminah aparece às vezes. E, não me entenda mal, seus conselhos eram ótimos, mas às vezes parecia…

—- Que você acha que é melhor do que a gente — terminou Shanti por ela.

Um frio desagradável se instalou em minha barriga. Eu achava que meu motivo para reclusão era autoproteção, não superioridade, mas, apesar daquilo, eu conseguia ver como minha postura poderia parecer bizarra do ponto de vista delas. Chioma cutucou Shanti, e Aminah se endireitou e deu um passo à frente.

— Ok, o que é que tá acontecendo aqui? É uma emboscada?! Porque consigo lutar e continuar bonita. Meu spray fixador foi bem caro…

Shanti deu de ombros.

— O meu também. La Mystique. Comprei na Sephora quando fui para Amsterdã.

Aminah fez uma pausa e recuou.

— Também uso La Mystique, comprei em Paris.

Os olhos de Shanti brilharam sob suas exuberantes extensões de cílios com uma emoção que parecia respeito.

— Olha, isso não é uma emboscada. A gente só veio dizer que a gente curte o programa que você está fazendo com Malakai. Vocês parecem genuínos — revelou ela, passando os olhos por mim. — E na real? Eu meio que curto mais você agora, Kiki. Não só seus conselhos, mas, tipo, *você*. Você parece mais relaxada, como se não estivesse julgando e sim vivendo essa porra toda com a gente. Passando por tudo junto com a gente. Em vez de dar uma de vagabunda mandona que sabe de tudo. Quer dizer, na Sexta-Feira Muito Loka passada você estava dançando com outras meninas além de Aminah e falando com as pessoas também.

Chioma assentiu.

— Tipo, pessoalmente, eu sempre soube que você tinha uma aura boa, mas ela sempre estava bloqueada por alguma coisa, sabe. — A voz de Chioma soava como sinos de vento; um perfume melódico de óleos essenciais doces e almiscarados emanava dela. — É como se você tivesse aberta agora. E ainda por cima você colocou Malakai no caminho certo. No fundo, ele é um cara legal, todas nós sabemos disso, mas ele é *enrolado*. Não quer o que acha que quer. Ou quer o que acha que não quer.

Shanti sorriu ironicamente diante daquilo.

— De qualquer forma, ele estava confundindo a gente com a confusão dele. Ainda bem que ele se desculpou. Como você fez ele fazer isso?

Eu me permiti relaxar um pouco com o rumo da conversa e soltei uma risada hesitante.

— Hum, isso foi coisa dele. Acho que ele está refletindo sobre algumas coisas.

Chioma balançou a mão.

— Por favor. De jeito nenhum ele ia chegar a esse ponto sem você. Mas tenho que dizer que fiquei surpresa com a mensagem que ele mandou depois.

Aminah e eu trocamos um olhar.

— Há — eu tentei parecer despreocupada —, ele mandou mensagem pra você?

Shanti ergueu as sobrancelhas imaculadas.

— Ah, uau. Você não sabia. Ele mandou mensagem para nós duas. Para todas nós, na real. — Ao ver minha expressão, ela sorriu. — Foram pedidos de desculpa, Kiki. Relaxa.

Falhei em fingir indiferença. Pigarreei.

— Tô de boa. Eu não…

Shanti sorriu com minha negação e Chioma continuou:

— Ele falou de comunicação ruim. De ter expressado mal as intenções. Disse que a gente merecia coisa melhor…

— Concordo plenamente. — A interjeição de Shanti foi pontuada com um sorriso afiado. — A gente comparou as mensagens. Todas as desculpas foram específicas para cada situação. Foi… satisfatório receber aquilo. Tipo, óbvio que não respondi, mas foi satisfatório.

As novas informações passaram por mim e neutralizaram a brisa cortante da noite. Se o pedido de desculpas fosse só uma performance, ele teria me contado a respeito das mensagens. Ele queria mesmo se desculpar. Muros que eu nem sabia que tinha erguido foram derrubados e olhei para Shanti e Chioma.

— Bom, vocês duas mereciam essas desculpas. E, eu, hum, agradeço por dizerem que gostam do programa. Também peço desculpa se alguma vez pareceu que eu estava julgando vocês. Eu não estava. Ou pelo menos, não tive essa intenção. Eu só… — Dei de ombros, me sentindo mais livre do que me sentia em muito tempo. — Sei lá, cara, vocês são todas tão legais e eu só queria manter vocês longe de otários porque eu… eu já passei por isso. E sei como isso pode foder tudo. Mas eu queria fazer isso sem me expor, o que, sim, faz de mim uma hipócrita. Acho que eu só estava intimidada...?

Shanti parecia incrédula.

— Intimidada? Kiki, você é, tipo, a voz mais ouvida no campus. O *Açúcar Mascavo* é a única plataforma que todos os grupos acompanham. Você é respeitada aqui. E, mesmo se não fosse, você nunca deu uma chance pra gente.

De repente, ficou mais difícil lembrar por que eu tinha me esforçado tanto para não me integrar totalmente, para permanecer na torre de vigia no cantinho, protegendo as meninas, mas também me protegendo. Vendo tudo, mas não sentindo nada.

Engoli em seco.

— Você está certa. Eu tenho, hum, um pouco de trauma de amizade. Acho que tinha medo de vocês não gostarem de mim se eu mostrasse *tudo* de mim, sabe? Como se eu fosse decepcionar vocês ou algo assim. — Respirei fundo e senti a língua se enrolar, pronta para estalar e ignorar a racionalidade. — Acho que é por isso que eu tinha medo de admitir que estava ficando com um cara do campus...

Os queixos de Shanti e Chioma despencaram, os olhos arregalados de um jeito que quase me fez rir.

Shanti pronunciou um:

— Caralho. Não. Creio.

Chioma balançou a cabeça e sorriu.

— Sabia. Sabia! Sabia que você tinha uma vibe safada secreta!

A única pessoa que não pareceu se divertir com minha confissão não planejada foi Aminah. Minha melhor amiga me encarou.

— O que está fazendo? — Ela virou de volta para as expressões confusas de Chioma e Shanti. — Não estava, não. Ela está falando besteira. — Ela abaixou a voz e murmurou no meu ouvido: — Não deixa esse momento *Cheetah Girls* afetar você.

Nas últimas três semanas eu tinha me sentido mais solta, mais relaxada, confiando que podia confiar e, por algum motivo, olhei para Chioma e Shanti e senti que poderia confiar nelas. Se elas aparentemente conseguiam se aventurar em uma amizade depois de ambas se relacionarem com Malakai, se elas conseguiam dizer o que pensavam de mim na minha cara sem nenhuma animosidade real (eu até que gostava da acidez de

Shanti), então eu presumi que havia algo em ambas em que eu podia confiar. E estava tranquila de correr aquele risco.

Apertei o braço de Aminah.

— Tá tudo bem, MiMi. Não é nada de mais. — Ignorei seu olhar incrédulo e me virei para Chioma e Shanti. — Então, sabe aquele primeiro beijo entre Malakai e eu? Foi combinado. O cara com quem eu estava ficando estava enchendo meu saco naquela noite e eu não conseguia me livrar dele. Malakai percebeu e percebi que ele tinha percebido, aí nos beijamos para tirar o outro cara do meu pé. Só aconteceu. E a partir disso as coisas foram acontecendo. No fim das contas, a gente se dá bem, e uma coisa levou à outra.

Tecnicamente, nada daquilo era mentira.

Shanti franziu a testa, as peças do quebra-cabeça visivelmente se encaixando em sua mente.

— Peraí. O único outro cara com quem você foi vista naquela noite foi…

Chioma se engasgou e levou a mão cheia de joias à boca, fazendo com que suas várias pulseiras tilintassem.

— ZACK KINGSFORD?

Aminah sibilou um "shhh" furioso e olhou para mim.

— Tá vendo? Tá feliz? Essa garota geralmente fala no mesmo volume que sussurro de interlúdio de R&B e do nada ela está gritando o nome daquele bode no pátio! — Ela colocou um única unha cor de lilás na têmpora e começou a esfregar em pequenos círculos. — Chioma, *por favor*, fala baixo, *abeg*!

Chioma, ainda nitidamente chocada, conseguiu assentir.

— Beleza, foi mal.

Ela gesticulou para um banco próximo e todas nos reunimos nele, as pernas de umas apertadas contra as pernas das outras. Aminah seguiu o exemplo com relutância, revirando os olhos e murmurando algo sobre como aquilo estava atrapalhando nossa rotina de exercícios enquanto se espremia entre mim e o apoio de braço do banco.

Shanti se sentou mais para a frente, juntou as mãos em oração e as apontou para mim.

— Tá. Ok. Explica isso aí.

Minha pele começou a formigar enquanto eu contava a elas sobre nossa aventura de nove meses e sobre o que aconteceu naquela noite. Relembrar tudo fez minha barriga se revirar.

Chioma balançou a cabeça, os olhos arregalados de irritação.

— Que nojo. A energia dele é *sinistra*.

Shanti assentiu de maneira sombria.

— Gata, isso parece tão péssimo.

Engoli em seco quando a verdade e a compreensão começaram a desfazer o desconforto que eu havia comprimido.

— Foi meio fodido.

Os olhos de Shanti estavam suaves naquele momento.

— Foi *muito* fodido. Não é sua culpa não ter percebido. É tão fácil acontecer isso com ele. Uma hora você está flertando, outra hora já virou uma coisa que você nem sabe.

Chioma esfregou meu braço.

— Sim. Ele é um otário. E isso sem contar esse debate que ele vai fazer com os Cavaleiros do Paço. — Seu rosto normalmente doce e plácido ficou firme. — Queria jogar um feitiço nesse cara. Como é que ele faz uma porra dessa e nada acontece?

— Ele é rico, de pele clara e parece um modelo da Calvin Klein — retrucou Shanti, pegando um punhado de pirulitos do bolso e enfiando um na boca, antes de oferecê-los ao resto de nós.

Aminah assentiu enquanto desembrulhava um pirulito de morango.

— Ele fala "pessoas diversas" em vez de "pessoas negras". E não falava com nenhum dos caras negros da nossa escola. E eles tentavam muito falar com ele. Ele fez um curso de Boy Básico no verão antes da universidade com uns primos deles e resolveu mudar para uma identidade que combinasse com ele.

Sorri enquanto colocava um dos pirulitos na boca.

— Sabiam que uma vez ele se referiu a si mesmo como "perfeitamente misturado"?

As meninas riram pelo nariz. Shanti guinchou:

— Como se ele fosse a porra de uma *vitamina*?

Aminah sorriu.

— Combina muito, considerando que o cérebro dele é totalmente líquido.

Enquanto as meninas se revezavam para gongar Zack, meu celular tocou e o puxei do bolso da legging.

> **KAI:** Tá. Algumas coisas.
>
> **KAI:** Tentei fazer arroz jollof pro jantar, mas queimei. Acho que o ingrediente que faltava era um tipo especial de scotch bonnet encontrado apenas nos subúrbios do leste de Londres. Pode até fazer seus olhos lacrimejarem, mas o resultado vale a pena. Você quer vir aqui amanhã e me ver cozinhar? Sinto que seu olhar de julgamento vai me forçar a fazer melhor (assim como o fato de você ser literalmente filha de um chef).
>
> **KAI:** Caso não tenha dado pra perceber, este é um convite formal pra você jantar comigo amanhã.
>
> **KAI:** Acabei de lembrar que você tá malhando com Aminah agora. Diz que mandei um oi e que é pra ela aceitar minha solicitação no ProntoPic. Ela tá me magoando. Já faz uma semana e meia que pedi pra seguir ela, cara. Semana passada, ela literalmente rolou minha solicitação pra cima na minha frente quando a gente foi no cinema com ela e Kofi.

Fiz um som que, para meu desconforto, pareceu demais com uma risadinha.

Shanti ergueu a sobrancelha.

— É Malakai, né?

Pigarreei.

— Sim, desculpa…

O sorriso de Chioma era seco.

— Por que está se desculpando? Sabe qual é a pior coisa a respeito de Malakai Korede? Não dá para odiar ele. Acredite, eu tentei. Quis tanto odiar ele. Eu só nunca tive um problema com a pessoa que ele é. Gosto da aura dele. É cheia de luz verde. Ele é fofo, mas nunca abaixa a guarda.

Shanti concordou com aquilo com um aceno de cabeça pesaroso.

— Superatencioso e cuidadoso, mas é só perguntar algo pessoal que ele levanta os ombros até lá em cima e fica todo esquisito e agoniado e muda de assunto. Eu nunca conseguia saber o que ele estava pensando. Parecia que eu estava tentando resolver um sudoku romântico. Um quebra-cabeça gato. Quem tem tempo para isso? Bom, acho que eu tinha, né?

Em mais ou menos três semanas, eu nunca tinha sentido que tinha que me esforçar para saber o que estava acontecendo na mente de Malakai, mas eu ainda sentia parte do bloqueio sobre o qual as meninas falavam na maneira como ele desconversava se eu fizesse perguntas a respeito de antes de ele chegar ali, sobre *por que* ele estava ali.

Shanti assentiu para Aminah e para mim enquanto esfregava os braços de seu body preto. Coletes de pele eram sensuais, mas não exatamente práticos quando se estava na bordinha entre o outono e o inverno em uma cidade inglesa.

— Olha só, o que vocês vão fazer agora? Chi-Chi e eu estávamos indo num lugar novo da cidade que tem *dim sum*. Tem opção vegana, óbvio, e está rolando desconto para estudantes hoje. Querem vir também? Dividir um táxi?

Para minha surpresa, Aminah interveio imediatamente:

— Por que não? Esse treino acabou comigo e quero muito saber mais sobre como você faz sua maquiagem, porque fica muito perfeita. — Ela passou os olhos pelo rosto de Shanti, cuja maquiagem casual brilhava, a representação de um rosto bonito que era modelado e arrumado de um jeito que de alguma forma mostrava ainda mais beleza. — Além do mais, quero saber se Chioma consegue mesmo jogar um feitiço em Zack.

Arqueei a sobrancelha para Aminah e ela levantou um ombro e piscou em resposta. Apesar de sua irritação mais cedo, eu sabia que as meninas a tinham conquistado por xingarem Zack e por não terem me julgado por ter ficado com ele.

Sorri quando nos levantamos e fomos em direção aos portões do campus.

— Também topo. Mas podemos, por favor, deixar o motivo do meu beijo com Malakai entre a gente? Além disso, esse negócio com Zack...

Shanti ajeitou o colete e me olhou nos olhos.

— Nem precisa falar, amiga. Seu segredo está seguro com a gente. O que importa é que o que vocês têm é real.

Tossi e fiz um som geral de afirmação. Minha concepção de "real" estava mais confusa a cada dia. Eu não sabia mais o que era "real".

CAPÍTULO 18

A caixa de seis garrafinhas de refrigerante Supermalt batia de leve nas duas garrafas de vinho Pinot de seis libras dentro da sacola enquanto eu passava pelas portas de vidro pesadas do prédio de Malakai. O barulho servia de percussão para o som suave de uma mistura de músicas que fluía das janelas abertas para o pátio residencial. Um morador entrou antes de mim, permitindo que eu entrasse junto sem precisar interfonar.

Malakai tecnicamente tinha me convidado para jantar, o que significava que eu tinha que seguir o costume de levar alguma coisa. É o que adultos faziam nos programas da Netflix sobre pessoas casadas com segredos obscuros. Eu não sabia bem qual tipo de vinho combinaria com arroz *jollof* e frango e o atendente do mercadinho não havia ajudado muito. Então, além de vinho seco branco, optei por algo infalível, um item básico das festas de salão nigerianas, comprado em uma loja no Leste. Eu pessoalmente não gostava muito do sabor, parecia mais um suplemento nutricional do que uma bebida a ser apreciada. Mas Malakai amava e sempre pedia o Supermalt Float no Coisinha Doce, fazendo a gracinha: "É a única coisa que sei que você não vai querer", mesmo que ele sempre me deixasse pegar comida de seu prato.

Aquela não era a primeira vez que eu visitava o apartamento ou o quarto dele. Nós tínhamos feito sessões de estudo e revisado os projetos um do outro várias vezes nas últimas semanas. Tais sessões nos levaram a comer pizza, assistir a *Crepúsculo* e a todo o acervo de Will Smith. Eu fazia vídeos de Malakai imitando suas cenas preferidas (Edward cheirando

Bella pela primeira vez) e tirávamos selfies que Malakai legendava como "sessãozinha de estudos com meu assunto preferido", sempre respondidas com emojis com olhinhos de coração e declarações de que éramos #metadecasal.

No entanto, aquela seria a primeira vez que estaríamos no quarto dele com o objetivo de apenas relaxar. Parecia diferente. *Era* diferente. Não havia uma agenda de trabalho definida, ou ao menos nenhuma agenda como desculpa, porque, vamos falar a verdade, a gente quase nunca conseguia trabalhar quando estávamos juntos. De qualquer forma, quando apertei a seta para cima no elevador, comecei a reconhecer o que Aminah havia diagnosticado anteriormente como "nervosismo"; as borboletas batendo as asas de modo caótico em minha barriga, as palmas das mãos formigando.

Aquilo era realmente um encontro *de boa*? Eu não tinha ideia do que "real" significava em nosso contexto, mas sabia que as batidas de meu coração pareciam muito reais.

Era tarde demais para cancelar? Eu estava com muita fome, no entanto, e Malakai tinha me garantido que pelo menos o frango arrasaria.

Tentei me estabilizar quando as portas do elevador se abriram. Aquilo não era nada demais.

Era *Malakai*, pelo amor de Deus.

Era *Malakai*, então com certeza eu me divertiria e relaxaria.

Era *Malakai*, então não tinha por que ficar nervosa.

Era *Malakai* e era estritamente platônico porque ele *não* gostava de mim daquele jeito.

A porta do apartamento estava entreaberta, impedida de fechar por uma caixa de sapatos. Kofi morava no apartamento em frente e Malakai muitas vezes deixava a porta aberta para ele poder entrar com facilidade, pegar emprestado um pouco de leite, uns cubos de tempero. Eu me esgueirei pela porta, ainda equilibrando a caixa, quando ouvi vozes abafadas vindo do quarto de Malakai. A princípio, pensei que ele estava com Kofi e estava prestes a abrir a porta do quarto quando percebi que as vozes pareciam *iradas*. A voz que não era de Malakai era mais grave, mais áspera e tinha uma cadência nigeriana que tornava sua raiva estrondosa.

— Malakai, você estuda *cinema*? E não me contou? Tive que saber pela sua mãe que você abandonou o curso de economia em uma das melhores universidades do país, *meses* depois de…

— Pai, esta também é uma das melhores universidades do país. Ou não conta porque não é a mesma universidade em que os filhos dos seus amigos estudam? É a melhor na minha área. Que, sim, é cinema. — A voz de Malakai soava quase animada em sua afabilidade, mas estava deslocada, como uma cantiga distorcida de parque de diversões em um filme de terror.

— Olalekan, fico na Nigéria trabalhando para construir algo por essa família, para meu legado, sendo um homem para essa família! Você também tem que aprender a ser homem. A vida não é fácil. Você acha que foi fácil para mim depois que meu pai morreu e eu…

Ouvi Malakai rir sem humor.

— Lá vem.

— Sim, *lá vem* mesmo. Tive que me esforçar para ajudar minha mãe a sustentar meus irmãos. Aos 17 anos. Você faz sacrifícios para poder ser responsável. Também gosto de câmeras. Você acha que eu não preferiria estar vadeando com meus amigos, tirando fotos, me divertindo? Isso é um passatempo. Você pode fazer um curso sólido e adequado, enquanto faz isso no tempo livre. Fotos não pagam as contas. Fazer filmes não vai pagar as contas.

— Talvez pague para mim. Sou bom nisso, dou duro. Isso não basta? — A voz de Malakai estava baixa.

Ele parecia mais jovem e havia uma vulnerabilidade sob a frustração, a dor em tentar provar que não estava magoado. O som cortou meu coração. Eu deveria ter ido embora. Não dava mais para dizer "ouvi sua conversa acidentalmente". O que eu estava fazendo podia ser considerado como escutar escondido desde alguns minutos antes, mas eu estava paralisada naquele lugar, segurando a sacola de bebidas apertado contra o peito como se Malakai pudesse sentir o conforto por transubstanciação.

— E você também poderia dar duro fazendo economia. Tentei entender na época em que você fez uma pausa quando… aquilo aconteceu.

— Quando *aquilo aconteceu*? É assim que a gente está chamando agora? Pai, só diz. Quando você…

— Malakai, ainda sou seu pai. Admito, cometi erros. E sim, você passou… por alguma coisa. Mas todos nós passamos por várias coisas. Quando seu avô, Olalekan Korede, a pessoa de quem você herdou seu nome, o homem mais trabalhador que conheci, quando ele morreu, achei mais útil trabalhar do que ficar deprimido. Você nem perdeu ninguém! Mesmo assim, tentei entender. *Abi*, sua geração é diferente. Então deixei você ter aqueles poucos meses de descanso por causa do que estava acontecendo na sua cabeça. O plano era você compensar o que perdeu no verão. Mas você está achando que seu pai era estúpido, *abi*? Olalekan, isso é um absurdo. Sua mãe disse que você precisava de tempo "para se curar". Que tipo de cura? Cura, *kini*? O que aconteceu foi entre sua mãe e eu. Foi a cura que fez você perder a cabeça? Porque essa é uma decisão desequilibrada, estou dizendo agora, filho. Você está sendo irresponsável. Que tipo de exemplo você está dando para seu irmão?

— Que tipo de exemplo *você* tem dado? Você vem aqui e fala sobre *erros* como se você não fosse um furacão de destruição.

Naquele momento a dor tinha subido à superfície, misturada com a raiva. Ela irrompeu na voz de Kai, cortou o ar.

— Cuidado com a língua, menino.

— Essa é a primeira vez que você me vê em quatro meses. Quatro *meses*, pai. Você só demorou tanto para descobrir o que eu estava fazendo porque mal lembra que tem uma família aqui. Você deve ter se lembrando que estava fingindo arrependimento. Mesmo antes de tudo, eu só via você quando ia para Lagos, e você mal ficava em casa.

O pai dele pigarreou.

— Que besteira. Apresentei você aos meus amigos.

— Você apresentou quem você queria que eu fosse para eles. Você dizia: "Este é meu filho Malakai, que estuda economia em Norchester. Você sabia que Norchester é uma das melhores universidades de economia? Ele só não escolheu a LSE por causa da namorada, Ama. Menina linda, filha de Ekenna, meu sócio. Sim, estamos construindo um legado *o*!". Você me convida para jantar e acaba sendo um jantar entre mim e seis amigos seus, você me ignorando e só parando para dizer que eu tenho que me esforçar em Lagos, que lá é minha casa. Então, no fim de semana, saio por conta própria e passeio com alguns artistas com quem me dei bem e, quando volto, você grita comigo, porque "não é isso que você deveria estar fazendo, filho! O que meus amigos vão pensar se descobrirem que meu filho está vadeando que nem um maloqueiro?". — Malakai deu uma risada vazia. — Pai, o que *você* estava fazendo vadeando que nem um maloqueiro?

— OLALEKAN!

Senti as garrafas de vidro em minhas mãos tremerem um pouco com o trovão na voz dele.

— Ah. *Ẹ ma binu*, pai. — O pedido de desculpas de Malakai foi uma provocação animada. — Para quem o senhor está construindo? Hein? *Tani*, papai? Quem? Para Muyiwa, que mal te conhece? Ou para mainha? A mulher que ouvi chorar até dormir por causa de você? Definitivamente não é para mim. Enviar dinheiro não basta, pai. Sou grato. Sou sim e sou abençoado, eu sei, e você trabalha muito, eu sei, mas isso não basta. Antes de vir para a universidade, eu era o pai de Muyiwa. Eu estava ensinando para ele todas as coisas que você deveria ter ensinado para a gente. — A voz de Malakai estava rouca e ouvi um baque alto como se ele estivesse batendo no peito. — *Eu*! E nem sei se estou fazendo isso direito. Como é que vou saber se estou fazendo direito? — A voz de Malakai falhou e reverberou em meu peito. Percebi que meus olhos estavam marejados. — Você diz que não entendo como é perder um pai. Mas não é assim que me sinto.

Eu deveria ter ido embora. Mas não conseguia. Não era um caso de intrometimento — aquilo não era da minha conta, eu sabia disso —, mas, por algum motivo, a sensação era que Malakai era da minha conta e, mesmo que ele não soubesse, eu queria estar ali para apoiá-lo.

Quando o pai dele falou, o som foi calmo e crepitante, uma faísca ameaçadora de fogo em uma casa adormecida. Um lampejo com potencial para arrasar, destruir.

— Vou fingir que você não disse isso. Pelo seu bem.

A risada de Malakai foi sombria e oca, dolorosa de ouvir, uma imitação cruel de seu som habitual, que era denso de luz.

— Sabe o que é absurdo? Escolhi estudar administração com cinema porque depois de tudo, de *tudo*, parte de mim pensou que isso poderia te deixar feliz. Estúpido, né?

O pai de Malakai pigarreou em meio ao silêncio pungente.

— Malakai. Eu paguei pelos meus erros…

— Como?

— Deixando você falar comigo como se eu fosse seu parceiro. Mas garantir que você vire um homem é meu dever.

— Pela primeira vez, tomei uma decisão que envolve minha vida. Isso não é ser homem?

— Ser homem é tomar decisões estáveis. Isso é imprudente, frívolo e indulgente. Acredito que você não estava em seu juízo perfeito quando tomou essa decisão.

A voz do pai dele mal tinha subido um decibel, mas ainda assim ressoou alta e nítida, as palavras saíram de sua boca como uma rajada.

Houve um silêncio cortante.

— Sim, você está certo, pai. Acho que os meses em que não consegui sair da cama não foram coisa de homem.

— Malakai, não é isso que eu…

— Essa decisão me ajudou a colocar a cabeça no lugar. — O tom de Malakai foi calmo e feroz, mas mesmo assim escutei a ruptura na voz dele.

Eu não precisava ver Malakai para conseguir enxergá-lo. Eu deveria ir embora. Ele não precisava de mim. Bati à porta.

Quando Malakai abriu a porta, os olhos dele estavam brilhando. Eu conseguia perceber o esforço que ele tinha feito para transformar os fragmentos de seu rosto em algo que expressasse casualidade, amabilidade. Eu queria dizer que ele não precisava fazer aquilo.

—- Kiki, oi…

O pai de Malakai estava atrás dele. Ele era um pouco mais baixo que o filho e estava usando um elegante casaco de lã cinza-escuro por cima de uma camisa branca e calça de sarja azul-marinho, um semideus em um traje esporte fino. Era como se ele estivesse controlando o ar do recinto, com o rosto familiar e bonito em uma expressão imperiosa. Ele enfiou a mão no bolso enquanto me olhava com uma curiosidade gentil por trás dos óculos caros. Vi a tensão em seu olhar se transformar em uma afabilidade calculada.

Forcei a voz a soar animada:

— Boa noite, senhor.

Ele acenou com a cabeça para mim, um gesto quase imperceptível.

— Boa noite. — Ele se virou para Malakai e continuou, num tom plácido: — *Şé işę ę rě? Şe nítorí ęni tí o şe fé sọ ayé nù rě? Má d'àbí èmi.*

— Havia mudado para iorubá para perguntar: "Esse que é seu trabalho? É por isso que está jogando sua vida fora? Não seja como eu".

Malakai se endireitou, a postura de alguma forma suavizada pela presença do pai, mas ainda fria, defensiva.

— Não precisa se preocupar com isso. E você não pode falar das pessoas que eu gosto como se elas não tivessem no recinto. Essa é Kikiola.

— *Orẹ ni wa*, senhor — respondi ao pai de Malakai. — Somos amigos — repeti, como se para enfatizar o ponto, como se estabelecendo as linhas de batalha, deixando evidente que eu estava presente como um apoio emocional ali, se fosse necessário.

O pai de Malakai me analisou com cuidado por um tempo, até que vi um pequeno movimento de sua boca que poderia ter sido um sorriso, se você estreitasse bem os olhos.

Entrei de fato no quarto e mantive o tom jovial:

— Mas quase não viramos amigos. Ele estava competindo comigo pelo primeiro lugar da turma, o que foi bem irritante. Aí vi o curta-metragem dele e concluí que era um adversário digno, o que foi ainda mais irritante, porque não gosto de reconhecer inteligência masculina.

Meu sorriso era amplo e brilhante e as sombras no olhar do pai de Malakai recuaram um pouco, a expressão entre perplexidade e divertimento.

Quando me virei para Malakai, a expressão dele era indecifrável.

— Posso ir embora.

Malakai balançou a cabeça.

— Não. Não, meu pai já estava de saída. Ele tem um voo amanhã cedo, de volta para a Nigéria. Foi só uma visita rápida.

O pai de Malakai esfregou a mandíbula em um gesto que lembrava o filho.

— Ainda não terminamos nossa conversa. — Ele hesitou e, pela primeira vez, vi uma pitada de incerteza em seu olhar.

Os olhos dele foram de Malakai para mim. Malakai ficou encarando a parede atrás da cabeça do pai com a mandíbula tensa, os punhos cerrados.

O pai dele assentiu profundamente, mais para si mesmo do que para qualquer outra pessoa.

— Cuide-se, filho. Prazer em conhecê-la, Kikiola. Me ajude a manter esse aí longe de problemas.

— Vou tentar, mas não prometo nada.

Ele sorriu para mim e pareceu tanto com Malakai naquele momento que eu quase me engasguei. Não foi um sorriso grande, mas estava ali, presente o bastante para me dizer que, se fosse mais amplo, poderia ter o mesmo brilho que o do filho.

— Seu iorubá é bom, inclusive.

A frase pairava entre um pedido de desculpas e o reconhecimento de algo que não tinha nada a ver com minhas habilidades em minha língua ancestral.

— *E̩ ṣé*, senhor. *Ìrìn àjò áá dára.*

Ele deu um tapinha no lado esquerdo do peito, em graciosa aceitação dos meus votos de que ele fizesse uma viagem segura, e saiu do quarto, deixando uma brisa forte, rica e com cheiro de madeira de ágar para trás. Nós só nos mexemos novamente quando escutamos a caixa de sapatos cair e a porta da frente bater.

O sorriso que Malakai me deu enquanto pegava a sacola de bebidas de minhas mãos era doce pelo esforço. A tentativa fez meu peito ficar apertado. Ele colocou a sacola em cima da cômoda e imediatamente se sentou na cama, curvando-se, enterrando o rosto nas mãos. Fui para o lado dele, me sentei silenciosamente em seus lençóis azul-marinho. Ele estava imóvel, então achei que a melhor coisa a se fazer era ficar imóvel também. Fiquei encarando o pôster dele de *Se a rua Beale falasse* a nossa frente.

Eventualmente ele falou, a voz abafada pelas mãos:

— Quanto você ouviu?

— O suficiente. — Engoli em seco. — Está chateado?

— Não com você.

Malakai se endireitou, as mãos despencaram em cima das coxas. Inspirou profundamente e então expirou com um sopro. Seus olhos estavam vermelhos. Ele comprimiu os lábios e assentiu depressa, como se esperasse que a ação fizesse a emoção diminuir, e soltou uma risada sem humor.

— Não foi assim que imaginei que seria a apresentação da minha namorada ao meu pai.

Eu sabia que ele tinha dito "namorada" no sentido falso, no nosso sentido, no sentido sem sentido. Empurrei o ombro dele com o meu.

— É? Como esperava que fosse? Depois de quatro pratos no nosso jantar de noivado no Nobu?

— Nunca. — O tom de Malakai foi duro.

Ele evitou meu olhar, os olhos presos ao pôster à sua frente. O Malakai normal teria entrado na brincadeira: "Que nada, no jatinho a caminho da ilha particular que reservamos para a semana do nosso casamento".

Eu entendia. Ele não precisava que eu o fizesse se sentir melhor. Ele conhecia o pai e precisava sentir o que tinha que sentir. Mal percebi quando peguei a mão de Malakai. Aconteceu enquanto eu soltava o ar. Eu a coloquei em meu colo, apertei-a com firmeza. Malakai apertou minha mão de volta na mesma hora. Ficamos em um silêncio solene por alguns momentos, até que meu estômago insensível soltou um grunhido alto, desagradável e petulante. *Não.* Fiquei parada, esperando que Malakai não tivesse percebido. Ele também não se mexeu. Ignorar o barulho pareceu ter funcionado. Ficamos em silêncio por mais alguns momentos até que os ombros de Malakai começaram a balançar para cima e para baixo, devagar e depois depressa. A respiração dele saía em rajadas rápidas. Mordi o lábio, mas isso só fez minha risada sair pelo nariz. Então entramos em combustão espontânea. O riso pressurizado explodiu de nós, enquanto caímos um sobre o outro.

— Ai — *inspiração e expiração rápida* — me — *um guincho, um pouco de hiperventilação* — desculpa.

Malakai se levantou da cama e estendeu a mão para mim, os olhos mais brilhantes, mais leves naquele momento.

— Beleza, Nala. Vamos alimentar você.

Coloquei a mão na dele e permiti que ele me puxasse até a porta. Ele não a soltou até chegarmos à cozinha.

— Beleza. Perfeito. Bom demais.

Enfiei a última garfada do arroz molhadinho, ensopado e apimentado na boca.

Malakai sorriu enquanto se levantava da mesa de jantar com nossos pratos.

— Fizemos um bom trabalho. E sim, reconheço que foi um trabalho em equipe. Não sei se eu teria conseguido sem você bebendo vinho e gritando ordens para mim.

Inclinei a cabeça em uma reverência régia.

— De nada. Acho que foi meu apoio moral que deu o *tchan*.

— Acho que foi o louro.

— Quem te lembrou de colocar o louro?

Malakai riu e se sentou de novo à mesa, tomando um gole de seu Supermalt. Não falamos sobre a situação de mais cedo. Malakai não deixou espaço para aquilo.

Fizemos piada enquanto ele esmagava os cubos de tempero e misturava os pimentões, tomates e cebolas. Ele já tinha marinado as asas de frango durante a noite em uma mistura especial que envolvia mel e especiarias variadas, e o aroma encheu a cozinha, apimentando nossas risadas enquanto o prato assava no forno. O frango estava bom, soltando do osso, o tempero afundou na carne até o tutano, saturado de sabor. Fiquei impressionada. E satisfeita. Tão satisfeita que comecei a sentir o sono chegar. Empurrei a cadeira para trás, bocejando.

— Desculpa.

Malakai sorriu para mim.

— Você quer sobremesa? Posso oferecer sorvete da lojinha polvilhado com cereal enquanto assistimos ao filme de Eddie Murphy de sua preferência. Você não disse que ele foi seu primeiro *crush* humano?

Dei um tapinha na barriga e me espreguicei.

— Parece um plano delicioso, mas acho que tenho que ir. Tenho que fazer uns relatórios para o projeto.

O sorriso de Malakai diminuiu.

— Beleza. Tranquilo.

Ele se virou para a pia e começou a lavar a louça. Eu o observei em silêncio por um tempo antes de me juntar a ele, pegando um pano de prato e secando os pratos do escorredor.

— Bem, nós ainda temos uma garrafa de vinho. Vamos começar com *O príncipe das mulheres*. — Soltei um assobio baixo, enquanto secava um garfo com cuidado. — Eddie estava gato demais nesse aí.

Malakai jogou espuma em mim.

Não tinham se passado nem cinco minutos do filme quando Malakai tocou no assunto. Estávamos sentados lado a lado na cama dele, contando piadas, bebendo canecas de vinho (naturalmente, ele não tinha taças) quando ele se calou, como se tentasse configurar as palavras.

— Tenho que explicar aquele drama de Nollywood. Faz parte do nosso acordo, né? Comunicação?

— Só se você quiser. A gente está só fingindo ser namorados...

— Mas não estamos fingindo ser amigos.

Havia uma pergunta delicadamente inserida na afirmação. Peguei o controle remoto e pausei a TV, virando-me totalmente para ele, girando as pernas dobradas para ficarmos de frente um para o outro.

— Não.

A boca de Malakai se contraiu em alívio, de um jeito que fez minha barriga se revirar.

— Que bom, senão seria muito constrangedor. Porque um dia desse percebi que, além de Kofi, você provavelmente é a pessoa mais próxima de mim em Paço.

Parecia que meu coração tinha sido enchido com gás hélio, inchado, aéreo, gigante, grande demais para meu corpo, cheio demais.

— É. Você também é a pessoa mais próxima de mim — consegui dizer com casualidade. — Além de Aminah. Que trágico. Será que a gente deveria entrar num clube do livro ou algo assim?

Malakai deu um sorriso doce antes de esfregar a nuca.

— Quero te contar. Mas não é fácil para mim falar disso.

— Tudo bem. — O silêncio que se fez entre nós foi confortável, uma continuação da conversa. Deixei-o descansar por alguns momentos antes de me aventurar nele. — Que tal a gente continuar o filme, aí você pode falar quando, e se, der vontade?

O olhar agradecido que Malakai me lançou fez meu peito doer.

— Pode ser assim.

Dei play no filme, abaixei o volume e me virei para encarar o sorriso encantador, brilhante e aberto de Eddie Murphy enquanto ele flertava com uma mulher linda com o cabelo impecável.

— Meu pai sempre me lembrou de Eddie Murphy.

Virei-me para encarar Malakai, mas seus olhos ainda estavam na tela, então segui o exemplo.

— É?

— Acho que é por isso que eu amava tanto os filmes dele. Carismático, bonito... E sei que não pareceu mais cedo, mas ele pode ser muito engraçado quando quer. Quando eu era mais novo, amava quando as pessoas diziam que eu era parecido com ele, amava quando minha mãe dizia que eu a lembrava dele. Eu gostava de ter *alguma coisa* dele. Ele saiu da escola para sustentar a família, se orgulhava de ser um "empresário independente". Um empreendedor. Prover era a linguagem de afeto dele. Mais de uma vez ouvi minha mãe ligando para ele em Lagos no meu aniversário ou no do meu irmão para lembrar ele de ligar para a gente. Aí ele visitava por uma semana e comprava uma bicicleta que ele não ensinava a gente a andar porque não tinha tempo, mas estava tudo bem. Ele beijava minha mãe na bochecha e dançava com ela na sala ao som de Earth, Wind & Fire e dizia: "Minha querida, tudo que eu faço é para nós, estou construindo para o nosso reino", como se tudo tivesse bem pra caralho.

A voz de Malakai era frágil. Enrolei o braço no dele, apertei contra meu corpo.

Ele pigarreou:

— Comecei a namorar com Ama porque ele me incentivou. Escolhi estudar economia porque era isso que ele queria que eu estudasse. Para aprender administração, para poder trabalhar com ele um dia. Eu achava que era só *fazer* as coisas, sabe? Achava que assim ele daria a mínima. — A voz de Malakai estava abafada de emoção, calculadamente casual. — Descobri que meu pai traiu minha mãe assim que comecei o primeiro ano da faculdade. Uma mulher me mandou mensagens no Facebook. Porra, uma das piores partes foi que ela mandou fotos de si mesma na casa em Lagos. Fotos dela com meu pai. Acho que meu pai cansou dela e ela queria se vingar. Foi meio genial, na real. Porque aí fiquei na ótima posição de dizer ao meu pai que tinha visto uma mulher enroscada nele no sofá que minha mãe tinha escolhido e que, se ele não contasse para ela, eu ia contar.

Os olhos dele estavam voltados para baixo, a mandíbula tensa com a lembrança do fardo emocional de carregar a informação que romperia sua família, de ver seu herói desaparecer em alguns segundos. Todo o meu corpo sentia por ele. Eu queria abraçá-lo.

— Que merda. — Ele pressionou as palmas das mãos nos olhos. — Desculpa, eu nem sei por que…

Mudei de posição para me sentar na frente de Malakai, me aninhei entre as pernas dele e encostei as costas no peito dele. Segurei as mãos dele e as juntei em volta da minha cintura e ele relaxou o corpo contra o meu.

— Está tudo bem, Kai.

Malakai encostou a testa na parte de trás da minha cabeça.

— É absurdo como dá para ficar chocado com algo que você sempre esteve preparado para descobrir. Absurdo o quanto ainda assim dói pra caralho. Ainda assim dá raiva. E foi só aí que percebi o quanto me apegava a uma ideia do meu pai. Eu conseguia desculpar qualquer merda que ele fizesse porque achava mesmo que ele se importava. Eu comprei a história toda de "construir um reino", como se estivesse em uma seita. Como se eu tivesse sofrido lavagem cerebral.

— Kai, você não pode se culpar por admirar seu pai...

— É só que eu queria tanto ser ele. Apesar de tudo. Sempre firme, sempre calmo, nada o intimidava. A alma de toda festa. Capaz. E, no fim das contas, ele era um egoísta do caralho. Covarde. Aquele gigante ficou tão... minúsculo. Ele sempre dizia que não podia vir para a Inglaterra por causa da agenda de trabalho, mas conseguiu pegar um voo para Heathrow dois dias depois de nossa ligação.

— Ele contou para sua mãe?

— Ele tentou mandar a gente para fora da casa, mas deixei meu irmão na casa de um amigo e voltei. Eu queria estar lá com minha mãe. Nem um deles me ouviu entrar. Ela estava gritando com ele. Gritando com toda força. Um barulho enorme. Escutei ela dizer: "Eu conseguia aguentar você fazendo isso comigo. Eu aceitei. Pensei: ele faz o trabalho dele, ele cuida de mim. Mas nossos filhos? Malakai teve que descobrir de um de seus brinquedinhos que você é um vagabundo? Você não conseguiu nem fazer seu esquema direito? Meu coração não foi suficiente, você teve que partir o coração dos nossos filhos também?". E aí teve um silêncio enorme, porque acho que foi aí que meu pai percebeu que minha mãe sempre soube.

"Ela disse: 'Ah, você acha que sou besta que nem você? Esse é o problema. Você sempre pensou em mim como aquela menina jovem que você podia impressionar. Que podia criar seus filhos, mas não fazer parte do seu mundo'. E sabe, o pior é que mesmo assim eles ainda estão juntos. Nada mudou. Ele ainda está na Nigéria, ainda trata a gente como uma atividade extracurricular. Não sei o que eles resolveram. Só sei que senti como se meu chão tivesse desmoronado. Então só me fechei."

O ar que Malakai soltou aqueceu meu pescoço e seus braços me apertaram com mais firmeza. Passaram-se alguns momentos até que ele falasse novamente.

— Percebi que tinha baseado minha vida em muita coisa que não valia a pena. Minha relação com Ama, meu curso. Tudo isso para impressionar um homem que era um mentiroso. E eu só... fiquei triste pra caralho. Eu não conseguia mais dizer onde era o chão e onde era o teto. Ama foi solidária no início... na verdade, foi mais pena. Mas ficou frustrante para ela, eu entendo. Quer dizer, agora entendo que eu estava tendo um colapso. Eu não ia para a aula, não queria sair. Não era eu mesmo. Quando disse a ela que eu estava com dúvidas sobre meu curso, ela disse que eu estava sendo dramático, irresponsável, que ela tentou ser legal, mas essa era a gota d'água. Nem chegou a ser um término, foi só... duas pessoas finalmente se libertando de algo que nem sabiam que era uma prisão. Depois que terminamos, eu não conseguia entender por que eu queria ficar naquela universidade. Falei com Kofi e parecia que ele estava se divertindo muito aqui. Além disso, Paço tinha o curso perfeito para mim.

— Aí você decidiu vir para bagunçar as coisas.

Malakai riu, e o som retumbou pelo meu corpo.

— Quando cheguei aqui, queria recomeçar. Queria me mudar para algum lugar sem expectativas a respeito de mim. Quando as pessoas têm expectativas, dá para decepcioná-las. Além disso... Cara, eu não sei *o quanto* sou parecido com meu pai mesmo. Tenho o sorriso dele, os olhos dele, como posso ter certeza se também não tenho a predisposição dele para ser um traidor desgraçado? Porra, será que se eu passasse tempo suficiente em um relacionamento, acabaria como ele? Achei melhor evitar tudo logo. Vi como pode ser destrutivo quando você faz uma merda dessa. Parando para pensar, acho que o filme tem um pouco a ver com isso. Tipo, não me entenda mal, eu achava que o filme tinha a ver com entender mulheres, mas... acho que talvez eu esteja tentando descobrir o que são relacionamentos? Como eles podem funcionar e se estou preparado para ter um de verdade. Tentando construir um manual para evitar o fracasso. Só por precaução.

— Kai... você não é um traidor e não tem como herdar um gene que te faça trair. Acho que você tem que confiar em si mesmo e ser quem você é. E eu acho que você é uma pessoa boa.

Os braços de Malakai ainda estavam me ancorando nele e me apertaram em resposta às minhas palavras. Sua voz estava um pouco mais rouca quando ele falou novamente.

— Eu realmente nunca tinha falado de nenhuma dessas coisas antes. Obrigado, Scotch. Por…

— É para isso que servem namoradas de mentira que são amigas de verdade.

Houve uma pausa confortável e doce antes de Malakai perguntar:

— Como você pode ter tanta certeza que não sou um traidor?

Dei de ombros.

— Você não esconde quem você é, você é aberto. Tipo, óbvio que você podia ter sido mais direto em relação a algumas coisas… e você tem cuidado com o que mostra de você às vezes, mas nunca houve nenhuma dúvida sobre quem você *é*.

Malakai ficou em silêncio por um tempo.

— Você já foi traída? — perguntou ele, finalmente.

Entendi que, depois de provar a liberdade, minha verdade tinha se tornado muito mais difícil de prender, principalmente perto de Malakai.

— Não exatamente. Eu que fui a traidora.

Merda. *Merda*. Não era para eu ter dito aquilo. Como é que ele fazia aquele negócio? Como me deixava mole a ponto de meus segredos calcificados amolecerem e escorregarem para fora de mim? Malakai não disse nada, mas não tirou os braços da minha cintura. Meu coração começou a bater três vezes mais rápido e minhas mãos, que seguravam os braços de Malakai, começaram a formigar. Eu os soltei, mas ele continuou me segurando.

— Fala comigo, Scotch.

Depois de alguns momentos, minhas costas rígidas relaxaram em seu peito. Deixei as palavras transbordarem.

Estava encarando as mãos enquanto raspava o esmalte cor de pêssego de um dedão com a unha do outro.

— Scotch.

Balancei a cabeça e limpei os olhos lacrimejantes com uma irritação áspera.

— Não. Não, não tenta me fazer me sentir melhor, Kai. Não preciso que você faça isso. Fiquei com o namorado da minha melhor amiga. Que tipo de pessoa faz isso? E depois fugi e me escondi. Você estava certo quando me chamou de hipócrita. Acho que foi por isso que doeu tanto. Tipo, quem sou eu para dar conselhos se sou capaz de fazer isso?

— Kiki…

Fiquei imóvel, minhas palavras sugando toda minha energia, caindo da minha boca.

— Eu tinha que ter sacado que aquilo ia acontecer. Sou uma farsa, Kai…

— Kiki, quero olhar pra você para dizer isso… Pode olhar para mim?

Suspirei e então me virei para encará-lo, com as pernas dobradas sobre as coxas dele. Esperei encontrar algo como um julgamento tentando muito não ser um julgamento no olhar de Malakai, mas ele olhava para mim com uma determinação doce, um foco suave. Ele passou o polegar pela minha bochecha e correu os nós dos dedos na lateral do meu rosto, inclinando a cabeça de leve, garantindo que meu olhar estava no dele.

— Você não é uma farsa, Scotch. Você estava passando por um momento difícil e você é humana. Não foi uma ficada. Aquele babaca sabia que você estava vulnerável e se aproveitou de você.

— Eu sei, mas eu não deveria…

Os olhos de Malakai brilhavam como aço, mas eram suavizados pelas sobrancelhas franzidas de preocupação. Ele estendeu a mão para segurar meus pulsos, um aperto firme, mas terno.

— Não faz isso, Scotch. Não tem "mas". Você diria isso se alguém na mesma situação tivesse mandado uma mensagem para o seu programa? Você diria para a pessoa que ela devia ter sacado que aquilo ia acontecer? Não. Você diria que Nile é um predador manipulador. — Malakai fez uma pausa, e seus olhos brilharam com raiva e doçura, um quartzo açucarado. — E você estaria certa… Sinto muito que isso tenha acontecido, você não merecia isso. Ninguém merece uma coisa dessas. Você entende, né?

Engoli em seco, as palavras dele ajudando a limpar uma névoa mental que obscurecia a verdade.

— Sim. Sim, entendo, obrigada, Kai, eu só… Foi tão confuso. Toda aquela situação me fez sentir tão fora de controle. E passei o verão seguinte tentando recuperar esse controle. Na verdade, eu tinha conseguido um estágio naquele verão. Era muito prestigioso e competitivo. Entrando lá, você estava dentro mesmo. Dava até para voltar lá para conseguir oportunidades de pós-graduação. Começava em julho e o plano era trabalhar no restaurante do meu pai até lá. Ele ainda ficava muito no hospital com minha mãe e estava bem estressado. Minha irmã mais nova ficou com minha tia e nossos primos durante o verão, então essa era minha forma de ajudar. Mas, quando chegou a hora, simplesmente não consegui ir. Depois de tudo que aconteceu, de perder tipo… *todos* os meus amigos, eu simplesmente não tinha cabeça para aquilo. Acho que o estágio de repente parecia algo estranho, assustador. Eu me sentia segura trabalhando no restaurante. Eu meio que queria me esconder.

Respirei fundo, buscando forças. O polegar de Malakai girou levemente no meu pulso em um código tátil que meu pulso traduziu como: "Estou aqui".

— De qualquer forma, enquanto eu trabalhava lá, tinha essas garotas muito legais de Lagos que iam todo domingo. Era um grupo de amigas passando o verão em Londres. Elas falavam alto sobre a vida amorosa delas. Trocavam conselhos, esse tipo de coisa. E davam gorjetas boas. Uma vez, elas me pegaram ouvindo. Ou melhor, uma vez elas me viram revirar os olhos para algo que um pilantra fez com uma delas. Elas pediram minha opinião sobre a situação, e eu dei. Aparentemente, meu conselho funcionou e elas gostaram, porque começaram a me atualizar sobre suas vidas amorosas toda semana. Era como ter amigas de novo. Isso me inspirou a criar o *Açúcar Mascavo*. Eu não consegui resolver as coisas com Rianne, então o mínimo que eu podia fazer era impedir que os caras fizessem o que Nile fez com a gente: destruir amizades. Eu queria que o *Açúcar Mascavo* fosse um espaço onde as mulheres pudessem se sentir poderosas. E a música é a maior companhia de todas. Músicas sobre amor, tesão e perda. A música fala. Conecta. Eu queria me conectar. Fazer as pessoas se sentirem menos sozinhas. — O olhar de Malakai era tão caloroso que fez minha pele se arrepiar e me fez dizer de maneira tímida: — Brega, eu sei…

Ele balançou a cabeça.

— Não, Scotch.

Ele parecia querer dizer mais, mas deixou o espaço para que eu falasse. Mantive aquele espaço perto de mim. Ele me deu coragem para continuar.

— Hum, eu ainda não confiava em mim o suficiente para me *envolver*, para fazer amizades. Aminah e eu viramos amigas por acidente na primeira semana de faculdade e fico muito feliz por isso, senão eu não teria ninguém. Eu estava com tanto medo de estragar tudo… mas acho que me censurei demais e me entorpeci a ponto de me transformar em uma *aberração* robótica sem coração, esquisita e cheia de julgamentos.

Pensei no que Shanti e Chioma tinham dito no dia anterior, sobre como elas sentiam que as julgava, que eu me achava melhor que elas.

Malakai deu uma puxadinha em uma das tranças que tinha caído do coque alto enrolado no topo da minha cabeça.

— Kiki, na primeira vez que falei com você, perto dos elevadores, senti como se tivesse sido eletrocutado.

— Humm…

— Não de um jeito robótico e esquisito. — Malakai sorriu. — Sua energia me pegou pelo pescoço. Você é elétrica. Que nem um raio. Brilhante de energia. Marcante. — Os olhos dele acariciaram meu rosto com a leveza das asas de uma borboleta. — Você se importa tanto. Você sente tanto. Então, se você for um robô, você é um daqueles robôs que todo mundo tem medo que dominem os humanos um dia, por serem muito sofisticados emocionalmente. Se você for um robô, você é um robô muito sexy e despótico.

Gargalhei, e a ação afrouxou ainda mais a tensão que já se desfazia em meu peito. Era assustador como ele sabia fazer aquilo, quando fazer aquilo. Era generoso como ele sabia fazer aquilo, quando fazer aquilo.

Sorri para ele.

— Obrigada por achar que sou uma androide gostosa e megalomaníaca. E obrigada por ser você o suficiente para fazer isso parecer fácil desse jeito.

Por ser como um pouso tranquilo.

— Ei. — Ele levantou minha mão e acariciou gentilmente meu queixo com nossas mãos entrelaçadas, encontrando meu olhar. — Scotch… eu estou aqui.

Sorri com timidez, me endireitei, e soltei o ar em meio à explosão de calor que percorria meu corpo.

Deixei a voz intencionalmente leve e disse:

— Um filminho e um trauma. E aí, ficou legal o rímel molhado ao redor dos meus olhos?

— Gata demais. Vamos tirar uma foto para as redes sociais? Mostrar para o pessoal a noite sexy que o Casal Mais Badalado do Campus está tendo...

— Beleza, que filtro disfarça a cara de evisceração emocional?

— Álcool. Ainda tem aquela garrafa.

— Vamos nessa... Ah, inclusive, considerando que a gente tá fazendo confissões, já falei que acho que agora sou amiga de Shanti e Chioma?

Peguei o controle da TV dele para dar play no filme.

Malakai cuspiu em sua caneca de vinho em temperatura ambiente.

— *Quê*? Você não poderia chegar já dizendo isso?

— Bom, eu tinha acabado de testemunhar um confronto muito intenso entre pai e filho.

— O que você acabou de dizer é *muito* mais inquietante...

E assim foi, a noite seguiu fluindo com facilidade até ele me levar para casa. Cambaleamos de mãos dadas durante todo o caminho arborizado até meu apartamento, o luar delicado e as luzes fortes do campus encontrando amor e um lar no rosto de seda-sobre-mármore de Malakai. Eu não tinha certeza de quem tinha pegado a mão de quem; eu só sabia que estávamos de mãos dadas, por nenhum motivo específico.

Quando chegamos ao meu corredor, Malakai não soltou minha mão. Conversamos como sempre, rimos como sempre e ainda assim ele não soltou. Quando meu bocejo errante nos alertou para o fato de que eram três da manhã, ele riu e murmurou:

— Bons sonhos, Scotch.

E foi como uma profecia, porque naquela noite fechei os olhos e pensei em como ele tinha dito aquilo antes de apertar minha mão e eu puxá-lo para um abraço e os braços dele me segurarem tão perto que consegui sentir seu coração acelerado através do moletom. O rosto dele se encaixou na curva do meu pescoço como se ali pertencesse, e o nariz dele roçou a pele entre minha clavícula e garganta, acendendo uma faísca no meu coração e entre minhas pernas. Ele me soltou devagar, como se estivesse desistindo de algo ao fazê-lo. A mão dele arrastou correntes elétricas na minha quando ele a largou, soltando primeiro a palma, depois os dedos, depois a ponta dos dedos, até que ele levantou minha mão para roçar os lábios nos meus dedos, a sensação como uma pena em chamas, então finalmente a soltou, porque nada de beijos, eu tinha dito nada de beijos. E nem conseguia mais lembrar por quê.

CAPÍTULO 19

Na manhã de sábado da semana seguinte, fui acordada por um barulho agressivo de vibração. Depois de me forçar a levantar, peguei o celular e fui informada de duas coisas:

1. Eram nove horas; cedo demais para qualquer ser humano normal fazer uma ligação em uma manhã de sábado.
2. Malakai não era um ser humano normal. No fundo, eu já deveria saber daquilo.

Tínhamos ido à Sexta-Feira Muito Loka na noite anterior e só havíamos chegado em casa cinco horas antes. Ele deveria estar tão cansado quanto eu. Esfreguei os olhos e pisquei para o nome dele na chamada por alguns momentos para confirmar que aquilo estava realmente acontecendo antes de atender.

Grunhi.

— Por quê?

Malakai ignorou minha saudação calorosa.

— *Aroa*, Shangaya.

Fiz uma careta para a luz do sol da manhã que entrava no quarto.

— O quê? Você ainda está bêbado? Por que está dizendo bom dia em fekoniano? Agora você é tão fã do *Reino* que está falando a língua? Aff, criei um monstro…

— Vai até a janela.

— Colega, se este for um caso tipo Rapunzel, minhas tranças tão amarradas com um lenço na cabeça. Os elevadores do prédio funcionam bem.

Mas eu já estava me levantando da cama, caminhando até a janela do terceiro andar perto da mesa, estreitando os olhos contra a luz do outono, impulsionada pela curiosidade e pela animação.

— Rapidão... Tô tentando fazer uma coisa. Pode me deixar fazer essa coisa?

Ri.

— Ok, entendo que ser meu namorado falso significa que você tem que tentar ser romântico, mas acho que interpretar Romeu e Julieta é um pouco demais. Principalmente porque eles eram basicamente dois estúpidos com tesão que...

Parei quando vi Malakai no pátio entre os prédios da residência estudantil. Ele era Niyo. Bom, estava vestido de Niyo. Ele devia ter procurado as tias costureiras do Leste porque, de alguma forma, tinha conseguido o tecido escarlate-escuro necessário para fazer a capa que Niyo usava no livro. O manto tinha antigos caracteres celestiais escritos nele — Malakai o recriara cortando e colando pedaços de tecido preto na capa, seguindo os padrões do livro. Não estava perfeito, mas foi uma tentativa impressionante; particularmente para alguém que, com certeza, nunca havia assistido *Project Runway*.

Ele usava uma calça branca engomada que parecia ser metade de uma roupa tradicional iorubá, *şokoto*, o mesmo tipo que Niyo usava. Também estava sem camisa. Aquilo fazia sentido para Niyo, que existia em um etéreo universo tropical fictício, mas não para Malakai, que estava em uma cidade do sul da Inglaterra. Estava fazendo cerca de doze graus. Ele devia estar muito desconfortável, mas fiquei grata pela escolha. Assim eu conseguia ver muito bem a corrente de ouro brilhando no marrom-escuro de seu peito, imitando o amuleto protetor que o personagem usava. E, mais do que aquilo: assim eu tinha uma visão completa de seu tanquinho levemente definido, que, embora não tenha sido adquirido especialmente para a ocasião, eu apreciava de qualquer maneira. A pele de Malakai era escura e macia e brilhava à luz da manhã, um colírio para olhos sonolentos. De repente me vi alerta, cheia de energia ,como se tivesse dormido durante dez horas. Ele havia pintado o cabelo com spray dourado, em homenagem ao fato de que, na história, os cachos de

Niyo eram feitos de raios de sol. A combinação de todos os elementos de alguma forma aumentava seus níveis já absurdos de sensualidade.

Mordi o lábio.

— Malakai… — Minha voz era um sussurro. — O que você está fazendo?

Ele deu de ombros.

— Vamos pra RomCon. Encontrei ingressos no mercado ilegal. Tô brincando. Tirei as fotos do casamento de um cara que trabalha no departamento de marketing de uma empresa de ingressos e ele disse que eu poderia falar com ele para pedir ingressos a qualquer momento. Acontece que são eles que estão cuidando desse evento. Inclusive nosso trem sai em uma hora e meia. Trouxe bolo Tottenham para a viagem.

Eu não conseguia respirar.

— Kai, você tá falando sério?

— Quer dizer, não fui eu que fiz. Comprei na padaria ontem de noite, então talvez esteja meio duro.

— Não estou falando do bolo. Quer dizer, sim, tem o bolo, mas também a viagem… Kai, é muita coisa!

O tom dele era tranquilo, jovial.

— Ah, está achando que isso é para você? Tenho um monte de livros para serem autografados.

Ri pelo nariz e meus olhos ficaram embaçados. Algo cresceu em meu peito. Senti como se estivesse sendo levantada pela força das asas das borboletas batendo dentro de mim.

— Dá para ver seus mamilos daqui. Estão de furar o olho.

— Sim, está frio pra caralho. Talvez eles possam servir como armas, considerando que eu não tive tempo de fazer o cajado de raios. Vou usar uma camiseta no caminho até lá, mas queria que você visse o visual completo. Também coloquei um piercing no nariz.

Pressionei a testa na janela e Malakai inclinou a cabeça, fazendo uma pose dramática. Vi o brilhinho do piercing fino de prata característico de Niyo.

— Incrível.

— Com certeza vai deixar minha narina verde. Mas vale a pena. Tô sexy. Tupac está tremendo lá em Cuba. Fala a verdade, o cabelo dourado me deixa com cara de Sisqó?

— Não sei. Canta a "Thong Song" pra mim rapidão?

Quando Malakai cantou, imitando a emoção do refrão e levantando o punho, ri pelo nariz.

— Deixa. Mas é fofo.

O sorriso de Malakai competia com o sol de outono. Naquele momento, fui dominada por uma força não identificável intensa o suficiente para me fazer desligar o celular, pegar a chave e sair correndo (sem sutiã, de blusa curta, shortinho e pantufas) para o ar gelado de novembro e pular em um Malakai surpreso que parecia estar tentando me ligar de volta. Joguei os braços ao redor de seu pescoço e enterrei o rosto nele.

Malakai ficou surpreso apenas por um momento. No instante seguinte, senti os braços dele circundarem meu corpo, me puxando para perto e quase me tirando do chão. Minha camisa se levantou um pouco, então minha pele encostou na dele. Estava frio, mas aquele contato fez o calor queimar pelo meu corpo, acelerou meu pulso. Quando nos afastamos um pouco, nossas respirações rápidas se misturaram no pequeno espaço entre nós; nossos braços ainda estavam entrelaçados.

— Kai, não sei o que dizer. Essa é uma das coisas mais fofas que alguém já fez por mim. Não estou acreditando que você está de cosplay aqui na minha frente.

Os olhos escuros de Malakai brilharam. Ele estava fazendo um péssimo trabalho em esconder o sorriso tímido que se espalhava por seu rosto.

— Acho que estou curtindo, sabe. Acho que o look me caiu bem.

Caiu mesmo. Era até meio assustador, na verdade. Ele parecia exatamente como eu imaginava Niyo. Uma beleza majestosa. Gentil.

— Mas — continuou ele —, como você sabe, Niyo não é nada sem Shangaya. De acordo com meus cálculos, você tem quarenta minutos para se vestir. Já sei que você tem uma roupa. Está pronta, minha Flor de Fogo?

De fato, eu tinha a roupa. O fato de Malakai ter usado o apelido de Niyo para Shangaya me fez sorrir.

— Acho que nunca vou me acostumar com você sendo um nerdão comigo. Mas — soltei Malakai e comecei a recuar em direção ao meu apartamento —, essa não é a questão. A questão é, *você* está pronto para me ver como Shangaya?

Malakai ergueu a sobrancelha enquanto me seguia até o prédio, lançando um sorriso torto para mim.

— Ah. Rá. Acha que vai ficar bom a esse ponto, Scotch?

— Que nada — respondi, adotando a marra de Malakai e imitando o tom confiante que ele tinha usado na noite em que nos beijamos. — Eu tenho certeza.

— Tem certeza que filmou?

Encarei a mensagem na página do meu exemplar de *O reino de Ifekonia: À procura do sol* com os olhos embaçados e arregalados.

Malakai sorriu para mim do outro lado da mesa em que estávamos e assentiu:

— Sim, Scotch, pela enésima vez, tenho o vídeo de Idan Fadaka autografando seu livro.

— E a parte em que ela congelou quando falei meu nome e disse que soava familiar? Quando ela disse que lembrava de mim de um painel em que participou no ano passado, porque minha pergunta foi muito… quais foram as palavras que ela usou?

O sorriso de Malakai ficou maior.

— Incisiva e atenciosa.

— Incisiva e atenciosa. E depois o que aconteceu? Só pra checar…

— Ela disse que você era uma Shangaya linda.

— Ai, meu Deus, Kai. Sei que estou sendo irritante, mas não consigo acreditar que esse dia aconteceu!

Malakai balançou a cabeça e o movimento de alguma forma fez o brilho em seus olhos ficar mais forte.

— Não é irritante. Amo ver você desse jeito.

— Sendo nerd?

— Sim. — Joguei um sachê de açúcar nele e ele pegou com uma mão, rindo. — E feliz.

Estávamos na convenção havia algum tempo. O evento era cheio de painéis e palestras nas quais Malakai estava surpreendentemente interessado. Ele me acompanhou a todas as discussões que despertavam meu interesse; a animação e o entusiasmo que eu sentia pulando por todo lado. Por causa da beleza acentuada e da altura que combinavam bem com a fantasia e o personagem, Malakai acabou sendo o centro das atenções. Ele atraiu olhares paqueradores e pedidos de fotos e, sendo o príncipe etéreo que era, Malakai topou tudo com seu jeito agradável, sorrindo para todos os flashes, aceitando os elogios com naturalidade e falando com entusiasmo sobre seu personagem. Quando fui encontrá-lo no corredor do centro de convenções depois de ir ao banheiro, uma outra Shangaya estava falando com ele, a peruca trançada balançando no ombro enquanto ele lhe devolvia o celular. Meu estômago se revirou ao ver a cena, minha respiração ficou presa na garganta e fiquei irritada por me sentir daquele jeito. Comecei a repetir mentalmente os mantras sagrados que vinha usando para me recompor nos últimos tempos:

Malakai e eu somos amigos.

Isto é um projeto.

Malakai não gosta de mim desse jeito.

Malakai e eu flertamos porque flertar faz parte do DNA da nossa amizade.

Sim, nós tivemos um... momento na outra noite, mas provavelmente só tinha acontecido porque estávamos nos sentindo vulneráveis.

Decidi desenvolver melhor os mantras longos, desajeitados e pouco poéticos para a ocasião específica.

E ele nem está aqui como meu namorado falso; está aqui como Amigo. Estamos fora da jurisdição do projeto e ele é livre para fazer o que quiser.

Só porque ele está vestido como meu crush literário e, portanto, como a personificação de muitas fantasias eróticas, não significa que eu possa projetar nada nele.

Porra, por que ele é tão fofo?

Malakai me viu, sorriu e os mantras se desmancharam, porque sim, não estávamos juntos, mas ele realmente tinha que flertar com alguém na minha frente de forma tão escancarada? Senti que tinha faltado um pouco de delicadeza, não tinha sido legal e, na verdade, beleza, sim, eu estava com ciúme. Talvez fosse por causa dos papéis que estávamos interpretando naquele dia, mas como ele teria se sentido se eu estivesse em dando cima de outro Niyo na frente dele?

Meus passos empacaram assim como meu pulso e andei mais devagar quando senti o coração acelerar. Esperei até que a outra Shangaya fosse embora para forçar um sorriso tranquilo no rosto. Não pareceu tranquilo, no entanto, pareceu um vendaval, o prelúdio de uma tempestade.

— E aí, aquela outra Shangaya estava querendo um gostinho do seu para sempre?

Merda. Eu queria arrancar aquelas palavras do ar e enfiá-las de volta na boca. Senti as bochechas ficando quentes. Eu estivera citando o livro, mas percebi tarde demais como aquilo soava mal e aquela sensação acabou com minha já questionável tranquilidade. Eu tinha a tranquilidade de um furacão.

Malakai me lançou um olhar meio perplexo.

— Não sei, mas ela pediu minha arroba do ProntoPic.

Balancei a cabeça e abri mais o sorriso, como a mulher tranquila, despreocupada e nem um pouco incomodada que era, tensionando a mandíbula para conter o pedaço de aorta que tinha chegado à minha boca. O resto do meu coração caiu no fundo da minha barriga, esmagando todas as borboletas.

— Uhum. Isso é… Enfim… — Ri, colocando a mão na cintura para denotar ainda mais casualidade. Quando percebi que o gesto provavelmente me fazia parecer uma tia rigorosa, deixei a mão cair. — O que é legal neste tipo de lugar e o que acho ótimo para você e para outras pessoas, inclusive eu… — Por que eu não conseguia falar que nem um ser humano normal? O que havia de errado comigo? Meu Deus, será que eu estava tendo um derrame? Um derrame induzido pelo ciúme? —… é que dá para conhecer tantas pessoas novas e interessantes.

Malakai deu de ombros.

— É, acho que sim. Mas, quando eu disse que tinha namorada, ela não quis mais meu contato, então…

Pisquei.

— Você disse que tinha namorada? Por quê?

Malakai parecia confuso.

— Eu disse que agiria como se estivéssemos em um relacionamento de verdade e é isso que vou fazer. Você quer churros? Vi uma barraquinha de churros em algum lugar.

Acrescentei mais mantras.

Malakai é só metódico. Ele está se concentrando no papel de Namorado em nome de nosso sucesso acadêmico mútuo.

Ignore as borboletas. Elas são estúpidas, descerebradas e metafóricas.
Deve ser um problema gastrointestinal.
Consumo muito açúcar e laticínios.
Ter um crush *em Malakai seria tão frutífero quanto ter um* crush *em Niyo.*

Depois que nos sentamos e enchemos a barriga de churros quentinhos, senti como se estivesse flutuando, como se tivesse adquirido os poderes da minha personagem. Meu traje era muito mais discreto que o de Malakai — ele tinha escolhido incorporar a versão mais extrema de seu personagem. O meu consistia em um sobretudo liso de couro falso envernizado que caía até o salto dos meus coturnos, leggings de couro de cintura alta e um top preto. Minhas sobrancelhas estavam mais arqueadas, pintadas de preto, emolduradas por pedrinhas cor de âmbar, meus lábios pintados com batom vinho, os olhos com sombra em tons vermelhos terrosos e as cores do pôr do sol. O traje tinha um efeito placebo em mim, me fazia me sentir todo-poderosa, capaz de tudo e completamente satisfeita. Os olhos de Malakai roçaram de leve nos meus.

— Você realmente é uma Shangaya linda.

Engoli o sorriso.

— Valeu, amigo. — Talvez, se eu me lembrasse verbalmente que éramos apenas amigos, seria mais fácil matar meus sentimentos. Pigarreei.

— Quando nossos entrevistados chegam?

Tive a ideia de filmar na convenção — mesmo estando tecnicamente fora da área física determinada para o filme, pensei que poderíamos encontrar um casal da nossa idade para entrevistar, adicionar uma nova dimensão ao documentário. Malakai adotou a ideia na mesma hora e escolheu um casal enquanto estava na fila para comprar churros. Ele acabou conversando com um cara que foi levado para a RomCon pela namorada e que, aparentemente, tinha sido instruído a pedir para ela o mesmo café que eu pedia.

— A qualquer momento. Acho que esse vai ser bom, é uma ideia muito massa entrevistar aqui, Scotch. Mas é tão estranho que a namorada dele goste exatamente do mesmo tipo de xarope aromatizado com café que você gosta…

— Em primeiro lugar, comentário desagradável anotado e ignorado. Em segundo lugar, verdade, né? Eu me pergunto o que mais a gente tem em comum. Acha que ela também está num relacionamento para aumentar a audiência do programa dela na rádio do campus?

— As chances são altas. Esse é um modelo de relacionamento muito comum. A gente não é tão especial. — Malakai olhou e acenou para alguém atrás de mim, sorrindo. — E aqui estão eles…

— Tá vendo! Ele está fantasiado! Por que você não podia se fantasiar? — provocou a namorada enquanto se aproximava.

— Não queria roubar seu brilho, amor. — A resposta do namorado dela foi disparada com suavidade antes que ele abaixasse a voz de maneira teatral, presumivelmente na direção de Malakai: — Pensei que tinha dito para você trocar de roupa antes de a gente chegar? Tá acabando comigo, cara.

Malakai riu.

— Desculpa, irmão, mas tô curtindo o visual.

Malakai se levantou, seu jeito tranquilo de sempre irradiando dele enquanto os recebia. Eu, no entanto, estava grudada no assento, as múltiplas camadas de couro agora se assentando com um novo peso em minha pele. Minha boca estava seca, meu peito apertado. A voz da namorada tinha uma familiaridade inconfundível, que engatilhou lembranças compactadas, me trouxe uma mistura profana de tristeza e alegria inexplicável, uma alegria antiga, juvenil, ingênua, que vinha com a lembrança de aprender a dança de um vídeo de Beyoncé no YouTube, furar nossos umbigos em segredo e aperfeiçoar nossos pedidos de café juntas por tentativa e erro antes de bebê-los de canudinho enquanto passeávamos pelo shopping aos sábados. Eu tinha me treinado para não sentir nada e agora estava congelada pela avalanche de emoções que eu havia reprimido.

— Scotch — disse Malakai, gesticulando para mim. — Esse é Amari e… — Ele hesitou quando viu a expressão em meu rosto.

Eu me levantei, me virando para encarar nossos entrevistados, e confirmei o que eu já sabia.

— Rianne.

O sorriso irônico da garota se dissolveu de imediato.

— Kiki?

Malakai arregalou os olhos enquanto revezava o olhar entre nós duas.

— Ah. Caralho.

O namorado dela apenas parecia confuso.

Rianne não tinha mudado muito. Linda como sempre. Tinha um piercing no nariz naquele momento, assim como eu, e os cachos soltos estavam naturais, flutuando em torno do rosto. Seu vestido era de um azul profundo e deslizava por suas curvas até o chão. Ela estava vestida de Yoa, dominadora das águas, inimiga-mortal-que-virou-aliada-que-virou--amiga de Shangaya. Senti que eu estava prestes a desmaiar.

Ela se virou para os meninos, congelados, sem saber o que fazer enquanto nos olhavam, tentando descobrir se estavam no meio de uma guerra. Fiquei com dor de barriga de estresse na mesma hora. Eu estava prestes a desmaiar.

— Ei... podemos ter uns minutinhos, por favor? Se você não se importar — ela dirigiu a última parte para mim.

Malakai se virou em minha direção com uma expressão horrorizada; ele me puxou no canto, abaixando a voz:

— Kiki, eu não fazia ideia, juro. Me desculpa *mesmo*. A gente pode cancelar isso. Você está bem?

Balancei a cabeça lentamente, me sentindo atordoada.

— Óbvio que você não fazia ideia. — Olhei para Rianne, que estava nos observando. — Acho que tenho que falar com ela. Vou ficar bem.

Malakai estendeu a mão para apertar meu cotovelo com gentileza antes de acenar para Amari e encontrar uma mesa próxima.

— Bom ver você, Kiki. E logo aqui. — O sorriso de Rianne era tão forçado que era desconcertante. — Quer dizer, acho que faz sentido, pensando no assunto. A gente era obcecada por esses livros na escola. Lembra quando a gente passava um tempão naqueles sites de fanfic? Meu Deus, como é que a gente conseguia fingir que era descolada?

Respirei fundo e esfreguei o nariz. E aí foi como se eu tivesse entrado em erupção.

— Rianne, o que você quer? Tipo, o que foi aquela solicitação de amizade? Por que está me marcando em fotos antigas? Por que está agindo como se a gente fosse só duas velhas amigas se atualizando das novidades?

Isso é algum plano estranho e prolongado de vingança? Porque sinto muito, falei isso naquela época e posso repetir. Eu só... — Eu estava falando mais rápido naquele momento, tentando fazer as palavras serem mais rápidas que as lágrimas que eu sentia brotando, ardendo em meus olhos. — Desculpa, eu tava bêbada e aí ele me deu mais álcool ainda e antes que eu percebesse, eu...

Levei um tempo para perceber que Rianne estava balançando a cabeça freneticamente, com os olhos marejados. Ela estendeu a mão e segurou meu pulso.

— K, K... Porra. Eu sinto muito.

Espera, o quê?

— Por isso mandei a solicitação de amizade, por isso te marquei naquela foto. Eu só não sabia como chegar até você. Tenho estado tão envergonhada. Agi muito, muito errado...

— Rianne, eu entendo...

— Não. Não. Eu estava errada. Eu deveria ter escutado você. Mas Nile tinha um poder sobre mim, sabe? Ele disse que você estava atrás dele há um tempo, que eu fui uma estúpida por não ter percebido. Ele era um babaca manipulador, Kiki. Foi ele que me mandou te bloquear e, sei lá, ele tinha um jeito de me fazer sentir estúpida. A gente namorou mais dois, três meses depois daquilo, e realmente me perdi. E, no início, sim, eu estava muito puta com você. Mas por dentro nunca fez sentido para mim. Você não faria aquilo.

— Ri... Eu tava muito bêbada, e ele disse um monte de coisa e, antes que eu percebesse, a gente tava se beijando, ou ele tava me beijando, e aí eu empurrei ele, mas ele continuou... Eu *juro* que empurrei ele.

Rianne apertou meu pulso com mais firmeza; seus olhos estavam brilhando.

— Para. Eu sei. Eu sei. Você não precisa repetir isso para mim, eu juro. A versão dele não fazia sentido. Eu ficava perguntando o que exatamente tinha acontecido e ele ficava muito puto, então eu desistia. Uma vez a gente estava discutindo por causa de um boato de traição, que acabou sendo verdade, inclusive, e ele disse: "Porra, por que é que eu fui leal a você quando Kiki deu em cima de mim? Eu deveria ter deixado ela continuar. Ela era melhor que você com a língua mesmo". E aí foi como se a ficha tivesse caído. Como se eu estivesse sob o efeito de um feitiço maldito e ele tivesse sido quebrado. Pensei na maneira como ele agia comigo e somei dois mais dois. E eu *soube*. Porra, Kiki, eu tenho me sentido tão mal pela forma como tratei você. E você estava passando por tanta coisa e fui tão egoísta. Eu deixei ele ficar entre a gente. Me desculpa.

A voz de Rianne falhou.

Virei a mão dela para segurá-la. O alívio que senti com suas palavras e sua compreensão foi azedado pela náusea que surgiu quando pensei no que ela devia ter passado com ele; a raiva pelo que ele tinha tirado de nós. Respirando fundo, apertei a mão dela.

— Ri, tá tudo bem. Ele mexeu com nós duas. Fico feliz que você tenha se afastado dele.

Os olhos de Rianne se encheram ainda mais de lágrimas.

— Eu quis ligar para você tantas vezes. Escrevi tantas mensagens que acabei apagando antes de enviar. Nossa separação foi muito horrível para mim, K.

Engoli em seco, mas mesmo assim as palavras mal saíram da garganta.

— Sim. Doeu muito em mim também. Nile disse... que você me chamou de umas coisas muito fodidas pelas minhas costas.

— Foi mentira, Kiki, juro. Nunca falei mal de você para ele, nunca. Ele diria qualquer coisa para conseguir poder. Ele é um desgraçado.

Os olhos de Rianne eram sinceros, ansiosos, desesperados, e mais uma vez fui atingida pelo choque da perversidade de Nile.

A voz dela estava só um tom acima de um sussurro:

— O que ele disse que falei?

Engoli em seco e balancei a cabeça, sabendo que ela se sentiria pior com aquela revelação.

— Não importa mais. Cara. Acho que meio que perdi a cabeça depois da coisa toda.

— Eu também. Entendo totalmente se você me odiar.

A náusea diminuiu.

— O quê? Ri, não importa o que aconteça, você sempre vai significar muito para mim. Eu te amo. Não deixei de te amar.

As lágrimas transbordaram dos olhos de Rianne e ela apertou minha mão de volta.

— Eu também te amo, K. Podemos tipo... começar de novo, talvez?

— Eu gostaria muito disso.

Rianne e eu havíamos crescido e todos os espaços que nos faziam encaixar uma na outra haviam sido preenchidos ou mudado, as lacunas todas seladas. Poderíamos nunca mais ser melhores amigas, mas havia um potencial ali. Esperança. E, uma vez que havíamos limpado os escombros do passado, tínhamos acesso às lembranças que criamos juntas e poderíamos construir algo novo sobre aquela base.

— Não acredito que a gente está vestida de Shangaya e Yoa soluçando no café de um centro de convenções — murmurei enquanto pegava um guardanapo de papel do distribuidor na mesa e enxugava os cantos dos olhos.

Rianne bufou enquanto passava os polegares sob os próprios olhos.

— Sim, eu sei, cara. Mas, parando para pensar, é até meio poético. Além disso, falando de café, eu deveria ter sacado que era você quando conheci um cara que namorava alguém que pedia o mesmo café que eu. Seu namorado também te julga horrores por isso?

— Sim. Uma falta de gosto terrível.

— Exceto em relação à gente.

Bufei.

— Obviamente.

[Sem_Título_Sobre_Amor.Doc]
Diretor, produtor: Malakai Korede
Consultora de Produção/Entrevistadora: Kiki Banjo
Entrevistados: Rianne Tucker e Amari Kamau

Kiki: O que te atraiu em seu parceiro?

Rianne: Então, fazia cerca de um ano que eu tinha saído do que hoje percebo que foi um relacionamento emocionalmente abusivo. Perdi… coisas importantes para mim. Perdi à mim mesma. Tomei decisões ruins. Fiquei muito fodida por causa dele, não vou mentir. Eu tinha problemas de confiança, problemas com intimidade… tudo isso. Não fiquei com ninguém durante meu primeiro ano de universidade. Tipo, ninguém. Enfim, fui trabalhar em uma escola de verão no Quênia. Quando cheguei lá, todas as tias ficavam dizendo que eu tinha que conhecer o outro estudante universitário britânico que trabalhava lá, que nos daríamos muito bem. Ele estava tirando uma folguinha na Tanzânia. As crianças não paravam de dizer que eu era a segunda professora preferida deles depois do sr. Kamau. Isso me deixava muito puta. Tipo, eu, em segundo lugar? Eu odeio ter que competir pra ganhar!

Kiki: Sei como é. Principalmente quando é homem. Horrível.

Rianne: Né? *E* eu dava pirulitos para elas!

Amari: Isso é suborno, querida. Então, assim que voltei, todo mundo estava dizendo que eu tinha que conhecer Rianne. As crianças diziam que ela parecia uma princesa, as tias começaram a comprar chapéus de casamento. Era muita pressão. Mas depois que eu conheci Rianne, cara, já era. Já era mesmo. Óbvio que ela é linda, mas ela também é ótima com as crianças, tão gentil e paciente.

Rianne: Amari chegou e fiquei meio, beleza, porra, ele é meu tipo. Você conhece meu tipo, K. Ele não tem cara de meu tipo? Aquele otário lá não era meu tipo, mas Amari?

Kiki: Sim, parece que foi você quem fez ele. Você sempre disse que seu tipo era rap com um pouquinho de R&B e uma pitada de soul.

Rianne: Exato. E ele é tipo a personificação disso. Doce, gostoso, gentil. Todo mundo ficava feliz perto dele. Ele levava alegria para qualquer lugar. Mas eu não estava com cabeça para isso. Estava lá para trabalhar. No início, mal falei com ele...

Amari: Bom, teve aquela vez que você me pediu licença no caminho pro banheiro em um bar durante uma social. Lembro disso porque os caras ficaram me perguntando se eu precisava de um copo d'água.

Rianne: Aí é que tá, eu sabia que, se falasse com você, não ia querer parar. Eu tinha medo disso. Um dia peguei ele enchendo o pote de biscoitos da sala dos professores com meu tipo de biscoito preferido. Sempre me perguntei por que o pote nunca estava vazio, e aí entendi.

Kiki: Por que você não puxou papo, Amari?

Amari: Então, geralmente sou um cara confiante. Eu nunca tinha tido problemas com mulheres antes…

Rianne: Menos.

Amari: Mas com essa situação senti… que deveria esperar. Esperar até parecer que ela queria que eu falasse com ela. Mas, mesmo sem falar, a gente se conectou. A gente debochava das mesmas coisas. Eu sei porque a gente prestava atenção nas coisas ao mesmo tempo e nossos olhares se encontravam na hora. Sabe como é o sentimento? No começo, achei que eles estavam tentando juntar a gente por sermos os únicos dois britânicos do lugar, né? Mas era mais que isso. Éramos os únicos britânicos negros. Tinha uns ingleses brancos, mas os quenianos não gostavam muito deles. Pode falar isso aqui? Eles davam uma exagerada, sabe… um deles usava um pingente da África.

Rianne: Foi na verdade assim que a gente ficou junto. A gente estava sentado na sala dos professores enquanto eu rolava a tela do celular em silêncio quando o cara com o pingente da África entrou. Foi a primeira vez que vimos o colar. Ele era muito chique, estava tirando um "ano sabático", falando sobre como mal podia esperar para contar aos amigos no Reino Unido que tinha encontrado um novo lar espiritual e perguntou se a gente não se sentia su-perconectado à natureza ali, tipo de um jeito real, fundamental, *animalesco*. E o tempo todo ele ficava tocando aquele inferno de pingente. Era tão nítido que ele queria que a gente dissesse algo. Que elogiasse ele. Enfim, assim que o cara saiu, começamos a rir. Urrando de rir, sabe. Aí Amari disse…

Amari: "Se eu roubar para você, você toma uma cerveja comigo?"

Rianne: Aí eu disse: "Ele provavelmente dorme usando aquilo." Amari disse que aquilo só deixava as coisas mais interessantes.

[*Rianne sorri e puxa um colar de ouro do decote*]

Amari [*sorrindo de volta*]**:** Reparação histórica.

Rianne: Mas, sério, mesmo que ele não tivesse roubado de um homem que falava com um "sotaque africano" que soava como um crime de ódio…

Amari: Eu acho que era mesmo um crime de ódio.

Rianne:... eu teria saído com ele. O que gostei nele é que ele não forçava nada. Ele deu espaço para a gente acontecer.

Amari: Mas foi principalmente por causa do colar, né?

Rianne: O que posso dizer? Eu adoro ouro.

Na manhã seguinte, fui acordada bem cedo por um rastro do amanhecer entrando em um quarto que não era meu, mas parecia tão seguro quanto meu próprio espaço. Eu estava quentinha, segura, encostada em um peito que subia e descia suavemente contra minhas costas. Os doces roncos de filhote de tigre de Malakai eram o único som no quarto.

Depois que voltamos da convenção e trocamos de roupa, Malakai pediu delivery do Coisinha Doce para a casa dele, onde comemos enquanto assistíamos a clipes antigos de R&B, discutindo as questões logísticas de sofrer por uma mulher no meio da rua, debaixo de chuva. Ficou tarde, e nossas palavras diminuíram. Eu já estava enrolada na cama dele e Malakai se ofereceu para dormir no chão, mas falei para ele não ser besta, que não era necessário, que eu confiava nele. Então ele se ofereceu para colocar um travesseiro entre nós e eu disse que era tranquilo, que não era necessário, que eu confiava nele. Por que confiei em mim mesma?

Meio adormecida, eu tinha me movimentado para trás, o corpo curvado como um ponto de interrogação hesitante. Ele não acordou, mas reagiu, aproximando-se de mim, sua respiração fazendo cócegas em minha nuca. A sensação era muito natural, muito fácil, muito confortável. As razões em torno de tal conforto pareciam quentes demais ao toque, parecia que poderiam queimar, então deixei para lá, mas o conforto em si me aqueceu e me permiti ficar acomodada nele.

Eu usava uma calça de corrida e não muito mais que aquilo. Durante a noite, eu tinha tirado o suéter curto, revelando meu *bralette* rosa-choque. Malakai estava sem camisa, mas também tinha mantido a própria calça de corrida. Eu conseguia sentir o coração dele batendo em minha omoplata. Quando estendi a mão para puxar seu braço em volta da minha cintura, ele imediatamente se agarrou a mim, colocando o outro braço atrás do travesseiro, me puxando para mais perto, os lábios logo abaixo da minha orelha.

— Scotch. — A voz de Malakai estava sonolenta, mel quente delicioso retumbando pelo meu ouvido e indo direto para meu âmago.

Engoli em seco, incerta de repente.

— Quer que eu vá embora?

— Você quer ir?

— Não.

— Então não quero que você vá.

Ele começou a mordiscar minha orelha, enviando um arrepio pela deliciosa brecha da nossa regra que dizia "nada de beijos". Movi o corpo para trás, colada nele, e senti as ondulações de seu peito nu em minhas costas, acelerando ainda mais meu ritmo cardíaco, uma pulsação que descia até abaixo de minha cintura, que girava em um ritmo que ele correspondeu de modo imediato, excruciante. A dureza de Malakai conversava diretamente com minha maciez, me fazendo derreter nos lugares mais importantes. Os dentes de Malakai rasparam a parte macia do meu lóbulo, puxando-o com uma tenra segurança.

Eu me senti ficar selvagem.

Virei-me sob o braço dele para encará-lo e, puta merda, como o amanhecer caía bem nele. A luz pousava de um jeito lindo em seu rosto e a estreita coluna do sol da manhã fazia a chama de seu olhar mais intensa. Meu estômago se revirou, meu pulso acelerou, minha respiração falhou. A mão muito respeitosa de Malakai permaneceu na curva da minha cintura enquanto seu polegar queimava círculos em minha pele. Eu estava prestes a perguntar o que era aquilo, o que estava acontecendo, o que tínhamos começado, quando vi um vislumbre de algo cruzar seu rosto, um lampejo, algo como… apreensão? Senti um nó tenso se formar na barriga, apesar de o enroscar de nossos corpos estar se tornando cada vez mais apertado.

Malakai sustentou meu olhar em um espaço que eu não conseguia descobrir que dimensões tinha, a expressão indecifrável. Seu polegar parou o circuito hipnótico que fazia em meu quadril. Então ele tirou a mão de minha cintura, arrastou os nós dos dedos pela lateral do meu rosto e disse:

— Hum… na verdade…

O calor deixou meu corpo.

— Ah.

Ele engoliu em seco.

— Talvez isso não seja uma boa ideia, considerando que tem seu projeto e o filme e que a gente trabalha juntos. Pode confundir as coisas...

— Sim. Com certeza. Você está certo.

Levantei-me rapidamente, procurando por um suéter que não estava onde eu achava que estava. Era possível morrer de vergonha? Eu tinha certeza de que estava acontecendo. Eu estava prestes a morrer usando a porra de um *bralette* rosa-choque. Pelo menos meus peitos ficavam ótimos nele. Mas não ótimos o suficiente para Malakai querer beijá-los. Será que ele discursaria em meu velório? "Uma fofa", diria ele com um brilho bonito nos olhos, "mas eu simplesmente não gostava dela desse jeito."

Malakai se sentou e o vinco suave e apologético entre seus olhos era como duas mãos em torno do meu pescoço. Ele passou a mão pela cabeça.

— Desculpa, eu não queria... — Ele parou, como se estivesse sem palavras.

Não queria *o quê*? Me causar a sensação de que eu perderia a sanidade se não tivesse a boca dele em mim? Quase ri. Em vez daquilo, peguei o suéter de debaixo das cobertas.

— Ah, meu Deus, por favor, não se preocupa. *Eu* que peço desculpa. –– Coloquei o suéter por cima da cabeça e me levantei. — Eu nem deveria ter... Tudo bem. E você está certo. Seria uma má ideia. Uma péssima ideia.

— Kiki.

Enfiei os pés nos sapatos e peguei o celular e o cartão-chave, ainda procurando minha dignidade dentro de mim, tateando. Encontrei algo que lembrava ela um pouco, atravessei o quarto e me virei para encará-lo com a mão na maçaneta da porta. A mão de Malakai voou para a nuca; ele parecia se sentir mal e arrependido, e odiei aquilo. Queria que a rejeição tivesse sido mais dura, assim teria sido mais fácil arrancá-la de mim. Mas o que quer que fosse aquela coisa irritante de tão suave estava agarrada a mim, grudava em meus dedos enquanto eu tentava removê-la. Era mais brutal.

— Ééé... Tudo certo pro fim de semana na casa de Ty, né?

Em meio à humilhação, respondi algo como:

— Aham! Certeza! — De maneira muito leve, num tom brilhante feito bijuteria barata.

Balbuciei qualquer coisa sobre ter alguma aula que nós dois sabíamos que eu não tinha antes de correr de volta para meu quarto, tão rápido quanto minhas botas Ugg falsas conseguiram me levar.

CAPÍTULO 20

—O que tá rolando com ela hoje? Ela nem ficou acordada tempo o suficiente para nos dar um resumo de todas as produções de Missy Elliot entre 1995 e 2005. — A afirmação irônica de Shanti fluiu do banco do motorista de Mimi, o Mini Cooper (batizado em homenagem a Mariah, segundo Shanti), até meu cérebro sonolento.

— Ah, ela e o Novato tiveram uma briga ou algo assim. Eles vão se resolver. Quer dizer, ele não teria feito cosplay por nada. Esse cara *gosta* da minha amiga — a voz de Aminah soou ao meu lado.

Minha mente ainda estava muito confusa para refutar aquilo. Eu não tinha contado os detalhes a Aminah, mas ela era Aminah o suficiente para detectar que havia algo de errado e não insistir até que eu estivesse pronta para falar.

Pisquei devagar por trás dos óculos escuros enormes que eu tinha colocado para manter o sol forte do inverno longe deles. E para esconder os olhos inchados que denunciavam a minha insônia.

Shanti deu de ombros enquanto trocava de faixa suavemente na rodovia para que entrássemos no caminho para a casa de campo de Ty.

— É melhor ele não fazer merda com ela. Por algum motivo, sei que a culpa foi dele.

Chioma se virou e pegou a caixa de donuts situada entre Aminah e eu.

— Qual deles é vegano? O de pistache com chocolate branco? Oba. — Ela pegou um e continuou: — Sim, provavelmente. Cara, homens são estúpidos.

Aminah murmurou:

— Nem me fala. Ontem, na Sexta-Feira Muito Loka, Kofi estava reclamando de eu ter chamado ele de parça na frente dos amigos dele. Ele ficou todo: "Minah, eu não tô querendo ser seu parça. Por que tá fazendo esse jogo comigo?". Fazendo que jogo, cara? Parça é um apelido carinhoso neutro.

Shanti bufou.

— Hum, não vou mentir, tô com Kofi nessa. "Parça" é o beijo da morte.

Chi gargalhou.

— Você odeia o cara, Aminah? Tem jeitos mais gentis de dar o fora nele.

— Minah — murmurei, agora totalmente acordada. — Também não vou mentir, isso foi cruel. — Eu me espreguicei e levantei os óculos escuros para olhar para ela. — Mas então você provavelmente está meio assustada com o tanto que gosta dele e o chamou de "parça" para se distanciar dos seus próprios sentimentos.

Aminah levantou a sobrancelha.

— Ah, tá viva ela? Onde você estava na Sexta-Feira Muito Loka, hum? Talvez, se você estivesse lá, pudesse ter uma opinião.

Peguei o que restava da caixa de donuts.

— Eu estava cansada.

Aminah não titubeou.

— Você estava se escondendo.

Aminah e Chioma me encararam. Shanti também olhou de relance para mim pelo espelho retrovisor. Eu ignorei a elas e a verdade, mastigando devagar meu donut com cobertura de pistache.

Malakai e eu tínhamos nos encontrado em todas as Sextas-Feiras Muito Lokas das últimas semanas. Sempre acontecia de maneira natural e quem chegasse primeiro pegava as bebidas e esperava o outro em nosso sofá no Cantinho dos Contatinhos. Então observávamos as pessoas, bebíamos, conversávamos, nos provocávamos ou jogávamos nosso novo jogo favorito — Qual Celebridade Você Conseguiria Seduzir? — em que respondíamos à pergunta do título e depois detalhávamos como a sedução ocorreria. Nossa última rodada envolveu eu e Trevante Rhodes em uma festa na casa de alguém (ele me ouviria criticando seu último filme e ficaria intrigado). E, em uma impressionante demonstração de autoconfiança, a fantasia de Malakai consistia nele seduzindo Doja Cat enquanto filmava o documentário da turnê dela.

Eu tinha faltado à Sexta-Feira Muito Loka da noite anterior para recalibrar e começar o trabalho de me convencer de que o que tinha acontecido com Kai não fora grande coisa. Não apenas a rejeição ainda era muito dolorosa, mas eu tinha certeza de que Aminah amaldiçoaria toda a linhagem de Malakai. Apesar da minha humilhação, não achava justo que o bisneto dele estivesse condenado à feiura e à falta de gingado só porque Malakai não queria me pegar.

Exalei e me mexi de maneira desconfortável no assento.

— Eu... a gente precisa de espaço.

Era a verdade.

Aminah comprimiu os lábios brilhantes e ergueu as sobrancelhas até encostarem nas bordas dos óculos escuros da Dior empoleirados na cabeça, mas não disse nada.

Eu não tinha ideia do que deveria fazer. Era inviável ficar longe de Malakai por muito tempo naquele momento. O número de ouvintes do *Açúcar Mascavo* tinha aumentado em quarenta por cento e tínhamos nos tornado o terceiro programa mais ouvido do campus. Mais algumas semanas e havia chances de chegarmos ao primeiro lugar, o que garantiria minha vaga no programa da UNY. Havia também o fato de que Shanti e Chioma ainda não conheciam os detalhes técnicos do meu relacionamento com Malakai, algo que se mostrava mais complicado e me causava mais culpa à medida que eu me aproximava delas.

Engoli a saliva.

— Só quero conseguir passar por esse fim de semana, cara. Não curto muito esse tipo de rolê e agora Malakai e eu estamos estranhos e...

Shanti fez um barulho alto de vômito e me olhou pelo retrovisor.

— Nada de gemidos em Mariah, a menos que seja eu me agarrando com um gostoso! Primeiro que nesse fim de semana você tem *a gente*, segundo que você também tem a mansão de um jogador de futebol com uma jacuzzi.

Aminah assentiu.

— Issaí. A gente tem tequila, você está linda e Ty disse no grupo que vamos fazer karaoke dos anos 1990 e 2000, a época que você mais gosta...

— E — completou Chioma — fiz brownies veganos ontem à noite. Estão no porta-malas. — Chioma suspirou no silêncio que se seguiu. — Brownies de *maconha*, galera…

Ao que reagimos com gritos de comemoração e um "por que você não disse antes?". O frenesi alegre me atingiu e dissipou o desconforto que eu sentia por causa de Malakai. Eu estava indo a um evento social com um grupo de amigas pela primeira vez em muito tempo e, no lugar da apreensão e do aperto na barriga que eu esperava, senti uma vibração de conforto caloroso. Eu não queria sair nem me enterrar ainda mais em minha pele, me sentia segura dentro dela com aquelas três mulheres.

Gargalhei.

— Vocês estão certas. Foi mal. Desculpa vir com clima ruim. Banjo Bélica está oficialmente ativada para o fim de semana.

— Olha ela aí! — exclamou Aminah, sorrindo.

As comemorações das meninas aumentaram quando conectei o celular ao Bluetooth e selecionei um clássico do Destiny's Child.

— E ela está se sentindo… — Os sons iniciais da música encheram o carro, antes de gritarmos simultaneamente: — *So good!*

O título da música era uma proclamação. Mergulhamos na letra, que pontuávamos com risadinhas felizes, movimentos de cabelo e muitos dedos apontados enquanto informávamos a um inimigo invisível que estávamos nos sentindo muito bem.

— Caras, as RAINHAS chegaram! Se cubram!

A voz abafada de Ty vazou pelas portas largas da casa de pedra —– uma mistura arquitetônica surpreendentemente elegante e *nouveau-riche* de vidro e pedra — quando elas se abriram e revelaram seu sorriso aberto e o rosto bonito. Ele usava o traje de costume que ignorava o clima: bermuda e camiseta com um avental que dizia "Este Gato Vai Encher Seu Prato" por cima do largo torso.

Ao passo que o pai era uma estrela do futebol, Ty era um Adonis alto, forte e gentil, um estudante de literatura inglesa que preferia ficar

---

* Tão bem! [N.E.]

de boa com seu grupinho de Paço Preto a participar do caos barulhento de seu time de rugby, que era conhecido por fazer "piadas" sobre o motivo da força dele em campo (ele era preto! Esta era a piada.). Seu rosto marrom-dourado brilhou quando ele nos convidou para entrar no calor âmbar da casa, perfumada com as velas caras da mãe dele, o aroma fraco de churrasco e uma mistura de perfumes masculinos — dentre eles o de Malakai, cujo cheiro veio ao meu encontro, limpo, convidativo e excruciante. Senti a pele formigar.

— Vocês são o primeiro grupinho a chegar.

Grupinho. Naquele momento eu fazia parte de um grupinho. Esperei que a ansiedade me tomasse, mas não aconteceu. Sorri para Ty quando ele tirou o boné virado para trás e fez uma reverência exagerada diante de nós.

— Que bom que as Poderosas do Paço Preto estão aqui para me salvar desses bárbaros.

Arqueei a sobrancelha.

— As Poderosas do Paço Preto? É assim que chamam a gente?

— Bom, foi assim que Shanti se referiu a vocês quando perguntei que horas vocês iam chegar.

Ty era generoso com seu sorriso, mas cedeu mais ainda dele para Shanti enquanto observava o lindo conjuntinho justo rosa que ela usava. Ficou nítido que ele estava mais preocupado com a chegada dela do que com a de nosso grupo. Ela sorriu e passou a mão pelo rabo de cavalo elegante.

— Nossa presença é um presente…

— É pra beijar sua bunda? — Ele parafraseou a música "Monster" de Kanye West com um brilho que todos nós percebemos.

A resposta de Shanti foi um olhar frio calculado. Ela entregou a bolsa de viagem para Ty.

— Onde seu pai guarda o uísque dele? Não vem com coisa barata pra cima de mim, Baptiste.

Ela passou por ele e Ty a seguiu para dentro da própria casa, em transe. Aminah, Chi e eu estávamos trocando sorrisos quando Kofi apareceu com uma bandeja de bebidas.

— Bem-vindas a'O Chateau, moças. — Ele assentiu para Aminah quando ela pegou um dos copinhos de líquido transparente. — Tá de boa, parça?

Aminah quase se engasgou com a dose, os olhos arregalados com a mesquinhez impressionante de Kofi, mas ele já havia se virado para mim.

— Kiks, Malakai está de mau humor desde que chegamos. O que quer esteja rolando com vocês dois, consertem. Você não quer me perder na briga pela minha guarda…

— Não está acontecendo na…

Malakai emergiu do amplo corredor e minhas palavras tropeçaram e caíram de volta em minha garganta quando o vi de short de basquete e moletom com capuz, a barba começando a crescer na mandíbula. Sua beleza casual era um empecilho problemático para meu plano de me libertar de meus sentimentos. Já tinha alguns dias que eu não via ou falava com ele, e a presença de Malakai de imediato se encaixou em uma brecha que eu nem sabia que estava lá. Senti a necessidade inexplicável de pular nele. Ele levou a mão para a nuca, a expressão suave, hesitante. Virei a dose, esperando que aquilo empurrasse meu coração de volta à sua posição correta.

Kofi me lançou um olhar desnecessariamente penetrante antes de conduzir todos para a sala de estar. Quando Malakai pegou minha mala de viagem, nossos dedos se tocaram; uma onda de calor passou por mim. Para piorar tudo, parecia que aquela noite só tinha me deixado mais fisicamente sensível a ele, como uma gota de água fazendo alguém perdido no deserto perder a sanidade.

— Oi — cumprimentou ele.

Provavelmente detectando que eu era um monstro cheio de tesão, ele se manteve distante, para sua própria segurança.

Engoli em seco.

— Qualé.

Qualé?

— Você não apareceu na Sexta-Feira Muito Loka ontem.

Balancei a cabeça.

— Fiquei enrolada com um trabalho. Foi mal.

Ele sustentou meu olhar e prendi a respiração, o silêncio se acomodando de maneira desajeitada entre nós. Felizmente, em algum lugar da casa, o grupo começou a jogar alguma coisa.

Levantei a sobrancelha e me forcei a falar.

— Ouvi as palavras "tequila pong"? É meio-dia.

Malakai abriu um sorrisinho.

— Sabe como bares abrem às seis da manhã no aeroporto? Este lugar também é assim. Aqui o tempo não existe. Rola qualquer coisa. Ty já insistiu em um churrasco, não tá nem aí que está fazendo dez graus. Ele está chamando essa festa de "Bacanal do Paço Preto". Depois de jogar "bacanal" no Google, fiquei meio abalado.

A franqueza da expressão dele contornou a tensão e fez cócegas em mim. Os olhos dele brilharam de surpresa com minha risadinha safada e seu sorriso se abriu um pouco antes de ele fazer uma pausa e dar meio passo para mais perto de mim.

— Olha só, sei que esse fim de semana pode ser um pouco demais para você e que não é sua praia, então, se quiser ir embora ou fazer uma pausa, só avisar. Invento uma desculpa e a gente pode ir para algum outro lugar.

As cercas protetoras recém-reerguidas em volta do meu coração tremeram e se dobraram. Ele me desarmava tão rápido que eu nunca conseguia acompanhar. Eu precisava conseguir acompanhar.

— Obrigada, mas estou bem. Tenho as meninas. Além disso, a gente tem que reforçar a ideia do relacionamento. Temos que estar aqui juntos, porque que mulher de Paço Preto que se preze deixa o homem dela sozinho em uma festa de Ty Baptiste? Principalmente se esse homem for Malakai Korede? — Algo brilhou nos olhos de Malakai e pigarreei. — Tenho que ficar esperta. — Peguei a bolsa das mãos dele e coloquei um sorriso no rosto. — Vai se juntar a eles, eu deixo isso no quarto.

Toquei no braço dele de uma forma que esperava ter sido casual e amigável e fui em direção às escadas.

— Kiki.

Não me virei, concentrando-me no lustre de aparência muito cara acima de mim. Minhas palavras transbordaram, tropeçando em si mesmas, expondo conclusões emaranhadas de maneira desastrada.

— Malakai, tá tranquilo. Sem estresse. Você não queria me beijar. E mesmo que… parte de você quisesse me beijar, você mudou de ideia. Tem direito de fazer isso… querer beijar alguém fisicamente e querer beijar alguém mentalmente são duas coisas diferentes, e respeito isso. E entendo, porque, né, vamos encarar a realidade… *eu* sou uma bagunça. — Respirei fundo. — Meu ego está ferido, mas é só isso. Foi melhor assim, de qualquer forma. Você não precisa se explicar.

Não achei que foi um discurso tão ruim assim, considerando tudo. Os principais pontos foram transmitidos. Eu estava acima do drama e tinha evoluído o suficiente para aceitar a rejeição. Passaria fácil, fácil, se aquilo tivesse sido uma apresentação de seminário.

Malakai pigarreou.

— Eu ia dizer que nosso quarto é o segundo à direita.

Fechei os olhos e desejei que o lustre caísse em cima de mim. Quando o objeto recusou meu comando, balancei a cabeça em aceitação sombria.

— Anotado. Obrigada.

Subi a larga escada em espiral com a certeza de que precisava ficar completamente bêbada naquela noite.

— Fica quieto. — Enrolei os braços em volta do pescoço de Malakai e apertei as pernas em torno de sua cintura.

O grunhido dele reverberou de seu peito para o meu e as mãos dele deslizaram sob minhas pernas para segurar mais firme, mas ele continuou pulando de um pé para o outro. Nossos rostos estavam a centímetros de distância, tão próximos que nossos bafos de tequila se misturavam.

— Que porra você está fazendo? — perguntei.

— Me aquecendo.

Ele decidiu dobrar e esticar uma perna comigo ainda presa ao peito dele como um sagui em um galho.

— É uma corrida até o final da sala em que tenho que direcionar você vendado para uma mesa com uma dose de tequila que você tem que pegar com os dentes e despejar na minha boca sem derramar. Não precisa se aquecer. Vai ser leve.

Malakai sorriu e, apesar do lenço de seda que eu tinha usado para vendar os olhos dele, conseguia ver o brilho deles.

— Sou atleta, Kiki. Sei o que estou fazendo. — Revirei os olhos. — Você revirou os olhos, né?

— Como você sabe?

— Não preciso ver você para ver você.

Senti um frio na barriga. *Desgraçado*. Muita coragem dele de dizer aquelas palavras quando estávamos em uma posição em que bastaria uma leve mudança consensual de posição para que houvesse um risco real de gravidez.

Apesar de ser verdade que eu tinha alimentado fantasias minúsculas, miudinhas, em que escalava Malakai que nem um esquilo subindo em um carvalho, não era exatamente daquele jeito que eu imaginava que aconteceria. Malakai era finalista das Alcoolimpíadas, um evento competitivo fundado por Ty Baptiste, em que os participantes precisavam disputar uma série de desafios atléticos que terminavam com uma ou mais doses de álcool. O prêmio era a suíte principal com jacuzzi privativa com direito a acompanhante, contanto que a pessoa consentisse. A ideia de jogos coletivos normalmente me causava arrepios, mas devido ao grande prêmio daquele jogo em particular (a jacuzzi) e ao fato de que a participação de Malakai exigia meu envolvimento, lá estava eu. Como o segundo dos três códigos de vestimenta de Ty era "traje praia fino" (ele tinha aumentado a temperatura do aquecimento da casa para criar um microclima tropical de Sussex), eu vestia uma blusa curta sem manga amarelo neon e um shortinho jeans claro e Malakai usava uma camisa desabotoada com estampa geométrica azul e amarela e um short de surfista. A pele nua dele encostava em meu peito enquanto ele se aquecia.

— Você só está se exibindo para os seus amigos.

Ty estava fazendo agachamentos com Shanti grudada nele, fazendo a contagem. Kofi tinha feito as pazes com Aminah depois que ela fez uma massagem nos ombros dele para prepará-lo para o desafio anterior. Naquele momento ele fazia uma complexa dança de aquecimento enquanto Aminah ajeitava o cabelo. Nem um dos dois estava vendado ainda. Eu fiz Malakai se vendar antes como uma precaução para mim. O contato visual ainda era muito perigoso.

O jardim de inverno da família de Ty era enorme, quase do tamanho de toda a extensão da casa, e todas as mesas de sinuca e bicicletas ergométricas tinham sido colocadas em outro lugar para aquele último desafio. Desde então, mais pessoas tinham chegado à festa, então o recinto (com paredes de vidro do chão ao teto) estava cheio de paço-pretos com copos vermelhos nas mãos, animados pela possibilidade de Ty ser derrotado por um novato.

Tanto Malakai quanto eu já havíamos bebido mais do que alguns drinques àquela altura, fazendo entrevistas de maneira aleatória que ficavam mais fáceis à medida que o álcool liberava a energia latente de flerte que corria quente entre nós por baixo do clima estranho. Eu sabia que deveria estar desconfortável, sabia que eu deveria estar brava com ele por brincar comigo daquele jeito, mas me permiti a indulgência de sentir a doçura da mentira antes de reprimir a aceleração instintiva de meu pulso. Aquela era uma performance e Malakai sabia bem dar um show — os comentários brincalhões dos outros em relação a gente nos envolviam de maneira tão quente que fez com que eu me sentisse gelada. Malakai estava meramente flexionando e treinando os músculos do flerte. Ele estava trabalhando para evitar a atrofia boylixesca. Aquilo era puramente médico. Eu era só uma fisioterapeuta.

Peguei o queixo dele e me pus no lugar ao mesmo tempo.

— Foco. Preciso que você entre no modo fera. Nosso maior adversário é Ty. Ele está com Shanti e vai querer se exibir para ela. Ele tem algo a provar. Kofi vai ficar muito abalado com a proximidade de Aminah para se concentrar. A gente tem que vencer isso. Vamos fazer geral comer poeira. Bom, a casa está superlimpa, então, na real, fazer geral lamber mármore. — Fiz uma pausa. — Vamos fazer geral ficar meio intoxicado com o desinfetante do chão, só umas visitas ao banheiro, nada grave.

Houve alguns segundos silenciosos até que Malakai soltou o ar.

— Você é meio que uma sociopata competitiva, né, Banjo?

— Cala a boca.

— Eu gosto.

— De qualquer forma, vou levantar a bunda um pouco para aliviar a pressão no seu...

— Kiki, relaxa. Eu seguro você. — Ele apertou minhas coxas com mais força.

— Melhor segurar mesmo. Estou numa parte muito interessante no último livro da Ifekonia, Shangaya e Niyo estão numa caverna na montanha. Eles acabaram de ter uma discussão intensa e com certeza estão prestes a transar com raiva. A jacuzzi vai ser o lugar perfeito para ler essa cena.

— Vou ganhar essa leitura erótica na jacuzzi para você, Scotch.

Era a primeira vez que ele me chamava de Scotch desde aquela noite. A sensação afundou em mim, quente sob minha pele, fez meu coração flutuar o suficiente para pular até minha boca e fazer escapulir um sorriso que não escondi rápido o suficiente. Fiquei grata por ele estar com os olhos vendados. A potência do que existia no ar entre nós passou queimando pela minha incompreensão a respeito daquela noite.

— Beleza, irmãs, irmãos e irmanes. — Chi, nossa autoproclamada anfitriã dos jogos, chamou nossa atenção. Ela estava empoleirada no bar no canto da sala, com uma garrafa de tequila em uma das mãos e um microfone de karaokê na outra. — *Em suas marcas!*

Tive um pico de ansiedade de última hora, imaginando ser derrubada de bunda na frente da elite de Paço Preto e ver a cena ser imortalizada em um gif no blog de Simi.

— É melhor você não me soltar, Kai.

— *Preparar!*

Malakai dobrou os joelhos ligeiramente, apertou firme minhas coxas.

— Já cometi esse erro naquela noite.

— Quê?

— *Vai!*

Depois que nossa vitória foi declarada, desamarrei o lenço dos olhos dele e eles estavam prontos para mim, esperando por mim, derretendo minha frágil resolução de não o deixar entrar novamente, porque quem eu queria enganar, ele já estava ali dentro. Em meu peito havia se formado um gancho para que Malakai pendurasse o sorriso dele sempre que surgisse. Ele reduziu todas os muros semirreconstruídos ao meu redor a magma. Eu estava em perigo desde que tinha visto aquele garoto pela primeira vez.

A festa ao nosso redor começou a rugir de volta à ação. Ty batia palmas em bom espírito esportivo, as músicas ganhavam ritmo e volume sob o domínio de Kofi e minha análise literária das palavras de Malakai ganhava velocidade. *Já cometi esse erro naquela noite.* Desci de Malakai, mas as mãos dele continuaram em minha cintura e meus braços continuaram em volta do pescoço dele. Ele abriu a boca para falar, mas de repente Chi apareceu e puxou meu braço do pescoço de Malakai, enlaçando o dela no meu e me arrastando para longe. Shanti prometeu que elas me devolveriam inteira enquanto colocava um copo de uma bebida doce e potente em minha mão. Aminah ordenou em voz alta a Kofi que tocasse nossa mais nova música favorita.

Então estávamos dançando e as luzes diminuíram e meus pensamentos ficaram mais soltos, e embora isso tenha dificultado a compreensão das palavras de Malakai, o gosto das palavras ficou no céu da minha boca e percebi que havia algo doce e inebriante ali, mais forte do que o que estava em meu copo. Enquanto eu enrolava a língua em torno da possibilidade presente, fiquei mais animada. Mas então senti a queimação. A animação foi rapidamente perseguida pelo medo. Ele poderia estar apenas brincando, dizendo coisas só por dizer. Olhei para o outro lado da sala e ele estava com os amigos perto das bebidas; ele encontrou meu olhar e roubou uma batida do meu coração. Havia muito a perder ali — minha cabeça, meu coração.

Eu estava perdendo a linha e minhas amigas também. A embriaguez e o ritmo da música se combinaram ao ritmo e nos puxaram para o meio do recinto. Seguimos o fluxo, de mãos dadas, ziguezagueando por uma multidão que, de alguma maneira, tinha dobrado de tamanho na última hora. Perdi Malakai de vista, mas fui parar em um aglomerado com as meninas, dançando. Nossos movimentos dialogavam, os quadris conversavam, e me peguei rindo. Eu estava ali com minhas amigas e nossos cabelos balançavam, nossas bundas desafiavam a gravidade e rebolávamos uma para a outra, nos deliciando uma com a outra. Eu fazia parte daquilo. Eu não estava mais do lado de fora. Nossas risadas faziam *feat* com todas as músicas e as tornavam melhores. Acompanhamos o rap, cantamos, rebolamos e descemos até o chão, nossos ossos macios com o calor da batida. Os candelabros do jardim de inverno balançaram em aprovação.

Ty gritou:

— As Poderosas do Paço Preto, REALMENTE.

Incentivando-nos mais ainda, sabendo que não precisávamos daquilo, sabendo que a energia que vinha dele era extra porque a nossa era autossuficiente.

Os celulares dispararam para gravar o filme em que estávamos. Kofi escolheu uma música só para nós e foi como se o ritmo nos reverenciasse. Então senti a mão de alguém em minha cintura. Eu me virei e Malakai dirigiu uma pergunta ao grupo enquanto mal desviava o olhar do meu rosto.

— Desculpa interromper, moças. — Ele conseguiu evitar que alguém o chutasse enquanto curtiam Burna Boy na pista de dança improvisada. — Acham que posso pegar ela de volta agora?

Aminah revirou os olhos.

— Temporariamente.

Malakai fez uma reverência.

— Muito obrigado.

Chi bateu na minha bunda e Shanti mostrou a língua quando Malakai pegou minha mão e me puxou para o canto da sala. Flutuei, alcoolizada, feliz e ofegante, me sentindo bonita.

Ele correu os olhos por mim com um sorriso fraco.

— Isso fica bem em você, Scotch.

Eu me encostei na parede.

— O que fica bem em mim?

— Tudo. — Ele fez uma pausa. — Te devo uma explicação.

O ritmo tinha mudado nos alto-falantes e uma música de *afrobeat* madura e sexy começou a fluir, divertida, cheia de alma e sensual, feita para a depravação lenta. Eu queria que ficássemos daquele jeito por um tempo — não tinha como negar o que estava entre nós naquele momento e nada do que ele dissesse teria mudado aquilo.

— Deve mesmo. Mas dança comigo primeiro.

Malakai piscou e então sorriu de um jeito quente, embriagante e doce. Ele pegou minha mão e me puxou para a frente, colocando as mãos em minha cintura enquanto eu a girava lentamente. Malakai seguiu meu movimento, hipnotizado, meus quadris eram sua Estrela do Norte. Eu me virei e pressionei as costas em seu peito. A batida foi como um catalisador da reação química que existiu, existia, e sempre existiria dentro de nós, fazendo nossos corpos responderem às perguntas que nossas bocas estavam nervosas demais para fazer.

Arqueei as costas gentilmente e Malakai curvou as mãos em meus quadris, me puxando um pouco mais para perto.

— Desculpa, Scotch.

A respiração de Malakai estava quente em meu ouvido, o aperto ainda firme em mim. A música havia mudado, mas o ritmo continuava o mesmo, nos dando uma desculpa para permanecer daquele jeito.

Engoli em seco.

— Pelo quê?

— Por fazer você sentir que não quero você. — Ele parou de se mexer, me girando para que eu ficasse de frente para ele, as mãos ainda em mim. — Kiki, eu quero você. Há muito tempo. E quis tanto você naquela noite. A verdade é que você não é uma bagunça, é… perfeita. Eu que sou a bagunça. Por isso entrei em pânico. Eu estrago as coisas, Scotch. Se eu estragar o que tenho com você, nunca vou me perdoar. O que a gente tem não é só um lance casual. Você não é só um lance para mim. Você é *tudo* para mim.

As frases foram disparadas como balas quentes e certeiras, como se fossem derreter na boca se ele não as despejasse com rapidez. Malakai estava me observando, olhos brilhantes e selvagens, mas aflitos, como se esperando que eu julgasse a veracidade das palavras dele ou avaliando se eram leves o suficiente para engoli-las de volta sem que eu percebesse. Tarde demais. Elas estavam no mundo, pesadas demais para disfarçar, impactantes demais para voltarmos a ser como éramos antes.

As palavras não estavam à minha disposição naquele momento e a única coisa remotamente parecida com um pensamento sólido em minha mente era o alarme interno me compelindo a beijá-lo. No momento em que curvei a mão ao redor do pescoço de Malakai e que seu rosto se aproximava do meu, um berro quebrou o delicado encantamento que pairava sobre nós.

— Escutai a palavra, o REI chegou. Qualé, Ty, meu convite foi extraviado no correio ou algo assim?

Quem mais anunciaria a própria entrada? Quem mais mandaria as pessoas se curvarem diante de sua presença? Quem mais faria as borboletas em minha barriga caírem e curvarem as asas uma em torno da outra em busca de proteção? E quem mais chegaria com Simi entrando na frente, um prenúncio do caos com um sorriso casto e brilhante no rosto, usando um vestido vermelho longo e justo com uma fenda na altura da coxa?

Zack Kingsford entrou no local com uma garrafa de Cîroc na mão e um sorriso largo. Seus olhos varreram a festa até encontrarem os meus. Ele deu uma piscadinha.

CAPÍTULO 21

— Eu nunca fiquei com mais de uma pessoa nesta sala.

Enrijeci e Malakai murmurou:

— Caralho, cê só pode tá de brincadeira.

A festa tinha migrado para a sala em estilo marroquino da família Baptiste e, embora fosse bom estar enroscada com Malakai ao pé de um sofá, também havia a infelicidade de estarmos sentados bem diante de Zack.

Simi estava balançando a cabeça para ele.

— Você é mesmo vulgar pra caralho, Zack.

— E, mesmo assim — comecei, lançando um olhar penetrante para ela —, você trouxe ele para cá.

Simi deu de ombros.

— O que aconteceu com o espírito de comunidade?

Aminah estreitou os olhos e Shanti revirou os dela. As duas estavam sentadas em um sofá, entre Kofi e Ty. Chi pigarreou diplomaticamente.

— A gente não está jogando "Eu Nunca", Zack. A gente está jogando sueca — explicou Chioma com um sorriso tenso, sentada em uma almofada com as pernas cruzadas.

Desde sua entrada sem cerimônia, Zack tinha conseguido fazer com que todos se sentissem um pouco desconfortáveis. Ele ocupou a festa com seu grupinho, sem vergonha nenhuma, se sentindo acima da lei, sabendo que Ty era pacífico demais para dizer qualquer coisa. Ty não gostava de problemas, e então, embora seu sorriso tivesse diminuído um pouco, ele deu as boas-vindas a Zack e o deixou desviar a festa para outro ritmo. Ty achou que poderíamos jogar os jogos de bebida que Zack sugeriu antes de continuar a festa, só para que ele calasse a boca. Mas aquilo partiu, obviamente, da noção equivocada de que Zack não era obcecado pelo som da própria voz.

Zack não tinha dito nem uma palavra para mim desde que chegara, mas estava sempre por perto, sempre falando perto de mim, do meu lado. Malakai pegou minha mão, apertou, me olhou nos olhos e perguntou:

— Tem certeza que você está bem, Scotch? Podemos ir embora.

E respondi que tudo bem, que não havia a possibilidade de eu sair de qualquer lugar por causa de Zack. Mas quando Zack repetiu a pergunta e virou seu drinque, olhando diretamente para mim, me arrependi um pouco de ter dito aquilo.

— Vamos lá… — Ele sorriu. — Não é possível que fui o único que tenha compartilhado o amor.

Ele não esperava uma resposta; só queria minha atenção. Ele também queria lembrar a Malakai que era ele quem tinha me acessado primeiro.

Zack dirigiu o olhar para Malakai.

— Ahhh, é verdade. Quem foi mesmo? Chioma, Shanti e umas outras, você rodou bastante, né?

Ele estava tentando irritar Malakai. Eu o senti ficar tenso, mas sua voz permaneceu firme enquanto olhava para Zack.

— Tem algum propósito nisso?

Zack riu.

— Sem estresse. Olha, cara, só tô tentando te conhecer. Tem que ter algo especial em você pra ser o primeiro cara que Kiki assume.

Zack tinha modificado a maneira como falava de um jeito esquisito, afrouxando a língua para imitar o sotaque de Kai, que era uma mistura do sotaque do sul de Londres com sotaque nigeriano. A cena me deixou enjoada.

Zack dirigiu o olhar para mim.

— Porque você é exigente, nénão? Qualquer homem que teve uma chance de ficar com você é abençoado.

Sustentei o olhar dele.

— Alguém quer um lanche? A tigela de batata chip está vazia… Já volto.

Aminah se mexeu para me seguir, mas balancei a cabeça. Malakai franziu levemente as sobrancelhas.

Forcei um sorriso e murmurei:

— Estou bem. Ele vai esperar um pouco e depois vai me seguir. Pode deixar. Preciso lidar com isso sozinha.

Malakai não parecia convencido, mas assentiu com a mandíbula tensa.

Eu tinha acabado de esvaziar um saco de Doritos apimentados em uma tigela de cristal chiquérrima na cozinha do casarão quando senti a presença dele atrás de mim.

— Você é um otário, Zack.

Coloquei a tigela de lado e me virei, me encostando no balcão para encarar o sorriso irritantemente tranquilo no rosto dele. Ele se inclinou para pegar um Doritos e colocar na boca.

— Não finge que não é isso que você gosta em mim.

— Eu juro que não gosto de nada em você. Por que está aqui?

Zack deu de ombros. Ele, obviamente, estava usando uma camiseta cujo objetivo era exibir os músculos. Tecnicamente ele estava bonito, porque ele sempre estava tecnicamente bonito. Cada pedaço de Zack era calculado para ser bonito, mas tudo o que eu sentia por ele naquele momento era repulsa. A beleza de Zack fazia meus dentes doerem, o cheiro do perfume dele era sufocante e seus olhos tinham um brilho doentio. Dava para uma vagina virar ao contrário?

Ele se aproximou de mim.

— Não é óbvio? Kiki, tô aqui por você. Não sou estúpido. Você beijou ele para me deixar com ciúme e funcionou. Não falar com você está me matando.

Era uma premissa baseada na ilusão desconcertante de que um dia já havíamos conversado.

Dei um sorriso doce.

— Então morra.

Como sempre, minhas palavras não chegaram aos ouvidos dele. Ele estava vivendo sua própria novelinha adolescente estadunidense. Aquele era um momento crucial em Kingsford Valley. Ele estreitou os olhos, estendendo a mão para acariciar meu rosto. Mudei de lugar e a mão dele despencou.

— Odeio para caralho ver você com ele. Você pode parar de fingir...

— Zack, estou com Malakai porque quero estar com ele.

A mentira não teve gosto de mentira.

— Gatinha.

— Estou muito perto de uma faca de pão nesse momento. É serrilhada.

— Podemos fazer isso de verdade, dessa vez. Agora fico vendo você indo nas festas, *vivendo*. Imagina a gente fazendo isso juntos? Dominando esse lugar? Todo rei precisa de uma rainha.

Bufei.

— Você é um líder democraticamente eleito, mas, com as eleições chegando, talvez não por muito tempo. Tem mais gente concorrendo esse ano, né? Vi nos blogs. As pessoas não estão felizes com sua política de inutilidade. Falando nisso, que porra é essa que você está fazendo com os Cavaleiros do Paço? Até quando acha que pode jogar dos dois lados?

Algo mudou no olhar de Zack, mas ele continuou sorrindo para mim.

— Estou tentando fortalecer nossa posição no Paço. Formar uma aliança. Paço Preto só precisa pegar a visão. Você pode me ajudar com isso. Juntos somos a equipe dos sonhos. Se você me apoiar no seu programa, posso colocar você na minha plataforma como vice-presidente. Quer dizer, você tem ideias incríveis e…

Ele parou quando a gargalhada explodiu de mim.

Por que eu achava que Zack não era engraçado? Ele era hilário pra caralho. Não tinha nem o necessário para ser menos transparente, não tinha personalidade suficiente para esconder a superficialidade. Antes, ele me queria porque eu o tinha rejeitado — tinha a ver apenas com posse e orgulho —, mas naquele momento era porque eu era uma ferramenta para ele. Meus sentimentos eram apenas um obstáculo tedioso que ele tinha que superar até conseguir alcançar o objetivo.

Eu me aproximei dele e comecei a falar bem devagar.

— Zack, vou ser o mais direta possível. Não quero você. Nunca vou querer você. Você não vai me usar para ganhar essa eleição só porque tenho mais umas centenas de seguidores no ProntoPic e porque a audiência do *Açúcar Mascavo* está subindo. E você precisa dar um passo para trás agora, antes que eu pegue a faca de cozinha atrás de mim e transforme essa festa em um assassinato misterioso.

Zack recuou, mas apenas um pouco.

— Você perdeu a cabeça.

— Perdi mesmo.

— Isso é sexy.

— Fica longe de mim...

— Kiki.

Ele estendeu a mão para segurar meu braço como tinha feito naquela Sexta-Feira Muito Loka, mas sua mão caiu ao som da firme voz masculina atrás dele.

— Não ouviu o que ela acabou de dizer?

Apesar de saber que eu podia lidar com Zack, meu coração pulou ao ver Malakai. Não que eu achasse que Zack fosse capaz de me machucar, mas havia a imposição dele no meu espaço, o fato de ele entender a rejeição como um jogo que ele poderia ganhar. Simi tinha entrado logo atrás de Malakai, com o único objetivo de testemunhar o barraco.

Naquele momento Zack se afastou, endireitou a postura e inclinou o queixo para cima.

— Relaxa, cara. A gente estava só trocando ideia. Relembrando, né?

A raiva fez meu sangue ferver.

— Você é um doente do caralho.

Malakai chegou mais perto e parou ao meu lado, de frente para Zack. Sua voz soou calma e baixa, mas havia uma chama acesa por baixo da frieza, um incêndio contido pelo aço.

— É, acho que você já terminou por aqui.

Algo feio cintilou nos olhos de Zack, um vislumbre do que estava por baixo de sua beleza. O sorriso dele foi um rosnado.

— Que absurdo a gente não ser parceiro. Eu e você temos muito em comum. Os dois somos bonitos, temos o mesmo gosto para mulheres.

Malakai ficou imóvel.

— Vai embora, cara...

Zack pegou a cerveja que havia colocado no balcão e deu de ombros.

— Relaxa. Tô indo. Mas pode pedir conselho sempre que quiser saber do que Kiki gosta.

— *Caralho*, Zack, qual seu problema?

Ele era previsível da pior maneira. Malakai se afastou do balcão e ficou na minha frente. Ele tensionou a mandíbula como se estivesse tentando conter alguma coisa.

— Fale de Kiki mais uma vez. — Voz plácida, uma cobra pronta para dar o bote.

Zack riu.

A ausência de nós quatro na festa deve ter chamado a atenção porque, naquele momento, Aminah, Shanti, Chioma, Ty e Kofi entraram na cozinha. Eu estava segurando o pulso de Malakai e senti a pulsação dele acelerar. O clima no cômodo ficou azedo e pesado.

— Kai, ele não vale a energia.

Kofi se aproximou com a cara fechada. As meninas tentaram e não conseguiram me puxar para longe de Malakai. Notei que Simi tinha pegado o celular. Ela realmente me odiava a ponto de comentar meu drama ao vivo no Twitter?

— Zack, vai pra casa.

O comportamento normalmente afável de Ty estava diferente. Ele lançou um olhar para Zack que demonstrou a razão de os oponentes dele morrerem de medo de enfrentá-lo no campo, e pareceu dobrar de tamanho. Os punhos de Malakai estavam firmemente fechados. Era como se o corpo dele inteiro estivesse vibrando em contenção.

Zack sorriu de maneira ameaçadora e gesticulou ao redor.

— Poxa, cara, tá todo mundo tão tenso. Relaxem. Só tô sendo amigável com o novato. Só tô dizendo que posso ser tipo... — seu sorriso ficou mais aberto — seu guia turístico ou colega de estudo em relação a Kiki. Posso dar umas dicas. Sei bem quais os lugares certos pra fazer ela...

Aconteceu em um piscar de olhos. Malakai saltou em direção a Zack, fazendo-o largar a cerveja, o pegou pela camisa e o empurrou contra a ilha da cozinha. Apesar de Zack ter tentado revidar, Malakai o havia encurralado. Os rapazes se movimentaram para separar a briga na mesma hora que as meninas impediram com sucesso minha tentativa de alcançar Malakai, me puxando para longe. Dois dos parceiros de Zack entraram na cozinha atrasados, bêbados demais para entender o que estava acontecendo, mas de alguma forma entendendo que talvez fosse tarde demais para salvar o amigo, considerando que Ty estava envolvido na situação. Eles fizeram uns barulhos típicos da agressividade masculina e fingiram tentar se envolver só para que ninguém flagrasse a covardia deles.

Malakai respirou fundo, o punho pairando no ar enquanto Ty e Kofi o seguravam. Ele finalmente abaixou a mão com relutância, mas manteve o aperto na camisa de Zack.

— Não me deixa pegar você respirando na direção dela de novo — orientou Malakai com a voz baixa.

Kofi soltou Malakai e encarou Zack.

— A gente não vai segurar ele da próxima vez.

Ty ficou entre Malakai e Zack, olhando para Zack de cima a baixo.

— Na real, vamos até ajudar.

Zack tentou dar uma de machão enquanto levantava e reajustava a camisa.

— Tá certo, cara. Vocês são tudo um bando de frouxo. A festa está morta mesmo — respondeu ele, antes de convocar os amigos para irem embora. Ele acenou com a cabeça para mim. — Você sabe onde me encontrar.

Dei um enorme sorriso falso e declarei:

— Apodrece no inferno.

Simi, nitidamente entediada pela ausência de uma briga de verdade, já tinha saído. Os homens se certificaram de que Zack e seus comparsas estavam mesmo indo embora enquanto as mulheres ajudavam com um coro de palavrões: Shanti gritou um "xô, filho da puta!", Aminah soltou uma série de xingamentos em iorubá e Chi emitiu sons que pareciam invocações de ancestrais maléficos. Um estranho nó se formou em minha garganta enquanto eu as observava e senti os olhos começarem a encher de água.

— Você tá bem?

Eu me virei para Malakai e notei que a fúria selvagem de seus olhos havia se transformado em preocupação suave.

Respirei fundo.

— Sim, eu só… nunca tinha sido defendida assim por um grupo de pessoas… por um grupo de amigos. Significa muito para mim. E odeio ter trazido esse drama para cá.

Malakai franziu as sobrancelhas. Ele segurou meus ombros com gentileza.

— Scotch, a gente se importa com você. Muito… E você não trouxe drama nenhum. Zack quem trouxe. Desculpa por te seguir mesmo você dizendo para eu esperar, realmente tentei esperar, mas não tinha como ficar lá sentado sabendo que você estava sozinha com aquele escroto do caralho. Certeza que você está bem?

— Tô sim. Obrigada. Eu só… Não estou com vontade de voltar para a festa.

Malakai assentiu devagar. Ainda não tínhamos conversado sobre a confissão de mais cedo e o calor que irradiava daquele silêncio.

— Eu também não.

Ele olhou para mim e todas as nossas palavras não ditas giraram no ar e o deixaram pegajoso, difícil de respirar. Perguntas pairavam ao redor, pingavam em nossas línguas, nos deixavam com sede.

— Tenho muitas filmagens dessa noite e temos entrevistas suficientes. Seria antissocial demais se a gente…

— Acho que deveríamos reivindicar nosso prêmio. Ty disse que o quarto principal tem uma TV de oitenta e oito polegadas. Com todos os aplicativos de streaming. A cama é uma *king-size* do Alasca. — Fiz um gesto para a enorme cozinha com o equivalente a um mercado estocado em cada armário. — E acho que temos lanches e bebidas o suficiente.

Malakai deu um sorrisinho doce que eletrizou minhas veias.

— Beleza então. Um *after*. Só a gente.

CAPÍTULO 22

Eu me joguei do lado de Malakai na cama gigante. Ele estava encostado, apoiando-se no cotovelo. O balanço do colchão me empurrou, então minha coxa roçou na perna dele e meu braço pressionou o dele. O tempo parou.

Ele se virou para mim e sorriu, a luz âmbar do abajur ao lado da cama aquecendo ainda mais seu rosto enquanto o filme que tínhamos colocado — *No embalo do amor* — passava com o volume baixo na TV colossal. Passeando pelo meu corpo, o olhar dele me fez arrepiar.

— Você deveria ficar com essa camiseta.

Em meu estado de confusão mental, eu tinha esquecido de colocar o pijama na mala, então Malakai me emprestou uma camiseta e vestiu um moletom. A sensação da camiseta dele em minha pele de alguma forma me deixou mais faminta por ele. Uma urgência repentina enrolou uma ideia em minha língua.

— Deixa eu fazer com você.

Malakai congelou.

— Quê?

— Fazer a *entrevista* com você.

Saí da cama e fui até a grande escrivaninha de mogno no canto do quarto principal da família Baptiste, peguei a câmera de Malakai e liguei. Chamei Malakai e ele se sentou na cadeira a minha frente. Eu me sentei na escrivaninha grande, levantei uma perna e coloquei o pé do lado dele na cadeira. O olhar de Malakai saltou para minha coxa — a centímetros do rosto dele — e então de volta para meus olhos.

— Malakai Korede.

— Ah, a gente vai mesmo fazer isso?

Sorri enquanto inclinava a câmera em sua direção.

— É sua vez.

— Esse ângulo é muito ruim…

— É artístico.

— É instável. Além disso, não tem iluminação.

Acendi a lâmpada de leitura da escrivaninha.

— Pronto. Tá vendo?

Malakai riu. Pigarreei de modo teatral, então falei em um tom nítido e jornalístico:

— Malakai Korede, tenho algumas perguntas a fazer. A primeira é… — Deixei os olhos vagarem da lente para o rosto dele. —… você tem certeza que gosta de mim?

O brilho repentino nos olhos de Malakai me respondeu antes que ele dissesse:

— Sim.

Ainda assim, eu precisava ter certeza de que aquele novo terreno era resistente antes de pisar nele. Engoli em seco, me forcei a não sussurrar.

— Não, quer dizer… tem certeza *mesmo*? Em uma escala de um a dez, como classificaria sua certeza?

Malakai se levantou da cadeira, ficou entre minhas pernas.

— Onze.

Eu me inclinei para trás na escrivaninha, levantando a outra perna para que ficasse na cadeira, efetivamente segurando Malakai entre as coxas.

— Isso é impossível.

— Você é impossível, então é possível.

Os olhos de Malakai brilharam nos meus. Ele pegou a câmera de mim, desligou-a e a colocou com cuidado na escrivaninha. Malakai chegou mais perto. Nossos peitos se encostaram, os rostos estavam tão próximos que eu podia jurar que estava ficando mais bêbada com seu hálito de espumante. O sabor era potente. Ele analisou meu rosto com os olhos, levou a mão até minha bochecha.

— Você é tudo, Scotch. Gosto da sua mente. Gosto de ver de perto como ela funciona. Gosto de seus olhos, principalmente quando você revira eles para mim. Isso. Desse jeito mesmo. Gosto de como você vê as coisas. Enche a maneira como eu vejo as coisas de cor. Gosto que, quando você está ouvindo uma música que ama, você fecha os olhos e deixa ela te levar para tantos lugares. Quero ir para onde você for. Gosto da sua boca. — Ele olhou para minha boca e senti os lábios formigarem. — Não vou mentir, sou meio obcecado pela sua boca. Como uma coisa tão apimentada pode ser tão doce. Gosto quando faço sua boca rir.

Meus lábios se curvaram em resposta.

— Gosto de sua pele. — Ele pegou minha mão e passou o polegar pelo meu pulso. — Gosto de sentir seu pulso acelerar debaixo dela. Gosto da pessoa embaixo dela.

Descobri que as palavras "joelhos ficando moles" não eram um ditado bobo e sentimental, mas um fenômeno literal. Minha alegria estava batendo contra os portões da minha cautela, exigindo liberdade.

— Meu pulso? — repeti em um tom leve. — Seria muito inconveniente nesse momento se você fosse um vampiro.

Malakai sorriu. Eu precisava fazer piada para me situar naquele novo lugar em que estávamos. Vulnerabilidade me deixava nervosa. Ele sabia daquilo. Ele me deu espaço.

— É por isso que eu disse aquelas coisas antivampiro antes. Tinha que despistar você. — Ele passou o polegar pela minha bochecha. — Como está se sentindo?

— Eu sinto que... — Fiz uma pausa. A verdade parecia firme em minha boca. — Você é o único cara que já segurou minha mão sem a intenção de conseguir algo de mim. Você segura minha mão só para segurar. Para me segurar. Como se gostasse de fazer isso. E isso me assusta pra caralho, toda vez, porque gosto que você me segure. Porque não quero que você solte. Parece bom, seguro e certo... Você parece certo para mim.

Minha voz falhou, vacilando sob o peso das palavras, preocupada que fossem mais do que ele queria de mim, que eu tivesse mostrado demais. Abaixei o olhar, mas Malakai ergueu meu queixo, olhando para mim de uma forma que enviou tremores pelo meu corpo. Ele deslizou a mão para minhas costas e me puxou para mais perto dele.

— Não estou fazendo nenhum jogo, Scotch. Isso não é um jogo para mim.

Engoli em seco.

— Eu também não.

Minha mão deslizou pelos músculos de Malakai sob o algodão fino da camisa. Apesar da aparência tensa, um lampejo de travessura deslizou por seu rosto, conseguindo o feito impossível de deixá-lo mais sexy enquanto se aproximava de mim com as pálpebras pesadas.

Malakai colocou a mão em volta de meu pescoço e roçou a boca ali, em minha mandíbula e em minha orelha, afetando minha respiração, fazendo o ar ficar apertado e contraído em minha garganta. Em seguida, encostou os lábios em minha bochecha. Ele sabia exatamente o que estava fazendo.

Ri.

— Ah, vamos *lá*. Me dá mais que isso, Kai…

Senti-o curvar os lábios em minha pele.

— Tá bom.

E então estávamos nos beijando como se fôssemos oxigênio, consumindo um ao outro, ficando mais fortes. Malakai tinha gosto de todas as coisas que eu gostava: conhaque e chocolate, pimenta e mel. Doce, afiado, macio, calmante, estimulante. Familiar e emocionante.

Era diferente do nosso primeiro beijo. O primeiro tinha sido Introdução a Química I. Naquele momento, nossas línguas se lambiam e nossos dentes mordiam e arranhavam, beijando com uma graça caótica, com fome. Enrosquei as coxas com mais firmeza em torno de sua cintura, respondendo à dureza de seu corpo encostado ao meu, fazendo com que nós dois perdêssemos a cabeça com reboladas firmes que ele acompanhava, entrando facilmente em meu ritmo, em harmonia comigo.

Nunca quis tanto alguém. Minhas mãos viajavam para cima e para baixo em seu peito, apreciando o calor de sua pele, apreciando como eu conseguia sentir os gemidos reverberando nas pontas dos dedos, como eu conseguia senti-lo grunhir em minha boca. Sorri com o som, me deleitando com o sabor do que eu o fazia sentir. Precisava sentir mais dele. Eu me afastei por um segundo e o observei me observando enquanto eu tirava devagar a blusa que eu vestia e a jogava no chão.

A respiração de Malakai ficou mais pesada e seus olhos também. O peso fez seu olhar se desviar do meu, pender para baixo e se mover pelo meu corpo como se ele tivesse descoberto um tesouro perdido. Lentamente, pelos meus seios, minha barriga, meus quadris, seus olhos deixaram trilhas ardentes por onde passavam. Imaginei-os como linhas brilhantes, cruzando-se em minha pele, âmbar sobre marrom, como se ele estivesse desenhando constelações ou fazendo nascer constelações em mim. Observando as estrelas com olhos estrelados. Senti um frio na barriga. A pulsação entre minhas pernas se tornou mais incessante com a sensação dele ficando mais firme.

Sorri nos lábios dele.

— Posso colocar a camisa de volta se você estiver desconfortável.

Malakai ergueu devagar os olhos para mim e sorriu com indulgência e malícia, fazendo rugir o fogo em mim. Ele segurou minha nuca. Nossas respirações se casaram, seus lábios se moveram nos meus.

— Kiki Banjo, você é um problema.

Ele tentou deslizar a língua para dentro de minha boca, mas me afastei com gentileza, levantando a barra de sua camisa, puxando-a para cima devagar, revelando a profundidade lisa, rígida e cremosa de sua pele.

— Então vem me resolver.

Malakai deu um sorriso torto e se afastou para puxar a camisa pela cabeça e jogá-la para o lado como se fosse algo fétido e profano. Ele estava de volta comigo em um segundo, segurando minhas coxas para me levantar e me puxando para perto dele como se eu fosse algo sagrado. Enrosquei os braços em seu pescoço. A sensação e o calor da pele dele na minha me levaram a um nível mais alto de sede e o beijei querendo me saciar.

Ele me levou até a cama, me beijando durante todo o caminho, correspondendo ao meu apetite. Ele se sentou na beirada da cama e abaixou a cabeça para colocar a boca em meu pescoço e depois em minha clavícula, então desceu até as curvas macias e cheias do meu peito. Fiquei encantada ao notar que seus lábios cumpriram o que prometeram em minha boca, cheios, acolhedores e autoritários, ordenando que meu corpo cedesse à maciez deles. Meu corpo obedeceu.

Minhas mãos vagaram pelo terreno macio e musculoso das costas de Malakai enquanto eu beijava seu ombro, subindo as encostas de seus deltoides até chegar ao pescoço, chupando e mordiscando de maneira selvagem e faminta até que Malakai soltou um rosnado baixo, segurou minha cintura e nos trocou de posição, me deitando na cama. Subimos ainda mais no colchão e ele se deitou de lado, pairando em cima de mim, sem fôlego.

— Caramba, Scotch. — A voz de Malakai estava baixa quando ele encostou a testa na minha. O sorriso dele roçou meus lábios. — Você é gostosa pra caralho. Sabia disso?

Minha risada saiu eufórica, alegre e sem fôlego.

— Eu suspeitava. — Passei um braço em volta do pescoço dele, sussurrando contra seus lábios macios: — Você também é bonzinho.

Malakai riu e adorei a sensação reverberando através de mim. Ele arqueou a sobrancelha.

— Sou bonzinho?

Dei de ombros, fazendo uma expressão despreocupada de propósito.

— Sim. Quer dizer, você é *bonitinho*. Fofo.

Malakai me lançou um olhar incrédulo.

— Fofo. Você tá mesmo me chamando de *fofo*? — Ele olhou para a protuberância muito, *muito* grande em sua calça de moletom. — Logo agora, porra?

— Ah. Você fica tão adorável quando está sendo todo hipermasculino, ah, *merda*...

Mordi o lábio quando Malakai desceu a mão devagar pela minha barriga e começou a passá-la por cima da minha calcinha. Quando abri a boca e soltei um som ofegante, Malakai devorou o gemido, tomando meus lábios, me beijando profundamente, devagar, como se eu fosse algo a ser saboreado. Como se ele pudesse desacelerar o tempo com cada movimento lânguido da língua e cada chupada rebelde em meu lábio enquanto continuava a massagear minha calcinha — naquele momento consideravelmente encharcada. Eu me contorci sob Malakai e enterrei os dedos no cabelo dele. Ele se afastou com uma pergunta nos olhos pesados, fazendo movimentos circulares com os dedos enquanto encostava os lábios nos meus.

— Diz para mim.

— Kai.

Gemi o nome dele. Vi o efeito que o som teve nele, no brilho de seus olhos, e conseguia sentir o efeito pressionado em minha coxa de modo prazeroso. Todas as experiências vagamente sexuais que eu havia tido antes daquela tinham sido sexuais-pelo-contexto, eróticas--por-tabela.

-— Kiki, preciso que você diga se quer que eu sinta você.

Dava para ver que Malakai estava gostando de me torturar daquele jeito por causa da ligeira curva de sua boca. Mordi o lábio dele em vingança e seu sorriso ficou ainda mais malicioso.

— Quer eu sinta você por dentro? Porque é isso que quero fazer. Quero sentir o quanto você acha que sou *fofo*.

Eu me esfreguei nele, desesperada, mordendo o lábio. As palavras de Malakai eram quase tão mágicas quanto sua mão. Enrolei os braços no pescoço dele para puxá-lo para mais perto, a perna dele entre as minhas. Beijei e chupei o pescoço dele, massageei seu peito com ambas as mãos, passando os dedos em mamilos duros feito pedra. Malakai soltou um rosnado baixo e se afastou.

— Boa tentativa. Bruxa. Quase me pegou. Você é boa. Mas isso não é uma resposta.

Esperar que eu falasse enquanto fazia aquilo comigo podia ter sido a única perversidade que Malakai já tinha feito na vida. Eu era só coração e terminações nervosas incendiadas. Eu me sentia exposta. Ter que verbalizar exatamente o que eu precisava que ele fizesse comigo me deixava tímida. Mas era excitante, a necessidade competia com a timidez, a tensão me desafiava a ir além.

Soltei um braço de seu pescoço para que eu pudesse lentamente espalmar e passar a mão pela minha barriga. Malakai se afastou um pouco e observou a jornada da minha mão, hipnotizado. Ela parou quando encontrou a conexão tropical entre minhas pernas, juntando-se à mão de Malakai. Os olhos dele saltaram para os meus, em chamas. Nossos olhares ainda estavam fixos um no outro quando movi a mão sobre a dele, deslizando-a sob o cós da minha calcinha, pressionando sua palma com força contra mim. Nossas respirações ficaram ainda mais irregulares, os olhos de Malakai feito um buraco negro hipnótico que continha todos os meus desejos mais profundos e desesperados. O toque dele fez casa em mim.

A voz de Malakai estava grave de tensão.

— Mostrar também serve.

Soltei uma risadinha.

— Acha que dá conta a partir daqui?

— Deixa comigo. — O sorriso de Malakai era só deleite e malícia.

Ele me beijou avidamente enquanto colocava um dedo em mim. Perdi o ar na mesma hora e levantei os quadris, a sensação deliciosa ricocheteou por todo meu corpo, da cabeça aos pés. Malakai se movimentava com uma lentidão dolorosa, fazendo meu corpo se contrair de tensão. Eu soube que ele estava fazendo aquilo de propósito quando ele recuou, me olhando maliciosamente.

— Escroto. *Mesquinho* — consegui dizer com dificuldade.

Malakai ampliou o sorriso e deslizou com avidez mais dois dedos para dentro, variando o ritmo, a pressão e a profundidade. Enfiei as unhas nas costas dele, gemendo seu nome com angústia e prazer:

— *Kai...*

Quando Malakai falou, sua voz estava rouca de frustração:

— Sabe o que faz comigo quando diz meu nome desse jeito, Scotch?

O que obviamente me fez me esfregar ainda mais na mão dele. Se o que ele sentia parecia com o que eu sentia quando ele me chamava de "Scotch", eu era uma deusa.

Arqueei as costas e dobrei o braço para soltar o sutiã, para que Malakai pudesse continuar o que estava fazendo com a outra mão sem restrições. Sua mão livre viajou e explorou os territórios recém-expostos, acariciando, beliscando, um prazer pleno e agudo. Um tormento glorioso. Enrolei uma perna na cintura de Malakai e me contorci sob ele. O sorriso dele se tornou mais tenso, focado, excitante. Excitado.

Movi o corpo de maneira desordenada contra o corpo de Malakai enquanto ele aumentava o ritmo dos dedos que conjuravam marés, me esticavam de maneira deliciosa. Ele era tão lindo e tão doce sob a luz fraca do abajur, com o dourado suave beijando a pele escura, que beijei com mais força, caótica, querendo provar o máximo que eu pudesse. Malakai se afastou e cobriu um dos meus mamilos com a boca, me lambendo, faminto, roçando os dentes.

— Você. Tem. Um. Gosto. Tão. Bom.

Cada palavra era pontuada com uma pungente e prazerosa sucção intensa.

— Mais.

Um sorriso perigoso contra minha pele.

— Mais quem?

— *Kai.*

Ele levou a boca para o outro mamilo e repetiu o feito, continuando sua condenação celestial, e levou a mão livre ao outro seio, garantindo que não houvesse negligência, generoso nas carícias. Eu estava perdendo a cabeça. Não havia tempo nem espaço para se envergonhar. Eu só queria sentir, deixar os sentimentos fazerem barulho. Passei tanto tempo os calando, os ignorando. Malakai moveu os lábios para queimar a pele entre meus seios e depois minha barriga, macio, doce, escaldante, gravando os lábios em mim, descendo, descendo, descendo, até que parou — os olhos dele focaram nos meus em uma pergunta silenciosa.

— Continua.

Com gentileza, ele afastou minhas coxas com o rosto e beijou a carne macia de ambos os lados. Malakai se moveu com intenção, espaçando os beijos o suficiente para que eu começasse a ficar indignada, impaciente, antes de voltar para minha pele de novo. Ele pressionou os lábios em mim por cima do fino tecido da minha calcinha rendada. Levantei os quadris para sentir o calor de sua boca. Ele enfiou os dedos na barra da minha calcinha. Arqueei os quadris para ajudá-lo a tirá-la. Então, finalmente, *finalmente*, todas as minhas terminações nervosas começaram a bater palmas, Malakai substituiu os dedos pela boca em uma transição suave e girou a língua, empurrando-a com habilidade e intensidade para dentro de mim. Segurei a cabeça de Malakai, movendo-me freneticamente contra ele. Ele rosnou de prazer. Com a boca, levantou ventos quentes que me fizeram afundar os dentes em meu lábio inferior. Ele era a fome encontrando um banquete.

As palavras que saíram da minha boca eram sons roucos e ilícitos que só pareciam galvanizá-lo, um circuito de prazer. Senti como se pudesse sentir o sabor da luz, ouvir o amarelo, ver o futuro. Então houve uma sensação como nenhuma outra, um prazer e um calor que eu nunca tinha sentido floresceram e ondularam por todo meu corpo e me desfiz, me comprimi, apertei o peito, me movi de maneira irregular contra Malakai, sobre os lençóis. Fiquei mole, suada, tendo espasmos, ofegante, em um estado de descrença. Como foi que aquilo aconteceu?

Malakai se moveu para cima até seu peito cobrir o meu. O peso de seu corpo era o melhor dos cobertores. Ele me encarou com olhos escuros e cintilantes, erguendo o canto dos lábios enquanto analisava meu rosto, a respiração tão irregular e voraz quanto a minha. Ele passou o dedo em uma gota de suor da minha testa e a observou.

Franzi a testa.

— O que você está...?

Parei, fascinada. Ele esfregou o polegar, minha transpiração, seu trabalho meticuloso, em meu lábio inferior e o chupou em um beijo lento e delicado que fez meu âmago se contrair novamente. Aquilo era depravado, era divino.

Ele encostou a testa na minha.

— Achei que você não suava...

Ri e empurrei seu rosto para longe do meu.

— Você — *arfada* — é — *arfada* — péssimo...

Fiquei surpresa por conseguir falar: eu tinha acabado de gozar com um cara pela primeira vez. Na vida.

E havia o fato de que ninguém nunca tinha olhado para meu corpo como Malakai olhava para meu corpo. Porque Malakai não olhava apenas para meu corpo, ele olhava *para mim*. E ele me ouvia. Ouvia com as mãos e os olhos.

Passei o polegar na mandíbula dele e puxei o cós de sua calça de moletom. Ele me deu uma coisa. Talvez eu devesse dar algo de volta. Assim que comecei a deslizar a mão para dentro de sua calça, a mão dele segurou meu pulso depressa.

— O que tem de errado? Você não quer...

— Você quer?

Hesitei. Eu queria de maneira abstrata. Eu *sabia* que queria. Eu não tinha certeza se estava pronta *naquele momento*, mas...

Malakai afastou minha mão gentilmente e deu um beijo em minha clavícula.

— A gente tem tempo, Scotch.

Sentei-me e o observei intrigada por um momento, depois me recuperei e vesti a calcinha, peguei o sutiã e o fechei novamente. Eu estava sendo rejeitada? *De novo?!* Afastei-me um pouco mais dele na cama.

— Hum, você tem certeza? Porque sinto que fui quem mais aproveitou... isso. Eu entenderia se você achasse que talvez não retribuí o suficiente?

Ah, meu Deus. Eu era ruim naquilo. Eu era *muito* ruim naquilo. Malakai me fazia me sentir poderosa, mas também sensível. Como se meu coração fosse composto por um bilhão de coraçõezinhos. Por que eu estava agindo como uma tola? Pigarreei.

Malakai franziu as sobrancelhas. Ele estava olhando para mim como se eu fosse desequilibrada, mas também como se quisesse me abraçar. Ele estava olhando para mim como se eu fosse um cachorrinho choramingando.

— Quê? Olha. Não. Para. Pode vir aqui? Você está muito longe de mim agora.

Acabei com o espaço entre nós, subi nele e me sentei em suas pernas, as coxas abraçando as dele.

— Oi.

Os olhos de Malakai estavam angelicais.

— Oi. Olha só, Scotch, preciso que você saiba que aproveitei *muito*. Você foi incrível. E é bom te dar prazer. Gosto de te dar prazer.

O olhar dele abrigava uma versão fraca e diluída da mesma malícia abençoada de quando seus dedos estavam dentro de mim, conjurando tempestades elétricas em meu corpo. Senti um arrepio instantâneo entre as pernas. Perceber o quanto eu gostava de Malakai me fez perceber o quanto eu não estava pronta. Era uma coisa importante. Seria uma coisa importante com ele. Eu tinha acabado de sacar o que era aquela coisa entre nós, então precisava ficar mais segura antes de aumentarmos o peso daquilo. Eu não queria perder o equilíbrio.

— Então, só saiba disso. Seja lá o que decidir fazer, faça porque quer fazer. Não por causa de mim.

Pigarreei.

— Sim, eu sei. E acho que só me deixei levar pelo momento. Porque, na verdade… Acho que ainda não estou pronta. Quer dizer, estou a caminho de ficar, mas…

— Você não precisa explicar, Scotch — ele afastou as tranças do meu rosto —, podemos ir tão devagar quanto quiser. Estou pronto quando você tiver pronta. Vou estar aqui. — Ele sorriu. — Confia.

Engoli em seco e olhei para ele. Lágrimas quentes e pungentes brotaram dos meus olhos. Meu peito estava cheio e mais leve ao mesmo tempo. Aquilo era humilhante. Eu estava chorando que nem uma nerd virgem. Quer dizer, tecnicamente, sim, eu era virgem, e beleza, ok, eu gostava de cosplay de fantasia, mas eu não era uma "nerd virgem". Eu era uma virgem fodona. Além do mais, eu sabia dirigir. Eu não era nenhuma Cher Horowitz. Em adição, eu não estava chorando *por ser* uma virgem fodona. Nunca tive vergonha daquilo. Não havia vergonha naquilo. A sexualidade não definia nada. Eu sabia. Eu estava chorando porque... por que diabo eu estava chorando?!

Malakai afastou a cabeça da minha, os olhos arregalados de pânico.

— Ai, cara... Kiki? Você tá bem? Não é que eu não queira, eu juro... Porra, tô fazendo sentido?

Ele era tão fofo. Aquilo me fez querer chorar mais. Ele parecia tão doce e tão nervoso. Beijei o canto da boca de Malakai. Então sua mandíbula. Em seguida, a orelha.

— Sei que você odeia ser chamado de fofo, mas você é fofo pra caralho. — Sorri com a careta falsa de Malakai, que o deixava impossivelmente mais fofo, e sussurrei em seus lábios. — E gostoso. Nem todo cara consegue ser os dois. Eu gosto disso. Muito.

— É? — Ele murmurou um sorriso em minha boca. O deleite dele tinha o mesmo gosto que o meu. — Bom, eu gosto muito de você, Kikiola Banjo.

Era tão bom quanto todos os meus melhores sentimentos se fundindo em um: limonada gelada em um dia quente, a primeira vez que ouvi o álbum *Lemonade*, a chuva quente de Lagos em minha pele enquanto andava de bicicleta pelo terreno de meu avô quando eu tinha 12 anos, uma nota de cinco libras perdida no bolso de uma jaqueta, sol entre as omoplatas, um par de sapatos favoritos à venda, alguém cancelando rolês que eu não queria dar, o gosto de banana-da-terra bem fritinha, o jeito como Frank Ocean repete a palavra "pleasure" em "Pink Matter", mas de alguma forma maior. De alguma forma mais amplo, mais profundo. Algo que era parte de mim naquele momento, fundindo-se em minha pele e em minha alma. Algo que me fazia sentir como se estivesse flutuando, voando e caindo ao mesmo tempo. Como se eu estivesse subindo, mas enraizada com segurança. Antes que eu tivesse a chance de analisar melhor o sentimento, Malakai estava me beijando mais uma vez e eu estava o beijando de volta.

CAPÍTULO 23

— Você parece... animada.

A prof.ª Miller curvou os lábios vermelhos quando coloquei o copo de café na mesa.

O ambiente cheirava ao vapor perfumado de óleo de bergamota e melaleuca que emanava do difusor no canto do escritório elegantemente decorado, cheio de móveis ergonômicos suecos, imitações de madeira de esculturas bantu e suculentas.

— Ah, você deve estar enganada, prof.ª M. Esta é minha expressão habitual de despreocupação urbana. Sabe o que deve ser? — Eu me sentei na cadeira na frente dela. — Troquei de brilho labial.

Ela comprimiu os lábios enquanto erguia o copo em agradecimento e discretamente empurrava um saco de papel pardo com barrinhas de aveia para mim.

Sorri e coloquei uma na boca quando ela respondeu:

— Bom, o novo brilho labial combina com você. Gostei. — Ela apertou um botão e ligou o laptop para acessar os documentos que precisava para nossa conversa. — Como tem sido sua parceria com o jovem sr. Korede?

Tentei engolir o sorriso, mas o senti escapulindo de mim, assim como o calor que emanava do meu peito e me mantinha quase tão quentinha quanto o moletom de Malakai, que eu estava usando por cima de leggings depois de tê-lo pegado do quarto dele, onde tínhamos passado a noite enroscados.

Fazia duas semanas desde a festa na casa de campo de Ty, e eu estivera andando por aí como se tivesse engolido uma estrela; ardente, celestial, deliciosamente volátil e brilhando em todos os lugares. Parecia que era daquele jeito que tínhamos que estar, como se nossa conexão tivesse sido preparada para aquela progressão. Passar os dias juntos trazia um novo prazer, uma vez que estávamos livres para fazer o necessário para manter o fingimento sem o tom amargo do fingimento — e com a adição de outras coisas que não eram permitidas pelas regras estipuladas, como ele apertando meu joelho durante as palestras, como beijos no pátio, como ele me chamando de "amor" e eu gostando. Também estávamos, para nosso deleite mútuo, descobrindo as *muitas* maneiras criativas como podíamos aproveitar um ao outro até que eu estivesse pronta para o sexo penetrativo.

Não podia falar aquilo para a prof.ª Miller por razões óbvias, então pigarreei e esperei que a ação dissipasse o calor de meu rosto.

— A parceria está indo bem, eu acho.

A prof.ª Miller assentiu rapidamente. Pensei ter visto um brilho nos olhos dela, embora pudesse ser a luz do sol de inverno brilhando através das persianas de seu escritório.

— Que bom. Acredito que seu parceiro também pense assim… O filme dele está ficando muito bom. Vocês trabalham bem juntos. Vejo que sua voz traz algo especial ao filme dele e estou feliz com o progresso que está fazendo com seu projeto de candidatura. O reality show de áudio é um conceito novo. É agradável e envolvente e seus ouvintes mais que dobraram.

Tinha quase certeza de que o vídeo da briga entre Malakai e Zack tinha sido gravado e vazado por Simi, nitidamente feliz por me ver no meio da bagunça. Felizmente, o tiro tinha saído pela culatra: a hashtag #MMAlakai correu pelo campus com gifs de Zack tropeçando de forma cômica, lento e impotente. Nosso número de assinantes tinha aumentado. Enquanto eu me permitia sentir o calor do elogio, um som vindo da janela ameaçou me distrair completamente. Se eu escutasse com atenção, conseguia detectar as palavras "Cavaleiros do Paço".

Ignorei o barulho e me concentrei na expressão indecifrável da prof.ª Miller.

— Tudo isso é perfeito para sua candidatura. — A prof.ª Miller fez uma pausa e eu ouvi um "mas" silencioso. — Kiki, o que esse estágio significaria para você?

Abri e fechei a boca. Era para ser uma pergunta fácil, mas assentou de maneira mais pesada em minha mente do que o previsto.

— Liberdade? É difícil explicar, mas tive a oportunidade de fazer algo assim antes e perdi por ser... uma versão menor de mim mesma. Agora me sinto mais confiante. Preparada. Me sinto mais *eu*. Como se eu estivesse me escondendo menos.

A prof.ª Miller tomou um gole de café e assentiu, com o vislumbre de um sorriso.

— As pessoas se conectam com a autenticidade. Certifique-se de centralizar o que quer que faça naquilo que faz sentido para você. É aí que entra a integridade na mídia. Nem sempre vai ser bonito, mas a conexão vem daí. — O som vindo da janela ficou mais alto. — Da verdade.

— Com ódio não tem papo! Com ódio não tem papo! Tchau, tchau, Cavaleiros do Paço!

Havia uma corrente na frente do prédio da união estudantil onde ficava o estúdio. Ou melhor, um bloqueio humano segurando cartazes, sob a liderança de Adwoa e alguns renegados de Paço Preto. Avistei Chioma e Shanti. Outros estudantes diminuíam o passo para tirar fotos, fazer vídeos, juntar-se ao protesto ou provocar. Um grupo de rapazes brancos, vestidos com camisas oxford em tons pastéis e suéteres com cavalinhos bordados no canto superior direito, aglomeravam-se ao redor. Os Cavaleiros do Paço. Eles pareciam estressados, estavam com as bochechas vermelhas, passando os dedos pelos cabelos de vez em quando, com as mãos na cintura e ocasionalmente dizendo coisas como "isso é selvageria", "ridículo", "absurdo", "é por isso que precisamos do debate". A segurança do campus estava cercando os arredores de maneira ameaçadora, mas tecnicamente não podiam fazer nada. Tínhamos direito de protestar.

Malakai, Aminah e eu diminuímos o passo ao nos aproximarmos do prédio, abrindo caminho pela multidão — era dia de programa, estaríamos no ar em uma hora e tínhamos planos para fazer. Aminah xingou baixinho enquanto empurrava um James ou um Spencer para fora do caminho.

— Entendo por que precisamos fazer isso, mas temos um programa. Por quanto tempo eles vão ficar aqui?

Malakai segurava minha mão. Ele lançou um olhar severo de advertência para um Francis que tentou entrar em meu caminho. O Francis sumiu. Malakai deu de ombros.

— Por quanto tempo for necessário, provavelmente. Não sei, acho isso muito legal. Eles não estão escutando, então vamos fazer com que escutem. Temos que desestabilizar o esquema deles.

Andei para ficar um pouco à frente dos dois.

— Deixa eu ir falar com Adwoa, entender o que está acontecendo.

Adwoa me avistou e abaixou o braço antes erguido em protesto, e a expressão de determinação sombria em seu rosto suavizou. Ela passou o megafone para alguém e nos tirou do furor, me puxando para a lateral do prédio.

— Adwoa, o que está acontecendo?

Ela estava ofegante, com os olhos arregalados.

— Kiki. Saí do gabinete. Hoje mesmo. Você não vai acreditar na merda que rolou desde a última vez que a gente se falou. Fui bisbilhotar. Descobri que Zack está recebendo dinheiro para realizar o debate. E, obviamente, nenhuma parte desse dinheiro vai voltar para Paço Preto.

Prendi a respiração.

— Peraí, quê?

— Zack tem feito reuniões com os Cavaleiros do Paço. Lembra do ano passado, quando reservamos o salão principal para Reni-Eddo Lodge e, quando ela chegou para falar, estranhamente, coincidentemente, teve aquela merda administrativa e os Cavaleiros do Paço estavam com reserva no mesmo dia para aquele cara pseudointelectual nacionalista? Zack recebeu dinheiro para cancelar.

— Peraí. — Pisquei, tentando compreender o que estava ouvindo. — Zack tem sabotado a gente esse tempo todo?

Adwoa pegou meu braço.

— Kiki, ele tem frequentado as reuniões. Estou trabalhando nisso há meses. Tenho um informante. Zack é um estúpido. Eles são legais com ele, então ele acha, óbvio, que não tem como eles serem racistas.

Mas é um ótimo esquema de imagem para eles. Eles usaram Zack esse tempo todo. Sabia que o pai dele também era um Cavaleiro do Paço? Eles sempre acham um para que possam fingir que não são a porra de um klan. Zack faz parte de um legado. Zack de alguma forma foi inteligente o suficiente para encontrar uma maneira de ficar no poder e além disso receber dinheiro. Ele tem o cargo de presidente de uma associação no currículo e ganha dinheiro e conexões ajudando os Cavaleiros do Paço. Ele vai conseguir bolsas de estudo, estágios, empregos para pós-graduados... tudo o que ele quiser.

Tropecei para trás. Naquele momento ficou evidente que o tipo de sujeira em que Zack estava envolvido tinha várias camadas; ele havia direcionado a única profundidade que tinha para se tornar o maior escroto do mundo.

— Caralho, Adwoa. Quer dizer, bom trabalho, mas *caralho*... Você descobriu isso sozinha?

Adwoa deu de ombros.

— Não. Minha namorada é quase uma detetive profissional. Ela tem um blog e me ajudou a investigar. E se disfarçou para investigar Zack diretamente. Ele tinha dinheiro extra para comprar coisas para ela e não parava de se gabar. — Ela revirou os olhos. O barulho do protesto aumentou. — Sei que temos que fazer alguma coisa e expor isso para todo mundo, mas ela não pode fazer isso porque a plataforma dela não é abrangente o suficiente e a instituição não vai levar a sério, pois é um site de fofoca. Se a gente tentar atingir ele, não podemos nos dar ao luxo de perder. Olha, Kiki, tenho que ir. Sinto muito que isso esteja atrapalhando o programa, mas...

Balancei a cabeça.

— Tudo bem. Na verdade, acho que tenho uma ideia. Me deixa ajudar.

A ideia se solidificou quando as palavras saíram da minha boca. Depois de suas palhaçadas na casa de Ty, ficou óbvio que Zack era uma infecção que precisava ser neutralizada para o bem de Paço Preto. Se ele se comportou daquele jeito comigo, quais teriam sido suas ações em relação às calouras que se aglomeravam ao seu redor, principalmente em troca de prestígio social? Ele era viciado em poder e propriedade, e aquilo fazia dele um monstro perpetuamente faminto. Seria uma confusão e eu teria que falar com Aminah, pois meu plano colocaria em risco o sucesso recente do *Açúcar Mascavo* — se envolver com política era uma maneira quase infalível de perder audiência —, mas eu tinha que fazer aquilo.

— É?

Adwoa não se preocupou em esconder a surpresa. Era compreensível, considerando meu histórico. Olhei de volta para a multidão crescente. Malakai segurava um cartaz e Aminah estava olhando para o relógio, revirando os olhos.

Assenti.

— Conta comigo.

Rádio da Faculdade Paço do Rio Branco, horário das 21h30 às 23h, quinta-feira, programa *Açúcar Mascavo*

— E aí, docinhos? Aqui é Kiki e vamos fazer algo um pouco diferente hoje. Como vocês devem ter notado, o tema musical deste episódio foi um pouco militante, rap em clima de guerra, porque estou tentando preparar a gente para uma coisa. Quero falar do Pilantra do Paço. Pois é, galera, da outra vez eu tinha errado *quem* era o Pilantra. Isso não é historinha de bicho-papão, é real. Ele está entre nós. Vejam só, a *Pilantragem* dele vai muito além do escopo de ser um babaca com as mulheres… e não se enganem, gente, isso *ainda* está incluso no pacote. Só isso já seria suficiente. Mas não para ele. Esse homem é ganancioso com sua putaria, e sim, eu disse putaria porque isso é uma *putaria*. Recém-saída da fábrica. Esse cara é sofisticado nesse aspecto… talvez apenas nesse aspecto, falo com ofensa e desrespeito. A energia ruim dele está nos afetando enquanto comunidade. Estou falando de ninguém menos que nosso querido comandante-chefe, Zack Kingsford.

"Alguns de vocês já estão descontentes com ele, sei disso. Entendo isso. Vocês estavam do lado de fora protestando e agora estão do lado de fora tocando esse programa no alto-falante. Vocês estão exercendo o direito de serem ouvidos. É direito nosso *não* ter nossos direitos tratados como objeto de debate, é direito nosso protestar contra a sanção do ódio. O fato de Zack ter permitido que isso acontecesse é uma vergonha, mas o que é ainda mais vergonhoso é que ele está recebendo dinheiro dos Cavaleiros do Paço para sabotar a própria comunidade.

"Eventos são cancelados e adiados, e as coisas que de fato *acontecem* não são organizadas por ele. Dia das Carreiras Negras? Adwoa organizou. Desfile de Moda? Shanti Jackson. Noite do Microfone Aberto? Chioma Kene. E lembram dos obstáculos que essas mulheres superaram? Como Adwoa lutou pela permissão para fazer a feira de carreiras até ter que começar a dizer palavras como 'discriminação' para lutar pela causa? Como Shanti só conseguiu permissão para o Desfile de Moda AfroCouture se concordasse que também teria modelos brancas em nome da 'diversidade'?

"E tenho certeza que todos sabemos que a Sexta-Feira Muito Loka não teria acontecido se eu não tivesse apresentado a ideia em público. Zack não deixou a organização da festa comigo por ser generoso, deixou comigo porque achou que floparia. Nem um desses eventos flopou. O AfroBaile de Inverno não flopou porque Simi Coker, a mais braba do campus, presidiu o evento por dois anos consecutivos.

"Isso tudo nos leva a questionar: o que exatamente *Zack* está administrando? Porque não é Paço Preto. Adwoa acabou de renunciar, então o que nos resta no gabinete? Um presidente corrupto e comparsas que só servem para babar ovo. Os verdadeiros Pilantras do Paço."

Eu podia ouvir os aplausos do lado de fora do prédio, minha voz reverberando pelo pátio. Inclinei-me para o microfone, encorajada:

— Não temam, família, porque acho que tenho uma solução. Um novo gabinete. Paço Preto administrada por pessoas que realmente administram as coisas. Analisamos as leis da associação e, se todos vocês pedirem uma nova administração no portal do aluno agora ao vivo em nosso site, vamos poder realizar uma eleição suplementar. O que acham disso?

Olhei para Aminah, que estava monitorando assiduamente os comentários na página do *Açúcar Mascavo* no tablet, olhos focados por trás dos óculos de grife. No início, ela tinha ficado cética com a ideia por causa da queda prevista na audiência, mas naquele momento ela sorriu e sussurrou:

— O pessoal acha ótimo.

O leve alvoroço do lado de fora do prédio confirmou aquilo. Sorrimos uma para a outra.

— Bom, beleza então. Qualquer pessoa pode concorrer, obviamente, mas agora tenho algumas pessoas que gostariam de apresentar suas candidaturas. E, nas próximas semanas, qualquer pessoa que queira se candidatar a cargos no gabinete pode vir falar de suas candidaturas aqui, no programa, se geral concordar em fazer uma nova eleição. Mas, agora, gostaria de apresentar: candidata a presidência, Adwoa Baker; candidata a secretaria de eventos, Shanti Jackson; candidata a agente de ligação estudantil, Chioma Kene, e candidata a agente de imprensa, Aminah Bakare. Não vamos deixar os Pilantras vencerem.

Recostei-me e girei a cadeira enquanto Adwoa — que estivera sentada ao meu lado o tempo todo — começava seu manifesto com um grito empolgante de:

— O que *mandam*, Paço Preto?

No sofá, Shanti, Chioma e Aminah sorriram e levantaram os polegares, com as mãos juntas em reverência, em celebração de uma nova era. Olhei para a câmera que Malakai estava apontando em minha direção com um sorriso. Ele quisera filmar só para meu arquivo pessoal, "para você lembrar como você é foda, se acabar esquecendo".

— Ai meu Deus, Kai. — Eu estava fora de mim de alegria quando entrei no quarto de Malakai, tirando os tênis. — No caminho vi os Compassos do Paço cantando uma versão melódica e a capella de "Niggas in Paris" no pátio, mas em vez de *"niggas"* eles diziam *"suckas"*, como se isso fosse amenizar o crime de ódio. Enfim, em vez de dizer "casei com Kate e Ashley", o nerd principal do coro disse "casei com *Kiki* e Ashley". E piscou para mim. Sei que você está triste por ter perdido esse momento e é por isso que gravei para você. Cara, você tem tanta sorte de me ter em sua vida.

Malakai me pegou à porta e me deu um beijo de boas-vindas, e, apesar das propriedades habituais de amolecimento de joelhos do beijo dele, senti também que havia algo de errado. Ele me soltou e me deu um sorriso que tentou muito chegar aos olhos antes de se sentar na cama e me puxar para seu colo.

— Tenho muita sorte mesmo. E não estou surpreso que os nerds do *Glee* estejam fazendo serenata para você no meio do campus. Me mostra o vídeo.

Eu me afastei um pouco. Tínhamos uma competição contínua a respeito de quem conseguiria capturar a apresentação mais absurda de um clube de artes de Paço Branco em seu habitat natural. Na semana anterior, ele tinha visto uma versão operística de "Brown Skin Girl", da Beyoncé, apresentada como um show de "solidariedade-feminista interseccional" por uma garota bronzeada artificialmente chamada Imogen e foi levado a lágrimas histéricas. A reação naquele momento era decepcionante, para dizer o mínimo.

Franzi a testa e segurei o queixo dele.

— O que aconteceu?

Kai abaixou os olhos para meus lábios em um ato que foi mais evasão que luxúria.

— Nada, só estou chateado porque você ganhou de mim...

— *Kai.*

— Sério, Scotch, tô de boa.

Engoli em seco, aceitando de maneira estoica um dos meus piores medos se concretizando.

— Beleza, Malakai, se de repente você não estiver mais a fim disso aqui, você tem que me dizer. Você pode ficar livre, não precisa poupar meus sentimentos.

O olhar de Malakai encontrou o meu, sobrancelhas franzidas em incredulidade.

— Caramba. Quê? Scotch, não é isso. — Ele beijou meu ombro. — *Nada* a ver com isso. Como você pôde pensar...

— Não sei o que pensar porque você não está falando comigo. Eu sei que tem algo errado — respondi, sentindo uma onda quente de alívio tomar conta de mim, desembaraçando o nó preventivo em minha barriga.

Voltei a respirar, sem nem perceber que estivera prendendo a respiração, mas ainda sentia que havia algo de errado.

Malakai pigarreou, focando o olhar no meu com relutância. O brilho de vulnerabilidade neles perfurou meu peito.

— Não é nada de mais. Eu só, hum, contei ao meu pai que consegui aquele emprego de verão como assistente na produtora. E ele disse que não conseguia acreditar que eu estava deixando de trabalhar no escritório dele em Lagos para ser um "serviçal" chique. — Malakai soltou uma risada oca e rouca enquanto eu massageava as costas dele, meu coração se partindo um pouco como eu sabia que o dele tinha se partido. — E nem sei por que contei a ele. Por que o que ele pensa ainda importa para mim. Por que acho que, se eu ganhar a competição do Shades of Motion, ou se pelo menos for finalista, talvez ele comece a levar essa porra a sério. Me levar a sério. — Ele balançou a cabeça, esfregando a mão no rosto. — É patético, na real. Vamos só esquecer di…

— Comprei uma coisa para você semana passada. Quando você me disse que conseguiu o emprego. Chegou hoje de manhã.

Saí do colo de Malakai e peguei a sacola de presente dentro da ecobag que eu tinha jogado no chão do quarto. Malakai franziu as sobrancelhas com leve curiosidade enquanto eu entregava o presente. Eu o incentivei a abrir com um leve movimento do queixo.

— Vou dar uma dica: é uma foto minha emoldurada.

Malakai sorriu enquanto abria a sacola. O sorriso sumiu assim que ele viu o que estava dentro. Ele tirou o presente da sacola, a expressão indo de choque para admiração e gratidão, os olhos ficando cada vez mais brilhantes. Meu coração ficou enorme com a expressão no rosto dele.

— *Scotch*. — A voz dele saiu com dificuldade.

Era uma claquete de cinema. Com uma caneta piloto branco, escrevi SEM TÍTULO ao lado do nome da produção e MALAKAI KOREDE ao lado de DIRETOR. A data era o aniversário dele. Curvei a mão ao redor da nuca de Malakai e deixei meu polegar acariciar o doce vale de sua bochecha.

— É o seguinte, Kai. Você não precisa da aprovação de seu pai para viver a vida que quer viver. Você não precisa da aprovação de ninguém. Faz o que parece certo pra você. Você é um cineasta, beleza? E, se vale de alguma coisa, tenho orgulho de você. Não é fácil sair do caminho que foi traçado para nós. É muito corajoso da sua parte, na real. Você está descobrindo sua liberdade, e isso é inspirador. E um dia essa vai ser uma verdadeira claquete de produção com seu nome. — Malakai ainda não tinha dito nada, seu olhar era um crepúsculo hipnótico. — Obviamente, se você preferir uma foto emoldurada de mim, posso arranj…

Malakai me calou, me beijando com uma doçura feroz que me deixou derretida. O beijo foi tão excruciante e perfeitamente suave, tão cheio de um sentimento delicado e mesmo assim robusto, que quis chorar.

Senti meu corpo se reclinar, toda a força do sentimento me empurrando para trás. Enrolei os braços no pescoço de Malakai, o puxei para baixo para que seu peso deliciosamente quente me prendesse na cama e senti as batidas do coração dele atravessando o tecido da camisa. Chupei seu lábio inferior e aquilo pareceu libertar algo divinamente selvagem dentro dele. Ele lambeu minha boca com uma persistência precisa e passional, como se nada fosse o suficiente, e fiquei mais molhada, mais selvagem, enquanto sentia a pressão *deliciosa*, espessa e rígida contra mim. A sensação me deixou mais selvagem. Envolvi as pernas ao redor dele e pressionei meus quadris ali.

O sabor dele era tão estonteante, tão inebriante, parecia que eu precisava controlar meu consumo. Pouco antes dos últimos resquícios de nossas mentes serem perdidos, Malakai se afastou um pouco para encostar a testa na minha, a respiração irregular. Ele beijou meus lábios com doçura, como se não pudesse evitar.

— Então, você gostou?

— Scotch, obrigado. Esse é o segundo melhor presente que já ganhei.

— Segundo? Tá de brincadeira? Qual foi o primeiro?

Malakai encostou o nariz com tanta ternura no meu que minha respiração parou para fazer uma reverência em minha garganta.

— Você.

CAPÍTULO 24

—Nunca vi esse lugar tão abarrotado.

O Coisinha Doce estava fervilhando — Meji estava tão feliz de nos receber que fez vista grossa para as bebidas alcoólicas sendo despejadas dentro de refrigerantes pelo recinto. Ty, Shanti e Chi estavam lá na frente, sugerindo músicas enquanto Kofi organizava uma playlist de clipes para a TV de várias polegadas na parede. Malakai estava ocupado conversando com alguns alunos do terceiro ano de cinema sobre *Cortes*, a direção de seu próximo filme, lentes e quadros e outras coisas que faziam seus olhos brilharem ainda mais do que o normal. Eu tinha organizado um evento social como espaço de campanha para a eleição e o evento se tornou uma festa diante dos meus olhos.

Aminah tomou um gole de refri.

— *Omo*, você é popular agora. Se atualiza. Gostosa do campus. Princesa de Paço Preto. As pessoas querem estar onde você tiver. Depois que postei o story no ProntoPic mostrando a gente aqui, minha caixa de entrada explodiu. Ficaram ainda mais interessados depois que você colocou Zack na roda aquele dia. Sim, quando eu ainda estava cética a respeito de politizar o *Açúcar Mascavo* e, sim, ainda vamos descobrir como isso vai afetar os índices de audiência a longo prazo, mas é por um bem maior. Você está ajudando geral a se vingar do Pilantra. E isso está unindo as pessoas, porque *olha* para este lugar. Já viu tantos grupinhos sociais diferentes se unindo e se misturando? Ali tem uma Gatinha Bíblica flertando com um maloqueiro reformado que cursa ciências do esporte, e não acho que ela está tentando converter o cara...

— A menos que falar em línguas agora signifique outra coisa.

Arqueei a sobrancelha quando o casal em questão começou a se beijar no canto da cabine mais afastada.

Aminah estava certa, os grupinhos estavam juntos, e havia acontecido de maneira tão natural que eu mal tinha percebido, panelinhas tinham se misturado umas com as outras. Paço Preto parecia mais divertida daquele jeito, mais viva, menos confinada. Eu havia colocado meu estágio em certo risco, mas, por algum motivo, eu não me sentia à beira de um colapso; algo estava mudando na vida real. Não importava o tamanho da nossa audiência, mas quem era tal audiência. Pessoas que se importavam.

Aminah me entregou uma coxinha apimentada de frango assado e ergueu a dela para que fizéssemos um brinde.

— Foi você que fez isso, com o *Açúcar Mascavo*. Quando anunciou um novo comitê com as meninas, você sinalizou o início de algo novo, validou algo novo.

Dei de ombros.

— Talvez, mas o *Açúcar Mascavo* não seria nada sem você, sem seu marketing e seu gerenciamento.

Aminah balançou a mão e a cabeça ao mesmo tempo. Os longos cílios acentuaram o brilho nos olhos dela.

— A gente é um casal poderoso, querida. Vamos só dizer isso — ela me cutucou —, mesmo você se reconciliando com antigas inimigas.

— Peraí, isso está te incomodando?

Eu havia contado a Aminah que Rianne e eu estávamos trocando mensagens desde que tínhamos nos encontrado na RomCon, e Aminah tinha apoiado nossa reconciliação com certa cautela. Por causa de seu instinto protetor, ela ainda guardava certo rancor, mas encorajava a paz entre Rianne e eu. Como uma mãe cuja filha praticava um esporte perigoso.

Aminah deu de ombros.

— Não, porque seria insensatez da minha parte imaginar que sua melhor amiga da infância, que tem uma ótima estrutura óssea e com quem você tem interesses nerds em comum, pode me substituir.

Dei um sorriso aberto.

— Sim. Seria. Estou feliz por ter feito as pazes com Rianne, mas você é minha parceira de vida, e o fato de você zoar meus interesses nerds me mantém equilibrada.

Aminah beliscou meu braço.

— Te zoo porque me importo. E preciso de você na minha vida para me levar em bistrôs pitorescos que nem esse, para me manter centrada e descolada.

— É uma *lanchonete*.

Aminah assentiu sem um pingo de reconhecimento.

— Não sei o que é isso, mas é um lugar fofo. Gostei da vibe. — Ela olhou por cima da minha cabeça e seus olhos brilharam em provocação. — Hehe, *cara*, ele simplesmente não consegue ficar longe de você, né? Se ele é assim antes de vocês terem trepado…

— *Aminah*.

Ela franziu as sobrancelhas e de alguma forma conseguiu escalar por cima de mim com elegância e sair da cabine assim que Malakai nos alcançou.

— Novato — cumprimentou ela de maneira estoica.

Malakai fez uma reverência.

— Lady Aminah. Vai aceitar minha solicitação do ProntoPic agora?

Aminah deu de ombros.

— Acho que tem que haver alguns limites entre a esposa e o rolinho, mas, *sha*, se você passar de três meses, vou considerar.

Ela foi na direção de Kofi, com olhos vorazes.

Malakai sorriu quando me aproximei dele. Quando se sentou, ele me entregou meu pedido de Coca-Cola misturada ilicitamente com rum e passou um braço sobre meus ombros.

— Acho que ela basicamente disse que sou como um irmão pra ela.

Ri.

— Eu ouvi.

Malakai olhou para o Coisinha Doce com um sorriso amplo iluminando o rosto. O que também me iluminou.

— Sempre me sinto tão em casa aqui. Com você. Ama nunca teria gostado de um lugar como esse…

Fiquei irritada.

— E daí? Por que você está pensando nela agora?

Os olhos de Malakai saltaram, alertas.

— Não estou. Só estou dizendo que fico feliz de poder ser eu perto de você. Eu não podia fazer isso com ela.

Minhas tranças estavam empilhados em cima da cabeça e ele gentilmente puxou um que soltou do meu turbante Ankara. Fiquei calada enquanto tentava resolver a aritmética do que ele tinha acabado de dizer. A leve tensão foi substituída por um aroma avassalador de peônia e leve desdém.

Simi estava ao lado da cabine. Ela bateu um dedo elegante e com garras leitosas no ombro de Malakai, dizendo:

— Papo de menina! Certeza que não se importa.

Aterrorizante. Eu teria me perguntado por que Simi estava realmente ali, mas qualquer tipo de razão estava abaixo dela, cedendo sob seus poderes caóticos. Malakai hesitou, os olhos passeando rapidamente entre Simi e eu, até que ergui o ombro. Uma vez, tinha visto em um documentário sobre a vida selvagem que a melhor coisa a fazer ao enfrentar um leão selvagem é se manter firme. Ficar calma. Não ceder.

Malakai sussurrou em meu ouvido:

— A palavra de segurança é "Malakai, seu gostosão".

Ele deslizou para fora da cabine.

— Isso é uma frase… e você é péssimo.

Malakai sorriu enquanto se afastava.

— Eu sei.

Meu sorriso permaneceu no rosto até que me virei. Naquele momento Simi estava sentada diante de mim e seu desdém característico tinha se manifestado em um sorriso malicioso e um leve inclinar de cabeça.

— Você e Malakai são meio fofos. — Ela tomou um gole da bebida. — Principalmente considerando que a primeira vez que você beijou ele foi só para deixar Zack com raiva.

Não era bem verdade, mas congelei, sentindo o rosto ficar pálido.

— D-do que você está falando?

O sorriso de Simi ficou maior. Ela puxou um cantil rosê e dourado e derramou o conteúdo em sua Coca-Cola. Ela tomou um gole e soltou um suspiro de contentamento que só serviu para provocar arrepios em minha pele.

— *Melhor*. Mas agora — continuou Simi, sem prestar atenção à minha pergunta — é óbvio que existe algo real entre vocês. Eu não sabia qual era o objetivo final de vocês dois. Eu achava que talvez você quisesse um caminho rápido para a popularidade e que Malakai viu você como uma forma de se consolidar na sociedade de Paço Preto. — Ela passou os olhos por mim. — Mas você não precisa disso. Quer dizer, você não está no mesmo nível que eu, obviamente, mas as pessoas botam fé em você por algum motivo. É por isso que vieram para cá na noite em que Zack está dando uma festa em uma tentativa patética de reconquistar o público desde que você anunciou o esquema dele em seu programa. Parabéns, inclusive. — Ela bateu palmas duas vezes de maneira seca. — Bom trabalho.

Meu cérebro estava muito lento para acompanhar, considerando tudo o que tinha acontecido com Simi, e só consegui responder:

— Eu não sabia que ele estava dando uma festa hoje.

Simi abriu um sorriso afiado.

— Irrelevante. Você está desviando o poder dele e isso é uma coisa boa, amada. Meu ponto é que não importa por que você e Malakai entraram nesse lance. Agora é real.

Olhei para Simi, atordoada em um silêncio mortificado, e ela riu. Não era uma risada de escárnio, e foi a primeira vez que minhas defesas estavam baixas o suficiente para que eu ouvisse aquele som de forma correta. Era rico, rouco, talvez… afetuoso? Será que já tinha sido um som de escárnio ou eu só presumira que era?

— Kiki, sou uma blogueira de fofoca, estudante de jornalismo e vou fazer mestrado no ano que vem. Sou a melhor da minha turma. Vi você e Zack naquela Sexta-Feira Muito Loka e sabia que vocês estavam ficando. Eu ia intervir, mas vi que você estava no controle da situação. E aí você e Malakai assumiram o controle. — O sorriso dela ficou maior. — Assumiram o controle *muito bem.*

Pisquei, tentando digerir todas as novas informações inesperadas, mastigando devagar, tentando extrair sentido delas.

— Peraí, então por que você me zoou no dia seguinte? E levou ele para casa de Ty? E vazou aquele vídeo para me fazer passar vergonha?

Simi estava imperturbável; havia um sorriso fácil em seus lábios brilhantes. Ela se reclinou e tomou um gole do drinque misterioso que tinha preparado.

— Eu precisava de você longe de Zack para poder fazer meu trabalho direito. E imaginei que ele não ia mais mexer com alguém que envergonhou ele publicamente. Ele é vaidoso. Fui com ele para casa de Ty porque ouvi ele dizer que ia entrar de penetra e pensei que, se fosse comigo, eu poderia pelo menos ajudar a controlar os danos. Filmei e vazei o vídeo para fazer *ele* passar vergonha. E foi o que aconteceu. — Simi aparentemente tinha terminado. Ela suspirou; a necessidade de se explicar para mim era uma inconveniência tediosa. — Olha, Kiki, eu sabia que você conseguiria lidar com certa difamação colateral.

Balancei a cabeça devagar enquanto o constrangimento abria caminho para o entendimento. Arregalei os olhos quando avistei Adwoa, que conversava com Chi em outra cabine. Ela tinha dito que a namorada dela era blogueira.

— Você estava investigando ele?

Simi viu onde meus olhos tinham focado. Ela concordou de leve com a cabeça.

— Isso. "Me relacionando" com ele. Bom, flertando com ele o suficiente para fazer ele pensar que poderíamos nos relacionar. Quer dizer, a gente nunca fez nada, mas, para caras como Zack, a promessa já basta. Sou Simi Coker. Tenho influência. Isso excitava Zack. Eu precisava me aproximar dele para descobrir o babado. Eu não podia continuar só observando ele foder meu legado. Dei duro quando estava no gabinete e vi Zack destruir tudo que trabalhei para construir. — Ela se inclinou para a frente; os olhos, diamante e pedra. — Ele cortou todas as conexões que construímos, todos os eventos que fizemos com AACs de toda a região. Ele queria nos isolar para poder fazer o que quisesse, ter tudo completamente sob o próprio controle com o respaldo institucional racista de Paço Branco. Ele é corrupto para caralho. É por isso que nunca entendi por que você estava ficando com ele.

Balancei a cabeça, tentando compreender o fato de que Simi havia orquestrado parcialmente uma derrubada sistemática do cara mais poderoso do campus, que ela era possivelmente — possivelmente — uma das garotas mais maneiras que eu conhecia.

— Se você sabia que eu estava ficando com Zack esse tempo todo, por que não me entregou?

Simi me olhou de cima a baixo como se estivesse considerando seriamente a questão. Ela encontrou uma resposta e a pontuou com um elegante movimento de ombro.

— Realmente não sei. Acho que você me lembra muito de mim quando eu era mais nova.

Não parecia um momento oportuno para apontar que eu era apenas quinze meses mais nova que ela, então decidi me concentrar no outro elemento chocante da afirmação, que era que Simi olhou para mim e viu semelhanças. Todo aquele tempo, eu achava que, quando olhava para mim, ela sentia um tipo visceral, se não de ódio, pelo menos de desprezo: como uma tia que via a alça do seu sutiã escorregando na igreja.

Os olhos escuros de Simi me observaram de forma analítica. Ela era como uma espécie de rainha da antiguidade, decidindo qual menina da vila deveria ser sua serva.

— Eu sabia que você não estava saindo com Zack por popularidade porque você fez o possível para esconder isso. Só nunca consegui descobrir o porquê. Acho que é por isso que eu descontava em você às vezes. Você é esperta. Eu odiava ver você desperdiçando seu tempo com ele. Em determinado momento me perguntei se você estava no esquema com ele, mas não fazia sentido. Não combina com quem sei que você é.

Inclinei a cabeça.

— E quem você sabe que eu sou?

Simi deu uma mordida em um chip de inhame da travessa em minha frente. Outra surpresa, pois nunca a tinha visto comer carboidratos. Eu presumia que ela se alimentava exclusivamente do sangue de calouras.

— Uma líder.

Olhei para ela, tentando detectar uma pitada de escárnio, mas não encontrei nada. Simi era muitas coisas e, embora às vezes fizesse sensacionalismo da verdade em seu blog, ela não era uma mentirosa. Ela apresentava fatos. Ela não fazia elogios.

Depois de alguns momentos, perguntei:

— Tá de sacanagem comigo?

Simi revirou os olhos.

— Olha, posso nem sempre ter gostado de você, mas sempre botei fé em você.

— É por isso que me chamou de Jogada Incerta?

Simi riu da própria genialidade.

— Ok, isso foi engraçado.

Infelizmente foi mesmo, mas eu não podia deixá-la saber daquilo. Me controlei para manter a expressão falsamente séria.

Simi gargalhou mais alto, mas, em uma tentativa de fazer as pazes, ela empurrou sua bebida para mim. Eu não precisava daquilo, mas por diplomacia, tomei um gole. E logo me engasguei.

— Você colocou vodca *e* rum nisso?

Ela deu de ombros.

— Precisava de um *tchan*. Enfim, vamos lá, Kiki. Um pouco de rivalidade é divertido. Eu estava te fortalecendo para o seu futuro. Quando eu sair da graduação, preciso que você assuma o cargo de Fodona do Paço Preto.

— *Fodona?* Esse não é um cargo político.

Simi ficou irritada com minha lentidão.

— É, sim. É um cargo não oficial. Mas, tirando isso, Adwoa e eu temos conversado… — Gostei de ela ter se sentido confortável o suficiente para dizer o nome de Adwoa com intimidade, como se sempre dissesse o nome dela para mim. —… e Paço Preto precisa de uma presença forte para manter todo mundo na linha. Adwoa é uma ótima organizadora, mas não quer ser presidenta. Pergunta para ela. Ela só está fazendo isso porque você recusou quando ela pediu e não temos opções melhores. Mas acho que você deveria aceitar. Vou te dizer, a audiência de *Açúcar Mascavo* pode cair horrores se você entrar nessa de fazer campanha, mas te ajudo a aumentar de novo. Tenho um toque mágico.

"Kiki, passei dois anos vendo Zack reduzir meu reino a pó. Mas ele está nervoso pra caralho desde seu anúncio. Ele tem medo de você. É por isso que ele deu uma festa desesperada hoje. *Você* tem um mandato comunitário e, mais importante que isso, você se importa. Você teve a coragem de pedir uma eleição antecipada. É uma mulher poderosa e esse é o único tipo de pessoa com quem mexo."

Em uma estranha reviravolta, descobri que eu poderia gostar de Simi. Fiquei me sentindo quentinha, embora o motivo pudesse ter sido a mistura letal que ela tinha desenvolvido. Ela olhou para mim de um jeito estranho, franzindo a testa.

— Credo. Por favor, não chora. É constrangedor e vou ter que retirar meu apoio. Vai se candidatar?

Ponderei a ideia na mente e o horror que eu esperava não estava lá. Aquilo me intrigou, se acomodou em meus pensamentos de maneira mais confortável do que o previsto.

— Vou pensar no assunto.

Um sorriso genuíno brilhou em seus lábios. Na mesma hora, o celular dela vibrou.

— Ótimo, porque…

O sorriso desapareceu quando ela olhou para o celular e rolou a tela. Ela olhou para mim, aflita, antes de seus olhos dispararem para cima e ao redor do lugar. Segui o olhar dela e vi que a atenção de todos tinha sido atraída para o brilho branco de suas telas. Vi as expressões de seus rostos mudarem, alegria casual seguida por intriga, intriga seguida por desconforto, desconforto seguido por um olhar de curiosidade escandalizada em minha direção ou, pior, um olhar que fazia parecer que eu era uma impostora no meio deles. O restaurante estava silencioso naquele momento, sussurros hostis substituíam os gritos altos e contentes de alegria. Meu sangue pulsava quente em meu ouvido, senti como se pudesse mastigá-lo.

Uma camada de aço deslizou sobre o rosto de Simi. A expressão não era antipática, mas subitamente profissional.

— Kiki. Me escuta. Suas ações agora são importantes. Não abaixa a cabeça. Não cede. Lembra que Zack é mesquinho e insignificante. Ele só está retaliando assim porque está perdendo.

Com certeza havia algo de errado. A música que tocava nos alto-falantes parecia alterada, distorcida, lenta. As pessoas olhavam para mim ou fingiam que não olhavam.

Aminah apareceu do nada e pegou minha mão, me puxando para fora da cabine, dizendo algo como:

— Vamos embora, gata, tá tudo bem.

O que me informou que as coisas de fato não estavam nada bem. Chioma pegou minha jaqueta e Shanti pegou minha bolsa, então vi Malakai no canto do lugar, afastando os olhos do celular e imediatamente vindo em minha direção, garantindo às meninas que ele assumiria a partir dali, que me levaria para casa.

Do lado de fora do Coisinha Doce, o frio bateu em minha pele com tanta intensidade que aliviou o calor ansioso em meu corpo. Pedi a todo mundo que por favor, *por favor*, me deixassem olhar o celular, eu precisava encarar a fonte. Aminah tentou roubar o celular de mim e Malakai tentou me convencer de que era melhor esperar até voltarmos para casa.

— Me dá a chave, Kai.

Desamparado contra meu olhar, Malakai fez o que pedi e na mesma hora entrei no carro, estacionado do lado de fora do restaurante, trancando as portas enquanto Aminah tentava entrar. Algo me dizia que eu tinha que estar sozinha para fazer aquilo. Chequei o celular.

LIVEPRONTOPIC
@COGNACDADDY

E aí pessoal *[risada e aceno gentil e desajeitado]*, aqui é Zack Kingsford, seu presidente e, como gosto de pensar, irmão de Paço Preto. Já faz um tempo desde que fiz uma *live*. Tenho ficado calado. Venho refletindo. Tem muito drama rolando ultimamente. Muitas acusações sendo feitas. Muitos equívocos. Sentei e observei tudo porque leões não se preocupam com assuntos de ratos. Nelson Mandela disse isso. Ele também foi um grande líder. Mas sinto que já chega e sinto que devo toda a verdade a vocês. A gente é uma família.

A primeira verdade é que o debate com os Cavaleiros do Paço é realmente apenas uma maneira de iniciar o diálogo e divulgar nossa presença no campus. Como a gente pode progredir se não nos unirmos? Como sabem, eu mesmo sou de ascendência miscigenada, negro e branco, e me considero um verdadeiro emblema do que pode acontecer quando colocamos as diferenças de lado. Os protestos contra o debate estão comprovando ainda mais os estereótipos. Que preferimos lutar a buscar a paz. Essa luta se tornou nossa identidade. Vamos nos afastar disso. Como meu herói Nelson Mandela fez, estou tentando construir pontes.

A segunda parte que quero abordar é meio... constrangedora para mim. *[Outra risada, que rapidamente se dissipa. Olhos suaves e vulneráveis aparecem.]* Não gosto mesmo de tornar o pessoal político, mas parece que não tenho escolha. A plataforma de Kiki Banjo, *Açúcar Mascavo*, tem sido usada para divulgar informações falsas e instigar um golpe. Não estou preocupado porque sei que mereço estar onde estou. Mas é importante saber que a plataforma dela não é neutra. Kiki Banjo tem uma vingança pessoal contra mim.

Kiki e eu tivemos um relacionamento por um tempo. Talvez "enrolados" seja o termo. Eu terminei e, infelizmente, Kiki levou um tempo para se conformar. Isso me entristece porque eu realmente respeitava ela, mas parece que ela está buscando vingança caluniando meu nome e fazendo com que os membros de seu clã façam o mesmo. Isso virou uma caça às bruxas. Querem me linchar. Vimos um exemplo disso, com ela incentivando o marginal Malakai Korede a me atacar no fim de semana passado. É uma pena porque eu estava tentando forjar a paz. Será que a gente pode confiar em uma pessoa tão manipuladora? Família de Paço Preto, por favor, não prestem atenção nas mentiras. Faça a coisa certa, vote em Zack King… sford. Só o amor salva. Ah, e provas de nosso relacionamento serão postadas nos meus stories do ProntoPic, para provar minha integridade.

Nunca tinha mandado nenhuma foto minha para Zack, mas aparentemente ele havia tirado uma de mim de sutiã e calcinha, no momento em que eu recolocava um vestido. Mal era possível distinguir meu rosto, mas, se quisesse, conseguia me ver ali. Eu não estava chorando. Não conseguia. Meus músculos ficaram rígidos, o ar em meus pulmões denso.

Malakai estava batendo na janela dizendo:

— Anda, Scotch.

Destranquei o carro. Aminah entrou na parte de trás e apertou meu ombro. Não me lembro de muita coisa, só das doces garantias de Aminah de que já estava trabalhando em derrubar as fotos, como se aquilo fosse impedir prints e compartilhamentos. Malakai estava dizendo que mataria Zack, mas também, de maneira confusa, que nada daquilo importava, o que me deixou com muita raiva porque, se nada daquilo importava, por que ele queria matar Zack? A irritação com a mentira era algo fundamentado em que eu conseguia me segurar, então nela me segurei, porque a ideia, o fato de que *aquilo* estava acontecendo comigo de novo, de que alguém tinha me usado contra mim em algum tipo de viagem egóica para consertar a própria reputação, era demais para minha mente compreender, o sentimento teria me afundado demais. Eu tinha que ficar à tona. Então me agarrei à raiva pela tentativa bem-intencionada de consolação de Malakai até que ela ficou saturada em minha mente. Minha boca ficou salgada.

Quando ele disse, com cuidado e gentileza, em meio ao silêncio:

— Kiki, por favor, diz alguma coisa.

Respondi:

— Não faz nada com Zack que possa fazer você ser suspenso. Promete para mim.

A mandíbula de Malakai ficou tensa, mas ele assentiu.

— Tá.

Então pedi a ele para parar o carro para que eu pudesse vomitar.

CAPÍTULO 25

Joguei o celular no carpete industrial da biblioteca, me forçando a não apertar o botão de replay novamente. Levantei os joelhos e me encostei nas prateleiras, com a cabeça apoiada em alguns livros sobre a civilização bantu. Falando em África Meridional, o estado de Nelson Mandela deveria processar Zack pela audácia. Uma coisa é manchar meu nome, mas equiparar o legado de Nelson Mandela a sua putaria? Imperdoável.

O vídeo já tinha mais de mil visualizações, e eu tinha certeza de que boa parte delas era minha. Eu sabia que era masoquista, mas, de alguma forma, analisar e compreender por completo o ataque era a única coisa que poderia me oferecer algo próximo de alívio. Aquela emboscada tinha sido calculada, cruel e agressiva. Zack já sabia que faria aquilo, sabia que quanto mais tempo ele se segurasse, feito pedra em estilingue, mais forte seria o baque, quanto maior o alcance, mais profunda seria a ferida. Se minha integridade estava em questão, então a reeleição também estava, assim como todos que tinham algo a ver comigo — todo mundo que foi ao programa como parte da turnê de campanha. Eu tinha potencialmente ferrado as coisas para Paço Preto como um todo. A sugestão de Simi de que eu me candidatasse naquele momento parecia poeticamente cômica. Os seguidores do *Açúcar Mascavo* estavam em um fluxo precário desde a *live* de Zack e muito mais baixo do que eu precisaria para entrar no programa da UNY. Eu estava fodida.

Fazia dois dias desde que tudo tinha acontecido e eu só saía do quarto para ir à biblioteca. Perdi aulas e seminários e ignorei dezenas de ligações e mensagens de Chioma e Shanti. Aminah estava praticamente de vigília em minha porta. Malakai tinha aparecido lá, mas eu havia dito a ele que precisava de espaço. Ele tinha ido embora e ainda devia estar dentro do prédio quando mandou a mensagem:

KAI: Tô com você, Scotch. Saiba disso. X

Nada me faria me sentir melhor. Nada que alguém pudesse dizer poderia me fazer me sentir menos estúpida por deixar a mesma coisa acontecer comigo duas vezes. A única coisa que jurei a mim mesma que nunca permitiria que acontecesse. No minuto em que baixei a guarda, me deixei envolver na comunidade de Paço Preto, eu paguei por isso, e todas as outras pessoas pagariam também. A vida era muito mais fácil quando eu não falava com ninguém além de Aminah — a menos que fosse escondida, pelo microfone e sobre o significado de um cara não curtir suas fotos. Eu não conseguia acreditar que, de alguma forma, um cara conseguiu usar sua atração por mim contra mim de novo, como uma espécie de beijo envenenado que sempre terminava com minha morte social.

Meus olhos estavam ardendo de novo, enchendo de água de novo. Eu estivera sentada em meu lugar secreto na biblioteca havia pelo menos duas horas. Felizmente, havia muitas coisas para me manter ocupada. Eu estava equipada com livros sobre colonialismo, máscaras iorubás, matriarcado em antigas culturas africanas e meia barra de granola. Eu já tinha comido naquele dia, então, se eu guardasse a barra de granola para amanhã, talvez pudesse me esconder ali por uns dois dias. Ninguém jamais me encontraria.

Estendi a mão para trás e puxei um livro ao acaso. *Paraíso na Terra: poder divino na antiga Iorubalândia.* Talvez eu pudesse acessar meu ser celestial interior e transcender totalmente aquela situação, voltar no tempo para que eu estivesse enroscada na cama com Malakai, porque sentia saudade dele, mas não sabia mais o que fazer com a gente. A sensação era que nossa relação estava presa debaixo dos escombros emocionais do caos de Zack.

— Kiki…

Meus poderes latentes deviam ser superpotentes, porque eu nem tinha virado a primeira página e já tinham sido ativados. Eu me fiz ouvir a voz de Malakai. Com um pouco de treinamento, poderia dominar o mundo. Virei o livro. Era algum tipo de grimório?

— Scotch. — A voz estava mais alta.

Olhei para cima e avistei Malakai parado entre duas estantes. Meu coração se inclinou à sua compulsão de pular ao vê-lo, qualquer que fosse a circunstância. Malakai se sentou ao meu lado no chão. No momento em que ele curvou o braço ao meu redor, me virei para ele, enrolando minhas pernas sobre as dele enquanto ele apoiava o queixo em minha cabeça. Meu corpo se aninhou no conforto da energia dele. Inspirei profundamente, absorvendo seu cheiro, deixando que me acalmasse.

— Olha, Kiki, sei que você disse que esse era o seu espaço seguro, mas as meninas estavam ficando preocupadas. Eu estava ficando preocupado. Pensei em tentar. Quer que eu vá embora?

— Não. — Funguei e me desvencilhei dele, cruzando as pernas e girando para ficar de frente para ele. — Kai, não sei o que fazer. Não é como se fosse tudo mentira. Mas se eu admitir que parte daquilo é verdade, as pessoas vão achar que tudo é verdade, e ainda tem a porra daquela *foto*...

Malakai pegou minha mão e encostou o polegar em meu pulso. Minha pulsação se acelerou para beijar o toque. O olhar dele era severo e dava para ver que ele estava se contendo por minha causa. Ele abaixou os olhos para se concentrar no próprio polegar fazendo círculos em minha pele, como se meditasse para se acalmar.

— Kiki... o único motivo para eu não ter acabado com Zack é porque te prometi que não faria isso.

Balancei a cabeça.

— Não preciso de mais drama e não quero que você se meta em confusão.

Malakai assentiu e olhou para mim.

— Beleza. Mas, Kiki, a foto foi denunciada de cara e a conta dele foi suspensa. Aminah resolveu na mesma hora. E não vou te dizer o que fazer porque não posso fazer isso. Só sei que você tem a voz mais forte que conheço e acho que deveria usar isso.

A pouca energia que me restava foi usada para rir. Eu me sentia esgotada.

— Quem vai acreditar em mim? E agora o *Açúcar Mascavo* e meu estágio de verão estão em perigo, porque quem diabo vai ser estúpido de me ouvir dando conselhos com meu namorado falso, quando acabei de ser exposta como a maior hipócrita do campus? Preciso de um número alto e constante de ouvintes e... O que foi?

— Namorado falso?

O polegar de Malakai parou seu circuito em meu pulso.

Pisquei e esfreguei a testa.

— Você sabe o que quero dizer...

— Não sei não, Scotch. — Ele se afastou. — Esse lance entre a gente não é maior do que o programa?

Congelei.

— Você está falando sério? Só decidimos fazer isso por causa do programa e de seu filme. Óbvio que agora é diferente, mas...

— É? O que é isso para você? Porque, não vou mentir, parece que esse lance entre a gente só existe para você se tiver relação ao *Açúcar Mascavo*.

Quase recuei, inclinei a cabeça para o lado.

— Desculpa. Você está me perguntando o que somos nesse momento? Porra, Malakai, logo *agora*?

Foi tardio, demorou para ferver, mas percebi que eu estava com raiva. Furiosa, na verdade. A dor havia diminuído e naquele momento eu estava chateada com Nile, com Zack e, aparentemente, com Malakai por tratar minha atenção como uma espécie de trunfo.

Os olhos de Malakai brilharam com uma emoção que parecia um pouco com mágoa.

— Kiki, só tô dizendo... Meio que parece que você está com um pé fora desde que a gente começou. Como se você estivesse esperando um motivo para não funcionar. Por que você me perguntou se eu ia terminar naquele dia? Você queria que eu fizesse isso?

Engoli em seco, sentindo algo feio se formando dentro de mim. Senti o ardor e a agitação daquele nascimento, do mesmo jeito que um furúnculo se forma para combater uma infecção, reunindo todas as toxinas para expulsá-las. Naquele caso a infecção era o quanto eu gostava de Malakai Korede. Tanto que, mesmo naquele momento, eu só queria interromper a briga, colocar o rosto em seu pescoço e me sentir abraçada pelo calor do corpo dele. Mas eu precisava me proteger. Malakai provavelmente achava que o que ele sentia por mim era verdadeiro — da mesma forma que Nile me quis durante aquele momento, da mesma forma que Zack me perseguiu —, mas aquilo se derreteria em breve, se provaria ser uma falácia e uma fantasia e eu seria punida por baixar a guarda. Eu não podia deixar aquilo acontecer de novo.

— Não sei. Talvez, Malakai. A gente se sente atraído um pelo outro. A gente ficou. E talvez você queira que isso signifique mais do que significa... talvez seja por isso que você me comparou a Ama.

Malakai passou a mão pelo rosto e se levantou.

— Porra, você só pode estar de sacanagem comigo. Eu sabia que você estava chateada com isso.

Levantei-me também e percebi que realmente estava chateada com aquilo. Aquilo me lembrava do desejo de Nile, que estava relacionado ao fato de eu não ser Rianne.

— Você gosta de mim porque não sou ela?

Os ombros de Malakai despencaram. O olhar dele se suavizou.

— Você não pode achar que isso é verdade, Scotch.

Levantei o ombro de maneira casual.

— Não sei o que é verdade. Tipo, talvez você queira tanto estar em um relacionamento para provar que você consegue realmente estar em um. Isso tem mesmo a ver comigo?

Por que eu estava dizendo aquilo? Por que eu estava fazendo aquilo? As palavras ardiam ao sair de minha boca, transbordando como algo podre. Quando atingiram o ar, soaram fascinantemente frias.

Choque e mágoa se uniram de maneira grotesca no rosto de Malakai. Aquilo quase me desequilibrou, quase me fez querer engolir as palavras de imediato, forçá-las e voltar, mas não o fiz. Eu as deixei se acomodarem, rançosas no ar entre nós.

Ele cravou o olhar no meu, olhos feridos, glaciais, cortando através de mim.

— Não age como se eu tivesse inventado o que existe entre a gente. Não faz isso, caralho.

Forcei a voz a sair forte, mas ouvi o barulho do meu coração se partindo nela.

— Kai, não acho que a gente está pronto para o que quer que a gente acha que isso seja.

Malakai olhou para mim como se eu tivesse perdido a cabeça. Talvez eu tivesse.

— Por que você está soando tão razoável agora? Como se não estivesse dizendo uma estupidez...

— Tipo... quando você está emocionalmente desequilibrado, sua resposta inicial é me afastar. Você quis entrar no concurso de cinema para provar alguma coisa para o seu pai... E se eu for só uma extensão disso? Não sou sua terapia, Malakai.

Ele ficou parado e passou os olhos pelo meu rosto. Então ele enrolou a língua na boca e passou nos lábios, como se quisesse se livrar das palavras das quais pudesse se arrepender, talvez para limpar qualquer sentimento residual ou talvez para limpar o paladar para sentir o sabor da verdade do que eu disse. Meus olhos estavam se enchendo de lágrimas e meu estômago estava se revirando, mas eu me forcei a continuar cuspindo palavras pungentes.

— O filme está quase pronto e...

— É. — Ele abaixou os olhos para meu queixo e enfiou as mãos nos bolsos. — Vamos acabar logo com isso.

Senti a atmosfera entre nós mudar. Eu sabia que tinha pedido para aquilo acontecer — só porque eu não queria, não significava que eu não precisasse que aquilo acontecesse —, mas o fato não me impediu de sentir que estava afundando sem ter nada em que me segurar. Eu tinha dito palavras do que sentia e que não sentia e havia deixado elas se emaranharem. A cacofonia emocional estava me deixando enjoada. Mas eu sabia que qualquer coisa que eu sentisse agora seria melhor do que como eu me sentiria se eu me deixasse me entregar completamente a nós dois, para ele mais tarde se afastar de mim, arrancar tudo de mim, me fazer me sentir como uma estúpida por acreditar em nós. Eu não estava pronta para arriscar. Eu estava certa em não arriscar. Porque ele obviamente concordava comigo.

Malakai balançava a cabeça, mal olhando para mim.

— A gente se conheceu só tem dois meses. E a gente se perdeu no jogo que a gente estava jogando. — Sua voz era fria, mecânica, precisa.

— E talvez eu quisesse provar a mim mesmo que sou diferente do meu pai estando com você. E talvez isso... fosse algo que você usou para se sentir melhor a respeito do que aconteceu com você na escola.

Quase sorri com a dor aguda que me dilacerava naquele momento. Finalmente. A adaga, aquela que imaginei estar suspensa no ar, esperando que Malakai a pegasse e a enfiasse em mim. Foi um alívio que ele a tenha pegado. A frase pairou no ar e os olhos de Malakai logo se suavizaram com arrependimento, brilhando. A raiva dele se desfez. Ele passou a mão pela nuca.

— Merda. Scotch, me desculpa. Eu não quis dizer…

— Você quis. E não me chama de Scotch.

O ar entre nós ficou estático e frio. Malakai me lançou um olhar penetrante que fez meu coração zunir e depois parar. Ele me atingiu com um meio sorriso vazio que enganchou e perfurou meu peito. Então riu sem humor, uma risada gélida que deixou meus ossos quebradiços. Ele esfregou o queixo, olhou para o chão.

— Ok. Isso é… Vou embora agora.

Ele começou a se afastar e o arrependimento me inundou, tão rápido e pesado que quase caí.

— Malakai, peraí…

Ele balançou a cabeça.

— Não, você tá certa. A gente se perdeu. Eu me perdi. A culpa é minha. Não sou… Não fui feito pra isso. Não sirvo pra isso. Tudo bem, Kiki.

Ele tinha forçado a voz a soar tão leve que tive que piscar algumas vezes para me reajustar à escuridão que percebi que havia caído ao nosso redor.

Ele olhava para mim sem olhar para mim, de alguma forma vendo além de mim enquanto me encarava, e aquilo me atingiu bem no estômago, causando um abalo sísmico em meu coração, esmagando as borboletas que haviam se instalado lá desde que eu tinha esbarrado com ele perto dos elevadores dois meses antes. Eu queria segurar o rosto de Malakai e dizer que eu estava só falando merda, que não havia jogo nenhum, só a gente, mas em vez disso eu assisti enquanto ele se virava e ia embora. Quando os passos dele ficaram fracos, percebi que estava sem fôlego, ofegante. E então, chorando.

CAPÍTULO 26

—Ela está aí mesmo?

A voz de Chi fluiu sob a porta do meu quarto, através do cheiro de incenso aceso e R&B baixinho.

— Te garanto — ouvi Aminah dizer — que ela está aí. Estou ouvindo Jhené Aiko tocando baixinho e a fita que coloquei na porta para saber quando ela saísse do quarto está intacta.

— Que cheiro é esse? — Consegui escutar Shanti franzindo o narizinho.

— Incenso — respondeu Chi imediatamente. — Sândalo e mirra. Então pelo menos sei que ela leu minha mensagem sobre a melhor coisa a se queimar para limpar energia negativa. — Ela bateu à porta. — Meu anjo! Eu trouxe cristais também! Ametista!

— Por favor, *abeg* — insistiu Aminah, a voz assumindo o sotaque da classe alta de Lagos —, nada dessa porra de juju. — Ela bateu na porta com o que pareceu um punho fechado. — Kikiola, se você não abrir essa porta AGORA, vou ligar para sua mãe. Para mim já chega. Quer que eu estresse minha tia informando que a filha mais velha dela está tendo um colapso?

Golpe baixo, mas eficaz.

Afastei as cobertas, olhei para o teto e permiti que as lágrimas que estavam enchendo meus olhos borrassem um pouco minha visão antes de piscar para afastá-las. Em seguida, me arrastei para fora da cama e em direção à porta. Quando abri, Aminah estava usando roupinhas de ficar em casa, com uma mão na cintura e um pano amarrado em volta do cabelo, o que contribuiu para a vaga sensação de que ela estava prestes a me dar uma surra. Ela estava acompanhada por Chioma e Shanti, armadas com taças de vinho, uma garrafa de rosé e um pote de sorvete.

— Que bonitinho seu pijama. — Aminah correu os olhos pelo meu short xadrez e suéter cinza surrado. — Você usou alguma outra roupa nos últimos três dias?

— Gente, amo vocês, mas por favor, eu...

Belisquei a pele do nariz e tentei fechar a porta. Aminah enfiou um pé coberto com uma meia rosa fofa no batente da porta.

— De jeito nenhum. Isto, minha querida, é uma intervenção.

Abri a boca para dizer que não precisava de uma, mas tudo o que escapou foi um soluço agudo.

O rosto de Aminah se suavizou de imediato.

— Ô, meu amor.

E aquilo foi o suficiente para que eu começasse a chorar e desabasse em cima dela.

Fazia nove dias desde a *live* de Zack e uma semana desde o que eu agora reconhecia ter sido meu término com Malakai, e fui forçada a admitir que meu método de cortar laços com ele para tentar prevenir danos tinha sido, possivelmente, mal pensado. Desde então eu tinha uma dor constante no peito e, toda vez que pensava nele, sentia uma mágoa doce e cortante, como se eu fosse composta inteiramente de um emaranhado de nervos ulnares.

Sentia tanta saudade dele que meu estômago se revirava, o aperto ficava mais intenso ao lembrar o que dissemos um ao outro, tiros precisos desenvolvidos a partir de conhecimento íntimo, feitos para mutilar e moldados a partir de nossas próprias dores. As palavras se repetiam em minha mente como um filme de terror, e a familiaridade não diminuía o ardor. Não apenas eu possivelmente tinha perdido o *Açúcar Mascavo*, minha admissão no programa da UNY e o respeito de Paço Preto, mas também, mais uma vez, tinha perdido um dos meus melhores amigos, e aquele melhor amigo acontecia de beijar muito bem. Eu tinha saudade de sentir como se tivesse um sol só meu quando ele olhava para mim.

— Falei umas coisas muito horríveis para ele, gente — confessei enquanto bebia meu rosé de seis libras, de pernas cruzadas na cama. Aminah estava enroscada em mim, Shanti estava sentada na minha escrivaninha e

Chioma estava ocupada posicionando cristais estrategicamente ao redor do quarto. — Muito, muito cruéis...

— Ok, e ele falou merda pra você também. Vocês estavam chateados um com o outro. E daí? Vocês vão se resolver — murmurou Shanti enquanto examinava o conteúdo da minha bolsa de maquiagem.

— Duvido.

Eu queria me desculpar, mas, toda vez que tentava digitar, as palavras de despedida dele pesavam em meus dedos. "A gente se conheceu tem dois meses" pressionava meu dedo até que eu deletasse toda a mensagem. Nós nos perdemos no jogo; fora uma fantasia estúpida. Era aquilo. Além do mais, eu também estava com raiva. Por ele ter visto o relacionamento em vez de me ver, por ter sido uma ferramenta para remediar os problemas dele com o pai. Foi melhor assim. Balancei a cabeça como se quisesse me livrar das — já familiares — alfinetadas de dor e perda.

— Enfim, não é só o lance com Malakai. Tem as eleições. Estraguei tudo para todo mundo que está disputando contra Zack. Todo mundo com quem me juntei está manchado por tabela. E quero me desculpar com vocês por ter sido uma vaca emotiva essa semana. Eu estava com vergonha. Por tudo. Com vergonha por Zack, com vergonha por estar tão triste por causa de Malakai, com vergonha por ter estragado as coisas para Paço Preto.

Aminah me soltou e se endireitou.

— Primeiro, não me importo que você seja uma vaca emotiva desde que você me deixe entrar no seu quarto. Segundo, não tem por que sentir vergonha. Zack é um babaca que será destruído... e você e Malakai partiram o coração um do outro.

Não pude deixar de rir amargamente dentro da taça de vinho.

— O coração de Malakai não está partido. Eu concedi liberdade a ele. Tenho certeza que ele está grato por ter escapado dessa.

Aminah acenou com a mão e fez um som de censura com a boca.

— Pelamor. Kofi disse que Malakai tem sido um babaca mal-humorado desde a última vez que vocês se falaram e se recusa a falar do que rolou. Ele fica dizendo: "É o que é" e tipo, cara... O que isso quer dizer? O que é o *quê*?

Digeri a informação junto a uma colher de sorvete de massa de biscoito. Combinava estranhamente bem com o vinho. Eu precisaria de um pouco de antiácido depois. Aminah era suspeita para falar. O mau humor de Malakai poderia facilmente ser resultado de um orgulho ferido. Eu me recusei a alimentar o vislumbre sádico de esperança de que ele podia estar tão chateado por termos terminado quanto eu.

— E, em relação a Paço Preto — Chioma se sentou e se espreguiçou ao pé da cama. — Você não estragou nada. Todo mundo achou a atitude de Zit* obscura.

Curvei os lábios genuinamente depois de muito tempo.

— Zit?

Shanti concordou com a cabeça.

— Se você olhar o grupo, vai ver que esse é nosso novo nome para ele. E exatamente. As pessoas denunciaram em massa a conta dele e Aminah praticamente vasculhou todas as redes sociais de Paço Preto para verificar se alguém estava compartilhando a imagem. Ela convenceu as pessoas de que guardar a imagem traria vergonha para elas e para as famílias delas.

Aminah colocou a garrafa de rosé entre as pernas e a abriu para se servir.

— A vergonha é uma ferramenta poderosa. Enfim, as pessoas só estão confusas porque você desapareceu. Não parece algo que você faria.

Chioma deu de ombros.

— Talvez ela só precisasse se alinhar.

Aminah bufou.

— Só se se alinhar significar sair do quarto somente para buscar pizza na porta.

Algo estava incomodando Aminah, dava para perceber. A risada dela estava suave e triste. Mas, antes que eu pudesse pressionar, Shanti interveio balançando o delineador que ela tinha encontrado. Foi então que percebi que ela estava analisando cada item de maquiagem que eu possuía antes de jogar aqueles que ela considerava inaceitáveis na lixeira.

— Tem uns babacas, mas acho que a maioria das pessoas só quer saber o que está acontecendo. Todo mundo vai ficar chateado se a sacanagem de Zit realmente conseguir afetar a eleição e foder para sempre com a audiência do *Açúcar Mascavo*, mas não acho que isso vá rolar. Antes disso

---

* Zit, em inglês, significa espinha ou furúnculo. [N.E.]

tudo, nossa campanha estava indo muito bem e as outras candidaturas também estão trabalhando muito em suas campanhas nas redes sociais, o que é bom para nós, porque significa que existe competição legítima e entusiasmo para que as coisas mudem. Além disso, sinto que toda a configuração de Paço Preto mudou. Tipo, depois de chegar na universidade, a gente só cola nas pessoas que mais parecem com a gente, né? Mas sou mais do que apliques e sobrancelhas perfeitas.

Ri.

— Mas suas sobrancelhas são realmente perfeitas.

— Brigada, meu bem, vou fazer um tutorial só para você.

Shanti tomou um gole de vinho enquanto eu tentava descobrir o quanto de bondade e o quanto de insulto havia naquela frase. No fim, entendi que eram quantidades proporcionais. Quantidades iguais de maldade e bondade transformavam a amizade em irmandade.

— Mas, falando sério — continuou Shanti —, a gente entra nos grupinhos e eles ficam rígidos e parece que não dá mais para sair deles, aí você acaba andando com pessoas de quem você nem gosta.

Chioma deu de ombros.

— Na real, não me conecto muito com muitas das meninas veganas. Uma vez comecei a usar desodorante normal porque o natural me fez cheirar que nem... bem, merda. E elas agiram como se eu estivesse assassinando o planeta sozinha. Além disso, elas não são muito engraçadas. Percebi que me divirto muito mais com vocês. Amo vocês.

Sorri.

— Também amo vocês.

Meu sorriso se dissolveu e troquei um olhar carregado com Aminah que ela traduziu na mesma hora. Ela assentiu com vigor.

— É por isso que tenho que contar uma coisa a vocês.

Shanti arqueou a sobrancelha e Chioma congelou. Respirei fundo e comecei a contar a elas as verdadeiras origens de Malakai e eu. Quando finalmente terminei, Shanti e Chioma olharam para mim em total incompreensão enquanto Aminah bebia o vinho em um raro momento de silêncio.

— Hum. Vocês me escutaram?

— Escutamos — confirmou Shanti, com um sorriso estranho.

Chioma deu de ombros.

— Entendi, querida. Você e Malakai estavam em um relacionamento falso para aumentar a audiência do *Açúcar Mascavo* para ajudar na sua candidatura no estágio de verão em troca da sua colaboração no filme dele…

— Mas aí vocês viraram um lance de verdade — completou Shanti, com um brilho no olhar.

— Hum, sim. E eu não queria mentir para vocês, eu só não esperava ficar tão próxima de vocês e…

— Mentir para a *gente*? — Shanti sorriu ainda mais. Reprimi um arrepio. — Ah, meu amor, que bom que você é bonita! — Ela lançou um olhar para Aminah. — Ela realmente acha que estava em um relacionamento falso esse tempo todo?

Aminah soltou uma gargalhada que me deixou confusa.

— Eu sei, miga. É surreal.

Chioma bufou e colocou a mão na boca, o tilintar das pulseiras e braceletes adicionaram percussão ao cantarolar de Summer Walker. Franzi as sobrancelhas. Havia uma piada sendo contada e eu não estava incluída nela.

— Como assim "eu sei"?

Aminah continuou como se eu não tivesse falado e acenou com a mão de unhas feitas no ar.

— Ela vai se tocar em algum momento.

Pisquei.

— Beleza, não tenho ideia do que vocês estão falando, mas estou *tentando* me desculpar.

Shanti passou batom nas costas da mão.

— Tá tudo bem, preta. Obrigada por nos contar. Mas entendo por que não contou antes.

Chioma sorriu.

— Sim. Você não sabia que a gente ia virar isso aqui. A gente te conhece, amiga. A gente sabe que não foi por mal.

Shanti deu de ombros enquanto jogava fora um frasco de esmalte. Meu alívio com a naturalidade com que elas receberam a notícia foi forte o suficiente para que eu me abstivesse de comentar que eu adorava aquela cor.

— A gente ainda te ama, sei lá.

Meu coração se encheu de calor, o conforto de ser vista e conhecida substituindo a ansiedade.

— Vocês são incríveis pra caralho.

Shanti me olhou, séria.

— Novidade, né. E o plano foi meio genial. E tecnicamente funcionou.

Aminah assentiu.

— É, antes de... tudo... nós crescemos sessenta por cento.

Ela deu um tapinha elegante no próprio ombro, se parabenizando.

— Além disso — continuou Shanti —, você *trucidou* Zack. Parando para pensar, Zit não teria feito tudo isso se não estivesse intimidado por você. Ele literalmente imprimiu o próprio rosto em panfletos com a legenda: "Você sabe o que fazer". O cara tá apavorado!

Chioma assentiu.

— Tá *tremendo na base*. Seu poder é potente, rainha.

O brilho de minhas amigas me forçou a colocar as coisas em perspectiva, aliviando as nuvens, então me senti voltar um pouco para mim mesma. A autopiedade estava diminuindo para revelar uma fúria brilhante que era direcionada a Zack e à audácia dele.

Aminah analisou meu rosto.

— Ok. Estou vendo uma corzinha voltando. — Ela fez uma pausa. — Metaforicamente. Ótimo. Porque o AfroBaile de Inverno é no próximo sábado e preciso que você esteja pronta para ele. Kofi ainda vai dar um quarto de hotel para a gente, então...

A menção do baile me tirou uma risada genuína e sincera pela qual fiquei grata.

— Ah. Não vou no baile.

Aminah arqueou a sobrancelha.

— Tá de brincadeira?

Sorri e projetei o queixo de maneira incrédula.

— *Você* está de brincadeira? Eu só ia para o baile porque eu estava com Malakai e isso fazia parte do acordo. Agora seria humilhante.

Aminah virou as palmas das mãos para cima.

— Você é inacreditável.

— Hum. — A voz de Chioma era calma e hesitante. — O que está acontecendo?

Shanti gentilmente estendeu a mão para o pote de sorvete que eu segurava, pegou uma colher e voltou para a cadeira.

— Acho que é uma briga doméstica.

Eu me afastei um pouco mais de Aminah para avaliá-la.

— Minah, qual é o problema? Porque sinto que você tem algo para botar pra fora.

Aminah ficou muito quieta e então começou a piscar rapidamente para mim de uma maneira muito alarmante, como se ela estivesse com defeito. Então levantou a mão e, por trás de suas longas extensões de cílios, ela me encarou com olhos duros de amor.

— Kiki, isso não é legal. Primeiro, você me ignora por uma semana e agora isso? Por que Malakai é o único motivo pelo qual você quer socializar? Eu não era o suficiente? Você não foi no AfroBaile de Inverno ano passado e, mesmo que eu tenha ido com umas meninas do meu curso, foi uma merda sem você! É um padrão! Você deixa de ir nas coisas mais divertidas da universidade porque está passada com alguma coisa! E eu entendo, mas está na hora de deixar pra lá, ok? Eu estou cansada! *Ó ti su mi*. Amiga, não vou deixar você perder isso. Porra, não vou *me* deixar perder um rolê bom com minha melhor amiga. Inclusive, já perdi muitos, muitas vezes, por você.

Pisquei, atordoada, sentindo as palavras dela esfriando dentro de mim, causando pontadas de vergonha.

— O quê? Nunca pedi para você não ir nos eventos.

Aminah revirou os olhos.

— Não, nunca pediu. Óbvio que nunca pediu, você nunca faria isso, mas você acha que é divertido para mim sair sem minha fiel? A maioria dessas vagabundas é chata pra caralho. — Aminah desviou o olhar para Chioma e Shanti, abriu um sorriso rápido e deslumbrante e levantou a mão de modo pacificador. — Vocês não, obviamente. Outras vagabundas.

Shanti estava mandando mensagens com uma das mãos e segurando a colher na outra. Ela nem desviou o olhar da tela.

— Se eu achasse que você estava falando de mim, essa colher estaria enfiada na sua garganta, minha querida.

Chioma sacudiu o pulso em um movimento circular.

— Esse diálogo é saudável. Continuem.

— Eu amo o quanto você cresceu, Kiks. — A voz de Aminah tinha ficado mais suave. — E amo que todos possam ver a Kiki que eu adoro. Sua verdadeira natureza brilhou; você aproxima as pessoas. Olha para o *Açúcar*

Mascavo, para a Sexta-Feira Muito Loka! As eleições que estão acontecendo! As pessoas de Paço Preto estão muito mais próximas por causa disso. Então faça parte da união que você promove. Para de lutar contra isso.

Assenti, sentindo os nervos amolecerem, os limites se curvarem, a respiração desacelerar. Ela estava certa. Eu conseguira fazer aquilo. Eu também estava sendo egoísta — era só covardia. Eu não era mais alguém que se escondia.

Cutuquei o ombro dela.

— Oi. Já te disse que você é o amor da minha vida?

Aminah sorriu e se mexeu na cama antes de me puxar para um abraço apertado.

— Sim, mas é bom ouvir de novo. Desculpa, eu tive que pegar pesado com você.

Ri.

— Por favor. Eu precisava disso.

— Tudo bem. — Aminah se endireitou, falando de forma firme. — Ritual do amor feito. Agora que sinto que você está voltando ao normal, vou precisar que Banjo Bélica desperte.

Ela estalou os dedos em frente a meu rosto antes de pegar meu celular na cama e desbloqueá-lo com a senha que eu não sabia que ela sabia.

Estreitei os olhos e guinchei como se ela estivesse jogando suco de limão em uma ferida.

— Não. Por favor, não tô pronta.

Ignorando minha resistência, Aminah empurrou a caixa de entrada do *Açúcar Mascavo* na minha cara. Aquilo parecia especialmente cruel. Fiquei pensando se Aminah me mostrando mensagens de ódio era equivalente àquela montagem de treinamento em *Creed II*, em que Rocky faz Adonis socar o ar sobre uma chama acesa? Ela estava tentando me fortalecer para a luta da minha vida? Pisquei para a tela, pronta para empurrá-la para longe, quando vi a primeira mensagem:

Tamo junta, rainha! Não sei o que rolou entre você e Zack, mas estamos com saudade do Açúcar Mascavo.

Peguei o celular da mão dela e rolei a tela. Havia mais mensagens como aquela — alternadas, obviamente, com os comentários misóginos já esperados, mas em menor quantidade do que eu imaginava. Então outra coisa fez minha respiração parar e meus pelos se arrepiarem. Mensagens de mulheres que também tinham lidado com Zack, que diziam que ele também tinha tirado fotos sem o consentimento delas, que ele as chantageava e provocava com as fotos caso elas terminassem com ele ou o desafiassem.

Minhas mãos suavam e levantei a cabeça para lançar um olhar inquisitivo para Aminah. Ela assentiu de maneira sombria.

Toda a desolação restante foi drenada do meu corpo e substituída por uma compulsão por matar e, se não matar, então mutilar. Tensionei a mandíbula. Uma coisa era fazer aquilo comigo, mas o fato de que ele estivera fazendo aquilo com outras mulheres sem enfrentar nenhuma consequência pelos seus atos... significava que ele provavelmente expandiria mais ainda a lista de vítimas. A tristeza que endurecera meus ossos desapareceu, a raiva me fez sentir flexível, fluida. Senti o corpo derreter e me senti me tornar alguém que eu reconhecia mais. Eu tinha permitido que homens demais me levassem a me tornar uma versão diminuída de quem eu era e poderia ser. Zack tinha tentado fazer várias mulheres se sentirem pequenas para que ele pudesse se sentir grande, e seria um prazer garantir que o esmagássemos sob nossos pés.

Aminah bateu palmas.

— Ah, já tá rolando.

Shanti sorriu com uma expressão conspiratória e curiosa.

— O que é essa expressão no rosto dela?

Chioma assentiu com sabedoria.

— Acho que ela está invocando energia dos cristais.

Aminah balançou a cabeça.

— Não. Essa aí é Banjo Bélica, chegando com a pimenta na mão. Qual é o primeiro passo?

O plano estava se configurando em minha mente, firmando-se como algo que eu precisava fazer em vez de tão somente algo que eu podia fazer. Já estava selado com fúria e convicção em minha mente. Não havia alternativa.

— Preciso me encontrar com Simi.

Aminah levantou as costas da mão para minha testa.

— Vai demorar um pouco para ela se recuperar completamente, coitadinha. Toma seu tempo, meu bem. Você está delirando.

CAPÍTULO 27

De: S.Miller@UPRB.ac.uk
Assunto: Um aviso

Senhorita Banjo,

Ouvi falar de uma confusão recente no campus e sei que você se ausentou das aulas nos dois últimos seminários. Quero lhe enviar um lembrete pertinente: você é uma jovem inteligente e poderosa, e qualquer situação que a faça se sentir diminuída é uma mentira. Seu poder está em sua verdade. Fique firme na sua verdade. Proclame-a em alto e bom som. A audiência do seu programa caiu, mas estou orgulhosa do que fez com sua voz mesmo assim. Também estou orgulhosa da sua contribuição para o filme de sr. Korede. Vi o primeiro corte. Está lindo. Vocês fazem uma equipe maravilhosa.

Espero vê-la na aula na próxima semana.

Carinhosamente,
Prof.ª Dra. M.

Eu estava prestes a vomitar. Eu tinha ficado bem no caminho de carro com as meninas — mais do que bem —, enquanto cantávamos alto e mal as músicas de minha playlist. Foi divertido, talvez um dos momentos mais divertidos que tive na universidade e, durante quarenta minutos, havia esquecido de coisas como corações partidos e rejeição social. Naquele momento, no entanto, percebi que tais sentimentos estavam apenas hibernando até chegarmos ao estacionamento do The Pemberton, onde me deparei com paço-pretos saindo de carros com looks incríveis, posando para as câmeras e prontos para o drama. Meu plano me mantivera firme até aquele momento, servindo como um ponto de equilíbrio quando considerei que comparecer ao maior evento social do calendário da Paço Preto poderia ser exposição e destruição demais para mim. Falei a mim mesma que havia coisas demais em jogo para que eu não comparecesse, mas ali estava eu, enjoada, com as palmas das mãos e as axilas formigando, congelada perto do carro enquanto as meninas faziam ajustes de última hora, afivelando os sapatos e borrifando spray de cabelo e perfume. Eu estava recuando para dentro de mim mesma mais uma vez.

Eu não estava pronta. Eu não estava pronta para ver Malakai. Ele fora contratado para filmar, então racionalmente eu sabia que ele estaria ali, mas emocionalmente não conseguia conceber a ideia de encontrá-lo. A saudade de Malakai era tamanha que, toda vez que via algo que me lembrava dele, sentia uma pontada preocupante no peito. A questão é que tudo me lembrava dele.

Depois de alguns momentos, quando as meninas terminaram de se arrumar, Aminah me notou encostada no carro.

— Você tá bem, Kiks?

— Uhum, tô sim. Eu só… — Eu me abanei mesmo que estivesse fazendo em torno de treze graus. —… preciso de um momento.

Aminah se aproximou de mim, majestosa em seu macacão tomara que caia com pernas lápis de tecido Ankara roxo combinado com saltos pretos discretos e um *gele* violeta compacto na cabeça. Ela tinha ido a um salão no Leste para amarrá-lo. Aminah colocou um dedo sob meu queixo.

— Eu sei que estar aqui é muito intenso… e honestamente, apesar de eu ter dito aquele monte de coisa… é realmente difícil estar aqui com tudo o que está acontecendo. Mas seu plano é incrível, estou orgulhosa de você, eu te amo e você tá gata demais para desperdiçar essa roupa. Paço Preto não está pronto.

Eu tinha dispensado o casaco, sem querer macular meu conjunto de duas peças de tecido Ankara amarelo — coberto de majestosos pássaros--do-paraíso azuis e vermelhos voando — com algo tão tedioso quanto a prevenção à pneumonia. O cropped com decote coração abraçava e realçava o que precisava ser realçado e minha saia de cintura alta apertava e acentuava a curva dos meus quadris. Eu não podia usar um *casaco* por cima da roupa, seria um insulto aos meus ancestrais.

Sorri.

— Não estão mesmo.

— Vocês terminaram de se agarrar?

Shanti levantou a sobrancelha impaciente para nós enquanto trancava as portas de Mariah. Ela usava um traje estruturado de *ìró* e *bùbá* rosa bebê: mangas largas com formas geométricas cortadas na bainha, uma saia envelope levemente brilhante modelando a cintura e um *gele* decorando a cabeça como uma coroa. Já Chioma vestia um elegante bubu nigeriano de chiffon verde-esmeralda que descia em cascata até o chão, largo e etéreo, dando-lhe asas.

Chioma acenou para nós.

Shanti disse:

—— Considerando que arranjei *ring lights* especiais de celular para todas nós esta noite, vocês estão sendo muito desrespeitosas desperdiçando esse tempo precioso de tirar selfie.

Chioma sorriu e respirou fundo enquanto olhava para nós três.

— Estou com um bom pressentimento para hoje, meninas. Boas vibrações, boas energias. Doçura e irmandade no ar. Estão sentindo o cheiro?

Aminah deu uma fungada no ar, inclinando o nariz habilmente contornado para a lua.

— Estou sentindo cheiro de maconha e… *suya*? Simi pode ser várias coisas, mas ela arrasou com o bufê.

Chioma estremeceu.

— Contanto que a opção vegetariana não seja cenoura e homus de novo.

Shanti revirou os olhos artisticamente sombreados para imitar um pôr do sol de verão e respondeu, em tom de brincadeira:

— Talvez você devesse crescer e comer carne. Você já colocou coisa pior na boca.

Chioma se engasgou, eu ri e enlacei o braço no dela.

— Falando nisso… Tá de olho em quem hoje?

Shanti cutucou Chioma em um gesto de paz.

— Que tal AJ? Ele vem hoje, vi em um story do ProntoPic. Não é ele que toca *djembês* em uma banda de afrofusion da pós-graduação? Gostoso pra caralho. Músculos firmes. Coxas capazes de quebrar um coco. Maceta aqueles tambores com finesse. Imagina como ele ia macetar sua…

Guinchei:

— Ashanti!

Shanti gargalhou.

— Ah, que seja. Mas ele é carne vermelha de primeira — ela lançou um olhar provocante para Chioma —, não é adequado para vegetarianas.

Chioma deu de ombros.

— Talvez eu abra uma exceção hoje. Tenho que colocar proteína para dentro de alguma forma.

Aminah, Shanti e eu quase nos engasgamos antes de cair em uma gargalhada ridícula, batendo os saltos em um ritmo feliz e casual enquanto caminhávamos até o hotel.

CAPÍTULO 28

— Ainda não estou convencida desse lance de envolver Simi. Como vamos ter certeza de que podemos confiar nela?

A voz de Aminah estava inclinada com um ceticismo seco enquanto eu me posicionava atrás do deck do DJ no palco, onde Kofi havia arrumado uma complicada configuração técnica para fazer transmissão ao vivo e ignorava os olhares curiosos que me lançavam.

— Olha só, o episódio pop-up do *Açúcar Mascavo* foi ideia minha. Além disso, ela não me deixaria chamar atenção extra no AfroBaile de Inverno, o evento *dela*, se não achasse necessário. Você sabe que ela odeia compartilhar os holofotes. Ela acredita nisso. E tem sido bem maneira nas últimas semanas.

Simi estava checando uma vez por dia para confirmar que eu não tinha desistido e para me lembrar que ela não apoiava perdedoras e que a reputação dela também estava em jogo. Então ela me apoiava do mesmo jeito que um pai aristocrático meio emocionalmente distante de uma criança sempre decepcionante. Ela enviou um memorando para a população de Paço Preto assim que eu disse a ela o que queria fazer.

PONTO DO CAFÉ

E aí, paço-pretos, aqui é Simi, e parece que Kiki Banjo está saindo da toca para nos dar um pouco de açúcar para o café que estamos morrendo de vontade de passar, com um episódio especial do Açúcar Mascavo *no AfroBaile de Inverno! Adquira já seus ingressos! A renda, como sempre, irá para a Fundação Anemia Falciforme. Parece que vai ser uma noite de glamour, barraco e bagunça, e mal posso esperar. Vejo vocês lá!*

Simi poderia muito bem ter chamado de "Kiki Banjo Conta Tudo". Ela insistiu que precisava fazer parecer indecente para chamar a atenção das pessoas, e talvez ela estivesse certa. O lugar estava lotado e, quando olhei do palco para o recinto todo, fiquei um pouco tonta com todos os olhares ansiosos direcionados a mim. Era estranho olhar de lá de cima para eles, brilhantes, coloridos e radiantes. Eu me sentia separada deles, e a sensação era esquisita. Eu já não entendia como a sensação de antes parecera certa, quando eu me afastava das relações, escolhendo não sentir nada para evitar ser machucada.

Aminah levantou o ombro e tomou um gole de um chá gelado de Lagos Island (a mesma coisa que um chá gelado de Long Island, só que bem servido), enquanto me passava um daiquiri.

— Tudo bem, confio nela se você confia nela. Além disso — ela deu uma olhada no salão —, tenho que admitir que a mulher sabe organizar um evento.

Sobre as mesas havia gravuras simuladas de padrões tradicionais de diferentes nações negras, cada uma com o nome de uma capital; Chi e Shanti estavam sentadas na nossa, Adis Abeba, com Ty e AJ prestando atenção a cada palavra delas enquanto Kofi alternava suavemente de *amapiano* para *afrobeat*. Era uma afrotopia, o sonho de Nkrumah, compactado em um salão de eventos de médio porte frequentemente usado para seminários corporativos.

Foi enquanto observava o ambiente que notei uma ondulação na atmosfera do salão. Estiquei o pescoço para ver quem havia chegado para provocar o movimento, a multidão crescente virando o pescoço em direção à entrada. Simi apareceu, resplandecente e refinada em seu vestido de baile tomara que caia de tecido Ankara cor-de-rosa que ficava mais cheio a partir da cintura. Ela estava com os olhos brilhantes, parecendo tanto um desafio como um troféu, e, em seu braço, estava Adwoa usando um smoking preto com detalhes de tecido *kente*. Elegante, com metade da cabeça raspada e um penteado que consistia em complexas tranças nagô entrecruzadas no outro lado da cabeça, terminando em um rabo de cavalo de tranças.

Sorri. Aminah quase se engasgou.

— Quê? — Ela se virou para mim, com os olhos arregalados e incrédulos. — Você sabia e não me contou?

Dei de ombros.

— Eu não *sabia* sabia. Além disso, achei que não era eu quem tinha que contar.

Aminah se encostou na mesa e tamborilou os dedos elegantes sob o queixo enquanto olhava o novo casal com fascínio e admiração.

— Essa é uma revelação de relacionamento tão icônica. Dramática, glamorosa. Nenhuma pergunta precisa ser feita porque foi uma declaração completa. Um golpe de mestre de relações públicas. Acho que gosto muito mais dela agora.

Simi beijou Adwoa na bochecha antes de entrar no modo organizadora e ir direto para o palco. A multidão se abriu para ela, seu poder e irônica impermeabilidade à fofoca deixando um rastro pelo caminho, os olhos penetrantes sóbrios e os lábios pintados formando uma linha ríspida. Ela levantou a saia do vestido enquanto subia as escadas, flutuando em direção à mesa em que eu estava sentada.

Ela lançou um olhar de vaga aprovação para minha roupa, antes de assentir rapidamente.

— Ok, você sabe qual é a programação? Dançar, relaxar e aí você vai ter meia hora no ar enquanto o jantar estiver sendo servido, pouco antes dos anúncios da realeza do AfroBaile de Inverno. A parte técnica já está toda ajustada. Entendeu? Porque eu realmente não tenho condições de lidar com você me incomodando com perguntas ao longo do evento.

Aminah tomou um gole da bebida e murmurou:

— Mudei de ideia sobre a última parte.

Simi passou os olhos por Aminah.

— Inclusive, não quero nenhum barraco extra esta noite além do que eu já aprovei, então, se você for brigar com seu DJzinho porque ele está flertando com Zuri Isak, por favor, espere até depois da festa, porque a música é meio que necessária pro rolê e tal.

O rosto de Aminah despencou. Nós nos viramos para olhar para a cabine do DJ e vimos que, de fato, Zuri Isak, usando um vestido de *kanga* profundamente decotado e justo no corpo, estava inclinando a cabeça e apontando para a controladora de Kofi do jeito que mulheres faziam quando perguntavam de coisas sobre as quais não davam a mínima para atrair a atenção de um homem. Zuri entrou na frente de Kofi e ele se inclinou para ela para mostrar os vários e vários botões, e então, em um movimento diabolicamente engenhoso, ela se virou para que os lábios dos dois ficassem bem próximos e deu uma risadinha. Se eu não estivesse lealmente horrorizada, teria ficado impressionada com a suavidade da técnica dela. Aminah e eu arfamos.

Eu estava boquiaberta.

— Que porra é essa?

— É sério, Kofi? — A voz de Aminah estava firme e sombria.

Simi suspirou como se tudo aquilo fosse plebeu demais para o gosto dela.

— Tudo bem, beleza. Vou me certificar de que tudo esteja nos conformes na estação de votação. Tomei precauções para garantir que Zack não chegasse às pessoas responsáveis pela contagem de votos e prometi que elas teriam acesso à mesa dele na Sexta-Feira Muito Loka, mas é melhor ficar atenta. Até.

Simi hesitou antes de colocar a mão em meu ombro e apertar, então rápida e elegantemente se afastou.

Aminah coçou a lateral do nariz e deu um sorriso aberto, assentindo com rapidez, assustadora com sua falsa indiferença.

— É por isso que ele é DJ, nénão?

Fiquei gelada. *Nénão?* Aminah estava fora de si.

Ela puxou uma cadeira e se sentou ao meu lado.

— Óbvio que ele é bom em manipular discos, olha como ele arrasa manipulando as coisas.

Eu me abstive de dizer que DJs não giravam mais discos.

— Como é que um cara não ia querer ser produtor sendo tão bom assim em produzir mentira e decepção? — prosseguiu Aminah.

Aminah estava golpeando o ar com unhas afiadas. Ela olhava na direção de Kofi com olhos estreitos, os cílios apontados como leques de adagas. Quando me virei para averiguar o que ela estava olhando e dizer que certamente não era tão ruim quanto parecia, me deparei com Kofi passando um braço em torno de Zuri enquanto ela colocava um fone na orelha. Kofi lançou um olhar quase imperceptível à Aminah antes de voltar a encarar Zuri.

Mordi o lábio. Eu achava que nunca tinha visto Kofi dar atenção a uma garota que não fosse Aminah.

— Hum. Ok. Sim. Ele está tentando deixar você com ciúme. O que é muito otário da parte dele e não soa como algo que Kofi faria. Aconteceu alguma coisa entre vocês?

A máscara de fúria de Aminah tremeu um pouco e vislumbrei algo mais suave. Ela segurou o sentimento, ajeitou-o no rosto e franziu a testa.

— Por que algo tem que ter acontecido? Por que você não pode simplesmente aceitar que ele está sendo babaca sem motivo?! Para de tentar racionalizar isso, Kiki, esse não é um dos seus dilemas do *Açúcar Mascavo*. É porque você fez as pazes com Rianne que está assim, toda tilelê?

Olhei para minha melhor amiga e vi a dor que ela não queria que eu visse. Inclinei-me para mais perto de Aminah e segurei sua mão.

— Você quer resolver?

— Não. Eu odeio ele.

Mas os olhos de Aminah estavam brilhando, a raiva enfraquecendo. Balancei a cabeça, ouvindo o que ela estava dizendo.

— Tá bom. Então vamos resolver. Me explica.

Aminah suspirou:

— Tá bom. Então, hum, a gente estava conversando perto do bar quando Osi veio até…

— Osi, Osi do primeiro ano?

Osi Ummoh tinha sido o último cara a estressar Aminah — um estudante de estudos teatrais, tão alto quanto era fútil, ator tanto no estudo quanto na personalidade. Osi se apresentou como o namorado perfeito para Aminah e para outras três garotas no campus ao mesmo tempo. Ele não chegou a traí-la, mas passou perto o suficiente daquilo para deixar Aminah distraída até que o transe se quebrasse.

— Sim, Kiks, aquele Osi. Então, a gente estava bem do lado dele e eu tinha planejado ignorar o cara, mas aí ele veio todo "E aí, Disney, tá bonita", e você sabe que Disney era o apelido dele para mim, né? Porque ele dizia que eu lembrava uma princesa da Disney. Enfim, revirei os olhos, sim, mas sorri um pouco, sabe? Porque Osi ainda é bonito pra caramba. Aí ele disse: "Saudade de você. Seria bom conversar qualquer dia desse", e eu falei tipo "Sobre o que vamos falar? Sobre como você fodeu com uma coisa boa?", e Osi disse tipo "Talvez". Aí ele sorriu e foi embora. Foi isso! Isso é tudo o que aconteceu. Então, de repente, Kofi ficou meio esquisito, agindo de forma estranha mesmo, e falou: "O que foi isso?". E eu respondi: "O que foi o quê?". E ele: "Aminah, você tá falando sério?". Aí chega a hora do set dele começar e venho aqui e, quando me dou conta, ele está basicamente trepando com Zuri Isak em cima da controladora! — Aminah fez uma pausa para respirar e olhar para mim. — Ok, o que foi? O que foi? Por que está me olhando assim?

— Hum — cruzei as mãos sobre a mesa —, só quero entender... Kofi estava lá o tempo todo quando aconteceu essa interação com Osi?

Aminah parecia menos indignada.

— Bom, estava…

— Então, só para entender: Kofi estava lá enquanto você flertava com seu ex-namorado? Que nem notou a presença dele? E você não se deu ao trabalho de apresentar Kofi?

Aminah engoliu em seco.

— Quando você fala assim, parece ruim, mas… tecnicamente a gente não está nem junto.

— Uhum. Então por que você está chateada com ele flertando com Zuri agora?

A expressão de Aminah despencou.

— Ah, merda.

— Você quer ficar com ele ou não?

— Óbvio!

— Pra quem é óbvio?

Os lábios de Aminah se abriram, mas nada saiu. Eu me aproximei de minha amiga, apertei o braço dela.

— MiMi, Kofi sempre foi direto sobre os sentimentos que tem por você. Ele provavelmente pensou que vocês estavam chegando perto de virar alguma coisa e aí, bom, você deu uma rasteira nele. Para falar a verdade, você sabia que falar com Osi deixaria Kofi com um pouco de ciúme, né?

Aminah deu de ombros.

— Sabia, mas é assim que a gente funciona! Ele corre atrás, eu provoco.

— Então talvez ele esteja cansado de correr atrás. Talvez ele ache que isso é só um jogo para você.

— A gente conversa todo dia! Até fiz uma xícara de chá para ele uma vez!

Balancei a cabeça.

— Ah, sim. Daquela vez que ele levou sua comida chinesa favorita porque você estava fazendo algum trabalho da faculdade até tarde e ele sabia que você estava faminta.

Aminah olhou para mim.

— De que lado você está?

Ri e segurei os ombros dela, sacudindo-a um pouco.

— Do seu. Sempre do seu. E isso inclui não deixar você se sabotar e te ajudar a aceitar que essa merda não precisa ser complicada para ser real. Tipo, você já sabe que quer ficar com ele... Por que você acha que tem que ter trabalho envolvido para validar isso?

Aminah esfregou a têmpora.

— Uau, estou ficando sóbria muito rápido. Vou precisar de uma dose de tequila Timbuktu depois disso. Entendo o que você está dizendo. Entendo mesmo. Só acho que, se não tiver trabalho envolvido, ele não vai me valorizar o suficiente. Vejo como meu pai não dá valor à minha mãe às vezes. Você tinha que ouvir como ele fala dela. Quer dizer, ele ama minha mãe, não me entenda mal, mas ele sempre diz: "Ela é segura, ela é confiável, sempre posso contar com ela, ela mantém a casa funcionando". Como se ela fosse um gerador, gastando energia para manter todo mundo funcionando. Mas e a energia dela? Só acho que, se Kofi tiver que se esforçar, é mais provável que ele me valorize. Quero ser valorizada.

— Minah. Kofi é obcecado por você. E, além disso, você se valoriza. Eu valorizo você. E, se ele não te tratar como você merece ser tratada, você tem a opção de tirar ele da sua vida. E aí eu mato ele.

— Obrigada.

— Mas você tem que pelo menos tentar. Você tem que correr o risco.

Aminah fungou e enxugou os cantos dos olhos com as mãos. O excesso de álcool a deixava bastante emotiva.

— Caramba. Você realmente é boa nisso.

Sorri.

— Eu sei, estar em um relacionamento falso que se transformou em um relacionamento real fracassado me deu muita perspectiva.

Aminah começou a rir, o que achei um pouco grosseiro, uma vez que eu estava fazendo uma reflexão emocional profunda e introspectiva e desabafando.

— Hum, qual é a graça?

Algumas risadas residuais ainda estavam saindo da boca da minha melhor amiga e eu esperei (im)pacientemente que ela soltasse todas. Eu quase preferia a Aminah chorosa. Por fim ela balançou a cabeça devagar.

— A graça, Kiks, é que você ainda está dizendo *relacionamento falso*.

— E?

Aminah inclinou a cabeça para o lado.

— Ah. Ah, querida. Aquilo nunca, nunca foi um relacionamento falso. Se aquele cara estava fingindo o jeito como olhava para você, então é melhor Daniel Kaluuya tomar cuidado, porque tem um novo gostoso vencedor do Oscar no pedaço.

Segui o olhar dela para encontrar Malakai filmando conversas de pessoas no bar. Ele moveu lentamente a câmera e parou em mim. E congelou. Mesmo à distância, vi o calor latente em seu olhar. Ele fez um movimento minúsculo de saudação com a cabeça, tão pequeno que eu poderia ter perdido, tão pequeno que pesava.

— Oi — disse ele sem som, apenas com o movimento da boca.

— Oi — eu disse de volta.

Eu me permiti correr o risco de ver Malakai por inteiro. Ele usava uma calça azul-marinho e um *kaftan*, feito sob medida, com perfeição. Mesmo de onde eu estava, conseguia ver o bordado intrincado e espiralar na lapela da gola alta, ver a forma como o material se encaixava em torno de seu braço grosso de um jeito que me fazia querer me pendurar no braço dele e balançar como uma fruta madura até cair em seu colo, onde eu poderia puxá-lo para mais perto e beijá-lo. A fina corrente de ouro de Malakai piscou para mim, conspirando com o brilho de suas abotoaduras.

Tudo que havia em mim pulou e se desenrolou e se libertou, toda a saudade, toda a raiva, toda a mágoa, toda a… aquela coisa pesada e macia, a matéria rosada da matéria. Porra. Eu estava me apaixonando, tinha me apaixonado, quando eu tinha me apaixonado? Foi um processo, ou foi um instante, ou o tempo se deformou e se rompeu ao nosso redor? Porque o que quer que fôssemos desafiava a física. Era por aquela razão que me apaixonar por ele era como subir e subir e estar leve e cheia, mas sem peso nenhum. Eu estava apaixonada por ele. Eu estava apaixonada por um cara com quem tinha estragado tudo.

Alguém bateu no braço de Malakai, pedindo uma foto, e ele desviou os olhos de mim. Eu estava respirando com dificuldade, o sangue pulsava em meus ouvidos, sentindo uma estranha tempestade de felicidade ao vê-lo e mágoa de tê-lo perdido, porque, de alguma forma, eu sabia que nossa discussão era a colisão de ambas as nossas inseguranças, que aquela bagunça não era a soma total de nós, a soma de nossas possibilidades. Era só parte de nós, e tudo bem. Éramos a beleza dentro da bagunça. Eu o afastei porque estava com medo de que ele me machucasse e ele deixou que eu o afastasse porque estava com medo da mesma coisa. Estávamos com medo demais para conversar direito, atacamos para nos proteger e nos machucamos no processo. O que foi que ele disse quando se afastou? Que não tinha sido feito para aquilo? Não servia para aquilo? Eu deveria ter dito que aprenderíamos a fazer aquilo juntos. Que ele era tão doce e tão gentil. Que ele era tão certo para mim que era como se ele tivesse sido feito para mim. Acho que sou certa para você, Kai. Acho que funcionamos em uma frequência mais alta quando estamos juntos. Nossas energias se fundem e nos tornamos supernovas. Acho que temos muito mais para compartilhar e entregar. Acho que mal começamos. Acho que não nos dar uma chance seria uma vergonha, um desperdício, uma tragédia.

Tomei um grande gole da bebida.

— Ai meu Deus, Aminah. Eu acho…

Aminah estivera me observando e beliscou minha cintura.

— Eu sei.

— O que eu faço?

Ela puxou a cadeira para mais perto da minha e encostou a cabeça em meu ombro.

— Corra o risco. Seja minha Banjo Bélica.

CAPÍTULO 29

— E aí, Paço Preto? Bem-vindos à primeira sessão ao vivo do *Açúcar Mascavo*, um episódio feito em conjunto com o AfroBaile de Inverno desta noite... Obrigada novamente, Simi, pela oportunidade.

Sentada à mesa, Simi levantou a taça de forma elegante e olhou com discrição para os convidados, aceitando a admiração silenciosa.

Forcei uma jovialidade suave em minha voz e deixei as palavras derreterem no microfone enquanto minha pele formigava com os holofotes, a intensidade dos olhos em mim, estimulando meus nervos. Houve um leve punhado de aplausos, transmitindo mais curiosidade do que animação.

Coloquei o microfone no suporte e bati a mão uma na outra.

— Então, normalmente leio as confissões de vocês e dou meu feedback. Mas acho que, nesse episódio, deveria ser o contrário. Tenho certeza que todo mundo assistiu ao vídeo que nosso querido rei mesquinho Zack postou na semana passada e tenho certeza que todo mundo tem perguntas. Pensei em colocar tudo para fora agora. — Inalei profundamente. — Hum, antes de tudo, sim, é verdade, Zack e eu ficamos por alguns meses.

Ah, a multidão enfim encontrou a voz?! Suspiros e murmúrios vibraram pelo salão, pessoas se virando umas para as outras, sussurros de "eu avisei" e "rá" ondularam pelo lugar. Zack ainda não estava ali, aparentemente ele deixava para chegar um pouco antes do anúncio da realeza do AfroBaile de Inverno todos os anos. Pigarreei.

— Mas, ao contrário do que ele insinuou, eu não tive nenhum sentimento. Na verdade, se tem uma coisa a qual eu tenho uma alergia violenta são sentimentos por Zack Kingsford. Tipo, até mesmo dizer essa frase está me dando coceira na garganta. — Tossi algumas vezes e o riso da multidão ficou mais afetuoso. Fiquei mais ousada. — Não foi um relacionamento. Foi só, bom, não sei o que era. Eu queria dizer que foi divertido, mas honestamente? Quando paro para pensar no assunto… Não foi muito divertido, não. — Dei de ombros. — Foi um meio de conseguir um fim, mas na verdade… bem, eu nunca alcancei o fim que eu esperava, se é que me entendem. — Gargalhadas e os "u-*hums*" cheios de significado das mulheres. — Foi um fim que eu poderia ter alcançado sozinha. Com menos conversa. — Fiz uma careta e aquilo gerou mais risadas. — O problema é que Zack pensou que poderia se safar com a mentirada dele porque achou que eu ficaria assustada demais para contar isso a vocês. Ele apostou no meu silêncio.

Apertei o botão em minha mão e o projetor atrás de mim acendeu. Ele mostrava prints de mensagens que dezenas de mulheres me enviaram com seus nomes e fotos borradas. Porém, nítido como a luz do dia, lá estava o número de Zack, ao lado de mensagens agressivas nas quais ele provocava aquelas mulheres, ameaçando expor imagens explícitas delas. A foto que Zack tinha postado de mim estava no meio, sem censura. Houve um som geral de surpresa, alguns murmúrios, algumas vaias. Quase me desestabilizei. Olhei para o lado e vi Aminah fazendo um sinal de positivo com os dedos e gesticulando para as duas doses de tequila de emergência que ela guardava para mim.

Respirei fundo, umedeci os lábios e continuei. A multidão havia se acalmado de novo, concentrada em cada palavra minha naquele momento.

— Algumas dessas fotos foram enviadas e outras foram tiradas sem consentimento. De qualquer maneira, nem uma dessas mulheres merecia ser provocada ou chantageada com elas. Ele está usando nossa sexualidade contra nós. Zack Kingsford é um porco misógino. O silêncio o fortalece. Ele é fraco e tem medo da verdade. Tem medo de nós. Da nossa voz. Além disso, ele tem seus próprios planos e eles não têm nada a ver com o bem de Paço Preto. Se ele quiser se aproximar dos Cavaleiros do Paço para se tornar um mascote negro, uma cota em um escritório de advocacia destruidor de almas, bom, fique à vontade.

A plateia ficou eletrizada novamente, trovões ecoaram pela sala.

— Mas o que não vamos permitir é que ele use a integridade dos paço-pretos para fazer isso. Somos melhores que isso. Merecemos mais do que ele. Independentemente do candidato em quem vocês forem votar na próxima semana, tenham isso em mente. Merecemos uma liderança que se importa. Não somos um mecanismo para alimentar o ego de alguém. Somos uma comunidade, um movimento e uma família. Família não se vende. As pessoas de uma família são honestas umas com as outras e, quando não somos, levantamos as mãos e confessamos. Então, estou sendo honesta e espero mesmo que vocês deem uma nova chance para mim e para Paço Preto nas próximas eleições. Vamos tomar a decisão certa para nossa família e nos livrar do verdadeiro Pilantra do Paço. Quero agradecer a todas as mulheres incríveis que confiaram em mim o suficiente para ajudar a compartilhar a história delas. Vocês são incríveis. E gostaria de observar que relatamos os prints ao conselho da universidade.

Houve aplausos estrondosos, batidas de pés e, apesar de estar tentada a ser levada pela energia, eu sabia que não tinha terminado. Esperei até que o barulho acabasse para acrescentar:

— Hum, também… Eu realmente, realmente agradeço a todos vocês por apoiarem "Os dois lados da história", mas não posso mais ser hipócrita, então, no espírito da transparência… — Respirei fundo e meu olhar vagou pela multidão para ver Malakai parado na parte de trás do salão, olhando diretamente para mim com a mão no bolso e o rosto cuidadosamente indecifrável. — Malakai e eu não começamos como um casal. — Balancei a cabeça para o choque áspero e silencioso que fluiu pelas mesas. — É uma longa história, mas… a gente fingiu que estava em um relacionamento para o programa. E eu achei… que não havia risco em fingir porque eu realmente não achava que Malakai e eu daríamos certo.

Malakai agora estava olhando para o celular com uma expressão dura. Será que ele estava ouvindo? Ele olhou para mim por um segundo com uma expressão ilegível antes de se virar e sair pelas portas do salão. Em algum tipo de estranha demonstração de solidariedade masculina, alguns outros homens de Paço Preto saíram com ele. Ali eram Ty e Kofi? Meu coração se partiu. Mas eu tinha que ficar. Aquilo era maior do que a gente. Fiquei enjoada. Eu estava tremendo? Ouvi uma vaia da multidão.

— Desculpa, vocês basicamente mentiram pra gente? Durante semanas? E é pra gente ficar de boa com isso?

O sentimento se alastrou e o tom da multidão ficou mais nebuloso. Fechei a mão em um punho para manter a coragem.

Balancei a cabeça.

— Não, não é pra vocês ficarem de boa com isso. Fiz merda. Não respeitei vocês como deveria. E eu acho, eu… achava que todo mundo estava performando romance, então o que eu estava fazendo não era tecnicamente errado. Mas a verdade é… vocês todos são tão legais e tão corajosos por simplesmente tentarem. Por se deixarem *sentir*. Perdi tanto por tanto tempo porque estava com medo de fazer isso.

As mesas estavam em silêncio, olhando para mim de maneira contemplativa, tentando descobrir se me odiavam ou não. Era justo. Aminah tentou um aplauso lento que Chioma e Shanti tentaram acompanhar da mesa, mas o som rapidamente se dissipou em um tamborilar fraco quando perceberam que ninguém mais estava disposto a participar.

Umedeci os lábios.

— Hum, então, de qualquer forma…

Alguém levantou a mão e Simi fez sinal para que o microfone fosse passado. Eu disse que era um fórum aberto e que valia qualquer coisa. A pessoa era Zuri. Imediatamente me arrependi da decisão.

— Ok, entendo a parte política e a gente se importa e todo mundo concorda que Zack é um Pilantra, mas… voltando para você e Malakai, vocês estavam fingindo esse tempo todo?

Eu me comprometi com a honestidade e havia uma foto minha de calcinha e sutiã na tela atrás de mim, então percebi que não havia muito mais a expor. Malakai tinha saído do salão, mas a verdade ainda era a verdade. As pessoas de Paço Preto tinham me contado muito sobre elas. Eu lhes devia a mesma vulnerabilidade.

— Bom. Não. A gente virou um casal de verdade. E… na real, não acho que eu estava fingindo em momento nenhum. Só não sabia disso na época. Desde o momento em que conheci Malakai, é como se alguma parte essencial de mim *soubesse*. Ele é atencioso e gentil. Ele tem uma tranquilidade que me acalma. Ele é irritante e faz piadas muito bregas, e me faz sorrir mesmo quando não quero. Principalmente quando não quero. E digo a ele que ele é péssimo, o pior de todos, e é mesmo, porque ele é irritante, muito irritante, porque não consigo me esconder quando estou perto dele. Ele fode completamente com minhas defesas. Ele é o pior no sentido de que ele é o melhor. E acho que ataquei ele porque fiquei com medo do quanto gostava dele. É meio que uma bagunça. Mas decidi que estou de boa com isso. Às vezes as coisas bonitas são uma bagunça. Tudo bem ser uma bagunça. Também aprendi coisas sobre mim. Aprendi a me permitir aproveitar as coisas. Também aprendi como é legal gostar de alguém e ter esse alguém gostando de você de volta. — Dei um sorriso abatido. — Aprendi a confiar que posso ser amada sem motivos obscuros. Saber isso na teoria é diferente de saber isso na prática. — Respirei fundo e forcei o vigor a tomar meu rosto, desenterrado de minhas reservas. — Então… a gente tá de boa? Ou preciso servir o café com *toda* a fofoca agora?

A plateia pareceu me perdoar e mais murmúrios agradáveis encheram o salão, uma discussão amena afrouxou a tensão e logo Aminah correu para o palco. Pegou o microfone da minha mão enquanto eu olhava para ela, confusa.

— Oi, galera! Aqui é Minah Money! Produtora e agente de relações públicas extraordinária. E aí? Então, como sabem, esta é uma sessão ao vivo do *Açúcar Mascavo* com um toque diferente. Mais tarde, vamos abrir para perguntas, para que levantem as mãos ou liguem para pedir conselhos ou uma música. Mas, primeiro, temos um patrocinador que adoraria passar uma mensagem. Ok. Obrigada!

Aminah piscou para mim e ignorou descaradamente quando eu disse sem som:

— Que porra é essa?

Ela acenou para Simi que de alguma forma tinha se posicionado atrás da mesa de controle sem que eu percebesse. Simi assentiu de modo profissional e as luzes diminuíram ainda mais quando a tela atrás de nós piscou, mudando da exposição de Zack para… Meu coração pulou e meu estômago foi parar no pé.

Sem título apareceu em letras brancas em um fundo preto. Eu já sabia que era um trecho do filme de Malakai antes de começar a rodar. Era ainda mais impressionante do que o que eu tinha visto na ilha de edição. Lindas vinhetas de pessoas de pele marrom em tons de mosaico, tamanhos e formas caleidoscópicas que formavam uma textura profunda, rica e brilhante, as vozes se sobrepondo e depois se separando para contar suas histórias. O pessoal de Paço Preto em festas, no fluxo da atração, se enchendo do sentimento até a pele brilhar. Nos cafés do campus, nas bibliotecas, no pátio. As pessoas na plateia riram e gritaram quando se reconheceram.

Então, minha voz, falando por cima de um instrumental neo soul que Kofi compôs: "Sabe, pelas músicas que escutei... sinto que os relacionamentos têm a ver com a visão. Acho que as pessoas só querem ser vistas e encontrar alguém que gostem de ver. Tipo... ver essas pessoas traz alegria".

E aí a câmera de Malakai focou em mim, rindo em um de nossos jantares no Coisinha Doce; eu mostrando a língua para ele em uma sala de aula depois que ele sorrateiramente puxou a câmera para fora da mochila; passando brilho labial na frente do espelho, o reflexo mostrando Malakai murmurando um "caramba" que me fez revirar os olhos, meu sorriso reprimido. Meu peito se apertou de um jeito bom, como se meu coração tivesse se expandido, preenchido todo o espaço.

"E não é uma viagem", falei na tela, "quando você encontra alguém que você gosta de ver e que te vê também?"

Naquele momento na tela eu tinha pegado a câmera da mão de Malakai, o filmei colocando o *durag* na cabeça, no dia em que o filmei enquanto ele assistia *Os donos da rua*, de seu herói, John Singleton, o foco no rosto dele, a boca dizendo suas falas favoritas, os olhos brilhando com inspiração, o brilho lá no fundo. Então foquei os lábios dele.

"É um milagre tão grande que as pessoas escrevem músicas sobre isso. As pessoas anseiam por isso. Aí ficam com medo e sabotam tudo. Depois imploram para ter de volta, punhos cerrados, entrando em desespero. Cara, só sinto que esse lance todo... o lance do amor... exige que você seja corajoso. Ver as pessoas como elas são pode ser assustador, é tipo... investimento total. Responsabilidade. Você tem que cuidar e se comprometer com o cuidado. E você tem que cuidar mesmo enquanto se prepara para o fato de que a pessoa não vai se encaixar na sua ideia de perfeição. Vale a pena o risco? Não sei. Só você pode saber." Uma pausa, então digo enquanto rio: "Caralho, isso foi profundo. Agora aqui vem a 'Thong Song', uma das maiores canções de amor de todos os tempos."

Malakai havia me filmado durante o *Açúcar Mascavo*. Eu tinha levantado e cantarolado a letra de "Thong Song" com paixão, olhos e punhos fechados, parecendo completamente besta e completamente feliz. Mordi o lábio e ri. Eu gostava de me ver daquele jeito. Eu gostava que Malakai me visse daquele jeito.

Então surgiu Malakai sentado em uma cabine que reconheci como da Coisinha Doce. Parecia que ele estava se filmando. Ele esfregou o pescoço e se inclinou para a frente.

"Então, hum, quando comecei a fazer esse documentário, eu realmente achava que relacionamentos não eram para mim. Minha abordagem foi quase a de… um documentário da vida selvagem, sabe? Eu queria observar e entender por que as pessoas se arriscavam a se machucar assim. Por que elas queriam estar ligadas a outra pessoa. Por que alguém tentaria algo assim. Mas então conheci uma mulher."

Malakai sorriu para a câmera, os olhos cheios de algo tão terno e pesado e precioso que os meus começaram a ficar cheios também, só que de lágrimas.

"Conheci essa mulher, com a boca mais afiada e doce de todas e o maior coração do mundo. Suave e resistente e tímida e ousada. Linda, cara. Tão linda. E… ela me fez querer isso. Querer de verdade. E eu pensei… é por isso que as pessoas fazem isso, né? Por isso que elas são vulneráveis e tal. Porque querem estar perto da pessoa que faz valer a pena. Tem a ver com se conectar com alguém que faz você querer tentar. E ela me fez… me faz querer tentar.

"E eu e essa mulher brigamos. Foi foda. Nós dissemos coisas muito duras um para o outro, sei lá. Eu… Minha pele estava do avesso por ela e essa foi a primeira vez que percebi. Fiquei assustado e a encurralei. Ela estava passando por um momento difícil e não dei espaço para ela sentir o que estava sentindo. Eu estava pensando em mim. Eu sempre dizia que estava com ela. Mas, quando ela precisou de mim… eu não estava lá como prometi a mim mesmo que sempre estaria. E estou abalado por ter perdido ela, porque ela é a melhor coisa do mundo. Caralho, a melhor coisa do mundo.

"Enfim, eu estava zoado da cabeça, tentando descobrir como falar para ela como me sinto, e aí lembrei que, em um dos episódios do programa dela, ela disse que só tem que ser verdade para você, só tem que ser real.

Fala do jeito que você sabe falar. Esse é o jeito que eu sei. Eu sei como é quando tiro uma foto perfeita. Quando a luz bate de um jeito específico e a expressão de alguém demonstra perfeitamente uma emoção. Parece que você encontrou algo sagrado. É assim que me sinto quando olho para ela. Ela é a foto perfeita. E a foto perfeita não tem a ver com ser impecável, tem a ver com ser verdadeira. Ela é a verdade para mim. Lucidez. O mundo é *factível* quando ela está perto de mim."

A compostura ameaçava deixar meu corpo.

— *Kai.*

Minha voz estava rouca, falhando. Paço Preto estava extasiada, as câmeras dos celulares todas ligadas, o interesse desperto. Eu estava paralisada no mesmo lugar.

"Também sei como meus filmes favoritos me fazem sentir. Eles me puxam para dentro e para fora, entro no mundo deles, mas eles também me fazem olhar para dentro. Assisto aos filmes e me sinto em casa, assisto e sinto que nunca posso saber o suficiente, assisto de novo e de novo, sempre pronto para descobrir o universo que eles criam. É assim que ela me faz sentir. Há um universo inteiro nela e eu teria muita sorte de viver nele, de caminhar por lá. De novo e de novo."

O filme parou. Aminah pigarreou no microfone. Os olhos dela estavam brilhando e ela sorrateiramente beliscou minha cintura.

— Ok. Bom, esse foi nosso patrocinador. Agora temos nossa primeira ligação.

Ela sorriu para mim e me passou o microfone, como se eu fosse capaz de trabalhar naquele momento, como se meu cérebro fosse capaz de coerência. Ela assentiu para mim com tanta firmeza que me peguei dizendo, com a voz embargada:

— Oi. Seja bem-vindo às Sessões do *Açúcar Mascavo*. Qual é seu pedido de música?

Malakai entrou pelas portas, celular no ouvido, mão no bolso, olhando diretamente para mim, para dentro de mim, revitalizando as borboletas, o olhar feito um desfibrilador. A multidão se virou para ver o que eu estava olhando e imediatamente se dissolveu em gritos, aplausos, barulhos e gestos animados.

— Então, eu estava pensando: "When We Get By" de D'Angelo. Você conhece, né?

Eu estava prestes a desmaiar.

— Vagamente.

— Sabe, essa música — disse a voz — parece um raio de sol. Para mim tem som de amor.

Balancei a cabeça e mordi o lábio para não sorrir.

— Brega.

— Grossa.

Ri pelo nariz.

— Mas então, fiquei pensando... e acho que essa é minha pergunta — continuou Malakai —... se talvez essa música não seja suficiente. Talvez isso aqui exija a maior canção de amor de todos os tempos. E fiquei pensando, será que se eu pedir para os Compassos do Paço tocarem uma versão a capela de "Thong Song" para ela, a mulher que não consigo tirar da cabeça vai me perdoar por ser um otário?

Ri com a piada interna.

— Bom, objetivamente, acho que ela também sente muito por ser uma otária. E que você já está perdoado. Acho que uma apresentação dos icônicos Compassos do Paço ajudaria, mas, caso você não consiga garantir os finalistas em terceiro lugar nas regionais para a Competição Nacional de Grupos de Canto Não Conformes Universitários, podemos simplesmente tocar a música.

Malakai assentiu.

— Certo, certo. É só que...

Meu queixo caiu quando um som forte e barítono de *bum-bum--bumbum-bummm* imediatamente atravessou as portas do salão de baile, rapidamente seguido por doze membros do segundo melhor grupo coral de Paço caminhando em direção ao palco, usando camiseta branca e calça preta e solenemente me informando, em perfeita harmonia, que meu vestido era um escândalo, que havia uma expressão diabólica em meu olhar.

Malakai abriu um sorriso enorme e deu de ombros, olhos brilhando com malícia enquanto o salão explodia em assobios e aplausos. Meus olhos estavam cheios de lágrimas, eu estava rindo e não conseguia acreditar no quanto eu amava aquele homem ridículo.

Eu me virei e Aminah estava sorrindo descontroladamente enquanto me enxotava para fora do palco. Desci e fui seguida por gritos de "VAI,

AMIGA" enquanto caminhava entre as mesas até onde Malakai estava, perto das portas.

Os Compassos do Paço encontraram uma plateia engajada e apreciativa em Paço Preto. Todos ficaram de pé, estalando os dedos no ritmo, e aquilo suavizou a atmosfera, subjugando toda a animosidade residual, aquecendo o ar. Com todos devidamente distraídos, Malakai e eu ficamos praticamente sozinhos. Paramos em um silêncio confortável e quente, formigando de energia, rostos firmes de timidez consciente.

— Oi.

Malakai tirou o celular da orelha e o enfiou no bolso, dando um meio-sorriso lento e delicioso. Ele tirou um tempo para me olhar.

— Oi.

— Obrigada pela serenata.

— Eles são divas completas. Quiseram transporte. Água quente e limão. Massagens.

— Eu culpo a *Escolha Perfeita*. A propósito, nós dois acabamos de fazer declarações públicas de afeto?

— Constrangedor, né? Não consigo acreditar que nos tornamos esse tipo de gente. — Malakai sorriu e se aproximou de mim, mais perto em nosso conforto. — Podemos falar sobre como você destruiu aquele babaca? Você é incrível. Estou tão orgulhoso de você. Você é meio que minha heroína, Kiki Banjo.

Sorri porque não pude evitar, sorri porque não queria evitar, mesmo que pudesse.

— Achei que você tivesse ido embora.

Malakai balançou a cabeça.

— Não. Recebi uma mensagem de que Zack tentou entrar no prédio. Tive que ir lidar com isso. Meu AirPod estava ligado e conectado ao programa ao vivo o tempo todo, então escutei tudo o que falou.

Senti os lábios se separarem em choque. De repente fez sentido os meninos terem saído com Malakai. Notei leves vincos no *kaftan* dele.

— O que você fez?

Malakai deu de ombros.

— Impedi ele de entrar, óbvio. Prometi a você que não faria nada que me causasse problemas com a universidade, mas tecnicamente a gente está fora da jurisdição da universidade.

Os olhos dele brilharam e meus joelhos amoleceram e tomei a decisão executiva de não fazer mais perguntas porque, verdade seja dita, eu não dava a mínima para nada além de nós naquele momento. Zack podia ir para o inferno.

— Scotch… por favor, acredita que, quando digo "estou aqui" de agora em diante, estou falando sério. Não vou vacilar com isso de novo.

O olhar de Malakai brilhou em mim com uma ferocidade que marcou suas palavras como verdade em meu coração. Eu confiava nele.

Assenti.

— Eu sei. — Estendi a mão para traçar o bordado complexo em sua lapela antes de espalmar a mão em seu coração. — E eu estou aqui.

Malakai sorriu e colocou a mão por cima da minha, antes de pegá-la e me puxar para perto dele com ternura.

— Sabe, Meji me expulsou do Coisinha Doce um dia desses porque disse que eu estava "pesando a vibe". Ele disse que gosta mais de mim quando estou com você. Aí eu falei, ah, porra, também gosto mais de mim quando estou com você.

Os olhos de Malakai, como sempre, diamantes negros, brilharam e me iluminaram por baixo da pele. Ele me abraçou pela cintura e me puxou até que meu corpo estivesse encostado no dele e derreti, manteiga na palma da mão, seda entre seus dedos. Enrolei os braços ao redor do pescoço dele.

— E, um outro dia — contou Malakai com alegria —, queimei banana-da-terra pela primeira vez na minha vida.

Arfei, surpresa.

Malakai assentiu sombriamente.

— Eu sei. Foi difícil para mim. Mas sabe por que queimei?

— Me diz.

— Eu estava pensando em você. Me perdi pensando em você e esqueci que estava fritando banana-da-terra. Foi aí que percebi que devia estar apaixonado por você. Tipo… absurdamente apaixonado por você. Ninguém mais poderia me distrair de banana-da-terra.

Uma verdade que eu conhecia visceralmente, mas escutá-la sendo dita me fez sentir como se eu pudesse colher estrelas do céu e pendurá-las em minhas orelhas. Como se meu sangue fosse riso líquido. Ele envolveu minha cintura com as mãos largas; calor e pressão fizeram as borboletas mergulharem no caos. Malakai olhou para minha boca e encontrou algo lá que tornou mais árdua sua jornada de volta aos meus olhos, algo que lhe pesou as pálpebras. No calor de nós dois, eu era doce e dourada e quente e macia feito banana-da-terra bem fritinha. Eu era tão completamente eu, tão segura em mim. Levantei a mão até o rosto de Malakai e encostei os lábios nos dele.

— Não acredito que estou apaixonada por um cara que queima banana-da-terra. E, pior ainda, que o fato de meu namorado ter queimado banana-da-terra não tenha diminuído meu amor.

O rosto de Malakai era o primeiro raio de sol na primavera. O olhar dele ardia e brilhava como uma relíquia para a qual povos antigos construiriam um templo. Ele curvou a mão em minha nuca como se fosse uma posse preciosa.

— Scotch. Antes que eu perca a cabeça…

O sorriso de Malakai se espalhou por seu rosto e por todo meu corpo e, quando ele me segurou de modo que meu peito encostasse no dele, me abraçando apertado, tudo sumiu da existência, menos nós. Talvez eu tenha escutado gritinhos e comemorações, mas não conseguiria dizer com certeza. Eu estava em outro lugar. Eu estava feliz, estava no presente. O calor do corpo dele se fundiu ao meu calor e criou uma reação alquímica que transformou as borboletas em aves-do-paraíso. Eu voei com elas. Aquele beijo, aquilo *ali*, aquilo, a gente, tinha gosto de deleite e alimento. Nossas línguas se moviam como se fôssemos o arroz e o vinho um do outro, girando com a facilidade de quadris bêbados e alimentados. No beijo, senti o sabor dele e o meu e o sabor do que éramos e do que poderíamos ser. Tinha gosto de pimenta e mel, entrelaçados.

A música diminuiu, e a voz de Simi ecoou pelo salão. As luzes diminuíram de maneira dramática e focaram o grande palco onde a cabine do DJ estava situada.

— Homens, mulheres, pessoas, prestem atenção, pois a parte da noite que todos esperavam chegou. — O comportamento majestoso de Simi azedou um pouco quando ela estreitou os olhos para algo no fundo do salão. — Hum… quem está na cabine fotográfica? Porra, qual o problema de vocês? Sou a favor da liberdade sexual, mas a gente está literalmente num hotel agora. Vocês têm opções. Olha só, quem é responsável pela saúde e segurança do evento? Vamos ter que desinfetar isso agora. Eca. Chanel, pode resolver isso, por favor? Não faz essa cara. Quem te emprestou os brincos que você está usando hoje? Obrigada, meu bem. Ok.

Simi afastou um pouco de cabelo do rosto e se recompôs. Um sorriso brilhante e lustroso surgiu novamente, como se ela nunca tivesse sido interrompida. Ela pigarreou com delicadeza.

— Ok. Então. É hora de anunciar a realeza do AfroBaile de Inverno deste ano. Os vencedores recebem coroas especialmente encomendadas da China, uma garrafa de espumante para compartilhar, dois vales de café do Beanz no valor de cinquenta libras e a honra de terem sido votados por vocês, a pólis de Paço Preto, esta noite. Como eu disse quando as urnas abriram, a realeza do AfroBaile de Inverno não só tem que servir em termos de aparência, mas também tem que representar quem somos como comunidade. Espero que vocês tenham escolhido com sabedoria. E os vencedores são… — Simi lançou um olhar sereno pelo salão antes de abrir o envelope que segurava. — Aminah Bakare e Kofi Adjei! *Olá?* Onde eles estão? … Ah, meu Deus! São *eles* que estão se agarrando na cabine fotográfica?

EPÍLOGO
When We Get By

Passos Pretos com Lala Jacobs

Como é que estão, paço-pretos? Sejam bem-vindos aos Passos Pretos com Lala Jacobs.

Nossas fontes acabaram de nos informar que Zack Kingsford, o ex- -presidente recentemente desonrado de Paço Preto, está sendo investigado pela universidade por corrupção e assédio após Kiki Banjo ter o exposto no AfroBaile de Inverno. As acusações dela amplificaram os protestos contra ele no mês passado, impossibilitando que a universidade ignorasse o que vinha ignorando havia meses.

Simi Coker forneceu um dossiê condenatório aos chefões da universidade. A notícia ganhou força nos campi em todo o país e é possível que a universidade tenha sido forçada a agir por medo do constrangimento. Os Cavaleiros do Paço se separaram formalmente e foram condenados pela universidade. Zack Kingsford foi expulso do campus.

PONTO DO CAFÉ

Bem, paço-pretos, parece que a presidência pode ficar muito mais doce.

Em uma reviravolta chocante, após a sessão ao vivo de Açúcar Mascavo (que foi muito, muito brega pro meu gosto), os membros de Paço Preto pediram coletivamente que Kiki Banjo se candidatasse a presidenta interina e Adwoa Baker se retirou da corrida, se candidatando à vice-presidência.

Se Banjo vencer, espero que ela e o namorado consigam manter seus amassos em particular porque, francamente, estou cansada de ver tanto de suas línguas em espaços comunitários e é inapropriado para uma líder se envolver em tantas demonstrações públicas de afeto. Sério, é nojento. Nós já entendemos. Vocês estão apaixonados. Vocês não são os únicos.

Tenho certeza de que Adwoa Baker será uma ótima vice-presidenta se o gabinete delas vencer. Há quem diga que o papel da vice-presidenta é mais importante que o da presidenta, uma posição mais estratégica. A chapa, que inclui Aminah, Shanti e Chioma, se autodenomina As Amazonas de Daomé, em homenagem ao regimento militar do antigo reino, composto só por mulheres fodonas. Elas estão concorrendo com... uma chapa só de homens chamado Koletivo Kingsford (sério? Ok. Tá bom.). E o Partido Pow (estou tão confusa... isso por acaso é uma competição de dança de um filme do início dos anos 2000?!).

Boa sorte a todos os envolvidos.

De: L.Davis@UNY.com

Assunto: Instituto Brooks de Mídia & Artes, Universidade de Nova York

---

Cara srta. Kikiola Banjo,

Parabéns! Temos o prazer de informar que você recebeu uma oferta incondicional e uma bolsa integral em nosso programa transmídia de bolsas de verão. Esperamos você em julho.

Atenciosamente,
Loretta Davis
Reitora

AGRADECIMENTOS

Na cultura iorubá, gêmeos são chamados de Taiwo e Kehinde. Taiwo é fisicamente o primogênito, mas acredita-se que espiritualmente seja a criança mais jovem que foi enviada pelo mais velho para "provar o mundo" ou "experimentar o mundo" primeiro. Kehinde, o mais velho, nasce a seguir, depois que seu irmão espiritualmente mais novo confirmou que valia a pena se aventurar no mundo. Em outras palavras, depois de Taiwo dizer a Kehinde que valia a pena viver no mundo. Há uma esperança incorporada nesta história. A ideia de que, apesar da escuridão do mundo, há alguma esperança a ser detectada, alguma luz, alguma alegria, alguma bondade. Que vale a pena tentar viver no mundo.

Amor em cores é o Taiwo para o Kehinde que é *Pimenta & Mel*. *Pimenta & Mel* é meu primogênito espiritual, concebido anos atrás, que viveu comigo em muitas transições de minha vida, crescendo e se aprofundando à medida que amadureci. Enquanto eu planejava que *Pimenta & Mel* fosse meu primeiro livro, *Amor em Cores* chegou e mudou tais planos — e *acredite*, ele precisou me convencer! *Pimenta & Mel* foi meu primogênito! No entanto, estou muito feliz que *Amor em cores* tenha vindo primeiro, porque ele foi símbolo de minha missão, confirmando por que faço o que faço, por que sou quem sou. Foi uma introdução, uma degustação dos muitos sabores de romance e amor que exploro e reverencio, e afirmou que não só existe um espaço para as histórias que quero contar, mas também uma comunidade para elas. Quando voltei a moldar e construir *Pimenta & Mel*, fui fortalecida pelas muitas coisas que *Amor em cores* me ensinou sobre meu ofício e meus temas, a partir das pessoas que guardaram essas histórias em seus corações e deram vida a elas com esse amor. Então, gostaria de agradecer ao *Amor em cores* e tudo o que veio com ele por provar o mundo primeiro, e dizer à *Pimenta & Mel* que havia espaço para ele, que o mundo estava pronto para ele.

Em tudo isso, minha fé me impulsionou, por isso gostaria, como sempre, de agradecer a Deus que é amor, que é luz, que me deu a pulsão e a necessidade de criar, de elaborar, de imaginar.

Minha eterna gratidão e amor a mainha e painho, Olukemi e Olufemi Babalola, cujo amor inabalável, apoio e crença em mim me deram uma confiança que me fez seguir em frente nos momentos mais sombrios e difíceis. Consigo fazer o que sei fazer por causa de vocês. Se vocês nunca duvidaram de mim, como eu ousaria duvidar de mim mesma? Obrigada, painho, por suas transmissões no WhatsApp de todas as notícias que têm meu nome nelas, por garantir que todos que o conheçam saibam que sua "querida filha" é uma autora. Muito obrigada por responder a todas as mensagens aleatórias pedindo orientações sobre gramática e diacríticos iorubás na mesma hora, com tanto vigor intelectual e paciência! Meu professor! Mainha, obrigada por sua ternura sem fim, por me dar palavras que ajudam a me recompor quando me sinto dispersa, por me lembrar quem sou. Só de saber que tenho seu sangue em mim, que você faz parte de mim, consigo acreditar em minhas capacidades. Minha terapeuta! Obrigada, pai e mãe, por sempre tentarem entender, mesmo quando não entendem, pela curiosidade voraz que têm sobre meu mundo, mesmo quando parece distante do de vocês, obrigada por compartilhá-lo comigo. Minha alegria é dar orgulho a vocês.

Katie Packer! Minha querida K.P. Doula de livro! Muito obrigada por acreditar nesse mundo tanto quanto eu, por entender esse mundo tanto quanto eu, por fazer as perguntas que me ajudaram a enriquecê--lo, desenvolvê-lo, desafiá-lo, para que pudesse ser a melhor versão da história que eu poderia produzir. Obrigada por me acalmar e por ser tão capaz, mesmo em meus momentos de colapso! Obrigada por entender a necessidade de referências de Beyoncé, obrigada por entender quando preciso de tempo e obrigada por sua efervescência e amor. Também fico feliz que sempre sabemos quando estamos no modo edição e no modo diva/escritora, para que não haja confusão! E fico feliz quando você sabe que preciso de uma amiga. Você tem um olhar afiado, você é uma força e mal posso esperar até você estar mandando nas coisas! KP, Fodona.

Elle Keck! Obrigada por estar ao meu lado e depositar sua confiança em *Pimenta & Mel* e *Amor em cores* — significa muito você ter querido ampliar a comunidade deles e que você tenha entendido todas as referências culturais tão preciosas para mim e me ajudado a construir o sabor do livro. Sempre senti que estava em boas mãos. Desejo tudo de bom a você, sempre. Julia Elliot, obrigada por assumir o trabalho de Elle tão naturalmente, com a mesma paixão e entusiasmo! Sou grata pelo ambiente de confiança imediata que você ajudou a nutrir e valorizo muito isso.

Agradeço a toda a equipe da Headline e da William Morrow por toda a energia, crença e entusiasmo por trás do livro.

Juliet Pickering, minha Agente Anjo! Sou muito grata por ter embarcado nesta montanha-russa com você ao meu lado. *Pimenta & Mel* faz parte do meu sonho há tanto tempo, antes de *Amor em cores*, e você sempre acreditou nele, sempre viu o que ele poderia ser, mesmo na infância dele (os estágios embrionários, distorcidos e disformes que me fazem estremecer quando os revisito). Não tenho como agradecer o bastante por você ter me dado uma chance. Obrigada por ser minha defensora e amiga (e às vezes gerente), obrigada pela paciência (este é um tema recorrente… tenho muitas crises) e obrigada pelos conselhos — e pelos seus empurrõezinhos. Prezo muito pela sua sabedoria e sua generosidade e sou abençoada por tê-la em minha equipe.

Jessica Stewart, minha agente de TV infinitamente paciente — obrigada por entender o quanto este livro significa para mim e me dar espaço para trabalhar nele sem pressão, apesar de ter outros compromissos! Significa muito que você me apoie de forma holística, isso me ajuda muito a reduzir as crises supracitadas.

Minhas lindas amizades, a família que escolhi. Amo todos vocês. Amna Khan, por conhecer minha essência, por nunca questionar meus sonhos e sempre enxergá-los com perfeição. Desde a adolescência até agora, você esteve ao meu lado, com compreensão espiritual e um profundo conhecimento de mim mesma que me manteve firme. Charlet Wilson, seu coração é tão dourado e uma inspiração, sua gentileza e apoio são uma força tão galvanizadora — desde a confecção da caneca que diz "Bolu Babalola ilumina a literatura" de quando meu primeiro livro ainda nem tinha sido publicado, até o ato de emoldurar a capa de uma história boba que escrevi quando tínhamos 22 anos. Sonhar alto é fácil quando se tem amizades que veem seus sonhos como realidade. Asha Mohamed — obrigada por ler as histórias assustadoras que escrevi durante o "estudo particular" na sexta série e obrigada por gostar delas e por querer muito lê-las (mesmo que você não quisesse de verdade... obrigada por mentir sobre querer lê-las). Você ajudou a confirmar que isso é tudo o que quero fazer: escrever mundos em que as pessoas possam acreditar, escrever mundos que façam as pessoas pensarem sobre o mundo, sobre as pessoas, sobre nossos sentimentos.

Daniellé Scott-Haughton! Obrigada por ser minha irmã mais velha e minha pastora — sua fortificação não é apenas fraternal, mas espiritual, e agradeço por você saber quando preciso de um abraço e por me dar lucidez quando só consigo ver a ansiedade criativa. Obrigada por estar sempre a uma ligação frenética de distância (tenho muitas crises, ok? Sou artista). Candice Carty-Williams, minha querida CCW. Sua orientação é inestimável — obrigada por saber que, às vezes, tudo o que preciso é de um: "Sei que é difícil. Mas adivinha? Você vai fazer mesmo assim, porque você consegue". Folarin — porque, cara, obrigada novamente por revisar "Netflix & Chill", o conto que foi finalista em uma competição e garantiu meu contrato com minhas agentes. Obrigada por nunca duvidar. Sase!! Minha esposinha. Obrigada por ser uma fonte inesgotável de riso e luz desde os 7 anos até agora. Grata por ter você ao meu lado e por ser seu *sugar daddy*.

Edição grupos de conversa: uma fonte de riso, encorajamento e alívio. Todos são grupos de mulheres extremamente talentosas, maliciosamente engraçadas e ridiculamente gentis (elas também são gostosas).

PPE: Eu não posso dizer o que essas letras significam e, se você perguntar, vou dizer que significa *Platinum Praying Energy* [Energia de Oração de Platina]. Uma coisa é certa, porém: vocês são gatas de platina.

Twisty Bobcat Pretzels: Grata por todas vocês estarem em fusos horários diferentes do meu, porque isso significa que até minhas viradas de noite serão pontuadas com alegria e um meme, uma pausa bem necessária.

I hate it here: obrigada por ser um lugar onde posso expurgar todas as coisas que odeio para que eu possa voltar ao mundo como uma pessoa ostensivamente funcional.

Não sei como nomear esse, porque é o emoji do cérebro e o do relâmpago? Mas explica muito por que vocês são uma fonte de luz e inteligência.

Melhores primes! Um salve para BIOgraphy — Ore e Ibzy por me darem o espaço para ser a versão mais besta de mim, por rirem até chorar comigo.

Minhas irmãs de sangue, Bomi e Demi — obrigada pelo apoio e amor e pelo fato de que não precisamos falar muito para saber o que é. Gangue da gangue.

Beyoncé — obviamente. Uma artista dedicada ao seu ofício e meticulosa com sua visão, uma inspiração constante.

De Londres a Lagos a Los Angeles, fui abençoada com muita família, e que bênção é não ter espaço para encaixar todas as pessoas nesta seção. Sei que vocês sabem quem são. Realmente fui abençoada com muito amor e apoio em minha vida e quero que saibam que, mesmo que eu não tenha mencionado seu nome, valorizo e aprecio muito sua existência.

Por último, mas não menos importante, gostaria de agradecer ao meu público leitor e à comunidade da minha obra que me enviaram mensagens sobre meu trabalho e ajudaram a construir um espaço para minha voz e para as histórias e mundos que sonhei criar e construir. Vocês dão mais vida a esse trabalho do que jamais imaginei. Obrigada por me verem. Deus abençoe vocês.

Amor sempre,
B x

MÚSICAS DO LIVRO

Montamos uma playlist com todas as músicas e cantores citados ao longo do livro, além de recomendações da própria autora! Para ouvi-la, certifique-se que você tem o aplicativo do Spotify em seu celular, aponte a câmera para o código abaixo e siga o link.

E aproveite!

Este livro foi impresso pela Vozes, em 2023,
para a Harlequin. O papel do miolo é pólen
natural 70g/m2, e o da capa é cartão 250g/m2.